古典文獻研究輯刊

十 二 編

曾 永 義 主編

第 26 冊

民族戲劇學研究與田野考察（第四冊）

李 強 著

國家圖書館出版品預行編目資料

民族戲劇學研究與田野考察（第四冊）／李強 著—初版—
新北市：花木蘭文化出版社，2015〔民104〕
目 4+226 面；19×26 公分
（古典文學研究輯刊 十二編；第 26 冊）
ISBN 978-986-404-424-5（精裝）
1. 中國戲劇 2. 戲劇評論
820.8   104014992

ISBN-978-986-404-424-5

9 789864 044245

古典文學研究輯刊
十二編　第二六冊　　　　　　ISBN：978-986-404-424-5

民族戲劇學研究與田野考察（第四冊）

作　者　李強
主　編　曾永義
總 編 輯　杜潔祥
副總編輯　楊嘉樂
編　輯　許郁翎
出　版　花木蘭文化出版社
社　長　高小娟
聯絡地址　235 新北市中和區中安街七二號十三樓
　　　　　電話：02-2923-1455／傳眞：02-2923-1452
網　址　http://www.huamulan.tw 信箱 hml 810518@gmail.com
印　刷　普羅文化出版廣告事業
初　版　2015 年 7 月
全書字數　851365 字
定　價　十二編 26 冊（精裝）新台幣 48,000 元

民族戲劇學研究與田野考察（第四冊）

李　強　著

目次

第一冊

序言：弘揚中華民族優秀傳統戲劇文化　張大新

導言　書寫絢麗多姿的中華民族戲劇學 ……………… 1

第一章　中華民族戲劇史論探索與研究 ………… 13

　一、中華民族戲劇史論研究的價值與意義 ……… 13

　二、中華民族戲劇史與理論研究成果綜述 ……… 23

　三、中華民族戲劇史學的發展與存在問題 ……… 40

　四、研究中華民族戲劇的學術方法與途徑 ……… 54

　五、中國少數民族戲劇文化的研究方法 ………… 60

第二章　中華民族與中國多民族戲劇文化 ……… 71

　一、中華民族與漢民族歷史文化述略 …………… 71

　二、中國少數民族歷史文化與中華民族團結 …… 79

　三、對中華民族文化與民族戲劇學的識別 ……… 91

第三章　中華多民族古代戲劇歷史溯源 ………… 103

　一、原始與奴隸社會中華戲劇文化的孕育 …… 103

　二、封建社會時期中華民族戲劇的產生 ……… 113

　三、近現代中華民族戲劇文化之發展 ………… 131

　四、中華民族戲劇文化演變歷史之巡禮 ……… 143

第四章　中國古代各民族劇作家作品與交流⋯⋯⋯155
　　一、古代漢民族戲劇家與戲劇文學作品⋯⋯⋯155
　　二、古代少數民族劇作家與戲劇文學作品⋯⋯166
　　三、華夏與胡夷民族戲劇藝術之整合⋯⋯⋯178
　　四、從胡部新聲到中華民族戲劇文化⋯⋯⋯188

第五章　中國現當代各民族劇作家及作品⋯⋯⋯203
　　一、現當代漢族劇作家的戲劇作品⋯⋯⋯203
　　二、現當代少數民族劇作家的戲劇作品⋯⋯209
　　三、中國各民族戲劇編劇與導演⋯⋯⋯226
　　四、現當代中國少數民族戲劇之繁盛⋯⋯⋯232

第二冊
第六章　中華民族戲劇理論研究與實踐⋯⋯⋯251
　　一、中華民族與少數民族戲劇之概念⋯⋯⋯251
　　二、關於中國少數民族戲劇之範疇⋯⋯⋯258
　　三、中華民族戲劇起源與產生之討論⋯⋯⋯268
　　四、中國少數民族戲劇特徵與分類⋯⋯⋯279
　　五、中國古代多民族戲劇研究文論⋯⋯⋯284
　　六、中國現當代民族戲劇文藝理論⋯⋯⋯288
　　七、中華民族戲劇的民族化與現代化⋯⋯⋯307

第七章　中華民族戲劇文獻史料與整理⋯⋯⋯317
　　一、中國傳統文獻與民族戲劇史料整理⋯⋯⋯317
　　二、中國少數民族古代樂舞戲劇文本⋯⋯⋯331
　　三、南北方古代各民族戲劇文化交流⋯⋯⋯337

第八章　中華民族戲劇與中外民族戲劇學⋯⋯⋯367
　　一、中華民族戲劇文化的合成與轉型⋯⋯⋯367
　　二、加強民族戲劇學與相關學科研究⋯⋯⋯373
　　三、中國少數民族戲劇影視劇與會演⋯⋯⋯379

第九章　絲綢之路文化與中華民族戲劇藝術⋯⋯⋯387
　　一、絲綢之路沿途各民族文學藝術與戲劇⋯⋯387
　　二、東西方民族樂舞戲劇藝術的交融⋯⋯⋯397
　　三、中外諸國民族戲劇文學的交匯⋯⋯⋯408
　　四、絲綢之路宗教樂舞戲劇藝術的輸入⋯⋯⋯418

第十章　非物質文化遺產與中華民族戲劇研究 ┈┈┈ 431

一、中華民族戲劇與非物質文化遺產保護 ┈┈┈ 431

二、中國西部邊疆地區跨國民族戲劇文化 ┈┈┈ 435

三、中國周邊跨國民族及其民族戲劇藝術 ┈┈┈ 441

四、中華民族戲劇藝術在世界文化的地位 ┈┈┈ 449

第十一章　中華民族戲劇文化與民族戲劇學的
　　　　　建構 ┈┈┈ 457

一、中國各民族戲劇與國學文化研究 ┈┈┈┈┈ 458

二、關於戲劇與戲曲及民族戲劇學的爭論 ┈┈┈ 462

三、民族戲劇學在國內外的運行軌跡 ┈┈┈┈┈ 472

四、文化人類學與中華民族戲劇學的創立 ┈┈┈ 477

五、建立中國特色的民族戲劇學理論體系 ┈┈┈ 485

第三冊

附錄：中華民族戲劇藝術田野考察報告薈萃 ┈┈┈┈ 495

一、青海省循化縣撒拉族「多依奧依納」戲劇
　　調查報告 ┈┈┈┈┈┈┈┈┈┈┈┈┈┈┈ 495

二、甘肅省保安族民間傳統藝術與戲劇田野
　　調查報告 ┈┈┈┈┈┈┈┈┈┈┈┈┈┈┈ 507

三、湖北、廣西土家族、苗族、壯族、京族
　　戲劇考察報告 ┈┈┈┈┈┈┈┈┈┈┈┈┈ 521

四、內蒙古、遼寧地區蒙古族地方戲劇考察
　　報告 ┈┈┈┈┈┈┈┈┈┈┈┈┈┈┈┈┈ 541

五、青海省黃南、互助等地藏族戲劇與史詩
　　田野調查報告 ┈┈┈┈┈┈┈┈┈┈┈┈┈ 579

六、第一屆中國少數民族戲劇會演與研討會
　　綜述 ┈┈┈┈┈┈┈┈┈┈┈┈┈┈┈┈┈ 595

七、甘肅、寧夏地區回族戲劇藝術實地考察
　　報告 ┈┈┈┈┈┈┈┈┈┈┈┈┈┈┈┈┈ 617

八、新疆維吾爾自治區少數民族戲劇歷史文化
　　調查 ┈┈┈┈┈┈┈┈┈┈┈┈┈┈┈┈┈ 633

九、內蒙古二人臺與漫瀚劇的實地考察報告 ┈ 661

十、吉林省松原市扶餘縣滿族新城戲的實地
　　調查報告 ┈┈┈┈┈┈┈┈┈┈┈┈┈┈┈ 675

十一、東北三省和內蒙古地區朝鮮、蒙古族
　　　戲劇田野考察報告 ………………………… 685

十二、赴廣西壯族自治區南寧、百色、田林調
　　　查壯劇田野報告 …………………………… 707

第四冊

十三、雲南省彝族、傣族、白族戲劇藝術田野
　　　調查報告 ……………………………………… 723

十四、赴天津、遼寧省瀋陽考察滿族說唱藝術
　　　報告 …………………………………………… 773

十五、甘肅省臨夏回族自治州花兒與花兒劇考
　　　察報告 ……………………………………… 793

十六、新疆查布察爾錫伯族自治縣汗都春調查
　　　報告 …………………………………………… 807

十七、青海黃南地區藏傳佛教與戲劇田野考察
　　　報告 …………………………………………… 837

十八、山西晉南、晉東南宗教祭祀戲劇文化調
　　　查報告 ……………………………………… 857

十九、廣西、湖南南部民族戲劇與儺戲田野調
　　　查報告 ……………………………………… 881

二十、貴州安順、遵義地區少數民族與儺戲考
　　　察報告 ……………………………………… 891

二十一、陝西、甘肅、寧夏傳統文化與民族戲
　　　　劇調查報告 ……………………………… 915

結語：中華民族戲劇學研究燦爛的未來 …………… 929

參考書目 ……………………………………………… 939

十三、雲南省彝族、傣族、白族戲劇藝術田野調查報告

（2009 年 7 月 7 日～7 月 21 日）

（一）從西安到楚雄

為了實地考察中國西南地區的各民族戲劇文化，我們買了 2009 年 7 月 7 日從西安到昆明的火車票，晚上 10 時從陝西省西安市出發。在路上剛好遇到攀枝花地區連日降雨引起的塌方，火車不得不從成都繞道，經過簡陽、資陽、資中、內江、宜賓、六盤水、曲靖等地，經過四十多個小時的旅途後於 7 月 9 日下午兩點到達昆明。我們沒多停留，直接在昆明火車站的旁邊的汽車站買票，坐上去楚雄市的大巴，馬不停蹄的趕到彝族自治州首府楚雄市。

晚上七點，因為一直坐車，沒有吃過正式的一餐飯，所以放下隨身帶的物品，我們走在楚雄市的正街，尋找餐館，打算好好吃個正餐。在陌生的街頭，看著繁華的商城，燈光照亮每個街道，感到有些新奇和輕鬆。而當晚回到彝州大酒店，才知道 7 時 20 分時在離楚雄市不遠的姚安縣發生 6 級地震。剛得知地震消息，我們還慌慌張張的，不知道下面的考察計劃該怎麼繼續下去。不過李強老師很冷靜的說：「不怕，繼續關注地震，不要慌。明天打聽一下去大姚的車通行不，只要車能走，我們還是要到彝劇的發源地考察的。」

7 月 10 日十時，我們從楚雄市出發，途經錢糧橋村、南華、小岔河村、太平村、姚安鎮。昨晚發生地震的姚安，所幸傷亡不是很嚴重。而姚安公路兩邊設下警戒，交警在公路上指揮過路車輛，並且掛上紅條幅，上面寫著「防震」、「抗震」等字樣。這樣的場景，讓我們心中感到有些緊張。

雖然經歷過 5.12 汶川大地震，但是圖片的震撼遠不如身臨其境的感受。讓人有些擔心，不知我們去的大姚震中會是什麼樣的，畢竟大姚離姚安只有 25 公里呀。汽車繼續前行，經過苴河、光祿、吳海、新村、倉街，最後到達了大姚。這時已經中午十二點了。我們匆忙在大姚的車站對面小餐館吃了正餐，然後等候陪同考察的人。

下午一時，我們在大姚文化館唐文副館長、文化館助理姜永生同志陪同下，坐車趕到今天預定的目的地曇華鄉。在途中我們順便採訪了唐文副館長一系列當地民情世俗。

從談話中我們知道楚雄是一個彝族文化濃厚的自治州，有著自己獨特的民族文化，還有著更多的非物質文化遺產。尤其感興趣的是曇華鄉就是彝劇

的發源地。

車子快到曇華山，路過彝族「十八月曆紀念碑」，唐副館長特意停車讓我們參觀舊遺址。因為十八月曆在前幾年因地震，遭到破壞。鄉裏又在另外的山頭建了新的十八月曆紀念碑。

眼前的十八月曆紀念碑，全部是由石頭組成。碑的最頂上的石球因地震震壞了，其石塊散落在碑旁邊地上。我們只看到四方的石塊，即呈葫蘆形狀的石塊，最下方是四四方方的石頭大平臺。在平臺的側面有著十八月曆的文字介紹。

> 彝族十八月曆就是將一個月分為二十天，一年分為十八個月，另加上五天的「祭祀日」。一個月的各日，一年的各月有其名稱。一年十八個月的專名為：1月風吹月；2月鳥鳴月；3月萌芽月；4月開花月；5月結果月；6月天乾月；7月蟲出月；8月雨水月；9月生草月；10月鳥窩月；11月河漲月；12月蟲鳴月；13月天晴月；14月無蟲月；15月草枯月；16月葉落月；17月霜臨月；18月過節月（過節終了加五天，一年正好365日）。一個月二十天的名稱為：1、開天日；2、闢地日；3、男子開天日；4、女子闢地日；5、天黑日；6、天紅日；7、天紫日；8、火燒天日；9、水冷日；10、洪水日；11、葫蘆日；12、伏羲皇帝日；13、伏羲姐妹日；14、尋覓人日；15、野蜂日；16、蜜蜂日；17；出人日；18、天窄日；19、天寬日；20、地縮日。

由於彝族十八月曆形成歷史久遠，關於十八月太陽曆的形成理論較多，多為人們接受的是人類借助自身腳和手所數量計算。即人類最開始使用的計數器正是人類自身的器官腳和手、總數正好是二十個。世界曆法分為太陽曆、太陰曆和陰陽曆三種。

曇華鄉彝族的十八月曆是一種自然曆，其實質為太陽曆，不過是將對太陽的直接觀察轉變為對太陽影響的萬物的觀察，原始人通過對與自己生活息息相關的物候的觀察。日積月累，終於發現了自然界中物候的周期性變化，並將其進行排列組合。根據這個排列組合序列進行生活生產安排，從而形成了古老的十八月曆。

曆法是人類文明及科技進步的重要標誌，十八月曆因其古老性、實用性為人類對自身科技發展的認識提供了重要的參考依據。參觀完十八月曆紀念

碑，我們坐上車前往曇華。到了曇華鄉，就不能不去「曇華寺」。曇華寺在曇華山下，曾經的歷史輝煌已經看不到了，只能從寺廟遺址遺留的石柱上想像它昔日的恢宏。

現在的曇華山下建了一間簡陋寺廟，房門前存有曾經的曇華寺電腦拼圖，並且附帶對曇華寺的簡介：

> 曇華寺亦稱覺雲寺，乃清初名僧悟禎創建。悟禎俗爲姚安世家土知州高耀，才高德厚，名重鄉里。公元一六五九年，見明祚傾，義不爲官，入雞足山大覺寺禮高僧無著洪如禪師剃度出家。後歸姚，創曇華寺。畢生精修梵行數十年，助修寺宇達一百三十四處。清康熙庚午（1690 年）於此寺圓寂，世壽九十七歲，其子郎清初大儒高曇映也。高氏爲雲南名門望族，文武兼濟，道德隆深，功勳卓著。
> 惜寺毀於文革，墓碑石刻尚存。

看完介紹，我們沿著上山的小路，到處尋找當年高曇映留下來的石刻詩文。因爲山上高大樹木繁多，陽光很少照到地面，時代的久遠，石刻碑文多被綠色青苔覆蓋。只有編號爲四的石碑詩文保存完整，是一首七律詩：

> 柴役雖設未嘗關，閒看幽禽自往還。
> 尺璧易求千丈石，黃金難買一生閒。
> 雪消曉嶂聞寒瀑，葉落秋林見遠山。
> 古柏煙消清畫永，是非不到白雲間。

通過山間散落的石塊，還能依稀辨識一些雕刻圖案、象徵性符號，以及其他的詩文，我們一一作了拍照與文字記錄：

> 香龕花實刀鋒橫，影落寒苔不世清。
> 日有義皇落枕上，松風莫怪漢秦聲。
> 月影留地處，雲痕涉樓空。
> 不高不下處，跋身待生公。

通過上述曇華山古代寺廟與摩崖石刻及碑刻、圖案、石塔、詩文等，方能眞實地反映此地歷史文化悠久而深厚。

（二）曇華鄉彝族戲劇文化

參觀考察完古代寺院遺址過後，我們下了山，來到大姚縣曇華鄉彝族文化傳習中心。這是兩層的水泥樓房。樓下的木門呈黃色，木門上的圖案雕刻

得很精細考究。在木門上方懸掛著紅色條幅「熱烈祝賀曇華彝劇被列入國家非物質文化遺產保護名錄」。木門兩邊掛著分別用漢字和彝文書寫的木牌。最左邊一塊木牌寫著「曇華鄉青少年培訓中心」，和它並列的另一塊木牌寫著「曇華鄉彝族文化傳習中心」。右邊的木牌寫著「曇華鄉業餘彝劇團」。

走進了小樓木門是一個陳列各種實物的大展廳，展廳裏有著彝劇一些圖文介紹：

彝劇歷史沿革

彝劇是產生於楚雄彝族自治州的一個新興的民族劇種。在 1956 年的合作化高潮中，大姚縣曇華山成立了麻稈房俱樂部。楊森等一批彝族青年運用歌、舞、劇三者相結合的形式，創作演出了《狼來拖羊》、《積肥》、《賣肥豬》、《歌唱合作社》、《牧羊在林中》、《半夜羊叫》等一批用彝語、彝調、彝舞表演的文藝節目。特別是《半夜羊叫》深受彝族群眾的喜愛。1958 年 3 月，在楚雄專區首次俱樂部工作會議上，《半夜羊叫》第一次從山區民間搬上了文藝舞臺，受到了一致好評。接著，在州、縣文化部門的幫助下，將《半夜羊叫》和《牧羊在林中》兩齣小戲，糅合成一部中型彝劇《半夜羊叫》一齊參加了 1985 年 12 月文化部在大理召開的西南民區民族文化工作會議的觀摩演出，受到了與會代表和文化部副部長夏衍的肯定。之後，楊森等人又創作編排了彝劇《曼嫫與瑪若》，連同原來的《半夜羊叫》一齊參加了 1962 年的雲南省首屆民族戲劇匯演，同樣獲得了成功。這兩部戲的劇本，被收入《少數民族戲劇選》由戲劇出版社與雲南人民出版社出版的《雲南民族戲劇集》。彝劇，作爲一個新興的劇種，載入中國大百科全書。2008 年 6 月，彝劇被國務院批准列入國家非物質文化遺產保護名錄。

彝劇劇本

彝劇劇本書寫以散文體、七言體、十言體爲其唱詞格式，人物對白採用漢語彝腔，並採用彝族擅長的比興手法潤飾。在音樂上，以我州內彝族各支系的民歌爲素材進行配曲創作。在表演上，以彝族活動爲基礎，並借鑒其他地方劇種的表演技巧，衍化出歡快步、迎客步、送客步、勞作登山步、俯身步、跌腳步等一系列動作。彝劇的劇目題材大多反映彝族現代生活，劇中的人物都給觀眾有強烈

的親切感。

彝劇唱腔

彝劇有單一的唱腔，結構比較簡單，以一句式、二句式、四句式爲主，也有六句、八句和多句式的；也有按段落可以分爲兩段、三段、四段一直到多段體的。有按速度變化，用散板、慢板、中板、快板的結構組成的；也有曲調隨著唱詞跑，句式或段落不很規整的。在演唱形式上，有獨唱、對唱、齊唱、領唱、伴唱（即當地彝族群眾年說的「湊腔」、「幫腔」）、重唱、合唱等。

戲劇音樂

音樂作爲彝劇藝術的重要組成部分，是刻畫地域特色，強調人物個性的重要語彙。創作者通過總結了多年藝術實踐的心得，在民族音調戲劇化、個性化方面作出了許多有益的嘗試，爲彝劇聲腔的發展積累了許多可操作的經驗。彝劇音樂由民歌小調（如〔梅葛調〕、〔曼嫫若調〕、〔過山調〕等）、舞曲、器樂曲（如「蘆笙曲」、「月琴曲」、「嗩吶曲」等）結合形成，稱「山歌體」。

主要劇目

彝劇表演採用「疊腳」等民族舞蹈的舞步、身段，具有濃鬱的地方特點和民族特色。代表性劇目有現代戲《半夜羊叫》，民間傳說故事劇《曼嫫與瑪若》等，在大姚等地經常有業餘劇團演出。

在一樓展廳裏擺放著此地早期存留的彝劇舞臺照片：《狼來拖羊》、《曼嫫與瑪若》、《半夜羊叫》等，以及彝劇創始人之一楊森和當年一些彝劇演員生活與演出的照片。

我們來到二樓，參觀了兩個展廳，左邊展廳牆角擺放著彝族樂器，幾把古舊的嗩吶和三弦。中間一張大桌子，桌子上擺滿了從彝族群眾中收集來的各式各樣的家庭用具，如木瓢、木勺和各種竹子編製的籃子等。據曇華鄉楊雲昌站長說，這些東西每一件都是從民間收集來的，是彝族群眾自願捐出來的，都是有些年代的傢具了。有的現在很少使用，還有的早就不用成了民間文物藏品。

另外一個展廳展示的是五顏六色各種樣式的彝族民族服飾，但是因爲持鑰匙保管員不在，我們無法看到那些漂亮的衣服了，感到有些遺憾。只能從

一樓展示的一幅幅彝族節日照片看到彝族服裝了。

楊雲昌站長還說，這些彝族用具和服裝因為展廳條件簡陋，很不容易保存。特別是 7、8 月份，經常下雨，空氣潮濕，很容易發霉受潮，這個問題很讓人頭疼。所以想通過我們向州里反映申請經費，使得保護措施再做好一些。

晚上七時，楊雲昌站長、唐文副館長、姜永生助理館員帶著我們來到曇華鄉丫古埂村，採訪了彝族畢摩（即民間巫師）李學品老人，通過採訪，從中學到了許多書本上沒有的東西，讓我們大開眼界。

通過翻譯所進行簡短的談話之後，畢摩興起，演唱了幾段彝族的民歌，唱之前，畢摩還要燒香進行一些儀式才開始。唱的調和唱詞都是彝族話，我們都聽不懂，但是仍然感覺得那是世界上最優美動聽的民歌。

畢摩唱完開天闢地史詩，給我們稍微講解了一些歌中意思。《開天闢地》就是唱彝族的誰來開天，誰來闢地，房梁怎麼來的等等。李學品畢摩說，開天闢地完整唱完需要 3 天 3 夜，而且要一直唱，唱的時候也不會疲倦。

談到彝族曲調，有「梅葛調」、「插花調」、「放羊調」、「喜歡調」等。老畢摩凡涉及到的曲調，都要隨口給我們唱一段。「梅葛調」是唱梅葛史詩，辦喜事唱，屬於正調。辦喪事的時候唱，有點像佛家的超渡辭令，所唱指路經，是讓死了的人不要騷擾家人和朋友，早早到極樂世界去。

進行畢摩正式儀式還需有一套裝備，老畢摩拿出向我們一一展示。有祖傳下來的一頂黑色帽氈。還有鷹爪，鷹爪已流傳五代了。法鈴也是一直傳下來的，唱《開天闢地》的時候一定要用。還有木魚，香樟木做的。這是幫漢族人做法事的時候用的，做彝族法事就不用。做彝族法事時，上述帽子、鷹爪和法鈴一樣都不能缺。

李學品畢摩還向我們展示了當地人民政府頒發給他的證書，確認他的非物質文化傳承藝人身份。有雲南省文化廳和雲南省民族事務委員會給他的民間音樂師證書，還有楚雄畢摩協辦給他發的專職畢摩證。

以上圖文實物資料的獲得，是大姚文化館副館長唐文、文化館助理館員姜永生、曇華站長楊雲昌、曇華鄉長連華才、彝族畢摩李學品所提供，對此我們非常感謝。

通過走訪曇華鄉，可以得知此地確實是彝族文化濃厚，彝族文化保存完整的一片土地。曇華的彝族是一個樸實、開朗的民族。也知道彝族是一個喜愛歌舞和戲劇的民族，只要樂器興起，就會隨時亮開嗓子唱出美妙的彝族民

歌，人多便可以邊唱邊舞起來。

（三）楚雄州彝劇團

7月11日上午10時半，我們來到楚雄彝族民族藝術劇院，劇院排練廳此時正在排練小彝劇《慕勒祭爹》。其故事情節是這樣的：

兒媳婦諾蘇不孝，把公公氣得離家而走。兒子羅慕偷偷給爹送飯，卻被諾蘇跟蹤，夫妻吵鬧將公公氣昏。諾蘇卻想出大辦喪事，祭爹發財的邪門主意。小兒子羅勒身為鄉長，在少數民族地區被稱做「山大王」，他對哥嫂的行為欲擒故縱，與父親假戲真做，一同教育了哥嫂。故事很簡單，但是很有現實意義。而且也讓我們親眼看到了彝劇排演的過程與相關技藝。

1、彝劇與劇團概況

吃過午飯後的下午一時，我們再一次來到劇團，收集到一些珍貴的雲南省楚雄彝族自治州民族藝術劇院彝劇團的資料：

彝劇，流行於雲南省楚雄彝族自治州。二十世紀50年代在彝族民間傳統藝術的基礎上發展而成。彝劇音樂來源於民歌小調：〔梅葛調〕、〔曼莫若調〕、〔過山調〕。器樂曲：〔蘆笙曲〕、〔月琴曲〕、〔嗩吶曲〕等結合形成，稱「山歌體」，語言為漢語彝腔，表演採用「跌腳」等民族色彩音樂。較早的代表性劇目有現代戲《半夜羊叫》，民間傳說故事劇《曼嫫與瑪若》等。

1984年經楚雄州委、州人民政府正式批文建立楚雄州彝劇團，成為經國家文化部批准建立的唯一的彝劇藝術表演專業團體所謂「天下第一團」。在籌備組的努力下，該彝劇團於1984年在大姚縣城成立。1984年至1986年三年的時間，彝劇團在大姚培養出了一批基本功過硬的優秀青年演員。在培訓學員期間實驗性排演了一些劇目，其中小彝劇《蔑獨尼鬧店》、《跳歌場上》參加了1984年雲南省新劇節目展演，並獲得較好的成績。

1986年，州委、州政府決定對彝劇團進行一次較大的調整，劇團從大姚縣遷至彝族自治州首府楚雄市。並在楚雄市重組了劇團新的領導班子，本著「面向彝山、博采眾長、獨具特色、振興彝劇」的工作方針，在短短的幾年裏，彝劇團就培養出了許多優秀的創作、編導、表演人才。相繼創作出了如：小彝劇《雙叩門》、彝劇《哀牢春秋》、彝劇《銅鼓祭》、彝劇《咪依嚕》、小彝劇《掌火人》等貼近生活又富有彝族特色的作品，為彝劇的發展與興旺發達奠定了堅實的基礎。

　　2002 年，楚雄州文化藝術表演團體實施改革，彝劇團與其它五個單位（歌舞團、滇劇團等）合併，成立了楚雄州文化藝術中心（2004 年後更名為州民族藝術劇院）。通過合併以後，彝劇團很快就排演出了許多具有時代特點和藝術質量的劇目，如：彝劇《臧金貴》、彝劇《瘋娘》、小彝劇《慕勒祭爹》等。收到了較好的社會效益和經濟效益，進一步拓寬了演出市場，取得了較好的成績。

　　彝劇團經過 20 多年的探索實踐，現已具備了編、導、演、舞美設計、音樂創作等綜合性的功能。彝劇團曾多次參加國家、省、州級的新劇（節）目展演，並獲得了諸多榮譽和獎勵。彝劇是楚雄州特有的民族劇種，它是在繼承彝族傳統文化基礎上發展起來的新劇種，具有廣泛的群眾基礎。彝劇在發展中形成了自己獨特、鮮明的藝術風格。

　　彝劇團多年來始終堅持文藝「二為」方向（為人民服務，為社會主義服務目的）和「雙百」（「百花齊放，百家爭鳴」）方針。除了參加各類賽事演出外，劇團還長期活躍在山區農村、社區、部隊、學校、廠礦等地為廣大老百姓演出。演出劇目恢諧幽默，富有生活情趣，深受廣大觀眾的喜愛。劇目內容大多謳歌了改革開放以來彝州的發展變化，頌揚人性的真、善、美，鞭撻社會的假、醜、惡。在劇目生產上，認真把握輿論導向，堅持運用生動的舞臺藝術，增強吸引力、感染力，弘揚了時代精神。

　　經了解，彝劇團歷任領導先後有：龍榮舫（苗）、張丕坤、丁伯廉、李忠（彝）、李光秀（彝）、陳開宗（彝）。並從雲南省楚雄彝族自治州民族藝術劇院彝劇團少數民族題材劇目演出表獲知：

劇目名稱	作者	導演	作曲	主　演	首演時間
《半夜羊叫》	楊森	楊森			1958 年
《蔑獨尼鬧店》	丁伯廉	張丕坤	夏天瑞	李洪平、張培東 李光翠、羅加探	1983 年
《雙叩門》		張丕坤	朱照琨	李光秀、冼忠明 張培東	1987 年
《哀牢春秋》	周維明	張丕坤	朱照琨	張培東、高燕 周星星	1988 年
《曼嫫與弱諾》	楊森	楊森	楊森	楊森	1958 年
《掌火人》	丁伯廉 卜其明	張丕坤	朱照琨	許亞華、陳開宗 朱茂昌	1990 年

劇目名稱	作者	導演	作曲	主　演	首演時間
《眞假鄉長》	夏德金	張丕坤	朱照琨	伍建華、李鳳蓮 李洪平、朱茂昌 吳敏	1995 年
《銅鼓祭》	丁伯廉 卜其明	張丕坤	朱照琨	郭建波、張紅燕 高燕、陳開宗	1996 年
《慕勒祭爹》	彭潔	張丕坤	朱照琨	陳開宗、許亞華 伍建華、郭建波	1998 年
《咪依嚕》	包剛	張丕坤	龍榮舫	許亞華、郭建波 伍建華、高燕 李光秀、張吉順	2000 年
《臧金貴》	羅仕強	張丕坤	安會文 顧建源	張留福、陳開宗 高燕、郭建波	2003 年
《瘋娘》	夏德金	李學忠 張丕坤	安會文 龍榮舫	高燕、李光秀 張留福、李黎 張海洪	2005 年

2、部分彝劇劇情簡介

小彝劇《眞假鄉長》：由於當地黨風不正，給群眾造成領導下鄉，都是又吃又拿的印象。剛到任的鄉長，下鄉解決兩村爭井的問題，不吃不拿不收錢，反被誤爲假鄉長。於是把他捆起來要送派出所，通過電話證實後，解除了誤會。兩村爭井的問題得到解決，糾正了群眾對領導的看法，樹立了黨的威性和形象。

六場彝劇《銅鼓祭》：銅鼓像日月、萬年傳久長，鼓聲發號令，萬眾一條心。銅鼓震天響，日月齊輝煌，會盟息爭戰，哀牢滿春光。雙鼓齊鳴風雷動，十八部落好會盟。碩南部落祖傳月亮銅鼓，魯納部落有太陽銅鼓。碩南部落酋長勒喜詔五主張以和爲貴，請魯納部落銅鼓工藝傳人妮諾爲其重鑄太陽神鼓並與之產生了愛情，意欲以日月雙鼓的威力統一哀牢十八部落。而碩南部落連事關領熱木克嗜殺成性，主張以武力征服各部，稱霸哀牢，並年年與勒喜爲敵，從中作梗。於是在戰國時代的氏族部落時期的雲南哀牢山區上演了一齣恩愛情仇，戰爭與和平的《銅鼓祭》。

大型彝劇《咪依嚕》：金沙江畔、哀牢山中，最美麗的花要數瑪櫻花，彝語叫作咪依嚕。聚居在楚雄大姚曇華山區的彝家人，有一民族色彩濃鬱聞名

遐邇的「插花節」。古代有一個名叫咪依嚕的姑娘，在她身上鎔鑄著勤勞、善良、智慧、勇敢的優良品質。獨露一方的土官建蓋「天仙園」，假借神意，欺騙百姓，挑選長得漂亮的姑娘們進入「天仙園」學習紡織、刺繡的「神功」。其實，土官是爲了榨取血汗，蹂躪女性。咪依嚕識破土官的險惡用心，與土官進行了機智勇敢的鬥爭，爲了救出遭受苦難的姐妹們，咪依嚕捨身除惡，用毒花酒與土官同飲，咪依嚕死後化爲一株潔白的瑪櫻花。親人們悲痛的血淚染紅了瑪櫻花，瑪櫻花變得像燃燒的火焰，她用生命譜寫出一首崇高悲壯的歌。

大型現代彝劇《臧金貴》：取材於現實生活中的眞人眞事。是一部反映當代優秀的共產黨人，努力踐行「三個代表」的重要思想，爲了國家和人民的利益，鞠躬盡瘁的力作。是一曲感人至深的黨和人民心連心，同呼吸、共命運的時代讚歌。全劇用臧金貴到永仁扶貧這根主線，塑造了臧金貴、馮鄉長、費校長、鄧主任……這樣一些鮮活生動的人物。

《臧金貴》全劇講述了主人公臧金貴受組織先派，從深圳中國招商銀行到雲南省楚雄彝族自治州永仁縣掛職當副縣長，分管扶貧工作。在短短的一年多的時間裏，他走遍了永仁縣的村村寨寨，提出了「治貧先治愚，治愚先重教」的工作方針。他克服種種困難爲貧窮的直苴村四處奔走，建蓋了希望小學；他用微薄的工資收養了失學的孤兒；他視孤寡老人爲自己的親人，解決他們的生活困難……一樁樁，一件件事情，飽含了臧金貴對彝家人的深情厚意。

小彝劇《掌火人》：彝山「火把節」的掌火人是大家公認的男子漢，前幾年都是由阿茶的阿爹來擔當，隨著年紀的增長，他已不能勝任，當年要選一個新的掌火人。阿舉是阿茶的戀人，他力大無比，酒量過人，槍法又準，是理想的掌火人。可是阿茶卻不滿意，阿舉成天打獵，決心利用選掌火人之機教育阿舉，希望他學一點新知識，走科技至富道路。阿茶在阿舉面前千方百計擡高轉業軍人阿興，並故意對阿興親近，氣得阿舉火冒三丈。阿舉執意要和阿興比武、比酒量、比摔跤、比槍法，阿興無心比武，阿茶卻從中幫忙，使阿舉一敗塗地。阿茶又故意冷落阿舉，阿舉氣得把槍口指向阿興。此時，阿茶覺得玩笑開大了，說出阿興已有對象，自己是想氣氣阿舉，一場誤會解除了。阿舉也認識了自己的錯誤，決心以後好好向阿興學習，走科技至富之路。

　　無場次彝劇《瘋娘》：該劇目是根據王恒紀實短篇小說《我的瘋子娘》改編的一部大型彝劇。講述了二十世紀 70 年代，一位孤苦伶仃的瘋女人流落到一個偏僻的彝族小山村。大齡彝族青年瓦苦與母親相依為命，因家境貧困，為傳宗接代，瓦苦之母決定收留她，讓瓦苦與她結為夫妻，生下了兒子阿石。瘋娘雖是瘋子，但是表現出了超常的母愛，對阿石無比疼愛和呵護。瓦苦之母為保護孫子，一句戲言，使瘋娘為尋兒而走失，母子分別。經歷了人間的悲歡離合，生離死別。

　　劇中的一首主題曲唱道：「阿媽的眼睛珠，阿媽的小星星。阿媽的小心肝，阿媽的心頭肉。阿媽你在夢裏，阿媽愛你在心裏」，質樸的歌謠唱出瘋娘蕎子如陽光般熾熱、如山泉般清醇的母愛。那偉大而溫暖的母愛，穿越了歲月的風霜，抵達心靈的彼岸，演繹了一段感天動地的人間真情故事。

　　小彝劇《摩托聲聲》：羅大媽的兒子小虎和肖大爹家的女兒小梅是一對戀人，眼看著二人就要談婚論嫁。可肖大爹忽然提出要招小虎為上門女婿，這可急壞了羅大媽。肖大爹和羅大媽二人為了自家的利益，互不相讓，並請來新農村建設員馬指導當裁判，來比試兩家財產的多少，以此決定是肖大爹家招親還是羅大媽家娶媳婦。最後，兩家通過獨特的技藝比賽，圓滿的解決了此事。

　　小彝劇《都是毛驢惹的禍》：等待移栽的烤煙苗遭到了毛驢的踩踏，這可急壞阿諾大嫂。於是與毛驢的主人一起鬧到了村委會，兩家人就賠償問題鬧得不可開交。村委會主任反覆勸說無效，最後用激將法解開兩人的思想疙瘩，最終就賠償問題達成協議，消除了兩家人的矛盾。

3、採訪張丕坤導演

　　在楚雄彝劇團的編導辦公室，我們採訪了該團著名導演張丕坤。通過對張丕坤導演的採訪，清楚的知道了彝劇與彝劇團的延生與發展成長的經歷。

　　彝劇團 1984 年在大姚縣成立，1984 年至 1986 年三年的時間，彝劇團在大姚培養出一批基本功過硬的青年優秀演員。在培訓學員期間，實驗性的排演了一些劇目，其中小彝劇《蔑獨尼鬧店》和《跳歌場上》參加了 1984 年雲南省新劇節目展演，獲得較好的成績。這兩齣戲同年參加了雲南省少數民族戲劇會演，得到了各方面專家學者的一致好評，這是彝劇有專業劇團以來第一次參加的省級會演。1987 年經他導演了小彝劇《雙叩門》參加了當年舉辦的全省青年演員表演比賽，獲得劇目特別獎，演員李光秀獲表演一等獎。該

劇是彝劇小戲的代表性劇目，影響很大。1992 年他導演的彝劇《掌火人》參加第三屆中國藝術節演出，《掌火人》也是彝劇中比較有影響的劇目。從接到這個戲開始，他就想對現有的彝劇進行表現形式的突破。他在這個戲中，著重突出彝族傳統風俗，讓演員在臺上表演得鮮活，讓人看後感覺新鮮，不落入舊戲曲老套子。使此戲在表演上集歌、舞、戲爲一體，具有濃鬱鮮明的民族特色。該劇還參加全國少數民族題材劇目評選，榮獲銅獎，成爲一個久演不衰的劇目。此後，他又陸續導演了大型彝劇《哀牢春秋》、《楊梅紅了的時候》、小彝劇《獨赫諾》、《雙叩門》等一批劇目。

彝劇雖然發源於疊華，但是說到它的發展和成熟卻離不開張丕坤導演的辛勤勞動。張導演自從開始導演彝劇時起，就清楚知道彝劇的優點和缺點。他批判性的繼承傳統文化，並進行大量的改革。他繼承彝劇通俗易懂特點，也讓彝劇保存了濃厚的鄉土氣息，並且保持它的彝族民族文化特色。然後對於彝劇故事進行必要的改編，使得彝劇故事複雜和曲折，出現多幕與大型戲劇。音樂上強調一曲多用，專曲多用的運用。改變了傳統彝劇的曲調簡單這一問題，加入一些彝族民歌曲調。在彝劇的舞臺運用，服裝上也進行一系列改革。

張丕坤導演運用他的才華，不僅排練簡單的小彝劇，還排練了很多大型彝劇。而大大小小的彝劇不僅在州裏、省裏都產生影響，在全國也是有很大的號召力與知名度。楚雄彝劇在比賽中獲得大大小小的各種獎項，在省內外有那麼大的成就和影響，張丕坤導演可謂功不可沒。

在彝劇團團部檔案室，我們收集到一些關於張導演的資料以補充口頭採訪的不足：

> 張丕坤，1946 年 9 月 26 日出生於雲南玉溪，國家一級導演。他張丕坤歷任楚雄州花燈團副團長、楚雄州彝劇團團長、楚雄州民族藝術劇院創作研究室主任、楚雄州戲劇曲藝家協會主席、中國劇協會員。
>
> 1966 年畢業於雲南省戲曲學校，在楚雄州的文工團從事過歌舞、花燈的演出；1982 年考入雲南藝術學院戲劇系學習導演專業，畢業後成爲了一名專職導演。1982 年任楚雄州花燈團副團長並擔任導演工作，他導演了大量的花燈劇目，直到 1985 年楚雄州花燈團撤消。這是他導演藝術的起步實踐階段，爲他今後導演風格的形成，

奠定了堅實的基礎。

1984 年，由楚雄州州委、州人民政府正式批文，在大姚縣城建立楚雄州彝劇團，它同時也是國家文化部批准建立的唯一的彝劇藝術表演專業團體。張丕坤又當團長又當導演，開始了長達二十多年彝劇導演的工作。

1996 年張丕坤導演了由楚雄州兩位編劇創作的大型彝劇《銅鼓祭》，這是一個古代題材的大型悲劇。《銅鼓祭》上演後獲得了成功，參加全省新劇節目展演榮獲二等獎。1999 年中央電視臺春節聯歡晚會戲曲晚會挑選了其中的一個片斷進入晚會，在春節期間多次在全國播出，影響很大。

2001 年 11 月，楚雄州文化藝術表演團體改革，彝劇團與其它五個單位合併，成立了楚雄州文化藝術中心（現更名為州民族藝術劇院），張丕坤擔任了楚雄州民族藝術劇院創作研究室主任。他在做好創作研究室日常行政工作的同時，還要承擔導演的工作，肩上任務也更重了。但是，他更加的勤奮和努力，不斷的鑽研學習，提高自己的業務水平。最終，他又取得了很多優異的成績，達到了導演藝術的一個高峰。2001 年他先後導演了小彝劇《真假鄉長》、《慕勒祭爹》，參加了全國「群星獎」及「曹禺戲劇小品小戲獎」比賽，結果《真假鄉長》榮獲全國「群星獎」金獎；《慕勒祭爹》榮獲「曹禺戲劇小品、小戲獎」一等獎，他個人被評為「優秀導演獎」。這也是此次比賽的導演最高獎，是他從事藝術以來的最高榮譽。

2004 年，楚雄州民族藝術劇院彝劇團重點打造大型彝劇《臧金貴》，這是以真人真事為原型，講述了優秀共產黨員臧金貴從深圳到貴州邊遠山區來掛職期間，發生的可歌可泣的感人事蹟。在張丕坤的參與下，劇本九易其稿，三次修改排練。《臧金貴》通過彝劇的形式，藝術的再現臧金貴這個優秀共產黨員光輝的形象，刻畫了一個普通的共產黨員，時刻不忘黨的重託，身體力行的實踐著「三個代表」的重要思想，為了群眾的利益嘔心瀝血、鞠躬盡瘁的光輝形象。

2006 年在張丕坤退休前，又導演了根據王恒績的短篇小說《我的瘋子娘》改編的大型無場次彝劇《瘋娘》，該劇故事感人，震撼人心。他用全新的導演手法來執導《瘋娘》，從劇中我們可以清楚的看

到人間母愛的偉大，看到彝家人博大的胸懷與性格的淳樸、善良。此戲對人性進行了的深度開掘，用真情感染和打動了無數的觀眾，宣揚了中華民族的傳統美德。2007 年 10 月，經過幾個月精心修改後的《瘋娘》參加了第一屆中國少數民族戲劇會演。它以感人的故事情節、絢麗的彝族服飾、富有彝族特色的音樂、優美的彝族舞蹈……征服了評委和觀眾，獲得了劇目金獎和導演、編舞、舞美、燈光、道具、音樂、表演 7 個單項優秀獎。《瘋娘》自從 2006 年在楚雄新（劇）節目調演中推出後便一舉奪冠，並且在第十一屆滇中南民族藝術節展演中獲一等獎。

（四）西雙版納傣族章哈劇

在楚雄市調查完彝劇後，我們於 7 月 11 日下午又回到昆明市，在南窯客運站買票，乘坐夜間的汽車前往西雙版納去調查傣族的章哈劇。一路上經過了玉溪、墨江、普洱等地之後，在 7 月 12 日早晨到達了西雙版納傣族自治州的首府——景洪。

傣族是我國西南地區的一個具有悠久歷史和文明的民族。他們絕大部分居住在雲南南部的河谷地帶，集中在西雙版納傣族自治州和德宏傣族景頗族自治州等縣。那裡均為亞洲亞熱帶地區，不僅有著名的瀾滄江、怒江、紅河，而且有廣闊茂密的森林和多種稀有動植物，被稱為「孔雀之鄉」，也被譽為「綠色的寶石」。

在我國，傣族共有三個支系：傣那、傣泐和傣雅。三個支系有不同的地方語言，傣那和傣泐都有自己的文字。傣族幾乎全民信奉小乘佛教，不論是傳統文化還是生活都打上了佛教的烙印。

解放後在瀾滄江兩岸發掘出土的新石器時代文化遺址說明，傣族歷史悠久，在遠古時期，已經有傣族的先民生活和繁衍在這些地方。到了漢代，史籍中已有關於傣族的記載，當時稱為「滇越」、「撣」，唐代稱為「金齒」、「銀齒」、「黑齒」。以後，又有「白衣」、「擺夷」等稱呼。東漢時，傣族首領多次派遣使臣到中央王朝進貢，被朝廷封為「漢大都尉」。

公元八至十二世紀，傣族各部為「南詔」、「大理」所屬。公元十二世紀，西雙版納首領叭真統一各部，以景洪為中心，建立了「傣泐」地方政權。元代，傣族以瑞麗江地區為中心，建立了「猛卯」地方政權。現在居住在西雙

版納的傣族基本都是「水傣」一支。

我們到達景洪的時候，天下著大雨，幸虧在出行之前，李老師囑咐我們帶上雨傘，所以才沒有被雨淋濕。撲面而來的是一種潮濕的熱帶雨林氣息，街道兩旁種植著高大的棕櫚樹和椰子樹，各種熱帶植物和花卉交錯其間，別具特色。

我們找到住宿的地方之後，打聽到在景洪市曼買桑康傣族園每天九時到十時有一場傣族的民族風情表演，很有代表性和民族特色，所以我們稍事休息之後便坐上了去風情園的汽車。一路上，司機師傅熱情地為我們介紹傣族的風俗和沿途的景觀。汽車一路上沿著瀾滄江行駛，瀾滄江是中國西南地區大河之一，也是一條亞洲的國際大河。此河源出青海省雜多縣境，向東南流入雲南西部至西雙版納傣族自治州南部，流出國境稱「湄公河」，經緬甸、老撾、泰國、柬埔寨，在越南南部流入南海。

隔車窗向外眺望，道路兩旁是蔥綠茂密的熱帶植物，瀾滄江夾帶著泥沙洶湧澎湃，水勢甚急。岸邊是傣族老百姓種植的菠蘿、香蕉、橡膠、水稻等等作物。原始的傣家竹樓、金碧輝煌的佛塔隨處可見。果然是村村寨寨都有佛寺，佛寺幾乎多到難以數清的地步。

1、觀賞傣族歌舞表演

經過一個多小時的旅途，我們終於到達了曼買桑康傣族風情園。買了三張門票後，聽到園內鑼鼓喧天，原來第一場表演已經結束。我們急忙向看臺奔去，登上木製的樓梯，兩位著豔麗筒裙的傣家「貓多哩」用樹枝向我們身上撒「吉祥水」，意喻著吉祥祝福。下了木製的樓梯以後，前面突然出現一個碧綠的湖泊，小道兩旁有還有幾隻孔雀棲息在樹枝上。當我們穿過一座鋪著木板的浮橋，就到表演景區的看臺。

表演水景場地依傍著一座湖泊而建，呈半圓形，觀眾席正對著湖面表演區。湖面四周綠樹成蔭，蕉樹成群，每隔一處即建有典型的傣家竹樓，竹樓與焦樹相映成趣。舞臺約 100 平米，觀眾席可容納 500 人左右。

表演開始，首先在舞臺正前方擺放了兩個直徑約 70 釐米大鼓。接著五名傣族男子上場向觀眾行合掌禮致意。他們身著無袖無領之深褐色短衣和齊膝短褲，坦露右肩，頭戴典型的金黃色無頂帽。接著兩人擊鼓，一人奏鈸，一人擊鉎鑼，剩餘一人便開始隨著音樂的節拍起舞。其舞姿好似打拳，又像練功，手與腳的動作都孔武有力，不時變換舞姿。每一個動作都表現出一種力

量的曲線美，充分表現出一種陽剛之壯美。表演完舞之後，這名男子又開始表演長刀舞，他兩手各執一柄長約 70 釐米的細長尖刀，隨著音樂起舞，或進或退，或左突或右衝，並帶有一些舞蹈的藝術動作和步伐。刀舞結束後，表演者暫時退下。先前擊鼓的兩名男子拳頭緊握開始表演對舞，時而單腿站立，似乎劍拔弩張，給人一種緊張刺激之感。接著兩人又手持擊鼓的短棍開始對舞，觀眾席傳來一陣陣掌聲。

在經過一系列的開場表演之後，男主持人身著金黃色傣族服飾上臺，向觀眾致歡迎辭。隨之是一名傣族男歌手上臺演唱一首傣語歌曲，並招呼舞台兩旁的孔雀來食用，棲息在湖泊兩邊小竹樓閣上的孔雀聽到召喚後，便紛紛飛到舞臺上覓食，景象極為浪漫，蔚為壯觀。與此同時，在湖泊的東西兩側分別緩緩駛出兩支竹筏，隨樂相對而行。左邊的竹筏上王子穿著金黃色的傣族服飾，威武地站在竹筏的正中，後面跟著擔水的兩名婢女，由三名男僕人划船；右邊的竹筏上公主站在竹筏的正中間，與 6 名婢女一起翩翩起舞，前後各一名男僕划船。當兩條竹筏駛到湖中相遇時，公主與王子一見傾心，並登上了王子的竹筏，公主與王子一起跳起了傣族舞蹈，婢女們也是翩翩起舞。後來王子與公主一起向右岸駛去，原來公主乘的那條船載著婢女繼續向左岸駛去。與此同時，一條竹筏從左面緩緩駛出，上面 8 名穿著豔麗筒裙的傣族少女，各撐著一柄油紙傘，背對著舞臺佇立，船駛到中央時少女們放下傘，舉起了銀色的水鉢，開始跳起潑水舞。動作優美婀娜，觀之令人如痴如醉如夢。

接著從湖面的近處、遠處左右兩側分別各駛出一條竹筏，每條上載著 4 位少女；從湖面中間駛出三條竹筏，分別載著 4 名、6 名、8 名女子，此時湖面上一共 42 名身著各色鮮豔筒裙、梳著孔雀髻的傣族女子，她們皆手執紅色或綠色的油紙傘，一起隨樂舞蹈，景象十分壯觀。其中靠近舞臺最近的三條竹筏排成一條直線，首尾銜接。上面傣族女子不斷變換舞姿，使嫩綠色的油紙傘成波浪形漸變，形成一種動態的曲線美。待少女們表演完舞蹈後，竹筏也漸漸駛向岸邊消失。這時從湖泊的四面八方又分別駛出 12 條竹筏，上面三三兩兩地站著傣族女子，也是身著傳統的筒裙。有的正在梳理秀麗烏黑的長髮；有的正在潑水嬉戲；有的在撒網捕魚；有的擔著柴禾；有的在跳舞，將傣族的生活淋漓盡致地在湖上生動形象展現出來。

歌舞表演結束後，龍舟比賽就開始了，首先展現的節目是「祭祀龍王」，

33 名身著紅色服飾的傣族女子跳起優雅的傣族舞走到舞臺中間，站好隊後，雙手合十；接著寨子的頭人上臺來，後面兩名女子端著祭祀龍王用的物品，五名女子手執「高升」（即爆竹禮花筒）緊隨其後。在向龍王神像祭祀後，頭人及所有傣族少女都虔誠地跪在舞臺上，並將酒向四周，祈禱賽龍舟能夠平平安安，希望大家都能取得好成績。在祭祀與施放爆竹禮花之後，33 名少女手執香包開始跳舞，隨之熱情地把香包拋給觀眾。

接著踴躍的觀眾就到舞臺上報名參加「龍舟比賽」，在集體高喊「水——」後，喝完一杯祝酒，就開始進行水中划舟比賽。比賽分為 5 組，龍舟是木製的，全長 15 米左右。龍舟前頭雕刻成龍首的形狀，舟尾則像龍尾。舟身浮出水面的部分塗上彩漆，畫上龍鱗。看上去栩栩如生。

關於划龍舟的傳說據有關文獻記載：

> 古時候，西雙版納有一個孟巴拉娜西王國，國王是一個殘忍的暴君，為了想法除掉自己的準女婿岩洪窩，限定岩洪窩七天內造出龍船來同國王進行比賽，國王想趁機將他撞死。聰明、勇敢、善良的岩洪窩到龍王那請求幫助，龍王答應變成一隻小船幫助他。到比賽的時候，過往的大龍船像箭一樣地朝岩洪窩駛來，恨不得把他撞到江裏。可是龍王幫助了岩洪窩，讓瀾滄江狂風大作，把國王的大船吞沒了。

我們坐在觀眾席上觀賞。在湖面上進行緊張的划龍舟比賽時，舞臺上的傣族少女們也在跳著「潑水舞」，在舞蹈高潮處，美麗的傣家少女又上臺為觀眾一一繫上預示著幸福吉祥的紅線。比賽結束後，在舞臺上備有竹製的「傣王轎」，過去只有有身份、有地位的人才能坐「傣王轎」，每個轎分別由 4 個人擡上起落。接下來就開始放「高升」，傣語稱「棒菲」，是傣族人民製作的一種可以射向高空的「土火箭」。是用火藥、竹管和竹竿製作而成，點火以後會噴著一股濃煙，帶著嘯聲直刺雲天。

關於放「高升」，在傣鄉還有一個美麗的傳說，說是為紀念傣家勇士帕鴨晚舉行的儀式。傳說天神棒麻點打拉紮亂行風雨造成四季混亂，給人間造成災難。帕雅晚為了解救受苦的民眾，歷盡艱險，飛上天庭查明原因時，結果累死在天庭。他的行動感動了天神，調動天兵天將驅除了惡魔，傣族又過上了幸福安康的日子。「高升」燃放，是傣家人祈福最直接的表達方式之一，意為「風調雨順、步步高升」，祝願傣家「天天幸福、時時好運」。

接下來我們被邀請前去品嘗傣家的「長桌宴」，長桌宴，又叫長街宴，是雲南少數民族在節日期間特設的一種聚餐方式。每逢節慶之日，全村的男女老少都會聚在一列長桌上，桌上擺滿豐盛的酒菜，寓意為「長長久久」。傣家用這種聚餐的方式來慶祝豐收，歡度節日、增進彼此的感情。長桌宴地點設在傣家的竹樓上，以豐盛的民族特色菜為主，有用蕉葉包成的「糯米粑粑」、香茅草烤魚、糯米雞、雜菜湯、糯米飯、酸菜、菠蘿點心等等，味道以酸辣為主，而且用餐器皿也很有雲南地方特色。在大家用餐前，出人意料之外專設有傣族姑娘圍繞在四周，吟唱傣族的祝酒歌，還有樂手在一旁吹笛伴奏。客人與傣族姑娘一同唱歌、勾著手指飲酒。在這如詩如畫的風景裏，人與自然和諧共處，讓人流連忘返。

在品嘗完別具特色的傣家飯後，我們還在竹樓旁觀賞了「鬥雞」，傣族是最早馴化野生動物的民族之一，鬥雞這個娛樂活動有著悠久的歷史。西雙版納土生土長的參賽雞，腳是黃色的，全身只有七八成毛，胸部為無毛的血紅色。在這裡，遊客可以下一些小的賭注，增加遊玩的緊張刺激感。欣賞完傣族的風情表演、品嘗完美味的傣家宴後，由於我們還有新的考察任務，所以只好依依不捨地離開了曼買桑康風情園，踏上了回景洪市的路。

2、傣族歷史劇與章哈劇

在回景洪的途中，我們經過了原來的「傣王宮」，那裡就是以前傣族的領袖——傣王所居住的地方。為了防止敵人入侵，傣王把宮殿建在了瀾滄江的對岸，以此作為天然的保護屏障。現在這裡已經開發成了旅遊景點，遊客通過乘坐纜車過河去參觀。現在在原傣王宮的基礎上建成了猛泐文化園，編演歷史劇《傣王登基》，重現傣王登基時的隆重場面。根據圖文介紹可知，活動由迎接、洗禮、登位、選婚、各國使者恭賀以及全民恭賀六個環節組成。形象生動地再現傣王的盛大禮儀、宮女的美貌，是瞭解西雙版納、瞭解傣族歷史的一個文化平臺。隔傣天宮，裏面設有猛泐博物館、猛泐民族風情園、雨林民族習俗展示區以及各種植物、動物展覽館。景區內的傣王政權系統展廳裏，還陳列著元朝至元三十年（1293）朝廷頒給傣王的玉璽、明代傣王的象牙印等多件珍貴文物，是古代傣漢民族政治文化交流的有力證據。

下午 3 時，熱心的司機師傅又把我們帶到「貝葉文化村」進行了參觀，這個村子是由政府批准的景點，專門供遊人參觀、瞭解傣族習俗。我們一下車，就有一位穿著紫色傣族筒裙的年輕婦女熱情地接待我們，邀請我們到她

家去做客。她家是典型的木樓建築，上面住人，下面可以放置雜物。這種木樓夏天住著也不會覺得悶熱，反而很涼爽。進屋之前，她給我們介紹了進入傣家做客的規矩：一脫、二摸、三不看。「脫」是指進入傣家人的客廳首先要脫鞋，不能穿著鞋進屋；「摸」是指在進入傣家人的客廳以後，客人要摸一下主人家的「神柱」，這根柱子是由菩提樹做成的，寓意著主人的祖先。客人觸摸這根柱子，表示向主人的祖先行禮，就會得到主人家祖先的保護；「不看」是指客人進入傣家人的房屋後，不能隨便觀看傣家人的臥室，傣族的臥室是不允許外人隨意參觀的。按傣族的習俗，傣族全家人都睡在同一間屋子裏，相互之間用蚊帳隔開，老人用黑蚊帳，成年人用白蚊帳，未婚的少男少女用紅蚊帳。這位傣族婦女家的客廳很寬大，但是陳設卻很簡單，客人和主人都是坐在小凳子上。女主人為我們沏上香甜清淡的糯米茶，然後開始給我們介紹傣族的文化風俗。

由於西雙版納旅遊業的迅速發展，人們對傣族的傳統文化、習俗也越來越好奇。為了讓更多的人瞭解傣族的文化，所以政府決定開發一些村落來專門供遊客參觀，並選取那些漢語流利的傣族女性作為導遊。據說溫家寶總理和著名的主持人李湘都曾來參觀過這個村子，而且李湘來參觀時，就是由眼前這位賢淑的女主人接待的。傣族是一個自由婚戀的民族，結婚自由，離婚自由。如果男方看上了女方，那麼就要為女方免費打三年苦工，幫女方家裏做三年活，比如砍柴、種地等。做完苦工後，男方還必須到瀾滄江去淘沙金來為女方準備嫁妝。如果男方不能熬過這三年的苦日子，那麼女方家裏就不會同意這門親事。

傣族稱美麗的女子叫「貓多哩」，英俊的男子為「騷多哩」，女主人驕傲地為我們展示她的「騷多哩」打制的金手鐲、銀項鏈、金戒指等首飾。但是男方熬過這三年後，就可以輕鬆了，在傣族家庭裏，一般都是女性當家，傣族女性的地位是比較高的。但是女性還要出去種莊稼，下地勞動，而男人則可以不用下地勞動。傣族的文化人們一般對男性瞭解的比較深入，因為傣族女子只會說傣語，一般不會寫傣文，而傣族的男子要在5、6歲時就要去寺廟出家，在那裡學習佛經文化、傣文等，所以一般傣族男性在文化傳承、保存方面起的作用更加顯著。傣家人也非常的好客，客來後，主人都會準備豐盛的飯菜，如果遊客要在這裡住一晚，她們也是很歡迎的，一般不會收取任何的費用。

　　我們參觀完貝葉文化村之後，便坐車回到景洪市，幾經周折終於找到了景洪市新華書店，在這裡查閱了並購買的一些關於「章哈劇」的圖文資料。

　　7月13日上午，我們就來到西雙版納州文化館，並採訪到了段其儒館長。從中瞭解到許多關於傣族敘事長詩、說唱曲藝、章哈劇目的珍貴信息。

　　採訪完州文化館的段館長，已經是11時多，我們又來到西雙版納自治州民族歌舞團，準備瞭解傣劇隊與章哈劇的一些情況，可是因為當天文化局要開一個重要的會議，團長、副團長和傣劇隊的負責人都參加會議去了。所以我們只有就便瞭解到州歌舞團與所屬章哈隊的一些基本情況。

　　西雙版納傣族自治州民族歌舞團成立於1954年11月，擁有傣、哈尼、布朗、基諾、拉祜、瑤、佤、彝、白、蒙、滿、回、漢族等13個兄弟民族的藝術家，演職員120餘人，是西雙版納州的專業藝術表演團體。民族歌舞團建團50多年以來，創作、改編、演出了一批又一批富有地方民族特色，反映民族精神風貌的優秀音樂、舞蹈、舞劇、章哈劇等作品。培養造就了一大批聞名全國的優秀民族演員，著名的傣族舞蹈家刀美蘭、中國青年舞蹈家楊麗萍都是出自該團。

　　該團的大型傣族神話舞劇《召樹屯與婻木諾娜》獲中國文化部頒發的創作一等獎、演出二等獎，大型傣族神話舞劇《蘭嘎西賀》（十頭魔王）、《千瓣蓮花》、大型民族歌舞《版納風采》、《美麗的西雙版納》、《西雙版納猛巴拉娜西》及歌舞《瀾滄江畔》、《潑水節》、《春到茶山》、《金谷迎我笑》、《跳月亮》、《象腳鼓與金孔雀》、《綠水青山小卜少》，章哈劇《瀾滄江水向東流》、《基諾唱太陽》、《長甲女》等一批劇目先後在各種藝術節匯演中獲得多種獎項。

　　其中民族舞劇《召樹屯與婻木諾娜》在1979年榮獲創作一等獎、演出二等獎，編劇：刀國安；編舞：珠蘭芳、刀學明、刀光德、查宗芳、楊可佳；作曲：楊力、聶思聰、刀洪勇、董秉常、楊偉、召亞羽。

　　另外如民族舞劇《蘭嘎西賀》於1992年榮獲雲南省文學藝術創作三等獎；傣族樂舞詩《西雙版納──猛巴拉娜西》於2004年獲雲南省文學藝術創作三等獎；民族舞劇《千瓣蓮花》於1996年獲滇中南歌舞戲劇節一等獎。

　　西雙版納州民族歌舞團曾於1980年至2006年先後應邀出訪泰國、緬甸、老撾、越南、新加坡、馬來西亞、日本、香港等地演出30多場。在國內先後到北京、上海、廣州、天津、廣西、武漢、海南、成都、重慶、瀋陽、青島、西安等地演出，受到廣泛的歡迎和好評。國家領導人周恩來、陳毅、江澤民

等先後觀看過該團演出，並給予西雙版納傣劇團高度評價。

（四）德宏州民間傣劇調查

7月13日中午一時三十五分，我們又匆匆坐上了西行去保山市的汽車，開始了一段新的艱難的旅途。一路上車況與路況都很糟糕，由於兩天連著下雨，所以使原本就不平整的路面更是坑坑窪窪。我們有時候不得不下車步行一段泥濘的路程，有時候公路一側就是滔滔的急流，加上坑窪不平的道路，使我們擔心萬一掉下去那後果不堪設想。經過了猛海、猛滿、瀾滄、雙江、臨滄等地，有一次汽車陷在了泥坑裏，半天也爬不出來。李強老師不顧旅途的勞頓，下車又是填土，又是裝石子，又是搬木頭，在老師的熱情感染下，許多乘客也下來幫忙推車，經過了近一個小時的艱苦努力，汽車終於駛出了泥淖。

晚上正當我們昏昏欲睡時，突然上來兩個武警戰士上來檢查證件，原來是邊防安全檢查。第一次經歷這種檢查場面的我們兩位學生頓時感覺氣氛緊張起來。武警戰士仔細地檢查了每一個人的床位、行李、隨身物品後，看到沒有異樣，終於放行。在7月14日中午，我們終於到達了滇西南的保山市汽車客運站，吃過午飯稍事休息後，我們又坐上了到德宏自治州首府——芒市的汽車。

到達芒市時，已經是14日下午6時，在找好住宿的地方後，我們有幸品嘗了正宗的蒙自土鍋米線，然後回旅館整理明天的採訪材料。李老師聯繫到2007年在山西大同第一屆少數民族戲劇匯演時認識的兩位文藝工作者：楊樹忠編劇和著名傣劇導演李小喜。他們熱情地答應接待我們。

7月15日，我們一大早就去德宏州文化局，由於局長參加會議去了，遞交了介紹信以後，辦公室負責人熱情地接待了我們，並建議我們去傣劇團瞭解情況。於是我們三人又趕往德宏州傣劇團。楊樹忠編劇穿著白色體恤、黑色短褲和涼鞋，戴著黑框眼鏡，一臉的隨和，並熱情地帶我們到傣劇團辦公室。隨後，傣劇團的前任團長、著名演員金保也來到辦公室，和早已熟悉的李強老師愉快地聊起來。知道我們的來意後，傣劇團派來專車，楊樹忠編劇主動要求陪同我們下去調查。我們隨後前往梁河縣參觀南甸土司府，然後去了傣劇誕生地盈江。

1、梁河南甸土司府戲樓

德宏州梁河縣，元代設軍民總管府，元、明、清時代隸屬「騰越州」，後

改稱「南甸」。「南」是指位於騰沖南部而言，「甸」是指郊外壩子，所以也叫「南甸」。1931 年因小梁江而改名「梁河」。它東北與騰沖縣接壤，東南與龍陵縣交接，南鄰隴川、潞西，西面毗鄰盈江縣，縣城距離州府芒市 114 公里。

梁河境內有大盈江和龍江，形成兩山夾一壩。地勢南高北低，最高海拔2673.8 米。總面積 1159 平方千米。梁河縣自然條件優越，適宜種植水稻、茶葉等作物。梁河是著名的「茶鄉」和「葫蘆絲之鄉」。我們通過文字資料與口碑材料瞭解到的南甸土司文化及其傣劇戲樓的信息如下：

南甸土司姓龔，原籍南京應天府上元縣人。南甸祖先一世祖名宗，被推選為長宗。元至元二十六年（1289），設南甸軍民總管府，第三十世祖貢祿，因隨元軍討伐金齒諸部落有功賜姓刀，所以又稱刀龔氏，明初定居於此。民國元年復姓龔，正式稱龔姓僅四代有餘。刀氏先祖明初隨師征討雲南時，因屢建戰功加封為宣撫使，宣撫使是封使時代中央政權在邊疆設置的統治政權機構，分宣慰司、宣撫使、安撫司等。南甸宣撫司從三品，轄地廣闊，實力雄厚。自明正統五年（1440 年）至解放前夕，共沿襲 28 代，歷時五百餘年，在雲南邊地土司中影響很大。末代土司龔統政久居緬甸，於 1993 年清明去世。

南甸土司衙門，也叫南甸土司司署。是中國第一土司衙門，有著「傣族故宮」的美譽。南甸土司衙門位於梁河縣遮島鎮。土司衙門曾幾易其址，最開始在河西，後來在二臺坪。清咸豐元年（1851年）定居現址，為第 25 代南甸土司刀永安所建。歷經三代土司的不斷擴建，最後於民國二十四年（1935 年）完善成現在的規模，佔地10652 平方米，建築面積 7360 平方米，為古代宮殿式建築。該建築區按漢式衙門布局，前宮後寢，坐東南朝西北，由一進四堂五院和南北廂房、10 個旁院落、24 個花園及戲樓、胭脂樓等共 47 幢、149間房組成。大門的正中懸掛「宣撫司宣慰司署」匾，側門為生死門，門前置石獅一對。按土司衙門等級分為大堂、二堂、三堂、正堂。各堂兩側有月拱門、迴廊、曲院相連。設有糧庫、軍械庫、監獄、佛堂、學堂、戲樓、小姐樓、廚房、鄉樓、經書堂、練兵場等建築。整個建築群規劃整齊，布局合理，主次分明，結構嚴謹，可謂「層層院進八方通，幢幢殿閣殿中殿」且廣泛吸收了白族、傣族、漢族

等的建築風格，是民族文化融合的典範，德宏傳統建築藝術的精華，1988 年被列爲是省級重點文物保護單位。1996 年 11 月 27 日，又被國務院列爲國家級文物保護單位。

土司府內還保存著一些珍貴的歷史文物，如南甸宣撫司屬印鑒、咸豐皇帝所賜的寶劍、青花瓷碗、銀壺、半副鑾駕儀仗，以及貝葉經，歷史照片，日常生活用具等。如此宏大的建築在全國土司府中也不多見，所以它又是研究雲南少數民族史、地方史、土司制度及建築藝術等方面的重要實物資料。

在傣劇發展的過程中，土司起了重要的作用，南甸土司刀化南在 1910 年左右組建了遮島傣劇班。後來土司龔綬掌權後不久，就擴充了傣劇班組織。他邀請蓮山劇作家思法體準到梁河遮島司署，組織改編了《後五龍》、《長阪坡》等劇目，思法體準在梁河活動了 20 多年，成爲傣劇班的領袖。爲了加強傣劇班的演員隊伍，龔綬將蘿蔔壩的名演員龔小幅調至遮島專門飾演武則天，又請滇劇玉林班的演員到遮島司署戲班傳授表演技藝。還請昆明、四川的戲班藝人當老師。1912 年，龔綬曾帶領遮島司署傣劇班到盈江、隴川、瑞麗等地演出，對促進當時的傣劇藝術交流起了重要的作用。每逢各種重要的節日，土司都會組織戲班在院內演戲，老百姓也可以來看戲。在平時，土司還在家裏有私人戲班，土司會組織各村寨進行傣劇表演的比賽，優勝者會得到一定的獎勵。

在南甸土司府內，至今還保存著一座完整的戲樓。爲木製結構，瓦屋頂，飛簷、板壁。整個戲樓座西南朝東北，高約 9 米，塗朱紅色漆，欄杆皆爲民國時候英國製造的雕花藍漆鐵欄杆。戲臺正面高懸「高臺教化」匾，左右對聯分別爲「只幾個角色能文能武能聖賢」「不大點地方可家可國可天下」。樓板舞臺離地面約 3.5 米，舞臺寬 3.2 米，長 2.7 米。舞臺背景爲一塊正方形的幕布，上書漢文和傣文的「戲」字。臺後設置化粧室、更衣室。舞臺兩邊各有一道進出馬門。戲樓所在的院落呈四合院形狀。戲樓的左邊是白族風格的照壁，上面繪有花鳥圖案；戲樓的右側是學堂，以及來看戲的老百姓的臨時住所。戲臺對面的樓閣是土司及其家眷看戲的地方，子女按男左女右分列兩旁，右樓走廊坐文武官員，院落正中的空地爲老百姓觀

賞區。在歷史上，傣戲、皮影戲、洞經音樂、無聲電影都在這裡上
演過。直到今天，逢旅遊旺季的時候，還有洞經音樂和地方戲曲在
這裡演出。

參觀考察完梁河土司府已經是下午快兩點了，我們被邀請品嘗了此地著名的
野山菌——雞樅，傣族菜肴，在離開土司府時，思前想後真是讓人有些戀戀
不捨。

2、盈江刀氏家族與傣劇

下午三時，我們乘坐州傣劇團派的車，在楊樹忠編劇陪同下前去一百多
公里之外的盈江縣，重點實地瞭解那裡的原始傣劇形態，以及刀氏家族對傣
劇的重要貢獻。

在山清水秀的盈江縣，我們見到文化局副局長黃蘇雲，是一位年輕幹練
的女性。我們向她遞交了介紹信，她詳細地為我們介紹相關的情況，並為我
們提供了盈江縣民間傣劇申報德宏州民間傳統文化保護名錄的材料。隨後，
黃副局長和辦公室主任又陪同我們三人一同來到盈江縣舊城鎮姐告村，對非
物質文化遺產傣族文獻資料保存傳承人、原盈江縣文化館館長刀保順老先生
進行了訪談。

根據文字資料和實地採訪得知如下關於刀保順的基本材料和貢獻：

> 刀保順，男，傣族，1937 年生，68 歲。精通新、老傣文和漢文，
> 中等專業文化程度，盈江縣舊城鎮姐告村五社人。原盈江縣文化館
> 館長，現已退休。家庭成員有 6 人：妻子、2 個兒子、2 個女兒。

> 刀保順 9 歲出家當和尚，17 歲還俗，到雲南省民族學院讀書。
> 畢業後當過教師、宣傳幹事、調解員。1958 年到 1968 年參加宣傳
> 隊表演傣戲，後任盈江縣文化館館長。他熱心於傣族傳統文化的收
> 集、整理和翻譯工作，從 1980 年起，特別是 1981 年任盈江縣文化
> 館館長以來，他走遍所有傣族村寨，收集、整理了大量的相關資料。
> 如：

1、收集、整理了刀家和思家的歷史故事。如史書《郗中國》、《思漢
   法》等歷史故事。
2、收集、整理了老傣戲《陳德征東》、《楊文廣征西》等，並改編新
   傣戲《千瓣蓮花》成劇本。

3、收集、整理了大象、馬鹿、老虎、白兔、白螞蟻等大量遠古動物
   傳說故事。

4、抄寫、整理了《阿暖相猛》、《下善那咚辦》、《四季金鼓》、《九顆
   寶石》等優秀民間文學。

5、1984 年將《金橄欖姑娘》、《阿暖女罕》等整理爲民間新叢書，
   編印後供農村藝人賞析。

6、改編翻譯了《阿暖葉通》、《傣族古十二馬》等，並將《阿暖女罕》
   改編爲劇本，供給傣族農村業餘劇隊演出。

7、發表過的作品有：劇本《三個稱砣》、《傣族古十二馬》；詩歌《歌
   唱州文聯第二次會議召開》。並在《勇罕》上刊登過十多篇首散
   文、故事、山歌等。

3、刀安仁與傣劇

　　採訪完刀保順老人後，已近黃昏，我們決定前去瞻仰與參觀考察爲傣劇
創作與推廣作出重要貢獻的辛亥革命先驅刀安仁干崖故居。順路通過於當地
嚮導瞭解到一些有關刀安仁的文字史料，事後整理如下：

　　　　刀安仁，字沛生，又名郜安仁，出生於 1872 年，是盈江干崖宣
　　撫使第 23 任土司刀盈廷的長子。他是著名的革命家，也對傣劇的發
　　展做出重要貢獻。刀安仁少年時期曾學習過傣族和漢族文化，1890
　　年刀安仁承襲了土司職成爲干崖第 24 任宣撫使。刀安仁爲了尋求救
　　國救民的良策，1905 年後刀安仁到印度、緬甸、仰光與革命人士接
　　觸，深受啓發，表示願意投身革命。後來在秦立山的介紹下，刀安
　　仁到日本東京結識了孫中山、黃興，向孫中山、黃興表明了要求加
　　入同盟會，堅決反對滿清朝廷的決心。1906 年 5 月 31 日，由呂志
　　伊介紹，孫中山主盟，吸收刀安仁加入了中國同盟會。

　　　　刀安仁在日本留學期間，除在東京參加法政大學速成法政科學
　　習外，在孫中山等的介紹下，刀安仁又結識了吳玉章、李根源等人，
　　並和宋教仁多次商談雲南少數民族地區的情況及開展革命起義的問
　　題。入同盟會後，他積極參加活動，並給予同盟會大量經費資助。
　　刀安仁在日本深受教育和啓發，決定回國內干崖組織起義，同時在
　　家鄉發展實業。於 1908 年幾經輾轉，刀安仁又回到了干崖，與騰越
　　同盟會員張文光等聯合，建立了同盟會支部，並在騰越建立「自治

同志會」，積極開展革命活動。永昌起義因軍機泄漏而失敗後，刀安仁於 1910 年再次來到日本，會見孫中山，彙報了滇西起義等有關情況，深得孫中山的勉勵，決定立即回到干崖繼續組織武裝起義。1911年，9 月 6 日，刀安仁率軍在騰越起義成功，建立滇西國民軍都督府，刀安仁被選爲國民軍都督。

正當革命蓬勃發展之時，刀安仁卻慘遭誣陷，在南京被捕入獄，後經孫中山、黃興、宋教仁等人合力營救得以出獄。但是其身心遭到嚴重摧殘，一病不起，於 1913 年 2 月病逝北京，年僅 40 歲。噩訊傳來，孫中山深切悲痛，特致輓聯：「中華精英邊塞偉男，辛亥舉義冠遇春；中華精英，癸丑同慟悲屈子」，後來刀安仁靈柩送歸故土，安葬於盈江縣新城鄉（街）背後的鳳凰山腳。

由此可知，刀安仁不僅是一名政治革命家，而且是一名傣劇的改革家。由於對傣劇的喜愛，1888 年，刀安仁曾組成了少年傣劇班，親自演出了傣劇《阿鸞相猛》，在劇中扮演的是主角相猛。這個劇至今在德宏和鄰國傣族地區上演，藝術魅力經久不衰。後來，他又改編了傣劇劇目《陶禾生》、《莊子試妻》等。爲了創作傣劇的劇目，在 1903 年，他召集了一批佛爺和傣族知識分子，組成專門的寫作班子，研討與創作傣劇劇本，並且對寫的好的劇目給予豐厚的獎勵。爲了讓傣族觀眾能聽懂雅俗相間的演出和演唱，刀安仁要求將文言散文體詞句結構改爲群眾熟悉的敘事詩體的排聯句結構，把漢族的名字改成傣族的名字，產生了《朗畫帖》、《龍官報》、《郎高罕》等劇目。而且他還把寫作班子人員所寫文章中有關傣劇的演技方法的論述，用唱詞的形式，彙集成《罕千椿》理論文本。所以傣族演藝界有「讀了《罕千椿》，呆子也會唱薛丁山」的說法。由於他從小就和姐姐一起演傣劇，所以勇敢破除迷信，改革傣族傳統，破除女子不能上臺演戲的迷信，建立了第一個男子戲班和第一個女子戲班。

在 1988 年前後，刀安仁先後到騰沖、大理等地觀看滇劇演出，還特地請來玉林班和福壽班滇劇藝人到盈江縣傳授技藝。採取多種學習方法，如邊學、邊排、邊議、邊改等，還用給學得好演得好的演員以重金獎勵。他還特地派人到騰沖學習滇劇的打擊樂，逐步〔雲・裏翻〕、〔趕七錘〕等鑼鼓及演奏方法；還學會〔一江風〕、〔佛俯子〕等曲牌，運用於傣劇之中。

刀安仁大力引進滇劇的表演方法，促進了傣劇的成熟與變革，傣劇開始

分出生、旦、淨、丑等行當，初步用唱腔來區分人物的不同性格。借鑒了滇劇的臉譜和化妝技術、學習了滇劇的念白方法，吸收了滇劇的武場樂器盒鑼鼓經，用於傣劇伴奏，並引進了滇劇的服裝設計、道具等。刀安仁還首次把男女傣劇班合併演出，在民眾中造成了很大的反響。總之，刀安仁對傣劇的支持和變革，加快了傣劇的成熟和發展，為今日的傣劇奠定了重要的基礎。

經實地考察，我們獲取的刀安仁故居土司署與墓地情況如下：

　　刀安仁故居，位於德宏州盈江縣新城鄉，也就是原來的干崖宣撫司署，始建於清康熙三十一年（1692 年），此前干崖土司署曾三遷司署。明永樂元年（1403 年）干崖土司刀氏立長官司，地點在今天的新城鄉芒弄一帶。正統九年（1444 年）升任宣撫使司，景泰元年（1450 年）建土司府於今天的舊城一帶。弘治元年（1488 年）年因故被毀後，於萬曆十二年（1584 年）遷司署於萬象城（今弄璋鎮悶掌寨附近）。清順治十六年（1659 年）年永曆帝朱柚郎流落到干崖土司府，追兵將土司署焚毀。康熙三十一年（1692 年）第十四任土司刀秉忠遷司署到今天的新城一代。

遺存至今的土司署佔地面積 33.5 畝（22300 餘平方米），建築面積約占三分之二，為土木混合結構，坐東面西，背倚鳳凰山，面臨檳榔江。類似漢式衙門布局。四進四院，進門後依次為大堂、二堂、三堂、四堂。大堂為審判庭，供土司頭人審理各種案件；二堂為議事廳，是土司平時商議開會之處；三堂是土司貴族孟級元老辦公處，後面是四堂即正堂，是土司辦公處及生活起居處。每個院落都呈四合院形狀，中間為天井，兩側為廂房。原司署內部機構設置有「三班六房」，院內建築有：照壁、旗臺、轅門、鐘樓、鼓樓、戲樓、角樓、梳妝樓、監獄、兵營、糧倉、車庫、馬房、後花園等等。建築工藝精湛，雕梁畫棟，門窗木刻精美，是漢族、傣族、白族文化融合的典範。

刀安仁故居不僅是刀安仁的出生地、居住所，也是中國同盟會干崖支部，滇西起義的指揮中心，騰躍起義的策源地。刀安仁故居曾在民國十三年的干崖騰越總兵焚燒司署事件中被焚毀。1925 年後，第二十四任土司刀京版及末代土司刀承鉞重修。新中國成立後，部分土地被劃作他用。文革期間又遭損壞，現僅存二堂、三堂和三間廂房。

自 2008 年開始，在州、縣政府的領導下，重建刀安仁故居。目前，正堂已建設完工，三堂、廂房、門窗等正在修繕。刀安仁陵墓就建在刀安仁故居

的背後，1987 年列爲縣級文保單位，盈江縣政府撥款維修，1988 年列爲州級文保單位，1993 年列爲省級重點文物保護單位，1994 年省政府撥款重造。

　　現在刀安仁墓地依山而建，風景優美怡人，入口爲 9 級石階，石階兩邊有石製欄杆，臺階上面的石臺上立有一座牌坊，石階左邊立有石碑一塊。碑上用傣文、漢文刻著如下內容：

　　　　刀安仁先生之墓。

　　　　雲南省人民政府，一九九三年十一月十六日公佈。

　　　　德宏傣族景頗族自治州人民政府、盈江縣人民政府立。

　　我們懷著莊重肅穆的心情，徐徐移步，邁上石階，平臺中間是用石板鋪成的道路，兩邊是荷花池，池內荷花爭奇鬥豔，各種灌木圍繞著荷池。穿過青石路，我們又登上 21 級石階，臺階兩側同樣有石製欄杆。到達第二層平臺，刀安仁墓的墓碑便赫然映入眼簾。墓高約兩米有餘，宏偉大氣，平臺四周也是同樣有欄杆圍繞。墓碑中間寫著金色大字「刀安仁先生之墓」，右寫「邊塞偉男，辛亥舉義冠遇春」，左寫「中華精英，癸丑同慟悲屈子」下面署有「孫文挽」字樣。

　　叩拜完刀安仁墓後，已是傍晚快 8 時，在漫天晚霞的時候，我們告別盈江，道謝黃副局長等人後，驅車沿著崎嶇蜿蜒的山路返回，到達芒市後已是深夜 12 時。

（五）德宏州傣劇藝術

　　7 月 16 日，我們早上簡單洗漱與用餐後，興致勃勃來到德宏州傣劇團，因爲團領導安排的著名導演、編劇、演員和作曲家已經在那裡等候。我們在這裡參加有關傣劇文化的座談會，有幸搜集到了非常豐富的關於傣劇團演藝人員的相關資料，具體文字記錄如下：

1、傣劇的發展和演變

　　傣劇是德宏傣族群眾喜聞樂見的一種表演藝術形式。它形成於十九世紀末期的盈江干崖。一百多年的發展歷史，使傣劇成爲了德宏傣文化的一塊老字號品牌，構成德宏傣文化的一個重要組成部份。傣劇以說傣族，唱傣歌，演繹傣民族的故事，反映傣民族的生活見長。這種表現形式不僅爲表達傣族的思想情感，體現傣族願望和理想一種最好的方式，同時也使得傣劇以鮮明的藝術個性、濃鬱的民族風格在中華民族戲劇中佔有特殊的地位。成爲中國

傳統戲曲中屈指可數的、雲南唯一運用本民族語言創作表演的少數民族劇種。它在傳承弘揚德宏傣民族的優秀文化、豐富傣民族的精神生活、展現傣文化的魅力方面，起著其它藝術形式難以替代的重要作用。鑒於傣劇在中國戲曲藝術中的獨特地位，2006 年，傣劇被國務院列為全國首批非物質文化遺產名錄。

傣劇源遠流長，據考證，產生於清道光、咸豐年間，是在雲南民間「轉轉唱」的基礎上發展而來的。「轉轉唱」以一口代眾口，以敘述體為表達方式，以「十二馬調」及古山歌等曲調演唱，吸收祭祀歌舞中「跳柳神」的舞蹈動作進行表演藝術形式。其內容以傣民間文學為主，情節簡單，通俗易懂。主要作品有《比舉比玉》、《阿鑾夜通》等。

清嘉慶年間，皮影戲傳入盈江干崖。但是傣族觀眾因不懂漢語而看不懂皮影戲的故事。道光年間，喜愛皮影戲的干崖五世土司刀安如把皮影戲《封神演義》翻譯成傣文，用傣語演唱，並借鑒了皮影戲的表演。《封神演義》的演出獲得成功，受到傣族群眾的肯定與喜愛。這段時期，傣劇已在「轉轉唱」的基礎上得到了發展。唱腔逐漸形成了有別於其它民間曲調的腔調，傣劇初步形成有自己民族特色的劇種。

清光緒九年（1883 年），干崖土司刀盈廷邀請騰沖滇劇玉林班到干崖演出，並向傣劇演員傳授技藝。同年，刀盈廷之子刀安仁承襲二十四任宣撫使。他對傣劇的發展尤為重視，並傾注了大量心血。清光緒十四年（1888 年），他在司署內組建了一個男子傣劇班和一個女子傣劇班，還組建了一個傣劇寫作班子，整理改編和上演了《阿暖助猛》、《陶禾生》、《莊子試妻》等一批傣族劇目。清光緒十六年（1890 年）刀安仁舉行婚禮時，又邀請滇劇福壽班到干崖演出，並派人到騰沖專門學習打擊樂鑼鼓經，兩次請滇劇藝人到司署傳授表演技藝和武功獲得成功。

通過對滇劇的學習和借鑒，傣劇在表演方面有了較大發展，形成了戲曲行當上區別與發展，部分採用滇劇臉譜，學習滇劇念白，借用滇劇打擊樂。刀安仁還派人到昆明購置戲裝、道具及樂器；把傣劇男女班合併，推行男扮女妝，女演女角表演模式。通過刀安如、刀盈廷、刀安仁及一代代人的努力，傣劇的發展已趨於成熟，並向周圍的傣族地區傳播。清末民初，傣劇迅速傳播到盈江、梁河、隴川、潞西、瑞麗等傣族聚居的地區。

這一時期，各地土司對傣劇的發展極為重視，並給予了很多的扶持。潞

西司署組建了戲班，還在司署內建蓋了規模宏大的戲樓──「綠樓和藍樓」，並派人到騰沖學習武打及打擊樂。芒市土司方正德舉辦了芒市壩區傣劇調演，共有十二個傣劇隊參加。梁河土司龔綬也組建了傣劇隊並建蓋戲樓，大演傣劇劇目。他還親自帶司署戲班到隴川演出。清光緒十三年（1887 年），盞達土司在嫁女兒時，除陪嫁金銀手飾外，還陪嫁了一個傣劇班。受其影響，就連戶撒阿昌族地區也演起了傣劇，郎光村至今仍留有光緒年間建蓋的戲臺。

民國年間，傣劇的發展已蔚爲大觀，各猛司署遇有婚典、開印或其它節慶重大活動，都要舉辦盛大的傣劇演出。在民間，大小村寨也紛紛組建了傣劇班。到 1949 年底，僅盈江縣的傣劇演出組織，有據可查就有 205 個，潞西有 80 多個，傣劇眞正發展成爲植根於傣民族文化沃土中、爲廣大傣族觀眾最喜聞樂見的一種藝術形式，由此傣劇迎來了它發展的第一個高峰。

中華人民共和國成立後，傣劇藝術得到了進一步的發展。解放初期，原有的農村傣劇隊大多仍然開展活動，一些村寨還新建了傣戲隊。黨和人民政府對傣劇的發展給予了關心和重視。1956 年，由州委宣傳部組織有關單位和傣劇民間藝人進行座談，討論傣劇的改革和發展。在州各級政府與有關部門的組織領導下，移植創作演出了《劉二梅》、《人往高處走》、《過時的婚禮》、《修水利》等現代題材的劇目傣劇，爲宣傳黨的民族政策，穩定邊疆，促進民族團結起到了積極的作用。1958 年，業餘傣劇隊改編演出了《千瓣蓮花》、《帕莫鸞》等劇目，使之傣劇的劇目更加豐富多彩。

1960 年，潞西市傣劇團正式成立，專業劇團的成立，爲傣劇藝術的全面發展建立新的平台。1961 年，爲迎接全省戲劇觀摩匯演，潞西縣傣劇團根據民間敘事詩改編創作的傣劇《娥並與桑洛》，在省裏派來專家的指導下，在傣劇專業人員的努力下，演出獲得了極大的成功。《娥並與桑洛》在劇本、音樂、表演、舞美等方面以全新的面貌贏得了專家和觀眾的好評。有關新聞媒體稱讚《娥並與桑洛》是傣族的《羅密歐與朱麗葉》，傣劇因其獨特的魅力而被譽爲是「東南亞的藝術明珠」，開始在中國戲曲舞臺上嶄露頭角。

文革期間，傣劇被禁演。然而，廣大傣族觀眾盼望著看到傣劇的演出，在群眾的強烈要求下，民間藝人陸續移植了《紅燈記》、《沙家濱》、《智取威虎山》等京劇劇目，由業餘傣劇隊演出。嶄新的風格和面貌，令觀眾耳目一新，受到傣族觀眾的歡迎。1972 年，德宏州民族歌舞團得以恢復，並在團裏設置了傣劇組。1979 年，根據州委決定，州歌舞團恢復了傣劇隊，爲傣劇藝

術的復蘇奠定了基礎。1979 年後，全州農村業餘傣劇隊組織發展迅速，業餘
傣劇隊多達 200 多個，遍及德宏廣大的傣族聚居地區。

　　1985 年，德宏州人民政府決定，重建德宏州傣劇團。德宏州傣劇團的建
立，迎來了傣族發展的春天，從此後，傣劇走上了一條專業化發展的道路。
經過專業人員的不懈努力，傣劇的劇目不斷豐富，表演形式更加多樣，藝術
質量全面提高，藝術風格日趨成熟，優秀演員不斷成長，創作人才脫穎而出。
劇團創作的不少劇目在省級國家級藝術競賽中獲獎，傣劇完成了走出雲南地
區，走向全國，開始歷史性跨越，傣劇的發展進入了最爲繁榮的時期。

　　這一時期，劇團創作演出了《千瓣蓮花》、《冒弓相》、《十二個王妃的眼
睛》、《娥並與桑洛》、《海罕》、《召麻賀》、《朗推罕》、《召麻賀》、《相猛》、《竹
樓情深》等各部大型傣劇，移植改編了《青蛇傳》、《白蛇傳》等各部京劇、
滇劇作品。還創作演出了《老混巴與小混巴》、《重葬之後》、《準運單》、《買
牛》、《擔保》等近百部小戲小品、歌舞曲藝類節目。

　　由於傣劇植根於傣文化的沃土，貼近生活，貼近群眾，所以傣劇的演出
一直深受觀眾的喜愛，許多劇目久演不衰。二十世紀 80 年代劇團在的影劇院
演出，觀眾一票難求，不少觀眾只得擠在走道觀看。劇團下鄉演出，更是盛
況空前，觀眾人山人海，有的趕著馬車，開著拖拉機行駛十多公里，帶著舉
家老少，前來觀看傣劇的演出。傣劇演出的盛況成爲全國戲曲演出少有的現
象，令不少戲劇界的專家學者嘖嘖稱奇，充分證明了傣劇在傣民族精神生活
中的重要地位。

　　在傣劇黃金時期，劇團先後湧現了肖德勳、龔家銘、龔茂春等優秀作曲；
楊樹忠、肖德勛等一批優秀的編劇；湧現了刀成民、戴紅、李小喜等一批優
秀的導演；造就了金寶、萬小散、李小喜等一批優秀的演員，並形成了自成
體系、獨具特色的表演風格，他們爲傣劇藝術的發展做出了貢獻。

　　作爲綜合表演藝術的傣劇在整體水平得到全面的提高，不少劇目在省
級、國家級的藝術競賽中頻頻獲獎。1985 年，由肖德勳創作，衛明儒作曲，
刀成名導演的《海罕》獲雲南戲劇匯演第一屆全國少數民戲劇創傷「團結獎」；
同年，潘震創作的《竹樓情深》獲全國少數民族戲劇創作銀獎；1991 年，由
吳高儀創作，龔家銘作曲，戴紅導演的小戲《老混巴與小混巴》獲中國第三
屆藝術節優秀節目獎。在 1992 年舉辦的全國戲劇小品比賽中，萬小散、李小
嘉獲優秀表演獎。同年，該劇作爲此次比賽的優秀劇目晉京演出。2000 年，

傣劇團傾力打造大型傣劇《蘭嘎西賀》，獲新劇目獎，萬小散、們從高獲表演一等獎。在 2004 年新劇目展演中，大型傣劇《南西拉》以深刻的人文精神，鮮明的藝術個性和濃鬱民族風格，榮獲此次展演的最高獎——綜合金獎，萬小散、們從高獲表演一等獎。2007 年，《南西拉》獲全國少數民族戲劇「金孔雀」綜合大獎。2007 年，獲雲南省優秀文化精品工程獎，同年在全國首屆少數民族戲劇匯演中，《南西拉》又以排名第一的成績榮獲綜合金獎。此外，還有多人榮獲優秀單項獎。《南西拉》演出的成功，使其成為傣劇發展史上具有里程碑意義的代表性的作品，在全國少數民族戲劇界產生了較大影響。

傣劇團在著力打造藝術精品，不斷促進傣劇事業的同時，始終牢牢記住為傣族群眾服務這一宗旨，他們克服困難，長年堅持送戲下鄉，往往在「奘房門前搭戲臺，大青樹下演奏傣劇」，用自己辛勤的勞動，回報酷愛傣劇的廣大傣族觀眾。

這一時期，傣劇優秀演員萬小散、金寶還代表雲南省參加了「中國青年民族戲劇藝術友好訪問團」赴日演出，萬小散還多次參加雲南省人民政府、國家文化部舉辦的對外文化交流活動，曾到美國、新加坡、香港等地區演出，讓國際友人瞭解傣劇，瞭解傣民族的優秀文化。此外，傣劇團還多次應緬甸鄰邦之邀到緬甸撣邦的木姐，南坎等地演出，對促進兩國的文化交流，增加中緬人民的友誼，起到了重要的作用。

縱觀傣劇的發展，它源於清朝中葉，形成於清朝晚期。民國時期流佈到德宏傣劇聚居地區，爾後又傳播到耿馬、雙江、灣甸等地區。建國以後，傣劇事業取得了長足進步。隨著改革開放的逐步深入，特別是州傣劇團建團以來，傣劇的發展進入了輝煌的時期。經過幾代傣劇藝人的努力，傣劇目前已發展成為生旦淨未行當齊全，唱念做打自有特點，具有濃鬱的民族風格和鮮明的地理特色的傣民族的綜合的舞臺藝術。而且在中國戲曲舞臺上的影響不斷擴大。正如著名戲劇評論家曲六藝評論的那樣：「傣劇是傣族的戲劇，更是中華民族的戲劇。」

2、傣劇的劇目

傣劇傳統與新編劇目，現在已知的約有三百三十多個。可分為三種類型：一、根據漢族戲曲劇目和演義小說移植改編的劇目，約一百九十餘個。二、根據本民族的敘事長詩、民間故事以及佛教經變故事改編的劇目，約七十餘個。三、移植和創作的反映現實生活的劇目，約六十餘個。

　　根據漢族戲曲劇目和演義小說移植改編的劇目，流傳地較廣，演出時間較長的主要有《封神演義》、《薛仁貴征東》、《薛丁山征西》、《莊子試妻》、《三下南唐》、《粉妝樓》、《火龍傳》等。這些劇目，雖然都是來自漢族戲曲文學作品，但是經傣族文人翻譯後，已經逐步傣族化。不僅念白使用傣語，而且注意把漢族劇目唱詞的上、下句結構，改成傣族群眾容易接受的傳統排聯詩結構。在唱詞語言的翻譯運用上，採用傣族詩歌中常用的以景物喻情，揭示人物心理活動的方式，使唱詞既有傣族民歌口語化的特點，又具有傣族情詩和敘事詩的語言特徵。在人物的處理上，也有很多變化。如傣族人民對歷盡苦難而得到幸福的佛祖前生的化身阿暖十分崇拜，因此，移植的漢族劇目中的一些男青年英雄，如薛剛、羅通等人，翻譯為傣劇後，均以阿暖的形象和稱謂出現。此外還把一些漢族人物的稱謂，改為傣族所熟悉的稱謂，如國王稱賀相、賀罕，王后稱朗滴玉、朗相，王子稱滿灑等。經過這些處理，劇中人的心理素質、感情色彩都十分貼近傣族人民，加之其原有的完整戲劇情節，因而使這類劇目在傣劇中保留較多，影響面廣，頗受歡迎。二十世紀 20 年代，盈江干崖傣劇班演出《粉妝樓》時就連演了二十餘日。目前廣大農村業餘傣劇隊上演的劇目，主要屬於此類。

　　除上述劇目，建國前根據本民族敘事長詩、民間故事以及佛教故事改編的傳統劇目，較早出現的有《相猛》、《蘭戛西賀》、《阿暖夜通》、《比舉比玉》，《少散朗》等一批劇目。這些劇目，表演上吸收了傣族民間原有的歌舞形式《十二馬》、《蚌弄養》，及初具戲劇形式的《布騰那雅送毫》等的表演，屬於有人物物價區別及簡單的性格描繪的、歌舞性和敘事性相結合的表演形式，但在編劇程式上受佛教講誦經文形式影響，講唱文學的特點較為突出。如編寫於 1867 年的《相猛》一戲，在戲的末尾，用男主角相猛的口說道：「現在所有的國事已處理完畢，我相猛的故事也隨之結束，尾聲啊，結束了。」到民國年間，陸續出現《旺色旺宣》、《哏三轟那》等劇目，這些劇目雖然改編時間較晚，但形式仍依照傳統，沒有更多的發展與突破。此類劇目真正變化在建國以後。

　　建國後，傣劇劇目的創作改編有了一定的改革發展。主要有兩種情況：一是繼續根據歷史故事、民間故事、佛教故事、敘事長詩等整理改編的劇目；二是創作和移植反映現實生活的現代戲，即傣劇的第三類劇目。

　　根據歷史故事、民間故事、佛教故事、敘事長詩等改編的劇目在建國後

占的比較大，而且較具代表性，約有六十餘個。其中《阿暖滇秀》、《阿暖帕罕》、《娥並與桑洛》、《千瓣蓮花》、《帕莫鸞》、《岩佐弄》、《海罕》等已經成為傣劇的主要上演劇目。《劇本》月刊、《雲南劇目選輯》、《雲南民族戲劇劇目彙編》等書刊分別收入了《娥並與桑洛》、《千瓣蓮花》、《岩佐弄》等劇目。這些改編劇目，都是反應古代傣族人民生活的，而且來源於長期流傳在民間的故事和詩歌，因此，比較遵循傣族的文化傳統。具體表現在：雖已從講唱文學的唱本形式解放出來，但仍保留講唱文學唱重於講的特色，而且唱詞和道白均講究韻律，講時易轉唱，唱時易轉講。另一方面這些劇目較之建國前的改編劇目，已經越來越具有戲曲劇目的特徵，注意矛盾衝突和人物性格的塑造，同時又不失濃鬱的民族風格。如，表現傣族平民百姓生活的劇目《娥並與桑洛》、《葉罕佐與冒弄養》；表現宮廷生活的劇目《海罕》、《線秀與線玲》；描繪神話故事的劇目《朗推罕》、《千瓣蓮花》等，在戲劇性的加強上，都作了努力嘗試。

移植和創作的現代題材劇目，基本上產生於建國後。50 年代末期進行革命傳統教育時產生的《劉二梅》；反對買賣婚姻的《團煥》；歌頌社會主義新人新事的《軟煥》、《波過石的婚禮》；反映邊疆對敵鬥爭的《國境線上》；宣傳計劃生育的《計劃生育》，以及歌頌 80 年代最可愛的人的《竹樓情深》等創作劇目。這些反映現實題材的劇目，素材都來在傣族人民的火熱生活，充滿了對新生活的憧憬和嚮往。它們有唱有白，唱詞比較口語化，而且形象生動。在演出後，往往能引起觀眾的共鳴，收到較好的效果。

建國後，一些漢族作者參加傣劇的創作。他們創作出來的作品，由傣族作者用新傣文翻譯為傣文本。翻譯以意譯為主，直譯為輔。隨著傣劇的發展，逐漸形成了一支由傣、漢兩個民族作者組成的劇目創作隊伍。專業團隊的作者有肖德勳、潘震、施之華、夏輝宗、曼哏、何祖元等，業餘作者有方一龍、邵五、刀保矩、孟尚賢、李廷耀、金安、方正湘、管有成、曹散寶、楊源道、多永湘等。其中，傣族老藝人方一龍幾十年來先後創作改編了《娥並與桑洛》、《海罕》、《朗巴罕》等三十餘個傣劇劇本，被廣大的傣劇觀眾稱為「我們的薩拉整》（戲劇大師）。

3、傣劇劇目簡介

（1）《娥並與桑洛》：1957 年編劇，同年由潞西縣芒市鎮北里業餘傣劇團首次上演。編導：方一龍，演員：線小蘭等。1961 年，又根據同名長詩改編，

並吸引收了方一龍本在唱詞上的許多精華。由馬剛執筆，陳龍蓀、項品茂翻譯；由陳龍蓀、袁亞琴導演；音樂設計：曹汝群、閻生炳、楊錦和；舞美設計：多榮、李延元；潞西縣傣劇團演出。由朗俊美（又名郎小凹）扮演女主人公蛾並，金星明扮演男主人公桑洛。1962 年參加了雲南省民族戲劇觀摩演出大會。

（富翁）之子桑洛，不顧母親要他娶姨媽家的女兒安品為妻之意，決意到遠方去做生意。在猛根趕街時，他結識了美麗、勤勞的姑娘蛾並，訂婚而歸。可是，桑母嫌蛾並家貧，不允成婚。桑洛與母親發生了衝突，卻無可奈何。蛾並久等不見桑洛到來，在女友的陪伴下，到桑洛家中找情人，遭到桑母的冷遇，被害致死。桑洛悲痛欲絕，自身生亡。

（2）《海罕》：《海罕》1959 年根據民間傳說故事編成。方一龍編劇，芒市鎮北里業餘傣劇隊首演。1982 年，德宏州傣劇講習班重新整理改編演出。劇本改編：肖德勳；導演：佟振華；音樂設計：龔茂春；舞美設計：武培根；主要演員：海罕由金保扮演，玉蚌由萬梅罕扮演，楓王由虎世平扮演。

侵略成性的的戈朗國王楓王，對景社國垂涎三尺，屢次出兵侵擾。景社國王子海罕，英勇善戰，多次戰勝楓王，深受百姓擁護。後來，楓王趁景社國王病故之機，命魯塔潛到景社邊境騷擾，把海罕引往邊關，並在趕擺之日，搶走海罕的未婚妻——玉蚌公主。景社國師急海罕，搭救玉蚌。不料，海罕中計誤上敵船被俘。海罕誓死不屈，為國為民慷慨就義，楓王把海罕的頭顱掛在刺桐樹上示眾。海罕死不瞑目，高歌痛斥楓王，喚醒民眾。堅貞的玉蚌，騙得楓王令牌，借祭頭之機盜走海罕的頭顱，回奔景社。楓王得知，帶兵追趕，玉蚌眼看不能脫身，懷抱海罕頭顱投江殉難。景社國師即帶兵趕到江邊，憤討敵寇，戰勝楓王，保衛了家鄉。

（3）《竹樓情深》：1985 年國慶節時，德宏州傣劇團在芒市首演。編劇：潘震；導演：刀成明；舞美設計：武培根；音樂設計：龔茂春；劉漢柱由金寶扮演，胡薇由萬梅罕扮演，罕亮由張小冷扮演。

傣族戰士岩旺，在守衛邊防的戰鬥中英勇犧牲。連長劉汗柱親自到烈士家鄉——容蚌處理善後。岩旺媽得知兒子犧牲，悲傷過度，神智迷亂，錯把劉汗柱當岩旺。汗柱為安慰老人，不顧未婚妻胡薇的反對，跪地認親，並寫報告請調到容蚌邊防部隊，照顧烈士母親。胡薇不理解，與他斷絕了關係。岩旺媽神智清醒後，面對眼前局面，深感內疚，堅持要劉母把兒子帶走。劉

母卻認為，岩旺是為保護汗柱才犧牲的，汗柱認親理所當然。兩位母親為此而爭執不下。劉汗柱在與傣族姑娘罕亮共同照顧岩旺媽的過程中，相互產生了愛慕之情。為了圓滿解決兩位母親之間所引起的「矛盾」，劉毅然向罕亮求婚，兩顆相愛的心融合再一起，兩位母親之間的矛盾也得到了緩解。

（4）《南西拉》：《南西拉》的主創人員及主要演員：編劇：楊樹忠、喬嘉瑞；翻譯：葉政光；導演：李小喜；作曲：龔家銘；編舞：所板。萬小散飾南西拉；金保飾召朗瑪；們從高飾捧瑪加。

猛嘎納嘎納的國王為了公主南西拉找到理想的夫君，決定比武選婿。擂臺上，眾王子紛紛敗下陣來，只剩下猛塔達臘沓的召朗瑪和猛蘭嘎的捧瑪加，兩人旗鼓相當，難分高下。機智的南西拉巧施小計，召朗瑪用真誠贏得了南西拉的愛情。兩人拴線成親，喜結連理。捧瑪加惱羞成怒，悻悻而去。

猛蘭嘎王宮內，捧瑪加焦燥不安，南西拉的美貌讓他垂涎三尺，日思夢想。宰相獻計，要捧瑪加在召朗瑪與南西拉去伊麻板森林看望高僧帕拉西時，在他們的必經之地「猴國」孟基沙劫持南西拉，捧瑪加到猴國猛基沙，殺死了老猴王，變成猴王模樣。南西拉與召朗瑪來到猴王洞府，忽聽得森林深處傳來虎嘯之聲，召朗瑪決定為民除害，去射殺「猛虎」。捧瑪加見召朗瑪被宰相所變的「猛虎」引開，乘機劫持了南西拉。

召朗瑪領兵殺來，雙方激戰，最後，捧瑪加被自己的護命神劍所殺，阿努曼救出南西拉。面對新娘打扮的南西拉，召朗瑪的心似蠍蜇蛇咬，為了一國之君的顏面，他不聽南西拉的勸解，決定殘忍地用烈火檢驗南西拉的忠貞。

南西拉傷心欲絕，搶地呼天。為了證明自己的純潔，更為了女性的尊嚴，南西拉走進那足以溶銅化鐵的大火之中。熊熊大火，使她意識到自己只不過是召朗瑪「口中的檳榔，身上的筒帕，是樹枝可以隨便拋棄的樹葉」。衝天裂焰，使她看清了自己用生命和全部的情感去愛戀的夫君原來比虎貌更為兇殘。召朗瑪無情，烈火有情，經過劫獄的煉火，南西拉更顯得儀態萬方，光彩照人。大火過後，痛定思痛的南西拉帶著對理想愛情的徹底絕望，懷著一顆飽受磨難的破碎的心，毅然離開了召朗瑪。

4、傣劇的音樂

傣劇音樂源於民間音樂。諸如〔唱書調〕（〔喊火令〕）、〔山歌調〕（〔喊馬〕）、〔琴調〕（〔喊琴〕）以及民間歌舞《十二馬》（《馬西雙》）、民間小歌舞劇《布騰那雅送毫》（《爺爺犁田，奶奶送飯》）中的音樂，都對傣劇音樂的孕育形成

產生過較大的影響。

最早形成並一直流傳至今的傣劇主要唱腔有兩支曲調，統稱「戲調」。建國前，一支主要流行於盈江、隴川、梁河、瑞麗等地；另一支主要流行於潞西（芒市）一帶。流行於盈江等地的戲調，初見於十九世紀中葉由土司戲班演出的《封神榜》、《薛仁貴東征》、《薛丁山征西》等劇目，後流傳至隴川、梁河、瑞麗等地，流行於潞西一帶的戲調。從目前掌握的資料來看，初見於十九世紀末在潞西的法帕等地所演出的《阿暖帕喊》、《薛丁山征西》、《相猛》等劇目。1927 年，盈江土司到芒市娶親，流行於盈江等地的戲調才隨著回門送親的土司署戲班傳入潞西，並逐步被潞西土司戲班用於國王、太子一類角色的演唱。此後，潞西土司戲班逐步把本地流行的戲調專用於女角演唱，稱為女腔（喊朗）；而把從盈江傳入的戲調專用於男角演唱，稱為男腔（喊混）。

劇種形成初期，借鑒了皮影戲的鼓點，作為唱腔段與段之間的間奏。十九世紀末，盈江舊城土司戲班受騰沖滇戲班的影響，把滇戲部分打擊樂吸收在傣劇中，取代了原皮影戲之打擊樂。二十世紀初，盈江新城土司戲班才使用竹笛、三弦等漢語絲竹樂器。並吸收了部分騰沖洞經音樂的曲牌，用於傣劇的場面伴奏。

1960 年以後，潞西縣傣劇團、德宏州傣劇團先後成立。在這些專業演出的團體內，除仍將傣劇的兩種傳統戲調作為基本唱腔，並分別專用與男角和女角演出外，同時先後吸收了〔芒市城子山歌〕（〔喊馬勒遮猛煥〕）、〔芒市壩子山歌〕（〔喊馬勒猛猛煥〕）、〔瑞麗山歌〕（〔喊筒卯〕）、〔琴調〕（〔喊〕）、〔十二馬調〕）（〔喊馬西雙〕）、〔鸚鵡調〕（〔喊秀〕）、〔孔雀調〕（〔喊龍容〕）、〔古歌〕（〔喊班套〕）、〔請客歌〕（〔喊經會〕）、〔跟鼓調〕（〔喊半光〕）等民間歌曲作為輔助唱腔。在音樂設計方面，除採用改編手法外，也吸收借鑒了諸如集曲、聯曲、板式變化、和聲伴奏及重唱、合唱、伴唱等作曲手法及演唱形式。

傣劇伴奏音樂也有較大的發展，唱腔進一步使用絃管樂器伴奏，並改編創作了各種唱腔過門和樂器曲，樂器配置也有所擴大，吸收運用葫蘆絲等傣族民間樂器。打擊樂除擴大樂隊編制，豐富了鑼鼓經外，並吸收了象腳鼓、鎈鑼等本民族民間樂器和民間舞蹈的鑼鼓點。與此同時，民間業餘戲班的音樂，則仍保持著原來的風貌。唱腔以流行於當地的戲調為主，無男女分腔，並使用傳統打擊樂伴奏。

5、傣劇的表演

早期的傣劇表演，屬於有人物身份區別及簡單的歌舞性和敘事性相結合的表演形式，如演出《十二馬》、《冒少對唱》、《蚌弄》等。其表演形式是由領唱帶領其他演員作圍場半圍場、齊舞、轉身及穿花等集體性表演。這種形式與說唱形式相結合後。出現了詩、歌、舞、樂結合的表演形式。

自從皮影戲、滇劇進入德宏傣劇族地區後，傣劇藝人將分行當的戲曲表演方式和一些行當表演程序，運用於傣劇表演中，初步有了生、旦、淨、丑行當之分。打擊樂也使用部份滇劇鑼鼓經以增強演出效果。而廣大農村的傣劇班都以「幕整」（「幕」為漢語的「師傅」，整為「戲」）提示和「三步」身段進行表演。演出時，在舞臺上正中靠後的位置，設一張弓馬桌、椅作「幕整」的席位。在演唱間隙，主唱演員聽完「幕整」題詞，在鑼鼓的烘託下，前走三步，向觀眾演唱，接蹉步、轉身、向內進三步，再轉身，歸位至「幕整」身旁，又聽幕整題詞，如此反覆進行。

角色表演由個人發揮。女角則借助扇子或筒裙圍腰帶作形體自由表演。唱腔僅有男、女兩種腔調，沒有樂器伴奏，沒有固定的銅鑼經，只是把滇戲打擊樂的豹子頭、長錘、佛座子等作簡單的混合使用。普遍的打法還是「三生崗」（即擊二次权，再敲一次鑼），武打場面隨鑼鼓節奏。

解放後，特別是傣劇專業團體成立後，傣劇劇目以表現本民族生活題材為主。民族歌舞大量運用於傣劇表演，使之與傣劇舞蹈、傣族武術及奘房（寺院）禮儀等結合起來，充分體現傣劇表演特點。經過傣劇工作者的不斷探索和改革，傣劇已逐步形成了自己的風格和規範出一套完整的表演程序。

（五）德宏州傣劇團

德宏州傣劇團是全國唯一一支從事傣劇表演的專業劇團，它成立於 1961 年，40 多年來，該團先後創作演出了近百個傳統和現代劇目，多個劇目在全國、全省獲獎。其中，有傣家的「羅密歐與朱麗葉」之稱的傣劇《娥並與桑洛》，1962 年參加雲南省首屆民族戲劇觀摩演出引起轟動，被譽為「東南亞明珠」。該劇於 1998 年收入中國少數民族戲曲精品庫。傣劇《海罕》、《朗推罕》、《竹樓情深》、《老混巴與小混巴》、《蘭嘎西賀》、《南西拉》等在全國、全省獲獎，有的劇目到日本等國演出。2004 年獲《南西拉》在雲南省新劇（節）目展演中獲金獎，爾後又獲雲南省文化精品工程獎，2007 年獲中國少數民族

戲劇金孔雀大獎。同年在全國首屆少數民族戲劇匯演中以排名第一的成績榮獲金獎。

四十多年來，劇團先後培養了肖德勳、潘震、楊樹忠等一批優秀編劇；龔茂春、龔家銘、楊錦和等一批優秀作曲；金保、萬小散、李小喜、們從高等一大批優秀傣劇演員。其中，萬小散榮獲「雲南省十佳青年演員」、「雲南省青年表演藝術家」榮譽稱號；萬小散、楊樹忠被評為雲南省「四個一批」優秀人才。德宏州傣劇團在繼承傣民族優秀文化傳統的同時，注重藝術上的開拓創新，使傣劇的劇目內容不斷豐富，藝術質量不斷提高，成為傣劇發展的中堅力量。

近年來，傣劇團在弘揚傣民族優秀文化的同時，又把目光投向了德宏各民族火熱的現實生活，創作演出了一大批反映現實的小品、曲藝等節目。這些節目內容豐富，形式多樣，貼近生活，貼近群眾，上演後，一直深得群眾喜愛。其中，景頗歌舞小品《綠葉信》獲雲南省首屆「新農村文藝匯演」創作一等獎。

我們在傣劇團會議室還對傣劇的主創人員進行了一次深入採訪，對在場的萬小散、龔家銘、楊樹忠、金保、們從高等為德宏州傣劇作出重要貢獻的優秀主創人員，根據相關檔案資料進行了如下文字紀錄：

1、萬小散

萬小散，女，傣族。1964 年 11 月 30 日生，德宏州潞西市人。國家一級演員，雲南省表演藝術家，曾獲雲南省戲劇「山茶花獎」，被評選為「雲南省突出貢獻專業技術人才」、雲南省「四個一批」文學藝術人才，現為德宏州傣劇團副團長。

在二十多年的藝術生涯中，萬小散曾在傣劇《娥並與桑洛》、《朗推罕》、《海罕》、《竹樓情深》、《冒弓相》、《白蛇傳》、《南西拉》、《老混巴與小混巴》等二十多部劇目中擔任主角，塑造了眾多個性鮮明的舞臺人物形象。這些形象體現了傣民族女性的性格特徵，表現出傣民族的願望和理想，因而受到了傣民族觀眾的喜愛。

在《朗推罕》中，萬小散抓住孔雀公主「美」的本質特徵，用美的語言、美的唱腔、美的身段、美的舞蹈，為觀眾塑造了一個外貌翩若驚鴻，內心冰清玉潔的朗推罕，使朗推罕成為觀眾心目中美的代表，美的化身。《娥並與桑洛》描寫了一個善良的傣家姑娘追求自由愛情而遭毀滅的悲慘的故事，表現

出傣民族對自由平等的愛情的渴望，揭露了傣族封閉閥制度對年肯人的戕害。在排練過程中，萬小散借鑒吸收才老一輩演員的經驗，並結合自己的特點，發揮自己聲腔表演方面的優勢，在導演的啓發下，把娥並演得栩栩如生。

此外，萬小散扮演的《海罕》裏的玉蚌，《冒弓相》裏的朗莫罕，《白蛇傳》裏的白素貞，《老混巴與小混巴》裏的梅罕，《竹樓情深》裏的胡魏等女角，都給觀眾留下了較深的印象。這些角色性格各不相同，地位、身份也不一樣，但她能很好地把握這些角色的特徵，並把她們很好地表現出來，豐富了傣劇舞臺的女性人物形象。

2000 年，州傣劇團排演大型傣劇《南西拉》，萬小散出演主角南西拉。《南西拉》是近年該團創作的一部優秀作品，該劇通過南西拉對朗瑪理想愛情破滅的描寫，揭示了古代傣族婦女辛酸悲慘的命運，表現了南西拉對這種命運所作的抗爭。

《南西拉》參加了 2000 年雲南省新劇目展演，萬小散榮獲表演一等獎。鑒於《南西拉》所具備的潛質，在省文化廳的支持幫助下，傣劇團對《南西拉》進行了較大幅度的修排。修排後的《南西拉》無論從主題的開掘上，人物形象的塑造上，舞臺藝術的呈現上都比前一稿有了相當大的提高。在 2004 年雲南省新劇目展演中，《南西拉》以深刻的人文主義思想，鮮明的藝術個性和濃鬱的民族風格榮獲此次展演的綜合金獎，萬小散也因此獲得表演一等獎。2007 年，《南西拉》獲全國少數民族戲劇「金孔雀」大獎。同年獲全國首屆少數民族戲劇匯演金獎，萬小散也獲得了表演一等獎。專家對萬小散的表演給予了充分的肯定，認爲她的表演展現了傣劇藝術的魅力，南西拉是繼《孔雀公主》後又一嶄新的傣劇女性形象，這一形象的成功塑造豐富了中國少數民族的戲劇人物，爲少數民族戲劇的發展做出了貢獻。

2、龔家銘

龔家銘，男，傣族，1950 年 12 月生，雲南省梁河縣人，國家一級作曲。他自幼酷愛音樂，喜歡看傣戲、花燈、滇戲、皮影戲的演出，哪裡有演出那裡就有他。龔家銘天生一對好耳朵，音準節奏好，只要他看過聽過的戲曲，都能模仿著演唱出來。他經常與街坊老藝人在一起，演奏演唱民間曲調，學會掌握了傣戲、花燈、滇戲、皮影戲很多曲牌的演奏技巧，受到了民間藝術的薰陶，爲他日後走上民族音樂創作之路打下了基礎。

1967 年，初中未畢業，龔家銘就被選送到梁河縣文工隊任笛子演奏員，

實現了他多年的夢想。後來他又學會了單簧管、手風琴、大提琴的演奏，並達到了一定的專業水平。龔家銘的笛子、單簧管、二胡、板胡獨奏，在本縣及部隊裏演出，給觀眾留下了深刻的印象。二十世紀 70 年代初就能勝任本隊花燈、滇戲、歌舞、曲藝、器樂曲的音樂創作任務。創作了傣族葫蘆絲獨奏曲《節日的德昂山》、阿昌族小歌劇《穿過的摘墨》、德昂族大型歌劇《葫蘆蕭》、花燈《一千八》、滇戲《三放參姑娘》、歌舞《傳煙盒》、表演唱《山村走來新媳婦》、《哥妹說句過底話》等多部文藝作品。

80 年代，龔家銘走遍了全縣的山山水水，到民族地區深入生活，收集整理了傣族、阿昌族、景頗族、德昂族、傈僳族、漢族的三百餘首民歌及器樂曲，完成了《中國民歌集成雲南省梁河縣卷》的編撰工作，極大地豐富了他的創作素材。1987 年一個偶然的機會，他被調到德宏州傣劇團。從此，他走上了傣劇音樂創作的道路。

在創作實踐中，龔家銘善於總結以往成功的經驗，吸收其它劇種在音樂表現方面的長處，結合傣劇自身的特點，在創作實踐中反覆探索，不斷創新，藉以增強傣劇音樂的表現力。平時不斷從傣文化的沃土中吸取營養，收集整理了大量的傣族民間音樂素材，閱讀了大量傣族宗教、哲學、歷史文化特別是傣族詩歌文學方面的作品，藉以提高自己傣文化的修養。經過長期的藝術實踐和不斷地探索，他的藝術造詣和作曲技巧有了很大的提高，並形成了結構嚴謹細密、曲調委婉清新、唱腔流走如珠的藝術風格。這種風格是構成傣劇美學特徵的一個重要方面，為傣劇音樂的發展做出了重要的貢獻。

龔家銘先後在大型傣劇《冒弓相》、《十二個王妃的眼珠》、《娥並與桑洛》、《蘭嘎西賀》、《南西拉》等，移植改編傣劇《青蛇傳》、《白蛇傳》、《楊門女將》，在小戲《老混巴與小混巴》、《重葬之後》、《風雨過後天更藍》、《買牛》和多部曲藝作品中擔任音樂設計和創作。其中，傣劇《老混巴與小混巴》參加了 1992 年全國戲劇小品大獎賽，他獲得優秀音樂創作獎；大型傣劇《娥並與桑洛》錄入國家精品庫；《蘭嘎西賀》獲 2000 年雲南省新劇目獎；在 2004 年雲南省新劇目展演中，《南西拉》獲綜合金獎，他榮獲音樂創作一等獎；2007 年《南西拉》獲中國少數民族戲劇學會「金孔雀」大獎，他獲音樂創作一等獎；在同年舉辦的全國首屆少數民族戲劇會演中，《南西拉》榮獲金獎，他獲得音樂創作一等獎，這是傣劇發展歷史中所獲得的音樂創作最高榮譽。

《南西拉》的音樂創作之所以獲得這樣的成功，與他長期以來對傣劇音

樂發展的深層思考，在繼承傳統的基礎上反覆探索，不斷創新是分不開的。傳統傣劇的音樂唱腔，由民間說唱文學中的「說唱音樂」演變而來，但就其藝術表現來說，它的曲式僅限於二句體結構，長於敘事，對展現人物豐富的內心世界，揭示人物複雜的思想情感，塑造性格飽滿的舞臺人物形象卻顯得力不從心。唱腔的單一成為制約傣劇發展的一個瓶頸問題。為了解決這一問題，他一方面引進大量的傣族民歌入戲，一方面開始在男腔女腔和這些民歌的基礎上，借鑒其它劇種的經驗，在唱腔方面作新的藝術創新。在二十世紀80年代的《冒弓相》主要唱段中，他採用板腔體層遞式結構，來刻畫主人公為營救戀人不畏艱難，誓斬惡龍的剛毅的性格特徵，給人以耳目一新之感，受到觀眾的好評。這種形式在他於90年代創作《娥並與桑洛》、《十二個王妃的眼珠》時得到了更進一步的運用，他也由此而積累了不少經驗。

龔家銘在《南西拉》中對傣劇唱腔的發展與創新獲得極大的成功，專家對此好評如潮。他們認為：《南西拉》重點唱腔的設計成功是對傣劇以往唱腔的很大超越，它豐富了傣劇的藝術表現手法，使傣劇藝術邁上了一個新的臺階，為傣劇藝術的發展做出了重大貢獻，並為以後傣劇音樂藝術的發展積累了寶貴的經驗。

3、楊樹忠

楊樹忠，男，漢族，1965年生，大專文化，雲南省昌寧縣人。國家二級編劇。

他自幼酷愛藝術。兒時的楊樹忠，能當一名二胡演奏員是他最大的夢想。1984年師專畢業後，楊樹忠被分配到昌寧一中，當了一名語文教師。由於對藝術的那種「剪不斷、理還亂」難割難捨的情結。1988年，楊樹忠被調到昌寧文工團，擔任文藝創作及樂隊的演奏工作。1991年，昌寧文工隊解散。出於對戲劇藝術的摯愛，通過德宏引進特殊人才的煩瑣程序，楊樹忠被調到德宏州傣劇團，從此走上了一條充滿艱辛的少數民族戲劇創作的道路。

傣族有著燦爛的文化歷史，特別是敘事長詩，其數量堪稱中國之最，成為瞭解傣民族文化藝術、宗教哲學、民俗民風的重要的窗口。為此，楊樹忠花費了大量的心血，閱讀了大量的敘事長詩，有的作品像《娥並與桑洛》、《召樹屯》、《蘇帕與嘎西娜》、《九顆珍珠》、《抗英記》、《紅色寶石》、《傣族古歌謠》、《蘭嘎西賀》、《宛納帕麗》等等，他都隻字不漏地做了摘抄。像欣賞名著一樣，他摘錄摘抄的敘事長詩百萬字之巨。做眉批寫心得，好詞佳句更是

反覆吟詠，細細咀嚼。

從 1991 年到 1998 年，楊樹忠參與創作大型傣劇《寶扇》、《宛納帕麗》、《召混三弄》、《刀安仁》等多部傣劇作品。《召混三弄》以德宏傣族歷史上最為輝煌的果占壁時期為背景，通過強大的果占壁王國分崩離析的描寫，說明傣族要發展，不僅要團結其它民族，傣族自身更需要團結。《刀安仁》是通過傣族的優秀兒女民主主義先驅，刀安仁，從抗英失利後出走東洋，投身於辛亥革命的描寫；通過刀安仁從忠君、疑君到叛君的心理歷程的揭示，反映出辛亥革命的歷史必然，表現出刀安仁為了傣民族的前程和理想雖九死而無悔，百折擂鼓從頭越的豪邁氣概。《宛納帕麗》則反映出王權與人性的矛盾，表達了傣民族對自由平等的愛情生活的熱切嚮往。

1998 年，楊樹忠開始創作大型傣劇《南西拉》獲得成功。《南西拉》取材於傣族敘事長詩《蘭嘎西賀》，而《蘭嘎西賀》則是印度史詩《羅摩衍那》流傳到傣族地區後產生的一種佛教變文。《羅摩衍那》的故事在南亞、東南亞一帶廣為流傳，對印度文學乃至東南亞文學都產生過深遠的影響。

《南西拉》參加 2004 年雲南省新劇目展演，獲綜合金獎。此外，還獲得多個單項一等獎和二等獎。2007 年，《南西拉》獲中國少數民族戲劇「金孔雀」綜合大獎，在同年舉辦的全國首屆少數民族戲劇會演中，《南西拉》以深刻的人文主義思想，鮮明的藝術個性和濃鬱的民族風格，以排名第一的成績榮獲金獎。專家們對《南西拉》的創作給予很高的評價，認為南西拉形象的塑造，是對以往傣劇舞臺人物形象的巨大超越，《南西拉》演出的成功，把傣劇藝術推向了一個新的高度，為中國少數民族戲劇的發展做出了貢獻。由於南西拉身上體現出強烈的人文主義精神，有著對傣族女性命運的深層思考，其社會意義遠遠超出傣民族範疇。成為中國的南西拉、世界的南西拉。

4、金保

金保，男，傣族，1961 年生，德宏州潞西市人。1979 年 7 月參加工作，中國共產黨黨員，現任德宏州傣劇團團長、國家二級演員。在長期的傣劇表演生涯中，金保曾在大型傣劇《朗推罕》、《海罕》、《相猛》、《十二王妃的眼睛》、《南西拉》、現代小戲《老混巴與小混巴》等多部傣劇劇目中擔任主角，塑造了眾多個性格鮮明的舞臺人物形象。由於他扮相英俊，能歌善舞，所扮演的多為王子或傣族敘事長詩中的英雄人物，所以傣族觀眾都稱他是「我們的蠻撒（王子）」。金保的表演粗中有細，演唱如行雲流水。他演唱的傣族民

歌，如清風吹皺春水，似清泉流出山澗，具有濃鬱的民族風格。他塑造的人物能較好地體現出傣族男子的性格特徵，適合傣族觀眾的審美願望。他的表演一直深受觀眾的喜愛，許多劇目久演不衰，像《朗推罕》中的蘇之納、《海罕》中的海罕已成為植根於傣族觀眾心目中的優秀藝術形象。

2004 年，金保在大型傣劇《南西拉》中扮演男主角召朗瑪。這和以往他出演的角色不同，召朗瑪是一個性格非常複雜的人物。正因為他出色的表演，榮獲 2007 年全國少數民族戲劇「金孔雀」優秀表演獎，全國首屆少數民族戲劇會演表演一等獎。眾多個性鮮明的人物形象的塑造，奠定了金保在傣劇發展史上的重要地位。他同萬小散一道成為建國以來，特別是改革開放以來傣族發展史上最優秀的傣劇演員。

傣劇具有鮮明的藝術個性，是名符其實的少數民族戲劇。然而，正因為傣劇的這種個性，使其很難超出地域的限制，讓更多人瞭解傣劇，感受傣文化的魅力。因此，打造出傣劇精品，全面提升傣劇質量，讓傣劇走出德宏、走出雲南、走向全國就成為發展傣劇事業的一種必然選擇。作為「天下第一團」一團之長，金保抓住《南西拉》參加 2004 年雲南省新劇目展演這一難得的歷史機遇，充分調動劇團各部門工作人員的積極性，使大家心往一處想，力往一處使。正因為他的努力，《南西拉》獲得了 2004 年雲南省新劇目展演綜合金獎，2007 年全國少數民族金孔雀綜合大獎；在同年舉辦的首屆全國少數民族戲劇會演中，《南西拉》以排名第一的成績，榮獲金獎。此外，《南西拉》還先後榮獲「雲南省精品藝術獎」、雲南省「文化藝術精品工程獎」。傣劇完成了走出雲南，走向全國的歷史性跨越。邁上了更高的臺階，迎來了有史以來最為輝煌的時期。

5、們從高

們從高、男、傣族，1972 年生，雲南省德宏州梁河縣人，國家二級演員，現任德宏州傣劇團副團長。1991 年，們從高被選送到中國戲曲學院學習戲曲表演，他的師承是賈君祥，專攻花臉行當。由於勤奮好學，塌實認真。在學習期間，練就了紮實的基本功，為以後的傣劇表演打下了良好的基礎。

1995 年，經過四年系統的戲曲表演學習，們從高從中國戲曲學院畢業，同年 7 月份，被分配到德宏州傣劇團從事表演工作。1996 年，們從高在大型傣劇《冒弓相》中扮演黑龍，這是他第一次擔任主角。他反覆閱讀劇本，認真分析人物性格，在排練中，他結合自己所學的知識，巧妙地借鑒花臉行當

中的「手眼聲法步」來塑造黑龍這一形象。《冒弓相》武場較多，武戲的表演對以往的傣劇來說，從來都是一弱項。們從高受過四年專業培訓，武戲表演駕輕就熟，經過自己的努力，把貪淫好色、兇殘霸道的黑龍形象塑造得栩栩如生，其武戲的表演很有技巧難度，給人耳目一新之感。《冒弓相》到緬甸演出時，外國觀眾一陣驚歎，認為中國的傣族會「飛」，對傣劇武戲表演給予很高的評價。

2000 年，們從高在大型傣劇《南西拉》中扮演捧瑪加。捧瑪加兇殘暴道、陰險狡詐，但粗中有細絕非鹵莽之輩。為了演好這一角色，們從高投入了全部的熱情，通過反覆排演，不斷完善，成功地塑造了捧瑪加非常複雜的人物形象。在 2004 年，雲南省新劇（節）目展演中，們從高脫穎而出，奪得此展演的表演一等獎。專家對們從高的表演給予了很高的評價，認為他是雲南少數民族戲劇團隊中不可多得的表演人才，是這次新劇（節）目展演中閃亮的「角兒」。

繼 2004 年，雲南省新劇（節）目展演後，們從高又獲全國少數民族「金孔雀」表演一等獎；全國首屆少數民族戲劇會演「優秀表演」一等獎；此外，們從高還在小戲、小品《重葬之後》、《父與子》、《送別》中擔任主角，其表演充分展現了作品的內涵，塑造人物生動形象，受到觀眾的好評。經過多年的努力，們從高已經成長為一名深得傣族觀眾喜愛、深受專家好評的優秀的傣劇演員，成為傣劇團青年演員中的傑出代表。

6、鐵城佛塔

對德宏州傣劇團的業務採訪，一直進行到近 12 時才結束。我們在回旅館的途中，路過了芒市的著名旅遊文化景點一大奇觀——鐵城佛塔，同樣感到傣文化的神奇。鐵城佛塔，傣語稱「廣母姐列」，習慣稱為「樹包塔」。據傣文史料記載，此塔始建於清朝康熙年間，1740、1788 年曾進行維修。1985 年，州文物管理所組織有關單位再次進行修葺。

該塔的造型為「碰比阿沙」型，係南傳上座部佛教的一種小型磚石結構獨立塔，由主塔及四座小塔組成。主塔高 11.6 米，塔身建於八角形須彌座上；小塔高 3.97 米，立於塔基四周。該塔上生長著一棵菩提樹，樹根盤根錯節將塔身包住，固有樹包塔之稱。鐵城佛塔現在是潞西市文物保護單位，也是雲南省著名旅遊景點。

沿途我們還參觀了宏偉壯麗的猛泐大金塔等景點，然後我們來到潞西市

新華書店，查閱並購買了一些相關資料。在德宏結束了對傣劇的考察後，我們乘坐汽車到大理，準備開始對白劇的考察。

（六）大理州白劇團與白劇

2009 年 7 月 17 日上午 9 時，我們師生三人來到大理州白劇團。劇團國家一級演員，中國戲劇最高獎「梅花獎」得主，現任的大理州民族歌舞劇院副院長——楊益坤因為下鄉演出，所以我們沒有採訪到她。接待我們的是白劇作曲家張紹奎和羅金鈴副團長，他們熱情地給我們介紹了大本曲、吹吹腔、白劇與白劇團的情況。

1、大本曲

大本曲，是廣泛流傳於雲南白族地區，深受群眾喜愛的一種曲藝形式。《據五代會要》記載，大本曲產生的時代已久，在大長和國鄭仁旻上書唐莊宗的信中，曾附有「轉韻詩一章，詩三韻，共十聯，有類擊築詞」。徐嘉瑞在《大理古代文化史》一書記載：「其時為後唐莊宗同光十年，即公元 925 年，距今一千多年。所云詩三韻，即七七七五之山花碑詩體」。大本曲是在山花體民歌的基礎上發展而來。從文字記載上看，大本曲可能在大理國之前就已經產生了，明、清時代得到廣泛流傳。大本曲的結構形式，是由說白和唱詞組成的，以唱詞為主，說白為輔。其唱詞的基本格式是七七七五。演唱時一人演唱，一人用三弦伴奏。大都在「繞三靈」、「火把節」、「三月街」、「中秋節」和「本主會」傳統節慶時演唱。大本曲的音韻份「花上花」、「油勒油」、「勞利勞」、「翠茵茵」四個大韻。大韻下分若干小韻。它擁有成套的唱腔。由於唱腔和演唱風格的不同，大本曲形成了三大流派，即以大理縣城為界，南面為一個流派，北面為一個流派，洱海東面為一個流派。

大本曲的傳統唱本，民間的說法有「三十六大本，七十二小本」，即一百零八本。但據目前的大略統計，有一百一十六本之多。

大本曲的曲本，一部分是根據白族的現實生活、歷史故事和民間故事創作所改編，如《白王的故事》、《松明樓》、《讀文秀起義》、《綠桃的故事》、《血汗衫》、《蟒蛇記》、《安南亡國史》等；一部分是根據漢族戲曲劇目，古典小說和民間故事所改編，如《琵琶記》、《秦香蓮》、《白蛇傳》《薛剛反唐》等；再一部份是根據宣揚封建倫理道德觀念的傳說故事改編的，如《三孝記》、《王祥臥冰》、《東狗勸夫》等。

由於雲南白族大本曲的歷史悠久，群眾基礎深厚，著名藝人層出不窮，諸如，楊漢，1902 年生，大理縣大莊村人，南腔流派的著名老藝人。他對大本曲的唱腔非常熟悉，有精湛的演唱技巧，能唱幾十個曲本。他創作的《大理好風光》1955 年獲雲南省文藝匯演創作和表演一等獎。他三十年來，積極為群眾演唱，言傳身教，積極培養了大批青年藝人為大本曲的繼承和發揚做出了巨大的貢獻。黑明星，1921 年生，大理縣下灣橋人，為北腔流派的著名藝人。他酷愛大本曲，六歲就登臺演唱。他創作的《上關花》、《施上澤入社》、《龍王廟》、《恩仇難忘》、《全家送禮》等，其中，《上關花》曾由雲南人民出版社出版單行本，後收入《雲南民族戲曲的花朵》一書和《中國少數民族戲劇選》中。

2、吹吹腔

吹吹腔，是白族歷史悠久的一種古典戲曲劇種。它廣泛流行於雲南雲龍、漾濞、洱源、鶴慶、劍川、大理等市縣城鎮與農村。

吹吹腔的行當具全分工比較細緻，總的分為生、旦、淨、丑四大行。各行又根據不同的年齡、身份、和性格，具有不同的區分。

吹吹腔，也有南北派之分。流行於雲龍、漾濞兩縣的叫「南派」。南派的特點是：表演的節奏嚴格按嗩吶的節奏進行，行當有自由獨特的與嗩吶節奏相配合的身段和技法。劇本的語言大多是漢語和白語相雜，劇本與滇劇不同。

流行於洱源、大理、劍川、鶴慶等縣的吹吹腔，叫「北派」。北派的特點是：它的聲腔逐漸板腔化，表演上不完全受嗩吶的限制，並吸收了一些滇劇的打擊樂曲牌、打頭和鑼鼓點。劇本語言多用漢語而少用白語，劇本多是從滇劇劇本移植過來。它的劇本有一部分是根據白族人民的生活、歷史和民間神話，故事創作改編，如《血汗山》、《大明反汗衫》、《火燒松明樓》、《瞎子洗澡》、《石三告狀》、《趙龍觀燈》等，大多數從滇劇移植過來，或根據三國，列國、說唐等古典小說改編而來。

3、白劇

白劇是流行在雲南大理地區特有的少數民族劇種，它包括吹吹腔戲和由曲藝大本曲發展而來的大本曲劇。同時白劇融進部分白族民歌、舞蹈。以及現代歌劇、舞劇的精華，初步形成了一套完整的表演藝術。

白劇（包括吹吹腔戲和大本曲劇）劇目比較豐富多樣，據目前掌握的大約有 400 多個劇目，其中傳統劇目 300 多個，建國後的新創劇目 80 多個，整理、改編的約有 50 多個。白劇劇目按其內容可以分為五類，一是袍帶戲，如

《兵團燕山》、《水寨演武》、《君臣會》等，大多反映宮廷生活、軍事抗爭；第二類，主要寫下層人民的生活，表現婚姻愛情，倫理道德，人民疾苦等內容，如《重三斤告狀》、《崔文瑞吹柴》、《火燒磨房》等；第三類是民間傳說故事劇，主要有《柳蔭記》、《杜朝選》、《望夫雲》等；第四類是新編歷史劇，主要劇目有《蒼山會盟》、《阿蓋公主》、《將軍淚》等；第五類是現代戲，代表劇目有《紅色三弦》、《蒼山紅梅》、《蝶泉兒女》、《益民風尚》等。

白劇的傳統劇目的唱詞多採用山花體格式，每一段唱詞為四句，前三句都是七字，後一句是五字。這種山花體是白族文學中山歌、小曲、大本曲和文人與民歌手常用的一種格式。隨著時代的發展，現在改編和創作的白劇劇目，唱詞上部分仍沿用這種格式，但也有相當一批劇目已靠近西南地區漢民族大劇種，同時追求長短句和自由詩體形式。

4、白劇團

雲南白劇團 1962 年 2 月成立，2004 年 5 月，原大理州白劇團與大理州歌舞團合併為大理州民族歌舞團後又合併為大理州民族歌舞劇院，保留了大理白劇團名稱，州白劇團至今仍是全國唯一的白劇專業劇團。

該團創作與演出的白劇劇目有：六場白劇《阿蓋公主》，六場白劇《將軍淚》，六場白劇《白月亮，白姐姐》，七場白劇《情暖蒼山》，大型白劇《白潔夫人》，白劇《三放杆》、《益民風尚》、《寸草春暉》等。

最有代表性的是大型神話白劇《望夫雲》，於 1980 年被搬上戲劇舞臺，是白族人民公認的白劇代表性劇目。在白族地區，每當臘月時分，只要蒼山的玉局峰頂出現簸箕形的白雲，洱海立刻波濤洶湧，這本是一種自然現象，但是後來，人們將這片雲編成不同的傳說。白族人民則將這朵雲比作「南詔公主」並將其搬上戲劇藝術舞台。

該戲敘述的是：唐代的南詔國公主「阿鳳」，與蒼山獵人「阿龍」相愛，兩人為了幸福同南詔國王、羅荃法師鬥爭的動人故事。阿鳳公主衝破封建的囚籠，同獵手阿龍雙雙逃到玉局峰上。自由幸福的生活剛剛開始，卻被羅荃法師蓄謀毀滅。阿龍中計沉溺洱海，變成石騾。阿鳳公主含恨而死，化為一朵望夫雲。夫妻天上海底，遙遙相望，成為白族人民優美的神話傳說。

《望夫雲》創作成功之後，曾到北京、成都、昆明等地演出，轟動京城，譽滿中華。文化部、中國音協、劇協先後為劇組召開專門座談會。《人民日報》、《光明日報》等首都各大報紙先後發表評價文章。此劇本曾獲全國和雲南省

少數民族文學創作獎，全國優秀話劇、戲曲、歌劇劇本創作獎，全國第一屆少數民族題材劇本創作榮譽獎。

5、白劇主要演職人員：

（1）葉新濤

女，漢族，1945 年生於四川雲陽。國家一級演員，中國戲劇家協會會員。曾任大理州白劇團團長。1967 年從事文藝事業，先後在白劇《蒼山紅梅》、《望夫雲》、《蒼山會盟》、《騎牛配親》、《阿蓋公主》、《大年三十》、《嫁不出去的姑娘》等劇中擔任主角。

1988 年葉新濤獲雲南省文化廳通報表揚為發展本地區民族文化事業作出貢獻「先進個人」、1989 年獲雲南省「尖子」演員稱號。1991 年在白劇《阿蓋公主》中扮演阿蓋，獲省文化廳「表演一等獎」。1992 年在白劇《阿蓋公主》扮演阿蓋，獲文化部「全國第一團」優秀表演獎。1996 年在白劇《白月亮，白姐姐》中扮演苦嬸，榮獲省文化廳「特別榮譽獎」。2000 年獲雲南省文聯「德藝雙馨」稱號。從藝四十多年的葉新濤不僅多次榮獲各種獎項，而且在培養接班人也盡心盡力，相繼培養了楊育琨、董鳳琴、孫寶華、劉昆麗、楊芳等一批白劇表演藝術人才。

（2）楊育琨

女，白族，1964 年生於雲南洱源鳳羽。國家一級演員，中國戲劇最高獎「梅花獎」得主。他先後在白劇《柳蔭記》、《寸草春暉》、《火燒磨坊》、《將軍淚》、《白月亮，白姐姐》、《情暖蒼山》等十餘部大小戲中擔任主角。1992年獲文化部「個人表演獎」，1993 年獲「雲南省第二屆戲劇青年演員大獎賽」的「最佳表演獎」。

（3）馬永康

回族，1950 年生於大理市。國家一級演員，中國戲劇家協會會員，中國少數民族聲樂學會會員。先後在白劇《紅燈記》、《江姐》、《這樣的女人》、《蒼山會盟》、《望夫雲》、《情暖蒼山》等劇中擔任主角。並且先後在昆明、大理舉辦四場個人獨唱演唱會。他創作的《洱海一枝梅》、《江主席神采大理留》、《火的戀歌》獲全國獎，被廣為傳唱。

（4）張紹奎

雲南省大理白族自治州白劇團國家一級作曲、中國音樂家協會會員。1943

年出生於大理蝴蝶泉邊的一個白族農民家庭。他是一位土生土長，自學成才並畢生致力於白劇音樂創作和白族音樂的收集、整理、研究的白劇作曲家。在他的藝術歷程中，音樂創作與理論研究並舉。

張紹奎曾創作過40多部大中型白劇音樂作品，代表作有《蒼山紅梅》、《望夫雲》、《蒼山會盟》、《阿蓋公主》和電視劇《白月亮，白姐姐》等。創作歌曲百餘首，其中《歡迎你到大理來》、《賽馬歸來》、《問我為何笑眯眯》等在省內外廣為傳唱。二十世紀80年代他擔任《中國戲曲音樂集成雲南卷·白劇分卷》副主編，並與著名民族音樂學家伍國棟等學者共同編撰《白族音樂志》一書，並參與完成《中國曲藝音樂集成雲南卷·大本曲分冊》的編纂工作。

另外我們還了解到一些為白族民族戲劇做出重要貢獻的民間藝人：張相侯、李貴文、張秀明、勞萬興、顧躍元、楊文衛、李俊軒、李春芳、楊學仲、李元貞、黑明星、李明璋、張李人、楊益等現當代著名演員。建國後的主要演員有：楊洪英、董漢賢、楊永忠、葉新濤、馬永康、楊益琨、李澤新、孫寶華、楊劉忠、趙文生、董鳳琴等。主要編劇有：楊元壽、薛子言、張繼成、陳興德、趙建華、魏樹生、和漢中等。

2009年7月19日，我們從雲南大理回到昆明，22日返回西安市，結束了這次有價值有意義的雲南民族文化考察之行。可以說，通過這次考察雲南少數民族戲劇，我們不僅增長了見識，而且對雲南少數民族戲劇有了更深一層的瞭解。

（碩士生郭燕、施蓉蓉整理撰寫）

十四、赴天津、遼寧省瀋陽考察滿族說唱藝術報告

（2009 年 7 月 3 日～7 月 10 日）

　　1635 年滿族正式定名為「滿洲」，作為一個新興民族共同體走上中國歷史舞臺。這個民族曾經建立了中國歷史上最後一個封建王朝——清朝。它在中國歷史上叱吒風雲，推動著封建制度走向了極其繁盛的頂峰，同時也使中國封閉於歐洲風起雲湧的工業革命之外。使中國在「天朝上國」的美夢之中滑向落後的深淵。這樣一個富有傳奇色彩的民族，它的歷史是源遠流長的。在滿族建立之前，其先民就曾長久地活躍在歷史的舞臺上。伴隨著悠長歷史的是其特有的民族精神和文化，隨著歷史的延續和朝代的更迭，穿梭其間的民族文化精神是我們所深切關注的。而滿族文化有著兩個顯而易見的高峰，那就是古代金國女真文化以及後來對中華民族產生深遠影響的滿清文化。

　　金國是女真民族建立的一個比較大的國家政權。其文學形式在發展中受到處於強勢地位的漢民族文學的影響。到了十二世紀中期，由於上層統治者的醉心漢學，女真的民間文學受到壓抑和排擠。因為女真文學一直缺乏文字記載，在整個熙宗、海陵兩代，竟然找不到一首嚴格意義上的民歌代表作。但他們的書面文學造詣卻很高，海陵繼熙宗引進漢文學所留作品雖不多，但在立意和格律上都不愧為當時佳作。隨後，滿族入關後，對於漢族文化的吸收和借鑒是非常廣泛的，僅從古典戲曲方面來講，崑曲、弋腔、秦腔都獲得了八旗和滿族人民的喜愛。

（一）滿族說唱文學

　　在前去天津與東北地區考察滿族戲劇曲藝文學之前，我們在圖書館查閱了一些有關滿族民間說唱文學的資料，得知此種文體與該民族戲劇關係很密切。說唱藝術一般就是指曲藝，是一種說與唱相結合的民間藝術形式，具有獨特的地方色彩和民族風格。滿族說唱文學濫觴於清代初期，成熟發展於清代康熙盛世，主要源於滿族的傳統民間歌謠、民間小曲。其表現形式主要有子弟書、八角鼓、岔曲、牌子曲、岔曲等，以及在民間說唱基礎上發展起來的民間戲劇。

1、子弟書

「子弟書」是以八旗子弟創作和演唱而得名，也叫「清音子弟書」，是一種地道的滿族曲藝形式。它產生於乾隆初年，盛行於乾隆中後期，直到清末仍有流傳。主要流傳於北京、瀋陽及東北三省一些地方。金代出版的胡文彬編《紅樓夢子弟書》序中指出：「子弟書的興起，最初受滿族祭祀活動中演唱的單鼓（又名太平鼓）影響很大。」

子弟書原用滿語演唱，後來加入漢語「滿漢兼」，稍晚有滿、漢對照本，被稱為「滿漢合璧」。由於它是不登大雅之堂的「小玩藝」，因此其唱本作者多不在作品上留下姓名。有的僅偶而留下字號，也很難分辨出作者的真實身份，故對於其創始人無從稽考。子弟書體裁短小精悍，迎合了當時都市市場演出的特點和達官貴人的口味需求，受到社會各階層尤其是八旗文人的喜愛，風行一時。現在流傳下來的子弟書，基本上是用漢文創作的。

子弟書不是單純的「自娛娛人」作品，旨在「立品」，取材於小說、雜劇、京劇和北京風情。其結構一般是：頭幾句是「詩篇」，介紹全文的內容，下面每兩句要押韻，便於演唱，行文簡練、明快。子弟書有唱無白、「字多腔少，迂徐曲折」，以三弦作為主要伴奏樂器。

2、「八角鼓」

「八角鼓」一詞有兩個含義，其一是樂器的專用名詞；其二是指民間說唱藝術中的一個曲種。在概念上恐其混淆，故需在書寫中有所區別。文中凡八角鼓指樂器，帶引號的「八角鼓」表示說唱藝術的曲種。

「八角鼓」說唱藝術以八角鼓命名，其中八角鼓樂器伴奏是必不可少且貫穿始終的。因八角鼓只能擊節，本身沒有音高，不能產生旋律，故其作用只能起領奏作用。掌握起止、速度、節拍，變換各種演奏技巧，轉換調節情緒，從而來增強音樂色彩。「八角鼓」演唱形式靈活多樣，唱腔委婉優美，擅長於抒情。

「八角鼓」是在滿族民歌、小曲的基礎上，由多種曲牌組成的一種演唱藝術。它作為曲種的名稱使用，最早見於《白雪遺音》（刻於清道光八年，即1828 年）。常用的曲牌有【四大景】、【太平年】、【馬頭調】、【羅江怨】、【金錢蓮花落】等。各種曲目長短不一，曲牌多少各異，唱詞基本是七字一句，曲目多以傳統故事和民間故事為主，為唱一事一景的小段子。

「八角鼓」流傳活動地區，至今已知的有北京八角鼓、山東聊城八角鼓、

河北青苑八角鼓、內蒙古八角鼓、遼寧鳳城八角鼓、吉林扶餘八角鼓等，六個地區。

北京「八角鼓」在清嘉慶、道光以後，由於駐屯在各旗籍士兵和旗籍官吏的愛好，流傳到很多地方。相傳凡漕運、鹽運所經過的城鎮，都有「八角鼓」傳唱。其表演沿用「八角鼓」初期的主唱人手擊八角鼓和三弦伴奏的坐唱形式，其音樂方面採用曲牌聯套體結構形式。

「八角鼓」於清朝中葉傳入山東聊城一帶，清末民初在民間盛行。1928年以後，軍閥連年混戰，聊城人民難以維持生計，老藝人相繼去世，「八角鼓」幾乎停演。1938年冬抗日戰爭期間聊城淪陷，「八角鼓」銷聲匿跡。直到1947年聊城解放，人民翻身做主人，又愉快地唱起了「八角鼓」。1953年春天，聊城「八角鼓」的兩個節目參加了「山東省民間藝術觀摩大會」，贏得觀眾的好評。1954年春節，在聊城文化樓廣播站上播放聊城「八角鼓」。山東聊城「八角鼓」現存曲目40個、曲牌35個。曲牌聯套體的音樂結構具體表現為：每個唱段的開頭僅限於用【古詞頭】曲牌；然後【波兒下】緊接在【古詞頭】之後。繼之，用其它若干曲牌連接，可根據段子的不同情節與唱詞情感變化的需要，任選適合的曲牌。用〔尾聲〕曲牌結束唱段：山鼓＝【古詞頭】＋【波兒下】＋若干曲牌＋【尾聲】。

河北清苑「八角鼓」現存曲牌8個、曲目11個，且每個曲目均有完整的歌詞唱段。清苑「八角鼓」產生於清康熙年間，主要活動在清苑縣內大李各莊一帶，距今有250多年歷史。直到抗日戰爭爆發前，「八角鼓」在民間演出盛行。日本侵入華北地區，民眾陷入水深火熱之中，「八角鼓」隨即銷聲匿跡。建國後，在黨的文藝方針指引下，「八角鼓」說唱在民間又活躍起來，表演形式由原來的「坐唱」發展成為「歌舞」形式，曲目唱段刪節歌頌清廷的內容，表演服飾、音樂曲牌及伴奏樂器基本保持原樣，尚無大的變化。

內蒙古呼和浩特「八角鼓」產生於清乾隆年間，經歷了艱難曲折的發展歷程。二十世紀30年代至50年代初期，停止演出，瀕臨絕跡。建國後，在黨的文藝方針政策的感召下，把久已湮沒的「八角鼓」重新挖掘出來，邀請「八角鼓」唯一傳承人洪吉慶老先生出山傳藝，並由馬靜波、白玉光、白普旭等組成了新城區滿族業餘「八角鼓」業餘劇團。1954年，「八角鼓」參加了呼和浩特舉辦的民間業餘文藝選拔會演。1955年，「八角鼓」參加了內蒙古自治區首屆民間戲曲會演，其中《對菱花》劇本被評為內蒙古自治區成立十週

年慶祝徵文優秀作品獎，並載入了《中國地方戲曲集成》。後來又在此基礎之上編演了滿族歌舞劇《挎柳斗》、《滿族之花》、《車馬行人要安全》、《豐收年唱太平歌》等；整理演出了傳統段子《秀姑遊花園》、《慶月光》等。「文革」期間，八角鼓演出被迫停止。二十世紀 80 年代初，恢復演出。表演形式由原來的坐唱發展衍變爲民族歌舞小戲。

以上諸地區的傳統「八角鼓」，因在各自本地區長期活動過程中，受不同環境的影響，而產生了不同的變化與各種風格。如北京「八角鼓」演變派生出「單弦」的形式；清苑「八角鼓」發展成爲載歌載舞的形式；聊城「八角鼓」有一時期曾經以「廣場劇」形式演出；內蒙古呼和浩特「八角鼓」衍變爲滿族戲曲形式；扶餘「八角鼓」雖已絕跡，但其曲牌已成爲滿族新城戲聲腔音樂所吸收，其基調被留存下來。

3、熱河五音大鼓

清乾隆末年，熱河地區盛行以民族器樂演奏爲主的「清音會」。熱河「五音大鼓」是一種具有鮮明滿族特色的說唱藝術，系用五聲音調的民間、宮廷吹奏音樂和「太平歌詞」曲調譜曲的戲曲片段和詩詞，並借鑒戲曲表演形式，以坐唱形式樂手兼分角演唱。其伴奏樂器有花腔鼓、揚琴、阮、箏、琵琶、三弦、雙清、匙琴、二弦、笙、笛、簫等。演出曲目有歌頌康乾盛世的《聖祖親征》、《木蘭從征》、《平三藩》、《八旗勇》等，以及表現愛情主題的《長生殿》、《西廂記》等。

清道光七年（1828 年），河北「蓮花落」傳入熱河。因受此種說唱形式的影響，「五音大鼓」由多人坐唱改爲二人走唱表演，稱爲「二人大鼓唱」。此後，「二人大鼓唱」吸收滿族民歌、民間小調、「蓮花落」、滿族「地秧歌」、「梆子」、「亂彈」中的唱段、牌子曲，於道光十八年（1839 年）形成「熱河二人轉」，成爲滿漢融合的音樂戲曲表演藝術。

4、牌子曲

「牌子曲」是由各種小曲彙成的組曲，曲中所採用的小曲不是固定的，或敘述民間故事，或描寫自然景物，或抒發世俗情感。常用曲調有【寄生草】、【耍孩兒】、【銀紐絲】、【羅江怨】等。牌子曲的組成，一般是先有一個「曲頭」，中間是二十至三十個曲調組成的唱段，最後以「曲尾」結束。其旋律一般是一韻到底，中間不轉韻。其內容有取材於明清戲曲、小說的，有詠唱四季風光的，有描寫現實生活的，其中以直接描寫清代八旗生活題材的作品爲

突出。傅惜華先生在《北京傳統曲藝總目》中收錄了520多種牌子曲。

5、岔曲

「岔曲」是流行於清代的一種滿族曲藝。據清人崇彝在《道咸以來朝野雜記》中記載：「文小槎者，外火器營人。曾從征西域及大小金川，奏凱歸途，自製馬上曲，即今八角鼓中所唱之單弦雜排子及岔曲之祖也。其先本曰小槎曲，減稱為槎曲，後訛為岔曲，又曰脆唱，皆相沿之訛也。此聞之老年票友所傳，當大致不差。」由此可知，岔曲是清代滿族人文小槎始創，並以他命名，為「槎曲」或「岔曲」。其產生年代在清乾隆年間。岔曲的種類大致有平岔、慢岔、垛字岔、西岔、起字岔、數岔等十幾種，有些較長的段子又稱「大岔曲兒」或「長岔」和「趕板」。其內容大多為詠唱風景、物品、情感和民間故事等。清末以後，岔曲作為一種獨立的演唱形式逐漸消失了，但它的「曲兒頭」和「曲兒尾」仍保留在曲藝單弦中在演唱。

筆者認為上述資料多來自書本書獻，不能完全代表滿族曲藝與戲劇的原貌，故特地前去該種藝術形式的產生之地天津與遼寧、瀋陽去調查研究，以求獲得一些相關的第一手佐證材料。

6、車王府曲本

「清蒙古車王本」是清代北京車王府收藏的戲曲、曲藝手抄本的總稱。所藏曲本大都產生流傳於十八世紀中葉至十九世紀末。這一時期，我國曲藝、戲曲藝術的發展正跨入一個新的歷史階段。各民族文化的融合，為其發展提供了新的文化背景。上至皇室，下至平民的興趣所至，為其繁榮奠定了深厚的社會基礎。八旗子弟下海嘌唱、推波助瀾，王公大臣以此來謳歌文治武功、太平盛世，庶民百姓以此來瞭解歷史、反應生活，蓬勃而起的「俗文學」藝術更加群眾化。一時劇目之繁，形式之多，普及程度之深，均為歷代所僅見。其史料價值、文學藝術價值，以及作為對清王朝由盛而衰時期反應社會生活的第一手資料，一直為國內外專家學者所矚目。著名學者王季思先生曾說：「車王府所藏的這個手抄曲本書獻價值可與全唐詩、全宋詞媲美；它的發現，可與安陽甲骨、敦煌文書並提。」

《清蒙古車王府藏曲本》是目前已經出版的車王府曲本總集和選本中規模最大的版本，為金沛霖先生主編，1991年由北京古籍出版社石印出版。全書以體裁分類為戲曲和曲藝兩大部分：戲曲包括崑曲、亂彈、弋陽腔、吹腔、西腔、秦腔及木偶戲、皮影戲等；曲藝包括說唱鼓詞、子弟書（單唱鼓詞）、

大鼓書、快書、牌子曲、岔曲、蓮花落以及時調小曲；其中「岔曲」部分又細分爲「小岔」、「長岔」（趕板）、「長岔帶戲」、「琴腔」等。共收錄 1585 種劇、曲，分裝爲 315 函，1661 冊。本書便是以此套曲本爲底本，研究收錄其中的岔曲部分的鴻篇巨制。

《清蒙古車王府藏曲本》中的「岔曲」共分爲四個部分，分別爲：小岔（112 首），長岔（69 首）、長岔帶戲（1 首）、琴腔（9 首），共計 191 首。這 191 篇的目錄編排採用了傳統的編排方式，即單純以題目爲準。這樣的編排沒有考慮到岔曲作爲說唱底本和口頭文學的隨意性，許多篇目的題目各不相同，但內容卻是完全一致的。例如小岔中的第 3 篇《一陣陣和風》與小岔中的第 56 篇《陣陣和風》相同；小岔中的第 55 篇《書》與第 81 篇《詩詞歌賦》相同。這種現象的出現可能是由於小岔形式短小，傳唱率高，許多時候唱者並未看到底本，只是憑記憶歌之，本身的題目不得而知。於是，或以首句爲題，或度其內容而冠之以題目，不一而足，造成了曲文編輯時的混亂狀態。鑒於此種情況，本書將對《清蒙古車王府藏曲本》中的岔曲部分做重新的目錄編排，編排時借鑒金啓平和章學凱先生主編的《北京旗人藝術——岔曲》，對岔曲目錄的編排方法，按照「首句爲題——曲名——第一樂句」的方式，從而提高目錄的精確性，杜絕同篇不同名的現象。在編排過程中，若有曲名與首句重合者，則略去曲名。

7、車王府岔曲

如上所述，《車王府藏曲本》本身將其所收錄的岔曲分爲四大類：即小岔、長岔、長岔帶戲、琴腔。小岔只是岔曲的最基礎形式。

「小岔」短小精悍，有詞脆、腔脆、板頭脆等特點。聽來明朗脆快，節奏鮮明，悠揚悅耳。車王府藏曲本中的小岔部分爲數最多，共 112 首，除去同曲異名的 6 首，共爲 106 首。

「長岔」又名大岔曲，與小岔相比增加了長串用數板連接的嵌句，也就是「數子」。數子是一些五、七、十字的小對句。演唱時節奏明快，唱腔多變，高低起伏，一氣呵成，形成了特有的北京韻味。《風雨歸舟》是其代表性曲目之一。

「長岔帶戲」則是起源於康熙年間的曲藝形式，把岔曲加入角色的扮演，增加了戲劇性和觀賞性。《清車王府藏曲本》中收錄了一首長岔帶戲——《五丈原》。這首長岔帶戲中的曲牌包括：〔剪甸花〕、〔江怨〕、〔南羅〕、〔曲尾〕。

角色劃分有「髯」、「生」、「淨」。除此之外，還明確標出表演形式，例如「數」、「白」、「戲」、「歎」。分工非常細緻，具有表演的實際操作性。由此，我們也可以看出當時長岔帶戲的具體形式，學術價值非常高。

「琴腔」，戲曲聲腔的一種。清代吳太初《燕蘭小譜》云：「友人言蜀伶新出琴腔，即甘肅調、又名西秦腔。其器不用笙笛，以胡琴為主，月琴副之，工尺咿唔如話，且色之無歌喉者，每藉以藏拙焉。」清乾隆年間，由四川傳入北京，並與弋陽、梆子同稱勝於梨園。清代小鐵篷道人《日下看花記·自序》曰：「而弋陽、梆子、琴腔、南北繁會，笙磬同音，歌詠昇平，伶工薈萃，莫盛於京華。」或云為「江右胡琴腔」之簡稱。由此可見，琴腔的主要伴奏樂器為琴，後改為三弦伴奏。因此，琴腔與岔曲其實並非同一系統，然而格律與岔曲相似，票友們把琴腔稱為「岔曲的表兄弟」。又因琴腔的曲詞多為平實詼諧，票友又把琴腔稱為「大實話」。《車王府藏曲本》中收錄的琴腔有 9 首，其中 5 首為俗語相綴而成的綴言類作品，另外 4 首為幽默風趣的世風類作品，總體看來平易近人，樸實隨和，風格特色鮮明。

以上為形式方面的區分，若從內容上審視，隨著生產的穩定發展，商品經濟的日趨繁榮，物質資料也日漸豐盈。因此，清代的社會風氣逐漸變得奢華，上至滿族貴族，下至普通市民，對自身及生活的品質越來越加關注。從車王府中的岔曲曲詞可以看出，無論是什麼題材的岔曲，都會多多少少地關涉到藝人的創作與演出狀態。岔曲作為清代的俗曲，必定是和生活緊密相關的。清代對於人的「欲」普遍採取的是接受的態度，認為欲使人之為人的特性，對欲明代「存天理，滅人欲」的提倡有著不以為然的態度。「陽明有存理去欲之說，不知欲使去不得的。耳目口體，與生俱來，無去之理也。」袁枚在其《再答彭尺木進士書》中亦曰：「夫生之所以異於死者，以其有聲有色也；人之所以異於木石者，以其有思有為也。」清代晚期的社會風尚突出人的主體性，向世俗的、生活的傾向靠攏，是岔曲曲詞內容的重要審美取向。

總覽車王府岔曲中收錄的曲詞，有閨中密談，也有市井俚語；有文人學士喝酒酬唱，也有夫妻之間鬥嘴打架；有對名畫好詩的品味批評，也有對桌椅板凳的品頭論足……等等等等，不一而足，包括了社會生活的各個方面。章學凱先生在《岔曲研究》一文中，把岔曲按內容分為九類：「景物類、贊詠類、文賦類、閨情類、遣懷類、故事類、吉頌類、世風類和綴言類。」並具體說明了每種分類的內涵和代表曲目，章先生的研究為後學的研究提供了十

分重要的借鑒和依據。然而在我們閱讀岔曲的過程中，發現岔曲的歸屬各類
皆是由其表達的思想內容所定。唯獨文賦類的劃分卻是依據題材的來源，這
屬於形式而非內容的範疇。例如《前赤壁賦》，其主要內容是抒發士大夫對生
命的思考，以及頓悟後的歡欣與舒暢，所以，完全可以歸於遣懷類作品。因
此，筆者略微感到這樣的分類似乎欠妥。於是，在前人的基礎上，為岔曲定
出四種氣質，分別是世俗氣、自然氣、閨閣氣、書齋氣。

所謂世俗氣，就是指岔曲中表現出的與世俗生活緊密相關的思想內容，
最能突出反映這種氣息的岔曲包括吉頌類、世風類、故事類、綴言類。

「吉頌類」作品主要就是說吉祥話，多應用於喜事的祝福場合。岔曲中
的吉頌類作品「可謂盡頌禱之極致」，如《一門五福》、《今日大喜》、《今日歡
樂》、《加官進祿》、《普照萬方》、《畫堂歡慶》、《福增壽添》、《慶賀小女滿月》、
《慶賀小兒彌月》、《慶賀進場》、《慶賀聘姑娘》、《慶賀嫁娶》、《慶賀端陽》、
《慶賀謝娘娘》、《大清洪福現》。這類作品曾經受到文人知識分子的不屑，認
為純屬粉飾舊世昇平或者歌功頌德。這看似與漢族文學中傷春悲秋一類的文
學理念相左，實則也是中國傳統文化的一部分。孔子說：「近能取譬，可謂人
之方也」。朱熹注曰「近取諸身，以己所欲譬之他人，知其所欲亦猶是也。」
然後「推其所欲以及於人，則恕之事仁之術」意思是說人們想要追求美好的
心理是一樣的，如果能大方真誠的祝願他人，也是仁啊。有人評述，「岔曲不
刻薄吉祥，不詛咒生命，不尖酸喜慶，恰恰體現了漢族傳統的一種生命智慧。」
由於這種類型無故事情節，表達的感情也相對單一，所以篇幅短小，只存在
於 19 首小岔中。諸如《慶賀小兒滿月》、《慶賀嫁娶》、《加官進祿》、《一門五
福》、《歡天喜地》等。

「世風類」作品取材於日常生活。世俗生活是岔曲的肥沃土壤，生活的
方方面面都給予岔曲創作以閃耀的智慧。八旗子弟的生活充滿吃喝玩樂風
氣：鬥雞走馬、猜拳行令、品詩賞畫……都是日常生活的主要內容。如表現
宴飲歡樂的《排筵席》，表現市井風情、家長里短；小岔中的《歡人迷迷迷》；
長岔中的《兩口子擡槓》、《友不可交》；琴腔中的《古來的好漢》等，其小岔
8 首，長岔 20 首，琴腔 4 首。

「故事類」多為取材於民間流傳的話本小書或者傳說故事，這種題材篇
幅較長，小岔的形式不易容納，除了《倒拔垂楊柳》之外，多存在於長岔。
如取自水滸故事的《林沖造反》、取自三國故事的《徐州失散》。這類岔曲兼
有說書的功能，固然容易吸引眼球，同時也能夠借古諷今，受到大眾的喜愛。

其小岔 1 首，長岔 6 首，長岔帶戲 1 首。

「綴言類」，就是連綴句子而成的文章。岔曲中此類現象很常見，多是把常見的諺語俗語連綴在一起，或者是在某段中嵌入某一個字或者連續的數字，或者同一事物的不同種類，並無中心意義。形式上類似「順口溜」，也給人一種戲曲說唱「插科打諢」的感覺，總體來說就是文字遊戲。如小岔中的《一鋪土炕》、《花兒名（茶娘子晚妝）》、《好狗護三村》，長岔中的《頑兒來罷（小孩子語）》、《梅雪堪誇》，琴腔中的《親戚遠離鄉》等。其有小岔 17 首，長岔 5 首，琴腔 5 首。

如上所述，岔曲的各種樣式和題材之間是存在著一定的對應關係。不過應該說明的是，民間說唱文學作品本身是一個綜合體，筆者所作出的區分也只是根據其所表達的主要方面作出大致分類，為了研究的清晰方便。

論及岔曲氣質，「世俗氣」是岔曲最為主要的氣質，也是其區別與詩詞的最大特徵。曲之為曲，就是能在百姓的生活中發現題材，表現最為樸實的生活細節。除了世俗氣外，岔曲中最讓人著迷的是那些透著泥土味、摻著湖海自然氣息的作品。能體現這種氣息的作品主要涵蓋在景物類和讚詠類作品之中。

「景物類」即主要描寫四時風光，山林湖海的岔曲。多存於篇幅短小的小岔中，形式短小，文風清新，像一篇篇小品文，讀之如沐春風。如小岔中的《一陣陣和風》、《山清水秀》、《洩露春光》，長岔中的《天下奇觀遊遍》《桃柳把春爭》等。其小岔中有 23 首，長岔 6 首。

「讚詠類」多為對某一事物的詠歎，如小岔中的《晦後生復得月》《嶺峻峰高（似山不漏山）》，長岔中的《形似老龍蟠》等。其有小岔 26 首，長岔 2 首。

愛情是民間說唱藝術永恆的主題，岔曲也不例外。在岔曲中也會時時透出八旗子弟甜蜜的愛情氣息。「閨閣類」作品就是岔曲中散發玫瑰香氣的香囊，讓人沉浸其中，品出絲絲香怡。閨情類的作品主要寫思鄉懷人，也包括家庭生活的細微瑣事，或表達地含蓄悠長，符合傳統的閨閣氣質，或表達直率真摯情感之作。樂府民歌中的情歌，毫無忸怩作態之感，有戀人間的甜蜜絮語，也有夫妻的親切談話。如小岔中的《半掩紗窗》、《我為你情多》；長岔中的《才郎夜拉弓》、《怕到黃昏》、《佳人夜繡蓮》等。長岔中的這類風格較多，其中有一類比較顯眼的系列——即稱其為「才郎佳人系列」。如《才郎夜

拉弓》、《才郎夜看書》、《才郎夜擎杯》、《才郎看西廂》、《佳人夜做鞋》、《佳
人夜搖煤》、《佳人夜繡蓮》、《佳人織機》等。之所以把他們歸爲同一個系列，
是因爲這些岔曲所表達的中心意思，以及所採取的形式都有相近之處，都運
用夫妻倆的對話展開情節。才郎系列多是英雄氣和兒女情的糾結，前半部分
爲才郎努力奮進，後半部分話兒女情長，突出才郎的重情重義，進取向上。
佳人系列則多爲才郎不思進取，佳人苦心勸夫。突出佳人的深明大義，扶持
夫君。由於對話形式較長，所以多存在於長岔中。其小岔有 4 首，長岔 14 首。

　　岔曲雖說爲小曲，但是其格調高雅者可與唐詩宋詞相媲美，這是因爲其
詞曲作者群體中，包括許多文化修養極高的墨客。他們熟知文學史上的每一
朵奇葩，心中口中多爲入道互補的中華民族文化精粹。因寄所託，發於曲詞，
或爲懷古思今，憂思難忘；或是羨慕漁樵，寄身江湖。岔曲中不乏士大夫氣
息的作品，這些多體現於遣懷類作品中，如小岔中的《寄情歡樂》、《悟透浮
生》；長岔中的《不爲官不受祿》、《羽扇綸巾》、《赤壁泛舟》等，其中有將其
特別化爲經典文章，進行改造的篇章，如《前赤壁賦（壬戌之秋）》等。無論
從立意還是行文，都相對比較高雅和含蓄。其小岔 6 首，長岔 15 首。

8、八角鼓藝術

　　「八角鼓藝術」是我國曲藝中很重要的民族說唱藝術形式。它的產生源
遠流長，在明代就有類似八角鼓的樂器使用。明人沈榜《苑署雜記》中記載：
「劉雄八角鼓絕：劉初善擊鼓，輕重疾徐，隨人意作聲，或以雜絲竹管絃之
間，節奏曲合，更其清響。」有清一代，八角鼓藝術作爲八旗子弟的休閒娛
樂活動，受到各階層人士的認可和喜愛。在康乾時代達到頂峰，後隨著清王
朝的衰落。旗籍子弟曾經作爲娛樂的「玩意兒」爲他們賴以生存的技能。回
顧歷史，八角鼓藝術經歷了民間——軍隊——宮廷——民間的歷程。

　　「八角鼓」作爲一個特有名詞，有兩重意義；一是作爲一種打擊樂器，
再就是作爲一種曲藝形式的總稱。八角鼓作爲樂器，是演唱岔曲時的主要伴
奏樂器。鼓面爲蟒皮所製，輕擊，其聲咚咚然，鏗鏘脆生。有正反兩面，象
徵內外蒙古。下有兩縷穗兒，叫做「穀秀雙穗」。穗長一米餘，以示豐收之良
好意願。鼓架由動物骨骼所製，共八角八面。其中每個側面都有一組小鈸，
搖之，則叮鈴作響，清脆爽耳。一組由三個鐵片相串而成，象徵滿、漢、蒙
三家，共八組，代表二十四座山。整個鼓面上沒有把兒，象徵「永罷干戈」。
鼓內側立一小柱，方便演唱者持鼓，並且象徵著滿漢蒙八旗和天下大一統。

八角鼓可以說是最富有政治意味，民族團結的象徵物樂器。而作爲樂器演奏的八角鼓在表演時有許多的講究，民間有口訣：「懷中抱月不許偏，四平八穩忌聳肩。搖鼓腕抖臂別動，打墊輪搓應合弦。」這樣的要求不僅是在表演技巧和表演效果的追求，也力求體現表演者舉止合體高雅。以此體現八旗票友身份的不同於普通說書唱戲者，是文化身份的一種自我肯定。

作爲表演藝術形式的八角鼓，又有廣義和狹義之分。廣義的八角鼓包括岔曲、琴腔趕板、東西韻子弟書、硬書、聯珠快書、梅花大鼓、單弦牌子曲等多種曲藝分支。而狹義的八角鼓藝術則是指以岔曲爲基礎而形成的一系列表演形式，這些形式包括以下五種表演形式。

（1）一人或兩人演唱的岔曲。岔曲的基本形式是不加曲牌的，即爲單體岔曲。在一百多年的發展過程中在單體岔曲的基礎上，遂形成棗核兒、腰截、牌子曲三種岔曲的衍生形式。

「棗核兒」是指將岔曲的六句唱腔分成兩個部分。前三句稱〔曲頭〕，後三句稱〔曲尾〕，中間加上一個曲牌連綴在一起演唱。由於通常曲牌部分演唱時間較長，〔曲頭〕和〔曲尾〕演唱時間較短，形成了兩頭小中間大的三段聯曲體，人們就形象地稱它爲「棗核兒」或「兩頭尖」。另有一說，將該種形式稱作「穿心岔」。

「腰截」是指在岔曲的〔曲頭〕和〔曲尾〕之間，加上三四個曲牌，連綴貫穿成的一個唱段，多爲單人演唱。

「牌子曲」是指若干種不同腔調的小曲曲牌，連綴貫穿起來說唱一段故事。牌子曲的曲牌，依功能特點可分爲抒情、敘事兩種。表演時按照不同內容表達需要，選用相關曲牌。崇彝著《道咸以來朝野雜記》中說：「雜劇中有牌子曲一種，每段更換一調，故呼爲「雜排子」。其調多至三十餘種，所常用之名，有〔金錢蓮花落〕、〔雲蘇調〕、〔南城調〕、〔倒推船〕、〔疊斷橋〕、〔羅江怨〕、〔南鑼〕、〔翠蓮卷〕、〔數唱〕、〔快書〕、〔湖廣調〕、〔靠山調〕之類。開唱時必有數句，曰「曲兒頭」，住頭處曰「臥牛兒」，尾聲非以快書、即以數唱結之，亦由慢而改緊。今之所謂單弦者，即拆之排子曲之餘也。」其中單弦牌子曲的曲牌約有九十多個，常用的不足三十個，主要有：〔曲頭〕、〔數唱〕、〔太平年〕、〔雲蘇調〕、〔南城調〕、〔靠山調〕、〔羅江怨〕、〔金錢蓮花落〕、〔鮮花調〕、〔怯快書〕、〔流水板〕、〔聯珠調〕等。清代乾隆年間，牌子曲的形式已比較完整，當時通稱「八角鼓」。選用的曲牌多爲時尚小令和戲曲唱腔。

（2）腰截由「眾人湊和而歌者，叫做群曲」。「群曲」演唱多為頌揚祝願之曲，如《八仙慶壽》、《百壽圖》等。演出時一般由八個人齊唱，手裏用打擊樂器伴奏。民國以後，許多票友轉成專業藝人，常在開場時演唱群曲。有鼓、板、鑼、鈸和絃樂伴奏。劉振卿在《八角鼓遺聞》記述，清乾隆四十一年，阿桂征服金川凱旋後，將乾隆皇帝所制之《大有年》、《萬民樂》、《龍馬吟》等滿語軍歌譯為漢文，以八角鼓曲調譜曲。亦用苗族、瑤族等少數民族樂器金川鼓、大銅鐃、銅鈸、小鑼等擊節，使軍士合奏而歌。清代多由子弟票友應邀在親友喜慶堂會上演唱，民國以後已漸衰落。中華人民共和國成立後，有的曲藝團體曾對這種形式加以改革，由多人亦歌亦舞來演唱，稱為「單弦聯唱」。

（3）「拆唱八角鼓」，又名「牌子曲拆唱」或「牌子戲」。是由清代乾隆年間（1736～1795 年）的「岔曲帶戲」發展而來。「拆唱」，意即將由一個人演唱的曲目拆開改由二三人至四五人依情節、人物分包趕角演唱。一般以 3人演唱的節目為多。因其演唱近於戲曲表演，俗稱「八角鼓帶小戲」。這種演唱形式興起於清乾隆、嘉慶之間。清代俗曲集《霓裳續譜》就收有稱為「平岔帶戲」的曲詞四種：《青雲路通》、《太君有命》、《曠野奇逢》和《沉沉睡》。

據《霓裳續譜》點訂者王廷紹序文所述，當時這種平岔帶戲及其他各種時調小曲，是由優童演唱，「妙選優童，延老技師為之教授。一曲中之聲情度態，口傳手畫，必極妍盡麗而後出而誇客……紅氍匝地，燈回歌扇之光；彩袖迎人，聲送明眸之睞。朱纓白紵，與曉風殘月爭妍，亦所以點染風光，為太平之景色也。」

清代乾隆年間的岔曲帶戲，多以正旦、小旦為主要角色。到了旗籍子弟演唱的拆唱八角鼓裏，情趣大異，改以丑角為主要角色。曲調除〔岔曲〕外，開始使用各種曲牌。常用的有〔南鑼北鼓〕、〔雲蘇調〕、〔耍孩兒〕、〔流水板〕等。

（4）「單弦」為一個演員自彈自唱形式。是在流行於清代乾隆年間（1736～1795 年）的岔曲的基礎上，經過將近一百年的實踐，先是由單曲體的岔曲演變成棗核兒、腰截、牌子曲三種曲體樣式；最後於清末衍生成說唱結合的單弦牌子曲。據說單弦的創始者從演唱短段變成了中篇連續說唱。一般每個曲目分成為四至六段，每段演唱約三四十分鐘。

（5）「雙頭人」，其演唱內容與單弦相同。清代對演員自彈自唱的形式多

稱爲單弦，而以一人持八角鼓擊節演唱；另一人操三弦伴奏者稱爲雙頭人，或說雙頭人。是由兩人共操一把三弦，一人按弦，一人彈撥，同時輪唱曲詞的形式。

由此可以看出，「岔曲」在整個八角鼓體系中處於非常重要的地位，既是廣泛意義上的八角鼓體系的重要組成部分，又是部分表演形式形成的基礎。

（二）天津考察岔曲

此次到天津考察的重點主要有二：其一，考察滿族曲藝形式——「岔曲」，此爲清代滿族文化或者說是八旗藝術的代表之一，是形成於清代中期的曲藝曲種。曾在軍中傳唱，後流入京津地區，爲旗藉子弟所喜愛。二十世紀 50 年代以後，時代變遷，逐漸衰落，演藝之人，寥若晨星。岔曲雖已被列爲非物質文化遺產，但社會對其關注度依然不高，學界研究也相對薄弱。此次考察之之前，筆者在收集資料的過程中，聯繫到一個位於天津黃河道南開區的「今承古韻」岔曲研習坊（子弟八角鼓票房）。主要負責人名叫許克，我們於 7 月 4 日早上應約趕至票友相聚處，見到票友 7 人。皆慈眉善目的老翁。經過相互介紹後，眾先生爲我了介紹八角鼓。隨後，眾位先生輪流演唱並做講解，首先演唱的是岔曲曲目《燭影搖紅焰（似風不露風）》：

> 燭影搖紅焰，透紗窗，雨後生寒。蕩悠悠，揚花舞柳，雨打荷
> 喧，芭蕉弄影，竹韻悠然。（過板）到深秋，寒夜鐘聲聞遠寺，送扁
> 舟。帆掛高懸（臥牛）急如箭，牧童牛背放紙鳶，松濤恰似水流泉，
> 柳絮癲狂如飛雪。最可愛，麥浪輕翻萬頃田。

演唱完畢之後，票房把頭兒田先生熱情地作出講解。他告訴我們說，岔曲本是八旗子弟閒來無事時的消遣娛樂活動，由於八旗與漢文化的不斷滲透交融，其格調也相對高雅，所作的岔曲曲詞就是明顯的表現之一。像這首岔曲，就是描繪了風的各種形態表現，但終其全曲，沒有一個「風」字。一方面給岔曲帶來些趣味興，另一方面，也顯示了含蓄蘊藉的高雅藝術精神。

接著，由田先生演唱岔曲《風雨歸舟·言前轍》，此曲也是岔曲演唱中的經典曲目。據說祖本有十三套不同轍口唱詞，後歷代又有創作，現不同轍口腳本實存二十多種。這些唱段各從不同角度描寫了風雨突來的自然景象和在風雨中各種人士的文化活動。

《風雨歸舟》（言前轍）可以說是最知名的一首，其詞句清新，曲調優美，

唱出一位官員辭官後的閒靜生活，讓人百聽不厭：

> 卸職入深山，隱雲峰，受享清閒。悶來時撫琴飲酒山崖以前。忽見那西北乾天風雷起，烏雲滾滾黑漫漫。（過板）喚童兒收拾瑤琴至草亭間。忽然風雨驟遍野起雲煙。叭嗒嗒的冰雹把山花兒打，咕嚕嚕沉雷震山川；風吹角鈴噹啷啷的響，唰啦啦大雨似湧泉；山窪積水滿，澗下似深潭；霎時間雨住風兒寒，天晴雨過風（臥牛）風消雲散。急慌忙，駕小船，蹬舟離岸至河間；擡頭看，望東南，雲走山頭碧亮亮的天。長虹倒掛在天邊外，碧綠綠的荷葉襯紅蓮。打上來滴溜溜的金絲鯉，唰啦啦放下釣魚竿。搖槳船攏岸，棄舟至山前，喚童兒放花籃，收拾蓑衣和魚杆。一半魚兒鹵水煮，一半到長街去換酒錢。

田先生唱罷，聽來果然繞梁三日，令人回味無窮。一方面曲詞生動，風雨欲來的警醒，疾風勁雨時的聲音、色彩、行動，風停雨住後的悠然、歡樂，都描繪得淋漓盡致。另一方面，曲子的旋律鬆緊合度，尤其是在風雨大作時的唱腔，急湊乾脆，聽來如臨現場，雨聲，風聲，人生相交卻不煩雜。聽來心情愉悅舒暢，不愧是經典唱段。

此外還有別的轍口的風雨歸舟，諸如如一七轍「風雨歸舟」：「烏雲起，滾滾沈雷一聲響，霎時間雨暴風狂。獲金鱗漁翁垂釣江心上，但見他一頂斗笠頭上戴，身披蓑衣把暴雨搪。任憑風吹巨浪打，不辭辛苦把網張，打上來的金絲鯉，順手雙雙在船艙放。漁翁罷釣忙搖槳，冒雨遙奔水雲鄉。忽見那江天一帶雲煙起，一葉飄飄渺茫茫。（過板）不多時來到蘆花江畔，把船停放。在那石橋下拋錨繫纜忙登岸，攜魚換酒飲幾觴，借問酒家何處有，猛然見樵牧鄉童站一旁。說此去不過二三里，杏花村內美酒香，漁樵相會陶然樂，急茫茫就冒雨迎風（臥牛）至村上。但見那酒家出迎忙招手，玉液佳肴在桌上放，舉杯把酒話麻桑。」

搖條轍「風雨歸舟」：「奇峰浩渺，望長空雲影飄搖。忽然間狂風驟起，吹得那嶺暗雲消，刷啦啦大雨滂沱似瓢潑。（過板）江灘上得意的漁翁，船頭垂釣，喜得金鱗數十條，心歡暢，面帶笑，買柴糴米餘錢鈔。沽美酒，換佳肴，呼朋喚友飲良宵，只吃得月把天心到。忽然風雨至，江面起波濤。吧嗒嗒雨點似冰雹，呼隆隆的風聲如虎嘯。蕩悠悠風吹船兒晃，白亮亮的雨落傾盆倒。老漁翁忙罷釣，頂笠披蓑收罾罩，衝風冒雨把船搖，他是抖擻精神心

亂跳。離江心一葉飄，長空閃閃電光寒，天際轟轟雷聲暴。風攪雲亂飛，雲隨風繚繞。宇宙迷，乾坤倒，風雨雲煙齊飛繞。雨驟風狂難辨來時道，只累得他體顫身搖，（臥牛）把艙門靠，強打著精神用目瞧。只有那雲漫漫，水滔滔，風嗖嗖，雨瀟瀟，難分水遠與山高。強認出蘆葦起伏，咿呀呀鷗聲叫，霎時間雨小似牛毛，三五人家影綽綽。船攏岸，搭上跳，忙繫好，搬罾罩，抖蓑衣，摘笠帽，來至在水闊荒村狂歌笑。顫巍巍，步泥濘，老態龍鍾走進了草團瓢。」

灰堆轍「風雨歸舟」：「峰巒疊翠，望長空雲霞美，映湖中倒影垂，波浪徘徊。捕魚叟揚帆罷槳，酌酒乾杯，但則見金鱗亮甲翻碧浪，喂喺鶯聲燕子飛。萬卉爭妍齊放蕊，漫步遊人踏芳菲。牧童短笛橫牛背，野調無腔信口兒吹。日暖風和雲兒淡，賞心悅目笑舒眉。雖然是景色宜人難描繪，震乾天，不測的風雲響霹雷。（過板）捕魚叟揚帆罷槳，轉回艙內。但則見刷刷大雨把船舷打，風搭帆篷意欲飛。牧童山中把牛追趕，遊人長亭避風雷。山崖不住洪流滾，遍野溝渠向北回。一霎時水連天，天連水，水連湖，湖連葦。宇宙茫茫風雲彙，波浪翻騰卷，折斷了船桅（臥牛）搖搖欲墜，急慌忙掉轉船頭劃雙槳，抖擻精神似奪魁。頂風破巨浪，冒雨往岸前飛。小舟林中繫，魚簍在身上背。登坡極目觀西北，一霎時雲兒淡彩霞飛。萬卉含珠更嬌媚，墨客抒情把筆停揮。似這等天然的秀麗，無需巧匠畫點綴，這乃是景色宜人叫我懶歸回。」

江洋轍「風雨歸舟」：「烏雲起，滾滾沈雷一聲響，霎時間雨暴風狂。獲金鱗漁翁垂釣江心上，但見他一頂斗笠頭上戴，身披蓑衣把暴雨搪。任憑風吹巨浪打，不辭辛苦把網張。打上來的金絲鯉，順手雙雙在船艙放。漁翁罷釣忙搖槳，冒雨遙奔水雲鄉。忽見那江天一帶雲煙起，一葉飄飄渺茫茫。（過板）不多時來到蘆花江畔，把船停放，在那石橋下拋錨繫纜忙登岸，攜魚換酒飲幾觴。借問酒家何處有，猛然見樵牧鄉童站一旁。說此去不過二三里，杏花村內美酒香。漁樵相會陶然樂，急茫茫就冒雨迎風（臥牛）至村上，但見那酒家出迎忙招手，玉液佳肴在桌上放，舉杯把酒話麻桑。」

中東轍「風雨歸舟」：「風平浪靜，清江畔朝霞映紅，閃爍爍，亮晶晶，變幻無窮。見干兩旁垂碧柳，琳琅茂盛鬱蔥蔥。但見說鳥群集在蘆花岸，展翅飛翔蕩玉瓊，扁舟揚帆隨風送，漁翁垂釣江面橫。忽見那宇宙渾濁風雲湧，一派江天霧迷蒙。（過板）光閃閃沈雷大作，巨響隆隆，眼見那大雨頓時從天

降，漫山遍野水流洪，江濤滾滾騰巨浪，水霧迷漫不辨南北與西東。狂風浪打船搖動，出沒驚濤冒雨行，不多時來至在綠柳村頭（臥牛）將船繫定。急忙忙攜魚棄舟，前往街市欲訪樵夫飲幾盅，猛擡頭留神看，但則見酒幌兒高懸在杏花叢。」

懷來轍「風雨歸舟」：「湖水蕩漾一鑒開，天光雲影共徘徊，樂閒遊泛舟訪友，把賓朋拜，揚帆忙解纜，直奔石橋外。繞過水心亭，來到蘆花寨，猛聽得沈雷一聲，烏雲滾滾鋪天蓋。霎時之間暴雨來（過板）頃刻間水霧迷漫，難分境界，但則見宇宙茫茫雲煙起，天水相連一片白。又見那牧童牛背泥水走，一頂斗笠頭上戴，樵夫冒雨擔柴擔，砍罷青松山徑來。漁翁一世陶然樂，得魚換酒把網開，天然美景如圖畫，忘卻了這雨打風拍帆（臥牛）帆篷壞。也顧不得浪打扁舟來回擺，任憑蕩漾，不住搖晃欲頃歪，順水行舟奔馳快。來至在綠柳灘頭忙繫纜，杏花村內把酒篩，痛飲瓊漿心澎湃，一曲高歌樂開懷。」

還有人辰轍、梭波轍、由求轍「風雨歸舟」等等，這裡就不一一列舉了。總之，「風雨歸舟」是岔曲中的一大主題，風雨歸舟的唱詞多是描寫漁夫或者江上閒釣之人之事。故事性不是很強，大多是在垂釣之時突遇風雨，隨後便避雨飲酒。這類曲詞多取勝於對於風雨時的天氣和人物心理、行動的細緻刻畫，在通俗簡練的語言中表達出自然之美和人的舒適、曠達、暢快之情。加之詞調歡快、鬆緊合度的旋律，使人不喜不自禁。

接下來，由張權先生演唱，並詳細說明岔曲演唱的姿態站位，即彈弦者坐於左，擊鼓演唱者立於右。站立者採用丁字步站姿，立鼓於胸前。還講解了八角鼓的打法等一些細節問題，例如其內外可同時敲擊等。隨後，他又提到岔曲多是帶「數兒」的，他所唱的是一個音樂性相對較強不帶「數兒」的曲子。

後來我在整理資料的時候發現，張先生所謂帶數兒的「岔曲」，是岔曲在發展過程中形成的形式的一種變化。岔曲的原始形態較為短小，為六句唱詞，稱為「小岔曲」，因為岔曲本身有著不受字數限制的特點，所以就給改進擴充留下空間。在符合格律的前提下，適量增加嵌字嵌句，出現了「數子」，逐漸發展成「大岔曲」。上述的《風雨歸舟》就是大岔曲，也即張先生所說的「帶數兒」的岔曲。而《江干遠眺》則是岔曲的最基本形式，是小岔曲。

現將張權先生的《江干遠眺》唱詞錄之如下：

雲水悠悠，晚風涼，日落山頭。嘩啦啦，亂飄紅葉，冷颼颼，
吹得那水面上的蘆花亂點頭。〔過板〕

霞光落，暮雲收，銀河耿耿射斗牛。江天一色明〔臥牛〕明如
白畫。猛回頭，見冷森森，一輪明月滾金球。（此曲現俗稱《晚霞》，
今按傳統稱為《江干遠眺》。（其中〔臥牛〕處曲詞仍用原詞，與今
傳唱「江天一帶明如白畫」有所不同）

接著，由今承「古韻岔曲研習坊」的青年骨乾許克演唱，他所唱的曲目
是《破曉登程》，亦稱《黎明贊》。筆者在收集資料的過程中發現，岔曲《雞
鳴茅店月》、《人跡橋板霜》、《茅店雞聲唱》，以及《雞唱霜天曉》總稱為「破
曉登程」四首。前兩首標題源於兩句唐詩，後兩首則為作者自創。但是遺憾
的是，目前尚未找到許克所唱《破曉登程》的曲詞。

許克唱完之後，票房「把頭兒」田先生主要講解了岔曲的發展情況：剛
開始在八旗內演唱岔曲消遣，後來淪落到江湖，變成了一種生意行為，就需
要增加點故事，以吸引聽眾。所以就吸收了一些民間小調，曲牌，由此形成
了一種新的曲種——「單弦」。隨後所收集到的幾個音頻和視頻資料多為單弦
唱段，中間的曲牌有〔太平年〕、〔怯快書〕等。這類岔曲曲詞通俗如話，所
唱內容也多是些柴米油鹽，家長里短，少了些風花雪月，更加貼近百姓生活。

根據田先生的講解，我們後來整理收集材料的時候，對岔曲的發展進行
了必要的梳理和總結，大概狀況如下所述：

「岔曲」的原始形態是很短小的，為六個樂句，稱為小岔曲。雖然有的
也極富韻味，但在清末時期，隨著滿族統治的衰落，八旗子弟為謀生計，挾
岔曲「下海」。一旦岔曲演唱變為營業性質，則就面臨了巨大的挑戰。從普通
觀眾的角度來看，岔曲曲詞雖高雅，卻並不符合大眾口味，且篇幅短，沒有
引人入勝的故事情節。從旋律上講，除了幾處過門和拆跨之外，與其他民間
小調相比，岔曲略顯平淡無味。因此，岔曲急需改進。

當時岔曲的改進主要從兩個方面著手：一是岔曲自身篇幅的擴充。因為
岔曲有著不受字數限制的特點，所以就給改進擴充留下空間。在符合格律的
前提下，增加嵌字嵌句，出現了「數子」，逐漸發展成「大岔曲」。

二是把岔曲和曲牌結合為一體。因為岔曲的六個樂句被中間的過板分為
上下兩部分，岔曲和曲牌結合有著天然的優勢，和曲牌結合後，就順勢把岔
曲由過板一分為二，成了「曲頭」和「曲尾」，然後把曲牌置於中間。最初的

演唱形式是：曲頭＋曲牌＋曲尾，這種形式被稱爲「棗核兒」。隨後，逐漸發展成中間加幾個曲牌，成爲「腰截兒」。腰截兒一般加有五個曲牌，也有三個的。中間所加的曲牌更加豐富，能夠表達較爲完整的故事和情感，直至形成最後的「單弦曲子牌」。

從此以後，岔曲完成了最爲重要的轉變，即從皇室貴胄消遣的風花雪月，變成了廣大觀眾欣賞的民間娛樂形式。岔曲和曲牌結合後，其地位至開場的亮相，成爲全曲無足輕重的部分。但是它同時也成爲單弦的協從，只要演唱單弦，必以岔曲開頭結尾。

單弦中間所增加的曲牌多種多樣，如《太平年》、《怯快書》、《紗窗外》、《撥浪鼓》、《柳枝腔》等等。在單弦結束後，有由老藝人演唱了一曲「琴腔」。琴腔是岔曲在唱腔和伴奏音樂上的創新。演唱時用揚琴或秦琴伴奏，故稱之爲「琴腔」。後改用三弦。其唱腔、過門和間奏與岔曲完全不同，在唱法上也不同，但在格律上與岔曲無異。

之後則爲最後的一段演唱，由許克表演的「腰截兒」《天官賜福》。「腰截兒」一般是岔曲作爲曲頭和曲尾，中間一般加著五個曲牌，且排列順序比較固定。依次是〔曲頭〕＋〔南羅〕＋〔羅江怨〕＋〔推倒船〕＋〔數唱〕＋〔石榴花〕＋〔曲尾〕。在實際應用中，也有一些形式變化，可增減一些曲牌。如《天官賜福》除了曲頭麴尾之外，中間只添加〔南羅〕、〔羅江怨〕、〔推倒船〕三個曲牌。

諸如〔岔曲頭〕：仙風飄蕩，瑞靄飛揚，長壽星君降下方，來至在有福之地降吉祥。〔過板〕〔南鑼〕：眞可喜，美風光，福祿壽，永安康，一門老幼多歡暢。〔羅江怨〕：福星言道，福壽綿長，壽星秉手，萬壽無疆，祿星笑道，哎呀官呀，官星旺。〔倒推船〕：和合二聖，金錢舞，天禧，天貴降下方，有個劉海兒，戲蟾在華堂上。〔岔曲尾〕：賜福已畢歸天府，臨行又把吉〔臥牛〕吉言奉上。念的是年年壽同山嶽永，歲歲福共海天長。

這個曲目爲《天官賜福》，在舊時多以喜慶堂會開場的形式出現，表現了八旗文化中愛說吉祥話的習俗。

到此爲止，對天津「今承古韻」岔曲研習坊（即子弟八角鼓票房）的採訪宣告結束。各位票友們熱情的接待，嫻熟的技法，多樣的唱腔，對我們的考察工作提供了很大的幫助，對京津滿族演藝文化有了更深層次的瞭解。對於「岔曲」這樣一個傳統的曲藝形式也有了感性與理性的全面認識。我們依

依不捨地離別「古韻崑曲演習坊」與熱情周到的負責人許克，踏上了奔赴遼寧、瀋陽的火車。

（三）瀋陽考察滿清文化

在遼寧瀋陽我們主要爲了瞭解滿族的生活環境和習俗，並拜謁參觀關外三陵，以及摸清滿族戲劇與曲藝的滋生土壤及條件。

7月5日，先是參觀清昭陵。清昭陵是清太宗皇太極與孝端文皇后博爾濟吉特氏的陵墓，因其地處瀋陽舊城之北，俗稱「北陵」。清昭陵始建於清崇德八年（1643年），同年葬皇太極於陵內，順治元年（1644年）定陵號爲昭陵，順治七年（1650年）孝端文皇后入葬，順治八年（1651年）陵制初備。此後，康熙、乾隆、嘉慶等朝期間又多次增建和改建，成爲清盛京三陵中規模最大的建築群。

清昭陵佔地48萬平方米，現存建築38座。作爲清朝興起之初營造技術水平的代表建築，清昭陵基本沿襲了明代的皇陵規制，建築形式又融入了滿族興起時期的地方特色和民族特色，是一座獨具風格的清代皇家陵寢建築群。

7月6日，參觀拜謁極具滿族民族特色的清福陵。清福陵是清太祖努爾哈赤和孝慈高皇后葉赫那拉氏的陵墓，因其地處瀋陽舊城東郊，俗稱「東陵」。清福陵始建於後金天聰三年（1629年），同年，葬努爾哈赤及其皇后於陵內，崇德元年（1636年）定陵號稱福陵，順治八年（1651年）基本建成。此後康熙、乾隆、嘉慶各朝期間又有增建和改建並形成最後面貌。它佔地54萬平方米，現存32座建築，背倚天柱山，前臨渾河，皇陵建築以神道爲中軸線縱向排列，平面布局規整，層次分明。其中一百單八蹬、隆恩門、隆恩殿等建築設計精道，施工精細，是清朝皇家陵寢建築中的精美傑作，是清朝初年最高建築水平的體現。其中一百單八蹬是十分獨特的建築，據說全國只有兩處，另一處就是五臺山的菩薩頂。

隨後，我們又參觀了瀋陽故宮。瀋陽故宮是清太祖努爾哈赤、清太宗皇太極創建的入關前皇宮，滿清入主中原後，作爲陪都宮殿和皇帝東巡行宮。爲中國現存的兩座古代皇宮建築群之一，瀋陽故宮以鮮明的滿族特色著稱於世。瀋陽故宮是清朝的奠基之地。1616年，明朝女眞族建州部首領努爾哈赤在統一女眞諸部的過程中，於今遼寧新賓境內赫圖阿拉城建國稱汗，創立「大金」地方政權。1621年進佔遼瀋地區，1625年由遼陽遷至瀋陽並在城內啓建

皇宮。1626 年繼承皇位後續建，並於 1636 年在這座皇宮中正式登基稱帝，改國號爲「大清」。

潘陽故宮佔地 6 萬平方米，現有古建築 114 座。東路爲努爾哈赤時始建的大政殿和十王亭；中路爲皇太極時大清門、崇政殿、鳳凰樓、清寧宮爲主體建築；兩側爲乾隆時所見行宮、太廟等；西路爲乾隆時增建的文溯閣和戲臺。潘陽故宮的戲臺旁集中展示了清代主要皇家建築內的戲臺的照片，包括北京故宮暢音閣戲臺，北京故宮淑芳齋戲臺，肅王府室內戲臺等等，千姿百態各具特色。

如果說潘陽故宮和皇室陵寢中能體現出滿族宮廷特色的話，那麼老城赫圖阿拉更是原汁原味的滿族民間文化風味了。它位於遼寧省新賓滿族自治縣永陵鎮，是努爾哈赤建立的第一個都城。努爾哈赤及褚英、皇太極、多爾袞、多鐸等眾多清前時期的歷史名人都出生在這裡。赫圖阿拉是中國歷史上最後一座山城式都城，也是迄今保存最爲完整的女眞人山城。是明代中晚期東北地區政治、經濟、文化、軍事中心。這裡有大清王朝第一佛寺——「地藏寺」，大清第一廟——「關帝廟」等，對滿族和清代文化產生深遠影響的古建築遺址。

在滿清老城裏，我們參觀了當年的國舅府，也親身到滿族小院裏體驗了一番滿族風情。如索倫杆、萬字炕、大煙囪、滿族人家的擺設、格局以及滿族人民的好客和熱情。在老城裏，還有一個亮點，就是當年留下的一段老城牆，現在已經破舊不堪，並且用玻璃框罩住，使之得以更好的保存，斑駁的城牆似乎在訴說著不朽的歷史，八旗官兵就是從這裡噴薄而出。遊覽上述歷史遺蹟的作用，就是讓我們記住中華民族前輩的創業艱苦，守業不易。

（碩士生衛亭絨整理撰寫）

十五、甘肅省臨夏回族自治州花兒與花兒劇考察報告

（2009 年 8 月 17 日～8 月 22 日）

（一）臨夏州概況

　　為了實地考察甘肅臨夏地區的花兒劇，我們從西安出發在火車硬座上坐了一夜，2009 年 8 月 17 日淩晨六時，終於到達了此行的第一站蘭州市。下了火車才發現這裡的天還沒有亮，更看不到初升的太陽，只有一點點晨光從大片的陰雲中鑽出來。從出站口出來回望火車站時才發現蘭州車站的獨特之處：它依山而建，整個車站就在半山腰上，出站即下山。這一獨特的站址我們以前從沒見過，故令人新奇不已。同時，也更激發了對此次學術考察的濃厚興趣。

　　我們一行人在一家飯館裏還未來得及享受完正宗的蘭州拉麵，大雨就傾盆而下。雖說「大雨迎貴人」，但這突如其來的雨確實給我們的行程帶來了不便。我們在市區裏轉悠了將近一個小時，始終也沒能找到省文化廳和市文化局。於是，便臨時決定轉車直接去被稱為「小麥加」的臨夏，去調查研究此地的民族文化。

　　經過三個小時的長途跋涉，我們來到這片神奇的土地。稀疏的建築，清潔的街道，悠閒的行人，無不顯示出這座小城的靜謐與安閒。在街上來來往往的人中有許多是戴著小氈帽、裹著各色頭巾的穆斯林。這其中不光有篤信伊斯蘭教的回族，還有保安族、東鄉族、撒拉族等，約占全州人口的 56.4%。此外，還有信仰藏傳佛教和天主教的土族、藏族及部分漢族。

　　臨夏是中國回族的發祥地之一，是伊斯蘭教在華夏影響最深的地區。回族在臨夏境內的總人口約 61 萬。他們以漢語作為語言交際工具，生婚喪葬、飲食、服飾等生活習俗無不滲透著伊斯蘭教義，逐漸變成了回族人民的風俗習慣。

　　臨夏作為回族的發祥地，其形成和發展可以追溯到唐代。臨夏地處古絲綢之路南路要衝，東西文化在這裡交融。大食信使、商旅不絕於道，有不少人留居，傳播伊斯蘭教，並與當地人通婚融合，逐漸形成了現在的回族。可以說，回族的形成史也是中國封建社會高度發展、資本主義萌芽產生的發展史。

　　除了回族之外，東鄉族、保安族等也生活在這片土地上。東鄉族在臨夏

州的人口約有 25 萬人，占全州總人口的 23％，多居住在東鄉族自治縣境內，有自己本民族的語言，屬阿爾泰系蒙古語族。據說，東鄉族的族源和形成，是來自十二至十四世紀居住在中亞一帶信仰伊斯蘭教的民族，主要是色目人為主。他們通過經商、傳教來到臨夏定居，與當地的漢、回、蒙古等民族融合，逐漸形成了現在的東鄉族。

保安族共有 1.16 萬人，占全州人口的 0.8％，主要聚居在積石山保安族東鄉族撒拉族自治縣境內。有自己本民族的語言，屬阿爾泰語系蒙古語族。保安族的族源與形成歷史，根據傳說及其語言特色、人種特徵和生活習慣，一般認為是元朝以來一批信仰伊斯蘭教的中亞色目人，在青海同仁地區成邊屯墾，同當地的蒙、藏等民族自然融合，逐步形成的一個民族。後來遷徙到了臨夏州境內。由於伊斯蘭教的影響，生活習俗大多跟回族相近。

在臨夏信仰伊斯蘭教的少數民族人口共有 102.7 萬人，約占全州總人口的 56％。伊斯蘭教在這塊神奇而古老的土地上，有著悠久的傳播歷史和深遠影響。早在唐朝時期，伴隨著絲綢之路悠悠駝鈴聲，穆斯林教職人員涉足，歷經宋元明清朝代，伊斯蘭教在這裡深深紮根，傳播廣大，發展成為中國西北伊斯蘭教中心。其教派分支日益詳細、系統而全面，伊斯蘭教「四大教派」，即格的目、伊赫瓦尼、西道堂和色來非耶在臨夏地區樣樣俱全。「四大門宦」，即哲赫忍耶、虎夫耶、庫布忍耶和尕德忍耶在臨夏頗有影響，「四大門宦」下屬有 30 多個支派。臨夏成為了人們研究伊斯蘭教在中國傳播和發展的歷史文化勝地。

臨夏各民族穆斯林在一起和諧生活，伊斯蘭教起了重要的紐帶作用。經過經濟、文化交流，長期融合，受中國文化的影響，穆斯林學中文、讀儒書、按中國習俗定姓取名。同時，篤信伊斯蘭教，有信真主、信聖人、信天仙、信前定、信經典、信後世六大信條，「念、禮、齋、課、朝」五大功課，由宗教規定形成獨特婚姻、喪葬、飲食等習俗，世代相傳，逐步形成了穆斯林民族的傳統民俗文化。

在我們來甘肅後曾翻閱一些有關臨夏的資料，知道這裡的民間工藝很值得稱道。有因具有濃鬱地方和民族特色而久負盛名做工精緻的民族地毯；有歷經百餘年仍被視為民間奇葩的雕刻葫蘆；有線條明快、造型優美、做工考究的保安腰刀；還有色彩絢麗、花紋多變的黃河奇石，以及造型各異，保留了西北野性美的角製工藝品等。由於時間比較緊，我們沒能去一一欣賞這些

民間珍寶，但幸運的是在我們去採訪時看到了紅園廣場的精彩磚雕工藝。

聽當地人介紹說，一座磚雕墻往往由三四層圖案構成，多用黏土泥巴或青磚爲原材料焙燒或刻製而成。當我們站在這一塊塊巨大磚雕下，看著這雕鏤精細、渾然天成的藝術工藝品時，不禁發出嘖嘖讚歎。它巧妙地將書法、繪畫和雕刻融爲一體，氣勢恢宏，構思新穎，重重疊疊，裏外呼應，渾然一體，一氣呵成。富有詩意和濃厚的生活氣息，極具想像力和藝術感染力！

在臨夏，不僅有獨特的風土人情、炫目多彩的民間工藝，還承載著厚重歷史積澱與璀璨耀目的歷史文化。這裡出土的彩陶是中國早期歷史代表，被譽爲「中國彩陶之鄉」。臨夏地域在舊石器時代晚期就有人類繁衍生息，新石器時代至青銅時代的文化更是豐富多彩，遺址星羅棋佈。

據考古調查所知，目前全州境內有文物遺址 548 處，是中國新石器文化最集中、考古發掘最多的地區之一。現藏於中國歷史博物館的大型陶甕「彩陶王」就出土於臨夏州境內積石山縣三坪遺址。原件彩陶王屬新石器時代「馬家窯文化」，馬家窯陶器距今 5000 年左右，它以花紋別緻、造型獨特而聞名於世。

我們在臨夏歷史博物館裏有幸見到了這些琳琅滿目的歷史珍品。博物館裏展出的不僅有先民們生活中用的陶罐、骨針還有祭祀、外交時使用的圭和璧，其精細的做工，豐富的種類讓我們大爲感歎。經講解員介紹我們得知，馬家窯文化彩陶表面光潔，陶底橙黃，以線彩繪，花紋瑰麗。彩繪多以平行線、同心圓、渦形花紋組成各種較案構成。經常飾有水波紋、平行弧線紋、寬帶紋、鋸齒紋、三角紋、葫蘆紋、網魚紋，栩栩如生。

其中半山彩陶有黑紅兩彩相間，紋飾以鋸齒紋爲特點，兩色相間成漩渦紋、水波紋、葫蘆紋、菱形紋，半山彩陶造型渾厚典雅，紋飾繁密優美，是馬家窯文化繁盛的標誌。馬廠彩陶體形較大，其網紋、蛙紋形象生動、神韻俱佳。彩陶甕按 4：1 或 1：1 比例複製而成，還有複製的各種彩陶罐、盆、瓶和素陶等。現在，彩陶複製品的生產，已經成爲臨夏的一個新興產業，通過此種工藝爲瞭解祖國悠久歷史和傳統文化、增進中外文化交流起到了積極作用。

（二）臨夏花兒與洮泯花兒

臨夏被譽爲「花兒之鄉」，2004 年 10 月 19 日中國民間文藝家協會授予甘

肅省臨夏回族自治州「中國花兒之鄉」稱號。我們此行的目的也正是為了更深入地瞭解這裡的遠近聞名的「花兒」文化。

「花兒」是流行於甘肅省臨夏、甘南、岷縣等地的獨具風格的民歌，具有高亢嘹亮、挺拔明快、激越動聽的特色。「花兒」最早是起源於甘、寧、青、新一帶少數民族的情歌，早在清乾隆時代就負有盛名。清代臨洮詩人吳鎮曾有「花兒饒比興，番女亦風流」的讚語。「花兒」由於流行地區不同，被分為「臨夏花兒」和「洮岷花兒」兩大流派，兩派又根據其結構、格調、唱法的不同分為諸多分支。另外還有河州花兒、蓮花山花兒等。

1、臨夏花兒

主要流傳於甘肅河州（即今甘肅臨夏回族自治州）一帶。它是花兒兩大派系中流傳範圍最廣、影響最大的一個流派，深受漢、回、東鄉、土、撒拉、保安、藏、裕固等八個民族廣大群眾的喜愛

在甘肅，不論是草原上的牧民、田野裏的婦女，或是河裏的筏工、行路的腳戶哥，都會信口漫上幾首心上的花兒。與洮泯花兒的歌手們一樣，每年在夏、秋收割之前，臨夏地區自發性地舉行盛大的民間花兒歌手賽歌大會，時間有長有短。如甘肅省蓮花山等地花兒盛會比較有名，不僅本地的歌手參加，臨近省分、縣、鎮、鄉的花兒唱家也來打擂獻歌。

臨夏花兒的特點是曲調豐富，結構嚴謹，以抒情見長。文詞優美、樸實、生動、形象。行段分為四句、六句兩種。演唱比較自由，並且以獨唱為主，也有對唱和聯唱。其曲調悠揚、高亢、奔放。其中的曲譜（民間稱為「令兒」）有百種之多，廣為流傳也不下四十餘種。如「河州令」、「尕馬令」、「腳戶令」、「大眼睛令」、「倉啷啷令」、「尕阿姐令」、「撒拉令」、「保安令」等，在流傳地區的家喻戶曉。

2、洮泯花兒

洮泯花兒是「蓮花山花兒」和「岷縣花兒」的總稱。它是西北花兒的兩大流派之一（另一派就是青海河湟花兒），主要在漢族群眾中傳唱。廣泛流行於甘肅省臨夏回族自治州的康樂、和政縣；定西地區的臨洮、渭源縣；武都地區的岷縣（岷州）、武都、宕昌、文縣；甘南藏族自治州的臨潭（洮州）、卓尼、舟曲縣等地。

根據音調、唱詞、演唱風格，當地人又把洮泯花兒分為「南路花兒」和「北路花兒」。其中「南路花兒」以岷縣二郎山花兒會為中心，「北路花兒」

以康樂縣蓮花山花兒會爲中心。

洮泯花兒被當地群眾稱爲「草文章」，遂分爲「本子花兒」和「散花兒」。所謂「本子花兒」，指成本成套的演唱，有歷史人物故事和民間傳說，諸如《三國演義》、《西遊記》、《白蛇傳》、《梁山泊與祝英台》等；「散花兒」則多爲歌者觸景生情、即興創作的短歌。唱詞的字數、行段都很自由。一般都押韻，有的一韻到底，被稱爲「單套」；凡一首中押兩個或三個韻腳的稱爲「雙套」。

洮泯花兒按照歌手演唱形式，分爲「開頭歌」、「問答歌」、「對唱歌」、「聯唱歌」、「生活歌」、「短歌」和「長篇敘事歌」。

3、河州花兒

「河州花兒」以「松鳴岩花兒」爲代表。河州花兒又名「少年」，曲調之豐富，唱詞之浩瀚，可列全國民間表演藝術之前茅。結構工整奇特，每首一般四句。前兩句比興，後兩句言情，前兩段詞組相等。長者十字一句，短者七字一句。唱詞語言、格律、聲韻、音節要求嚴格。韻腳是河州花兒的靈魂，邏輯和感情的重音非常突出。

河州花兒的「長令」拖腔長、速度慢，倚音花彩多，有高亢遼闊之特點；「短令」拖腔短，節奏明快，剛健激越。代表作「憨敦敦」、「金點花開」、「白牡丹」等曲令中使用襯句，旋律進行變化多樣。河州花兒流傳著上百個曲令，其中具有代表性的有「河州大令」、「河州三令」、「水紅花令」、「白牡丹令」、「尕馬兒令」、「大眼睛令」、「保安令」等。當地擅長河州花兒的王紹明、韓應賢、馬永華等曾被邀請去北京參加過民族會演演唱。

4、蓮花山花兒

「蓮花山花兒」以康樂縣與甘南州相交的蓮花山而命名，屬洮岷花兒北路派，流行於臨夏州的康樂、和政、廣河縣，甘南州的臨潭、卓尼縣，定西地區的臨洮、渭源等地。基本格律爲每首三句，頭一句起興，二、三句敘事，每句七字。演唱內容有「整花」和「散花」之分。整花就是敘述整部故事或完整內容的「花兒」。如《三國》、《西遊記》、《楊家將》、《十二月牡丹》、《九九節》，還有如描述蓮花山風光景物類等。整花有固定的歌詞，全靠歌手世代口頭相傳。「散花」爲觸景生情，即興創作的花兒歌曲。這一類無固定歌詞，全靠歌手當場編唱。

蓮花山花兒只有一個曲令，即「蓮花山令」。演唱時由於歌手的創造，變化多端，不拘一格而極具藝術感染力。蓮花山花兒演唱，常以男女歌手混合

編組，男歌手用「假嗓子」歌唱，聽起來自然、和諧，分不出男女。具有代表性的蓮花山花兒有「蓮花山令一」、「蓮花山令二」。著名蓮花山花兒歌手丁汝蘭等曾去北京參加民族會演演唱。

（三）採訪臨夏州歌舞劇團

8月19日，我們來到的臨夏州歌舞劇團，也稱「臨夏市花兒劇團」，想親身感受花兒的魅力。但不巧的是，在我們來的前一天，花兒劇團的演員爲慶祝國慶節已赴北京演出，接待我們的是一位叫石堅的劇務總監。

在採訪中我們瞭解到，臨夏花兒劇團成立於1965年，是目前臨夏州唯一的專業文藝表演團體，由回、漢、藏、土、撒拉、東鄉、保安等多民族組成。演出花兒劇等劇目50多部，創作演出民族舞蹈100多個，民族歌曲、民族器樂300多個，曾參加了第一、三、四屆中國藝術節的演出，有10多個劇（節）目獲得國家和省級獎勵。

從1965年開始，該劇團以「花兒」爲主題創演第一部小型花兒劇《試面刀》，確立了花兒劇這一劇種。在隨後的日子裏，先後演出了《瓜園情》、《花海雪冤》、《牡丹月裏來》、《雪原情》、《天使》、《霧茫茫》等十多部不同題材的大、中、小型花兒劇。在獲得榮譽的同時得到了各方面的肯定，爲花兒演藝事業的發展和探索作出了積極的努力。

花兒劇代表作《花海雪冤》取材於蓮花山的民間傳說，講述了一個動人的故事：美麗的小姐海迪婭愛上了善良英俊，素有「花兒王」之稱的長工阿西比，他們以花兒爲媒，相親相愛，如癡如醉。但由於懸殊的門第和世俗的偏見，致使二人的愛情受阻。早已對海迪婭的美貌垂涎三尺的邪惡的管家哈福錄蓄意製造命案，嫁禍於阿西比，妄圖占人霸產。阿西比被誤判死罪，他有口難辨，有冤難伸。阿西比懇請縣官准許他在六月六的花兒會上傾訴自己的冤屈。酷愛「花兒」的縣官在人命案和花兒情的驅使下，破例帶著囚犯上山對歌。聰明的阿西比依靠智慧爲自己昭雪，揭穿了哈福錄的奸計。最後如願以償與海迪婭喜結良緣。

除了《花海雪冤》外，該團創作與排演的比較有代表性的優秀作品還有反映警民攜手打擊毒品犯罪的《霧茫茫》；反映人民子弟兵幫助少數民族群眾脫貧致富的《雪原情》；反映私營企業從相互競爭到聯手創業、共謀發展、團結致富的《牡丹月裏來》等，這些花兒劇從各個方面表現了臨夏地區各族人

民的生活狀況。

在採訪將要結束時，石堅總監給我們演唱了幾段花兒。由於時間的風蝕，使他的聲音聽起來不是那麼清脆嘹亮，但他唱歌時那股眉飛色舞的神情讓人至今記憶猶新。他不僅僅將花兒當做工作的必需，而且作爲一位老藝術家將其視爲生命的一部分。這種對花兒無以言表的喜愛之情也許深深地植根於每一位臨夏人的心中。

（四）康樂蓮花山花兒

在採訪中我們知道，當地人雖然熱愛著「花兒」，但是，在封建觀念的束縛下，他們是不能隨便唱「花兒」。尤其是家中有小孩時更要避諱，否則就會被視爲不正派，受左鄰右舍恥笑。不過，在一種場合可以讓臨夏人美美地過一把「花兒癮」，那就是一年一度的「花兒會」。

「花兒會」可謂各族歌手們演唱的大舞臺，是花兒流傳和發展的藝術搖籃。臨夏流傳至今規模較大的花兒會場有 20 多處，其中「松鳴岩花兒會」和「蓮花山花兒會」久負盛名。此外，積石山縣蓋新坪、永靖縣炳靈寺、臨夏縣大廟山、和政縣寺溝峽等處的花兒會亦具有一定規模。

1、松鳴岩花兒會

聳立在臨夏州和政縣陡石關口的松鳴岩，又稱「須彌岩」，是河州花兒演唱的傳統會場。相傳很早以前，有位獵人來此地打獵，見到一位美麗的姑娘在河邊戲水唱歌。獵人被美妙的歌聲迷住了，就悄悄地躲在樹林中學唱起來。唱著唱著，不知不覺竟發出了聲。姑娘發現有人偷聽，急忙轉身向山上跑去，獵人也緊緊跟上。他轉來轉去再也沒有看見那位唱歌的姑娘，只聽到歌聲在山間迴蕩。後來，每年「四月八」（農曆四月二十六至二十八日），成千上萬的善男信女和遊客從四面八方趕來集會，聚居在松鳴岩下，紀念傳說中留給人間帶來優美歌聲的仙女。

當地人遊山唱花兒或祈禱禳災，求神許願，參加此地舉行的佛教龍華大會。松鳴岩自明代開始建寺，先後修了玉皇閣、菩薩大殿、獨崗寺等廟宇。每年一度的唱山會，即「花兒會」也由此而興起。每逢會期，康樂、臨夏、廣河、和政、東鄉、臨洮、卓尼等縣的各族群眾數萬人彙聚松鳴岩，帳篷遍佈，各類攤販連綿山間場面非常宏大。

松鳴岩花兒會以演唱河州花兒爲主，形式有獨唱、對唱、齊唱等。演唱

內容有歷史故事、風土人情、情歌及其它即興創作花兒等。其獨特之處是：歌手演唱多有樂器。器樂演奏主要是咪咪、四弦子（四胡）、嗩吶、板胡、二胡等，爲花兒演唱增氣勢、添色彩。

2、蓮花山花兒會

蓮花山舉辦花兒會，遠近聞名。相傳，遠古年間，此地冶木峽深邃莫測，有條黑蟒，神出鬼沒，殘害生靈。有一年，王母娘娘在瑤池設蟠桃會，崑崙山金花娘娘駕雲起程，帶上千年修煉的一朵蓮花前去赴宴。途經冶木峽，只見煙霧滾滾，黑氣衝天，阻住雲路。接著一條黑蟒張牙舞爪，仗劍向她刺來，金花娘娘輕抖蓮花，生出萬道霞光。只聽驚天動地一聲巨響，一座形似蓮花的石山便矗立在冶木峽畔，將黑蟒壓在山下。從此，這裡風調雨順，五穀豐登。庶民感恩戴德，爲金花娘娘在蓮花山修建廟宇，玉皇閣、紫霄宮、娘娘殿相繼竣工。當廟宇落成慶賀時，一陣悠揚嘹亮的歌聲從天際傳來。人們循聲望去，只見兩位仙女撐著花傘，輕搖彩扇，足登蓮花，口唱花兒，翩翩起舞。人們被這美妙的歌聲所迷，情不自禁的和唱起來，蓮花山頃刻成了花兒的海洋。有詩云：「六月蓮花豔陽天，遙望山勢如雪蓮。仙女傳歌留妙音，花兒綿綿萬古傳」。就這樣，蓮花山花兒會便代代沿襲了下來。

如今，每年農曆六月初一至初六，來自周圍七縣的漢、回、藏、東鄉等各族歌手和群眾雲集蓮花山，結伴遊山，演唱花兒。以演唱「蓮花山令」對歌爲主，河州花兒歌手也會前來助興。蓮花山花兒會演唱形式獨特：有攔路、遊山、對歌、敬酒、告別等程序，邊遊山、邊對歌，互相穿插、靈活多樣。蓮花山花兒會恰似一部優美的交響樂章，初一、初二，在蓮花山麓的足谷川聚會，即爲「開始」；初三、初四遊山對歌，漸爲「高潮」；初五從蓮花山 30公里外的王家溝門，圍著篝火夜歌；初六黎明，眾人攀登高聳的紫松山，聯歡對歌，敬酒告別，即爲「尾聲」。在此過程中以「攔路」最爲別緻而風趣。蓮花山盛產馬蓮，當地群眾用馬蓮擰成繩子，攔堵朝山歌友，進行答問對唱，直到攔路者滿意方可放行。山會期間幾乎每個路口設卡對歌，歌聲此起彼伏，滙成花兒歌海堪稱一絕。

我們此行的主要目的之一正是要考察「花兒」的有關情況，而康樂縣「蓮花山花兒會」則是考察的重頭戲。從臨夏市到康樂縣只有不到三小時的車程，但在我們急切心情的影響下，使這一短暫的旅程顯得格外漫長。那天一直是淫雨霏霏，但它始終無法澆滅我們心中的熱情。

　　汽車終於到達了目的地，當地的文化部門的領導熱情地接待了我們，並派專車送我們到了蓮花山，去拜訪那裡的民間藝人，為我們的考察提供了不少的幫助。也讓我們得到了關於花兒更詳實，更寶貴的第一手資料。

　　因為季節問題，我們到達蓮花山，雖然未能親眼目睹花兒會的盛況，但在與當地藝人面對面的接觸中獲益不少。不僅讓我們聽到了原汁原味的蓮花山花兒，還瞭解有關花兒的許多鮮為人知的故事。

　　蓮花山花兒歌手們在演唱時神情悠閒，一句句絕妙的歌詞看似信手拈來，其實這其中大有講究。經人介紹我們獲知蓮花山花兒有 18 個特點：

　　1、詞多調寡：曲調單一，基本以《蓮花山令》為主，歌詞卻數以萬計，而且格式句數多變；

　　2、一唱眾和：在群體演唱中，一人一句輪唱，尾聲「花兒喲，兩蓮兒呀」為齊聲附和；

　　3、雙向交流：蓮花山花兒是唱給眾人聽的。歌手與具體對象交流，既是一人獨唱心目中亦有隱性對象；

　　4、三無：蓮花山花兒無作者姓名，無唱段歌名，無伴奏音樂。但具備古詩歌的特徵；

　　5、三方：即方言創作，方言押韻，方言演唱；

　　6、三邊：邊串邊唱，邊說邊唱，邊唱邊忘。其「邊串」，即由其中一名（串班長）現場編詞，編一句唱一句；「邊說」因有的歌詞較長，或重複前提，或有意提醒對方注意，歌手在演唱時需加三五字的道白；「邊忘」是指歌手有時接連唱幾十首，但歌詞是由串班長一句句提示的，歌手往往唱罷即忘。

　　7、三化：即口語化、形象化、喜劇化。

　　8、三情：有情節、有情趣、有情感。一段一個故事情節，對生活和事故要有明確的態度。提倡合乎情理又要有人情味，張揚人性美。

　　9、三忌：忌書面語、忌湊句子、忌分散主題。力求把書面語言轉化成方言口語，句子要一氣呵成。

　　10、三避：避家人長輩，避直系親屬、避宗教場所。因為花兒大部分是情歌，還有一部分淫誨語不宜在過於寬泛的環境下演唱。

　　11、三不：不在公共場合唱「諢花」（指露骨的色情段子），不得有羞辱對方的言語，不得唱有違公德、法律、民俗的內容。

　　12、三保持：保持原汁、原味、原生態，保持自編、自唱、自娛樂；保

持既定程序，既定時間，亦定場地。

13、四變四不變：時代變演唱形式不變，內容變風格不變，環境變祖傳程序不變，生活變方言韻味不變。

14、三立足：花兒的創作強調要立足現場感受、立足現實生活、立足現代文明。

15、三唱法：即獨唱、對唱與合唱。獨唱。在野外自編自唱，抒發內心世界的自我獨白；對唱。二人或兩組歌手之間的交流與較量；合唱。一人一句，反覆輪唱，結尾合唱，通常為自願結成的花兒班子。

16、三面對：要有的放矢，不盲目亂唱。演唱中面對陌生的客人；面對虛擬的戀人、友人、同行；面對現場情景。。

17、三步曲：在為既定對象演唱中分三步進行，第一步是誇讚對方的相貌、人品、財富、家人、學識等，俗稱「擡成」；第二步戲說對方的個性、特徵、為人、虛擬的隱私、豔遇、嗜好等，俗稱「騷人」；第三步是與對方交流感情、思想，主題隨意，有問有答；

18、六種手法：①形象手法：運用恰當的比喻和典故，要有深刻的哲理性，忌直白無味；②浪漫手法：由此及彼，富於聯想，引人入勝，突破事物本身的局限性和真實性；③誇張手法：借題發揮，順勢渲染，將事物和人的情感擴展或濃縮到極致；④幽默手法：自嘲自諷，反映為人處事的善良與豁達，詼諧與幽默；⑤嬉戲手法：用語風趣俏皮，常用「請君入甕」的招式，將對方的思路引入窘境，而後化解尷尬的技巧，展現機智多謀的智慧；⑥移植手法：常用偷梁換柱、另闢蹊徑的技巧，展現奇思妙想，移花接木，使因果之間的關係發生出人意料的變化，揭示事物發展中的非常規現象。

據當地藝人除了告訴我們，花兒的一些獨特唱法之外，還繪聲繪色地描繪了花兒會的盛況，讓我們的聽的豔羨不已。當同路嚮導說起花兒的歌詞時，那詼諧而又生動的比喻更是讓我們捧腹大笑。我們的採訪也在這歌聲和笑聲中不知不覺地結束了，但當地群眾對我們的熱情款待卻使人難以忘懷。

（五）甘肅花兒劇目情況

在臨夏田野考察期間，所獲此地花兒劇創作與排演情況如下：1959 年，在甘肅引洮工地上出現了第一齣花兒劇《攔路》，二十世紀 60 年代，甘肅省歌舞團演出劉尚仁等人作曲的歌劇《向陽川》，甘肅周西虹等創作了歌劇《馬

五哥與尕豆妹》

　　在 1984 年，甘肅省臨夏州文化局專門成立了花兒劇創作組。他們深入生活，搜集大量素材，創作了一批較好的花兒劇文學劇本。如《六月六》、《恭喜發財》、《娑羅樹傳奇》、《喜鵲喳喳》、《米拉尕黑》、《瓜園情》、《花兒案》等。爲了參加全省調演，該地區文化部門決定以「花兒案」爲素材，集中人力，八易其稿，結構編寫爲《花海雪冤》，自治州歌舞團於 1985 年 12 月首演該劇。繼《花海雪冤》之後，自治州歌舞團又創作上演了《牡丹月裏來》、《雪原情》、《霧茫茫》等一批膾炙人口的大型花兒劇。1987 年《劇本》第 3 期增刊發表了《花海雪冤》劇本，甘肅電視臺也在銀屏播放演出實況，在搬上舞臺的花兒劇中，還有臨夏州文工團的《飛鷹嶺》、《試刀面》、《瓜園情》；和政縣文工隊的《四月八》；東鄉縣文工隊的《眯眯情》。

　　《攔路》劇情：一群支持引洮工程的小夥子被一群鋤草的姑娘攔住，開展了熱烈的對歌。在歡快的歌聲中，他們互相幫助，互相支持。女生產隊長百合，工作負責，活潑熱情，在對唱中與濃眉大眼、勞動積極的思廣產生了愛情。內容雖較簡單，但由於音樂上以《河州三令》、《河州二令》、《白牡丹令》、《腳戶令》等曲令花兒味道很濃，受到了人們的歡迎，也產生了較大影響。該劇 1959 年在甘肅引洮工地上第一次演出，成爲第一部花兒劇，具有時代意義。

　　《馬五哥和尕豆妹》在 1980 年由甘肅西寧市文工團創作演出。該故事取材自回族民間敘事詩中的一部傑出作品；它在回族群眾中流傳最廣、影響最大。目前共有六個不同的整理本，最短的二百餘行，最長的達六百餘行，是目前回族敘事長詩中最長的一部作品。它不僅廣泛地流傳在甘肅、青海、寧夏、新疆的回族群眾中，而且在西北地區的東鄉、土、漢等族中也產生了深刻影響。

　　《花海雪冤》劇情：長工阿西木是有名的花兒歌手，他爲地主海占魁從四川運輸商品，并與其女海迪亞相愛，管家哈福祿是海占魁的外甥，企圖破壞阿的愛情而娶海迪亞，便對阿進行栽破誣陷。海占魁卻又要把海迪亞嫁給城裏的一家富翁，引起哈的內心憤恨，他把阿綁到院子裏，并用阿的腰刀乘混亂刺殺了海，並誣陷是阿殺的，將阿押送到縣衙判了死罪。阿拒不承認自己殺了海，並提出在死前希望在花兒會上見海迪亞一面，說明冤情。知縣是個花兒迷，他久聞阿之名聲，便答應了他。而殺死梅時看見眞相的女僕則乃

拜乘機將眞情透露給了海迪亞。在花兒會上海迪亞向知縣喊冤，申明眞實情況，哈福祿等眞正的罪犯被拘押，阿田木得以無罪釋放。劇本是根據民間流傳的「死罪唱成活罪」的歷史故事提煉而成的；甘肅省臨夏州自治州歌舞團於 1984 年創演。

《春暖》劇情：柳樹村回族青年艾力和戀人海迪婭，相約在村頭商談著外出務工，擺脫貧困命運。突然出現的海迪婭母親哈力麥反對海迪婭外出務工掙錢，欲將海迪婭許與別人。春耕在即，以哈力麥爲代表的群體百般阻撓勞務工作站長春花對勞務致富的宣傳和介紹，春花欲將買房款拿出解決春耕和後顧之憂，丈夫國強不但不理解妻子，反而摔門而去。數天後，以艾力、海迪婭爲主的勞務工們終於前往北京、福建等地務工。三年後，春花、哈力麥、海迪婭，還有沙局長一行看望艾力。他們看到艾力的餐廳有如此大的規模，都喜出望外。艾力決心在家鄉投資創辦『清香源』飯店，並在南坪鄉建一座集養殖、飼料、屠宰爲一體的公司，使更多的鄉親們就近就業，以回報家鄉。

（六）表演團體與藝人

甘肅臨夏州民族歌舞劇團成立於 1965 年，是目前全州唯一的專業文藝表演團體。作爲花兒劇的創作、演出主體的臨夏州歌舞團，進行了長期的艱辛探索、實踐。1966 年演出的小型花兒劇《試刀面》，這是第一次把花兒表現形式作爲戲劇藝術的主題，搬上舞臺，引起戲劇工作者的高度重視和廣大觀眾的一致好評。此劇參加了 1966 年由甘肅省文化廳舉辦的地方戲曲節目調演，獲得專家和同行的好評。從此開始了創演花兒劇的漫長探索。

改革開放後，花兒劇和其他文學藝術一樣，迎來了春天。劇團先後創演大、中、小型花兒劇 10 多部。1984 年，小型花兒劇《瓜園情》獲甘肅省劇本創作二等獎；1988 年，花兒劇《育苗曲》獲甘肅省少數民族文藝調演集體獎；花兒劇《命蛋蛋的婚事》參加全省送文化下鄉調演獲三等獎；1997 年中型花兒劇《情繫橄欖綠》獲臨夏州「五個一工程」優秀作品獎。

隨著一些小、中型花兒劇的成功，在進行大量實踐的基礎上，於 1985 年創演的第一部大型花兒劇《花海雪冤》獲甘肅省戲劇調演「特別獎」，該劇於1987 年晉京彙報演出，受到國家民委、文化部的獎勵和好評，並參加了首屆中國藝術節《西北薈萃》演出，應邀赴寧夏、青海等地進行交流演出，該劇

先後演出 100 多場。1994 年又與甘肅省歌劇院聯袂演出了大型花兒劇《牡丹月裏來》，該劇參加了第四屆中國藝術節的演出，於 1995 年和 1999 年分別獲得第四屆全國少數民族題材劇本「孔雀獎」銅獎和甘肅省、臨夏州「五個一工程」獎；1999 年花兒劇《雪原情》參加甘肅省新創劇目調演獲綜合二等獎及七個單項獎；2003 年，由劇團創作上演的大型花兒劇《霧茫茫》分別獲得甘肅省、臨夏州精神文明建設「五個一工程」獎。2006 年 11 月該劇參加了甘肅省新創劇目調演，共獲獎項 22 個，其中集體獎 3 個，個人單項獎 19 個，是劇團歷史上獲得獎項最多、獎次最高的一次。

甘肅省歌劇團成立於 1993 年，其前身為陝甘寧邊區政府領導下的「七七劇社」。在長期的藝術實踐中，劇團創作和演出的各種劇（節）目有 300 餘部，包括《白毛女》、《小二黑結婚》、《劉胡蘭》、《江姐》、《向陽川》等幾十部大型歌劇。自二十世紀 80 年代起，劇團先後創作演出了《阿爾金戰歌》、《彼岸》、《二次婚禮》、《海峽情淚》、《馬五哥與尕豆妹》、《咫尺天涯》、《貨郎與小姐》、《陰山下》、《魂兮》、《牡丹月裏來》等十幾部歌劇。其中民族歌劇《咫尺天涯》1989 年赴北京參加了第二屆中國藝術節及建國 40 週年慶典演出。劇團在創演民族歌劇的同時，排演了「大型交響音樂會」，以「交響中外名曲」、「高歌民族風情」為主題，在弘揚民族文化、創演嚴肅音樂方面作出了貢獻，贏得觀眾的好評。劇團現有主要藝術家：龔乾男（一級指揮）、康志勇（一級編劇）、楊成偉（二級演員）、彭德明（二級演員）等。

8 月 21 日，我們結束了在臨夏的採訪任務，準備返程。揮手作別這片廣闊的土地，心中總有些許不捨。雖然這次只是匆匆一瞥，她的獨特魅力就深深地吸引了我們。但願以後還能有機會再次踏上這片神奇的土地，去揭開她神秘的面紗，一睹其美麗的容顏。

（碩士生曹麗莎、丁玲整理撰寫）

十六、新疆查布察爾錫伯族自治縣汗都春調查報告

（2010 年 8 月 3 日～8 月 15 日）

（一）新疆錫伯族生存的地理環境

錫伯族是新疆維吾爾自治區 13 個世居民族之一，現有 4.5 萬人口，主要居住在我國唯一的錫伯族自治縣——察布查爾錫伯族自治縣，以及伊犁哈薩克自治州直屬的各縣市、塔城、烏魯木齊等地區。察布查爾錫伯自治縣是新疆錫伯族的主要聚居區，它是伊犁哈薩克自治州的直屬縣之一。大致位於東經 80°31′～81°43′，北緯 43°17′～43°57′之間，總面積有 4485 平方公里。它地處新疆的西部，北瀕伊犁河南岸，南瀕天山的支脈烏孫山。北面隔著伊犁河與伊犁哈薩克自治州的首府伊寧市及周邊的伊寧縣、霍城縣相望；南部以烏孫山爲界，與昭蘇縣、特克斯縣毗連；東臨鞏留縣，西部與哈薩克斯坦共和國接壤，是新疆通向中亞世界的交通要道之一，也是古代絲綢之路北道和南北疆交通古道的必經之地，有「伊犁門戶」之稱。

這是我國唯一的錫伯族自治縣，在清代曾是伊犁錫伯營（八旗）的所在地。縣境內有錫伯、漢、回、維吾爾、哈薩克等 5 個少數民族，錫伯族是主體民族。現有錫伯族人口 2.2 萬餘人，聚居在這裡的錫伯人主要從事農業，兼及家庭畜牧業。該縣境內有錫伯民俗風情園、圖公寺、察不查爾大渠等人文景觀。該縣是錫伯族非物質文化的富集地，錫伯族的語言文字和風俗習慣以及「汗都春」曲藝與戲曲藝術形式在這裡的錫伯人當中得到了很好的保留和傳承。每當節假日，該縣都要舉辦「汗都春」的演出活動。

（二）錫伯族的歷史沿革

遠古時代的歷史傳說告訴我們，錫伯族的先民可追溯到古鮮卑族，持此觀點的人數較多。有文獻佐證：「鮮卑音轉爲錫伯，亦作席北，今黑龍江南、吉林西北境有錫伯部落，即鮮卑遺民。」又「失必即鮮卑之對音也。亦作席伯，亦作席北。既非索倫，亦非蒙古，即鮮卑遺民也。」在十六世紀之前，錫伯先民世世代代都生活在松嫩平原和呼倫貝爾大草原，世代以狩獵，捕魚爲生。他們是 1593 年被努爾哈赤擊潰的 9 個部落之一。錫伯人原是自由自在的獨立個體，清政府征服了科爾沁的蒙古人之後，錫伯族人民從此處於滿清控制之下，自沙皇俄國侵略我國開始，錫伯族便直接爲清政府服務。在戰爭

中，他們為清兵的前方作戰提供了良好的後勤服務。1692 年，科爾沁的蒙古人為了換取白銀，將錫伯族人民舉薦給了康熙皇帝。從這以後，錫伯族人被編入到滿族的八旗之中，駐防在齊齊哈爾和滿洲其他地區。自乾隆皇帝征服新疆以後，清政府一方面為了鞏固西北邊防，另一方面，清統治者怕這個能武善戰的民族人眾生事，便採取了「分散各境，萬不可使居一國」的分而治之的政策，決定將部分錫伯族遷往新疆。於是，乾隆二十九年（1764 年），清政府從盛京十五城抽調出 20 歲至 40 歲身強力壯、擅長騎射的錫伯官兵千餘名，攜同隨軍家屬 2000 多人，遠戍新疆伊犁。

自遠祖鮮卑開始，錫伯先民就一直活動於我國北方地區，生產方式也一直處於漁獵游牧的形態。漢代以來，這支民族不斷地從呼倫貝爾草原、大興安嶺等地向南遷移，直到北魏前後，才漸漸定居下來。其生產方式由游牧民族向農業民族轉變，其文化形態也開始從游牧文化形態逐漸轉變為農耕文化形態。在他們曾經定居耕種的地方，都留下了民族文化演進的歷史痕跡。例如出現的「錫伯綽爾城」、「錫伯阿林」（錫伯山）、「錫伯蘇蘇」（為錫伯故地）等地名就是這一游牧文明向農耕文明轉變的有力證明。南北朝以後，它們開始南遷至嫩江流域，主要在以洮兒河、綽爾河為中心的嫩江一帶從事農業生產。這一時期，錫伯族先祖已基本上完成了文化形態的演變，轉為農耕民族。他們曾經居住和活動的中心，留下了自己的古代文明。和漁獵游牧文化相比，新生的農業民族創造的新型農業文化及其文明，在社會發展程度上，具有極大的進步性。

雖然說文化形態發生了變化，但這種變化不是後者徹底取代前者的嬗變。而是在前者的基礎上，增加了新的文化樣式。這是文化的一種自身選擇和積澱的結果，更是錫伯族人民集體無意識的再造。觀察錫伯族目前的文化，如他們的「弓箭文化」、「薩滿文化」、「喜利媽媽」（遠古結繩記事向女神崇拜轉變的文化）等，其內涵中仍然遺留有遠古時代一定的漁獵、游牧文化的痕跡，即為遠古時代文明在當今的遺存。從錫伯族的先民開始，我們可以看出這個民族對文化的態度：接受外來的異質文化但不否定和遺棄固有的傳統文明。正因為這種態度，隨著歷史的發展，生產形態的變化，其文化也不會發生徹底的顛覆與改變。而是在原有基礎上，融入越來越多的新文明，以促進本民族更好的發展。

隋唐以後，錫伯族雖仍處於農耕文化形態，但中原的封建文化對其先祖

鮮卑部族有了進一步的影響。事實上，從南北朝開始，他們已經初步接觸到了儒家文化；到了隋唐，這種中原正統思想的影響範圍逐漸擴大；到了滿清時期，儒家思想文化已在本民族的思想領域中佔據了主導地位，尤其是他們的道德倫理禮儀文化，已徹底的打上了儒家思想的烙印。例如，「仁愛孝悌」、「中庸忠君」的思想：重孝道等級，重定居輕遷移的思想；重傳宗接代，重定居輕遷移的觀念等等。這些極具濃厚的封建傳統文化，已在錫伯族群體留下了不可磨滅的印記。

自遼代建立契丹國開始，他們便征服了錫伯部族，於是兩個部族間的文化開始相互影響，相互同化，在文化認同上，雖有一定的差異，但總體上表現出一定的共性。之後，崛起的女眞部落建立金國後，錫伯族又被置於一種新的文化統治之下。金統治的 100 多年也是兩個部族之間的民族文化再次經歷了文化交流與融合的 100 多年。自蒙古族建立元朝之後，錫伯部族又開始處於蒙古人的統治之下。在蒙古統治時期，錫伯族曾將蒙古語作爲第二種語言習用，產生了一系列的歷史文化影響。可以說，在長達 400 餘年的蒙元政權統治之下，兩個民族之間的文化相互影響，相互吸收，充分體現了馬克思的經典理論：野蠻的征服者總是被那些他們所征服的民族的較高文明所征服。這是一條永恒的歷史規律。正是因爲這樣，在此段歷史中，族際之間落後文化（指蒙古族游牧文化）與先進文化（錫伯族農耕文化）之間的相互影響共謀發展。

明代末年，女眞復興，統一全國，建立了滿清王朝，在康熙三十一年（1692年）時，錫伯族人民擺脫了蒙古的統治，開始融入女眞形成的滿——通古斯文化系統當中，並一直延續至今。自清朝統一，錫伯人最先處於清政府征服的科爾沁蒙古人的控制之下，沙皇俄國侵略我國後，錫伯族開始直接爲清朝政府服務。可以說，這個民族的歷史是一部被統治者管轄的歷史。先後受到相鄰強大的少數民族及其漢族的控制，自始至終無法擺脫。

由於「屯墾戍邊」的需要，1764 年，部分錫伯族軍民又西遷新疆伊犁。從此，這些錫伯族開始在新疆伊犁河谷的察布查爾地區屯田定居，鑿山築渠，開闢了自己的第二故鄉。西遷錫伯族官兵於乾隆二十九年（1764 年）陰曆四月十八日在盛京錫伯家廟拜別親人，從彰武臺出發，沿著蒙古高原古道前往伊犁。一路上，雪山、疾病等種種困難威脅著西遷的人民。然而，經過一年零五個月的艱苦跋涉，最後終於到達伊犁地區。令人驚奇的是，一路上的艱

難險阻不但沒有使人口減少，反而增加了 1000 多人。這足以顯示出錫伯族人民的堅毅、樂觀和隨遇而安心態。由此，「西遷」也成為錫伯族歷史上的一個重大事件，每年的陰曆「4.18」這天，錫伯族人民都會歡天喜地，以各種形式來慶祝這一節日。漸漸地，「西遷節」已不僅僅是一種單純的節日，已經成為錫伯族人民的精神寄託，體現了這一民族那史詩般的情懷。無怪乎每個錫伯人，一談起西遷的歷史，都有一種神聖的厚重感和莊嚴感，更多地是飽滿深情的崇敬之情。

至今為止，我國的錫伯族主要分居在東北和西北兩地。令人深思的是，現如今，東北地區的錫伯族已經失去了本民族語言文字，淡化了自己的風俗習慣，而新疆察布查爾地區的錫伯族，至今還完整地保留著原本語言文字及濃厚的風俗習慣和宗教信仰。並且經過與兄弟民族的長期交往，取長補短豐富與發展本民族文化。

（三）清中後期移民與移民文化

現在的新疆，有著很多以姓氏或原籍命名的村莊，如「蘭州灣」、「廣州戶」等就反映了移民初期的這種文化特點。西遷的錫伯族人民更是以其民族自有的特色，為其本家文化尋覓一塊傳承的土地。「牛錄」即滿語「村」的意思。在今天新疆察布查爾錫伯自治縣的八個牛錄裏，西遷的錫伯人自始至終保留著當年的文化傳統。例如八個牛錄分別以八旗的滿族名字命名，如「堆依奇牛錄」、「納達齊牛錄」、「烏珠牛錄」等。至今為止，他們還保留著這種命名的獨特文化傳統。可以說這是錫伯移民們的社區意識相對封閉造成的結果。而這種社區意識又是以他們對自身獨處新疆的客居地位的認識為基準的，總有一種「月是故鄉明」的家園意識和情結。離開故土的失落感，客居他鄉的孤獨感和初到異鄉的不適感，急需獲得心靈上的「慰籍」，而此時，地名文化便成了最好的精神依託。

作為精神文化和制度文化表現形式之一的錫伯族戲曲「汗都春」，自然而然地擔當了救治這一心靈疾病的「良藥」。這時期的「汗都春」準確地來說應稱謂為「秧嘎兒小曲」，它主要流佈在錫伯族移民的聚居地。在這種情況下，移民文化形成了相互認同的公共因素，即相同部落的民眾集體無意識下的歷史記憶和經驗。於是作為被認同的故鄉小曲便成了漫長移民生活的一部分和主要精神依靠，成為了每個移民生命中的一個重要組成部分。

隨著錫伯族移民的增多，移民居住區的擴大，社區間的交流不斷增多，各地的傳統小曲也必然要進行交融和整合。其中，共同的文化傳統和風俗習慣便成了相互之間整合與重組的基礎和前提。在此過程中，各地各民族的「秧嘎兒小曲」共有的內在穩定性因素得到了自我保留，而差異性因素經過相互整合重組後，也得到了大多數錫伯民眾的認同。這種內在穩定性的保留和差異性的認同，也成爲錫伯族「汗都春」戲曲的有機組成部分。這是文化適應和整合的結果。「汗都春」就是在這種文化整合過程中，成爲錫伯族社區的主要精神文化的代表之一。它也必然在這一文化調適、交融中得以新的發展。下面所探討的「汗都春」戲正是在這種移民屯墾新疆的大環境下，錫伯移民及其在此後代文化適應過程中不斷繁衍的與整合的錫伯族地方戲曲。

（四）錫伯族地方戲曲汗都春

1、「汗都春」的前身——新疆曲子劇

「新疆曲子劇」是新疆傳統地方劇種之一，其源起和形成早在清代的乾隆年間。由於內地人特別是滿族和錫伯族移居到新疆的人數逐漸增多，直到左宗棠驅逐阿古柏侵略者，新疆建省後。清政府對新疆遣犯助墾，移民戌邊，實行屯墾戌邊政策，關內西北各地的居民大量移入新疆定居，相關地區的一些戲曲演唱形式和民歌小曲也隨之進入新疆。其中，影響較大的要數陝西的眉戶劇，它是陝西的第二大劇種（亦稱陝西曲子）。可以說，新疆曲子劇的形成與陝西眉戶劇有著深厚的淵源。

眉戶最初產生於宋代前後，在地方民歌、小曲的基礎上形成了初期戲曲。到清代嘉慶、道光年間，其舞臺戲已經基本成形。因其通俗性和民間性的特點，所以在西北地區流傳極廣。當眉戶劇流播到甘肅蘭州後，逐漸和蘭州的一種演唱形式鼓子詞（由古老的變文演變而來）相融合；當流播到青海西寧時，它又和當地的一種叫做「青海平弦」的民間說唱形式相融合。後來又和盛行於敦煌民間的一種叫做「佛曲」的音樂形式匯流，形成了一種具有較高藝術水平的曲子劇。新疆曲子劇的形成就與上述多種戲曲的匯流有密切關係。在此基礎上，傳播者再根據周圍環境的變化，與西北各地的民歌俗曲相融合，同時受到新疆當地的方言俚語和蘭銀官話以及各少數民族音樂藝術的影響，再加上駐防新疆時湘軍中流傳的湖南民歌小調和花鼓戲，它們一起在新疆合流，逐漸形成了具有地方性色彩的民族戲曲藝術——新疆曲子戲。這

個劇種在誕生之初，因爲它的淵源關係，人們依然稱它爲「眉戶劇」或者「曲子戲」。直到 1958 年的全國劇目發掘工作及 1959 年新疆曲子劇團的成立，「新疆曲子劇」才作爲一個地方劇種正式被承認。

與錫伯族「汗都春」有著親緣關係的新疆曲子劇，發展起初在民間，多以坐唱形式流傳，人們叫做「坐場子自樂會」。對新疆一些民族影響頗深，如迪化、伊犁等整個北疆地區凡操漢語民族聚居處，都爭學爭演這種新的曲藝形式。而在歷史的發展中，又逐漸成爲舞臺戲。於是，新疆曲子戲以其廣泛的民間性和通俗易懂的特點贏得了當時新疆操漢語的各民族人民的喜愛，不僅漢族、回族，還有錫伯族，甚至兼有懂漢語的維吾爾族群眾等民族對此形式均樂於接受。正是在這樣的基礎上，錫伯族這樣一個兼操滿——通古斯語和漢語的民族的戲曲藝術逐漸在此地開始生根發芽了。

2、「汗都春」的形成

「汗都春」是錫伯語「曲子」的意思。在新疆曲子戲以「坐場」爲主的表演形式迅速向伊犁、迪化和北疆操漢語民族聚居的地方擴散，各地都爭學爭演這種新的戲曲藝術時，遠在伊犁地區的錫伯族「汗都春」戲也在悄然興起。

清朝統一全國後，在新疆伊犁惠遠城設立了將軍府，作爲清政府統轄全疆的經濟政治文化中心。1764 年，被派往新疆「屯墾戍邊」的幾千名錫伯族官兵並家眷最終西遷並駐防在現今的察布查爾地區。這裡與惠遠城和伊寧僅一河之隔，來往非常便捷。清末民初，伊寧、惠遠等地的移民和駐防官軍越來越多。於是，來自陝甘地區的民間藝人在這些駐地陸續成立了曲子班社，編演曲子戲。這對錫伯族藝人們學演曲子戲創造了有利的條件。由於錫伯族操錫伯語和兼漢語，歷史上生活習慣受各種因素的影響，他們和漢民族有一種天然的親和力，所以很快就喜愛並接受了這種新的戲曲形式，並有許多人加入到了曲子劇的學習與實踐當中。起初，察布查爾縣的很多錫伯族戲曲愛好者紛紛到伊寧或惠遠學藝，並請戲班到各個「牛錄」進行演出。據有關調查統計，「到二十世紀 80 年代初期，已去世和健在的曲子戲知名藝人有 208 人，其中，漢族 160 人，回族 33 人，錫伯族 15 人」。這種曲子戲在當時既受到了錫伯族民眾的歡迎，也得到了管理錫伯族牛錄的人們的欣賞和支持。

從伊寧和惠遠請來的曲子戲藝人們分別在當時的一、三和四、六牛錄組建並表演平調和越調。「平調」，即以青海平弦及民歌小調爲主的曲調；「越

調」，即以陝西曲子為主的曲調。平調傳入錫伯族民間較早，據文獻記載：「1865
年（清同治四年）年末，錫伯營總管喀爾莽阿邀請鑲白旗（今五牛錄）著名
汗都春藝人卓奇等人到西邊的鑲黃旗（今烏珠牛錄），表演汗都春……這些說
明錫伯族藝人們早在十九世紀下葉就開始學演平調曲牌了。據老人們回憶，
清末錫伯營正白旗（今依拉齊牛錄）佟佳氏的伊塔爾渾，曾在一河之隔的伊
犁將軍府所在地惠遠城拜師學藝，學習三弦演奏，並在惠遠城與漢回藝人們
同臺演出。1882 年後，他返回家鄉，培養了一批平調曲牌演唱者和演奏者。」
越調的傳入比平調稍晚些，約在清末民初傳入錫伯族民間，但很快得到普及，
在演唱風格和語言上（大多用錫伯語）大有改觀，在表演上還出現了生旦淨
末丑等行當。有完整的角本，有人物，布景，服裝，化妝道具等舞臺劇用具。
到二十世紀 20 至 30 年代，錫伯營 8 個牛錄都掀起了學演地方劇的高潮。

　　在這樣的形勢下，「汗都春」劇也很快傳遍各個牛錄。在以後流傳的過程
中，錫伯族民眾又結合本民族的特色，進一步融入錫伯族固有的念說「朱侖」
等戲曲形式，以及民歌的音樂成分，豐富和創新了此種新興曲子劇的形式和
內容。「汗都春」戲最初用漢語演唱，到二十世紀 40 年代，開始用錫伯語演
唱。藝人們在翻譯演出漢語劇目的同時，也學會了大膽的創新與編排，編演
出許多漢語劇目所沒有的，專門反映錫伯族人民生活的新劇目。在這一大膽
實踐和創新的過程之中，「汗都春」的內容愈來愈豐富生動，活潑自然，語言
也發生了許多變化，又和本民族的舞蹈相結合，更多展演出錫伯族特有的文
化因子。在歷史的發展和積澱中，「汗都春」已成為錫伯族人民文化生活中不
可缺少的一種藝術形式。

　　此外，筆者認為「汗都春」之所以又稱為「秧嘎兒小曲」或「秧歌劇」，
其產生和發展不僅僅與新疆曲子戲有深厚的淵源關係。追溯歷史，新疆錫伯
族人在乾隆年間為屯墾戍邊，遠離東北老家，西遷至新疆，可以說，但他們
的根在東北。對於一個民族來說，無論怎樣演變，文化的根是不會輕易丟棄
的。在東北地區的錫伯族傳統音樂中，除了有「太平鼓」、「皮影戲」音樂樂
舞外，最主要的要數「東北大秧歌」和「二人轉」了。「東北大秧歌」是在東
北古代各民族民歌、歌舞基礎上形成的一種以「扭」（歌舞）、唱、逗、耍（雜
技），扮（扮相）於一體的民間藝術形式。因「二人轉」在形成初期稱為「小
秧歌」，所以稱這種形式為「大秧歌」或「秧歌劇」。

　　「二人轉」藝術為東北地區廣為流傳的集歌舞和說唱表演於一體的藝術

形式，如今已成爲這一區域的藝術標志而享譽全國。從「汗都春」的形成發展來看，在其形成初期，除了和新疆曲子戲有直接的血緣關係外，它還深深打上了本民族古老文化的印記，是這一民族一種古老記憶的選擇。「汗都春」形成初期，一男一女同臺表演，基本上依循「二人轉」演出模式，劇情簡短緊湊，結構簡單，曲調少變，但富有節奏感。表演以唱爲主，偶有少量道白。漢語唱詞以七字句，十字句居多，譯成錫伯語後合轍押韻，朗朗上口。這和現存的東北二人轉模式大體一致。在其不斷地演繹過程中，錫伯族藝人們對「汗都春」的化妝道具、演技和劇情內容有所增刪，使其由最初的二人轉逐漸發展成爲容量較大，曲牌較多的秧歌劇。每逢節假日，錫伯族各牛錄都會大鬧秧歌，大演汗都春劇。

總而言之，「汗都春」的形成，既源於新疆曲子戲的諸多因子，又借鑒於陝西「眉戶曲子」（越調），蘭州「鼓子」（鼓子調）、青海平弦（平調）以及西北等地的小曲子，並積澱本民族古老的音樂文化「二人轉」和「東北大秧歌」，同時又汲取了作爲少數民族特質的民族音樂與歌舞，形成了具有多元文化特色的錫伯族戲曲藝術。李澤厚在《美的歷程》裏曾闡述「內容積澱爲形式」，「內容向形式的積澱，又仍然是通過在生產勞動和生活活動中所掌握和熟練了的合規律性的自然法則本身而實現的。」可以說，「汗都春」作爲錫伯族的一種曲藝與戲曲融合表演藝術，既是一種民族本色的展演，也是這個民族文化「混成性」積澱的外在顯示。更是一個民族開放、兼容這種文化心理的優良體現，是這個民族所呈現出的一種特有傳統文化。

3、汗都春」的發展概況

「汗都春」形成之後，藝人們在十九世紀 60 年代左右就開始學演它的「平調」曲牌。據史料記載，清同治四年（1865 年），錫伯營鑲黃旗著名歌手卓奇等人就曾表演過「汗都春」。另一則文獻資料中也寫道「……同治十二年五月八日，獻演汗都春。」至二十世紀初，藝人們又將「越調」引入民間，至 30 年代，錫伯族居住的八個牛錄，掀起了學演「汗都春」的高潮。在新中國建立後的 50 年代，「汗都春」有力地配合當時的社會主義建設運動，人們用「汗都春」來宣傳黨的政策等，收到了好的效果。隨著中外文化交流的日益密切，新疆和周邊中亞的五國的交往日益擴大。中外之間的戲劇文化交流互相滲透，也影響了「汗都春」的發展。例如其伴奏樂器中多了西洋樂器小提琴與打擊樂，即是中外文化交流的見證。可以說，在其自身不斷髮展、融合的過

程中，汗都春成爲了深受錫伯族人民喜聞樂見的一種表演藝術劇種。

在各個時期，「汗都春」湧現出一批又一批的演藝人，他們當中的代表人物有清同治年間的卓奇、伊塔爾渾、西特合爾等；清末民初的譚秀英、提亞哈、全唐、保謙等；民國年間和新中國成立後的克西春、壽謙、豐昌、趙春生、塔琴泰等。他們爲「汗都春」的發展與成熟做出一定的貢獻。

4、「汗都春」的腔系探析

錫伯族地方戲曲「汗都春」源自於陝西「曲子」（越調）、蘭州「鼓子」（鼓子調）、青海「平弦」（平調）以及西北等地的小曲子。這些小曲子與錫伯族的民間音樂有機融合，形成了既可用漢語，又可用錫伯語演唱和表演的藝術形式。其腔系在發展演變過程中，主要匯流成「平調」和「越調」兩種類型。這兩種戲曲形式風格不同，各具特色，現分述如下：

（1）平調概況。平調劇目的唱腔源自於陝西、甘肅、青海、山西一帶的地方戲曲牌。平調的戲曲音樂有曲牌和唱腔之分。其中曲牌主要用於開場和間奏。有關資料表明，自元朝時曲牌已經很成熟，各類曲牌共發展有數千首。漢民族曲藝和戲曲中的許多「牌子曲」的類型就傳承了古代的大量曲牌，各曲牌之間常形成套曲形式。錫伯族平調中的許多曲牌名，就是吸取了漢民族戲曲中的曲牌名而來的。無論平調還是越調，均有前奏、間奏和尾奏，且它們的前奏、間奏和尾奏的音樂就是採用了相應曲牌音樂。據考證，常用曲牌名一共有 8 種，而且這些曲牌的名稱沒有太多的變化，這說明他們對漢民族吸收和借鑒的時間不長，還沒有形成自己獨特的體系。這 8 首曲牌的名稱分別是：【公彩鳳】、【對席】、【三伯兒】、【四合子】、【五少夫】、【柳青娘】、【七椿子】、【八破】。從上述曲牌的排列，我們可以看出，錫伯族藝人的審美觀和劇目排列的主要特點。

在唱腔方面，現已搜集到的平調唱腔有 30 多種，如《赤壁》、《玩花燈》等。平調有「坐唱」和「走唱」兩種表演形式。「坐唱」是演員坐著演唱，一般不著戲裝，動作和內容簡練而單純，有說有唱。一碗茶一袋煙的功夫，一個故事或一個情節通過一個曲子便被敘述完畢。即「通常以一個曲牌詠唱春夏秋冬，十二月或一段故事」。「走唱」多傾向於當眾表演，起初，通常和二人轉的模式雷同，男女兩人配上舞臺表演的動作，載歌載舞。後來由於受到越調曲子的影響，漸漸成了一種綜合性藝術表現形式。這種形式集說、唱、舞於一體。平調曲子以風格莊重，旋律優美，抒情達意見長。曲調不僅融合

了漢民族的曲子戲和眉戶劇，也借鑒和吸收了來自南方的如江蘇小調「茉莉花」等某些民歌因素。在實際演唱中，運用附點、切分音等節奏，加上語音語氣的靈活運用，使旋律進行自然、生動。平調音樂伴奏樂器以三弦爲主，調式主要有宮、徵、羽三種。屬宮調式音樂的有《凍冰》、《照花臺》、《磨豆腐》（曲二）、《種白菜》、《十二離情》、《藍橋擔水》等；屬徵調式音樂的如《赤壁》、《繡荷包》、《一對紅》、《磨豆腐》、《釘缸中》、《十里屯》、《下四川》、《一見多情》、《西廂記》、《喜新年》等；屬羽調式音樂的如《玩花燈》、《太陽歸宮》、《賣香煙》、《五更盤道》、《弟兄三個》等。

有的學者認爲「平調是青海的平弦」。根據《中國曲藝音樂集成·青海卷》記載，「青海平弦，早年稱西寧賦子或平調，簡稱賦子」，主要流行在西寧及周邊漢族聚居地區。有人指出「青海平弦的唱腔曲牌，與本地民族等民間音樂有明顯的差異。」而平弦作爲曲種名稱實爲 1954 年才確定的，此前民眾稱它爲「賦子」或平調。賦子「在清代中葉或稍後一些形成。」，從這裡，我們可以認爲：平調的「平」不是青海平弦之「平」，其原因大致有二。

首先從形成時間上看，「汗都春」平調早於青海平弦。青海平弦於二十世紀 50 年代才定名，而『汗都春』的平調則是在嘉慶以後，錫伯族西遷伊犁後吸收了來自西北地區的戲曲形成的；或者說最晚也應形成於 1860 年左右即清同治年間（注：越調形成時代）。

其次，青海平弦音樂分爲【背宮調】、【雜腔】、【賦子腔】、【小點】4 套曲腔，而「汗都春」的平調則大多由單樂段分節歌（即一曲一個故事或一個情節）的形式組成。

平調的名稱很可能來源於它的主要伴奏樂器——三弦的定弦方式 5、6、3（sol、la、mi），民間稱這是平調定弦法；越調定弦爲 1、5、1（dol、sol、dol），平調低，越調高。這也是平調與越調的區別之處。這種方法，因爲「民間常有一種將主奏樂器的定弦方法稱謂曲種的習俗」。直到現在，在民間有許多錫伯族藝人演唱時不說曲名，直接報調名，就是這種現象的反映。

（2）越調概況。錫伯族的「汗都春」戲曲使用越調是繼平調之後，是與漢民族頻繁交流後形成的戲曲曲調。它是「汗都春」戲的另一大腔系，其名稱的來源，很可能和平調一樣，都來自於它們的主要伴奏樂器——三弦的定弦方法。其音樂主要源於陝西地區的眉戶（陝西曲子）、秦腔、曲牌、曲子音樂，又融合了錫伯族民間音樂之後形成的小戲。越調由唱腔、過門間奏曲和

器樂曲牌三部分組成，「唱腔」是其核心部分，演員通過唱腔演繹不同的故事
情節，表現不同角色的人物性格，達到了抒情性和敘事性的完美統一。唱腔、
間奏和器樂伴奏三者缺一不可，凝聚成緊密相聯的藝術整體。有生旦淨末丑
等行當；有完整的腳本；有布景、服裝、化妝等舞臺道具；具有說、唱、表
演三位一體的特點，可在舞臺上演出。越調音樂更多能體現本民族的音樂特
性，傳統劇目也大多用翻譯過來的錫伯語演唱。其旋律質樸委婉，鄉土氣息
濃重，風格獨特。越調傳統劇目有40多種，曲調（牌子）30餘個，如【開場
越調】、【緊訴】、【收場越調】等。可以說，越調既是一種受漢族戲曲影響最
大，又最能體現本民族特色的戲曲。

「汗都春」的越調由唱腔曲、過門間奏曲和器樂伴奏曲調等組成，具有
通俗、明快、婉轉動聽、感染力強的特點。首先，越調唱腔曲調的【開場越
調】、【收場越調】、【五更】、【緊訴】等許多曲調，可在不同情況下，按一定
規律連綴運用，各曲調之間的連綴方式比較自由。它們之間的連接是根據情
節的需要組合在一起的。

其次，越調音樂主要由兩樂句結構、或三樂句結構、四樂句結構組成，
如「緊訴」或「緊訴落音」，「西京」或「西京落音」，「哭長城」或「長城落
音」等。越調唱腔的間奏過門都比較固定，有的曲調中間甚至有幾個間奏曲。

再次，越調唱腔的調式，以古代五音中的徵調式為主，其次是宮調式。

最後，越調曲調大多用於劇目開始前演奏，以渲染劇情氣氛，為演員的
演唱作鋪墊。唱腔伴奏有過門，過門又分曲頭過門、曲中間奏和曲尾過門。

（五）錫伯族戲曲「汗都春」傳統劇目

錫伯族「汗都春」演出過的傳統劇目以民間小戲為主。和其它戲曲相比，
劇情相對簡單，劇中一般只有兩三個人物角色。下面將從「汗都春」演出過
的劇目出發，探討其劇目、內容分類以及與西北一些劇種的橫向比較等內容。

1、錫伯族「汗都春」劇目輯錄

言之現存的「汗都春」劇目，更多主要在民間進行演出，還沒有一部完
整的戲曲集子正式出版。由於長時間在民間流傳演唱，藝人們的傳承方式也
多為口傳心授，所以曲本唱詞的出現也只是為了不被遺忘而被記錄下來。從
「汗都春」開始演唱之日起，至今為止演出過的劇目大約有 100 種左右。其
中，已演出過的「平調劇目」有：《照花臺》、《喜新年》、《五更盤頭》、《張先

生拜年》、《十道黑》、《凍冰》、《天陽歸宮》、《十歲郎》、《鬧元宵》、《十二離情》、《下三屯》、《倒捲簾》、《赤壁》（一）、《赤壁》（二）、《一見多情》、《五洞神仙》、《七洞神仙》、《八洞神仙》、《一朵紅》（一）、《一朵紅》（二）、《十里屯》、《碾米》（曲一）、《碾米》（曲二）、《釘缸》（曲一）、《釘缸》（曲二）、《釘缸》（曲三）、《釘缸》（曲四）、《釘缸》（曲五）、《釘缸》（曲六）、《玩花燈》（曲一）、《玩花燈》（曲二）、《兄弟三人》（一）、《兄弟三人》（二）、《繡荷包》、《九連環》、《下四川》、《小放牛》（曲一）、《小放牛》（曲二）、《小放牛》（曲三）、《小放牛》（曲四）、《小五更思兒》、《種白荣》（曲一）、《種白荣》（曲二）、《送情人》、《藍橋擔水》（一）、《藍橋擔水》（二）、《西廂記》、《尼姑下山》、《編席》、《花亭相會》等。這些劇目從清代末期一直被傳唱至今。

「越調劇目」演出過的有：《火焰駒》、《十五貫》、《西廂記》（又名《花亭相會》）、《西京》（一）、《西京》（二）、《開場越調》、《琵琶調》、《探花調》、《哭長城》、《帶把兒東調》、《東調》、《西京落音》、《帶把兒西京》、《吳新保》（秧歌劇錫伯語演出本）、《銀紐絲》、《緊訴》、《五更》（一）、《五更》（二）、《剪剪花》、《崗調》、《李彥貴賣水》（秧歌劇錫伯語演出本）、《帶把兒崗調》、《收場越調》、《走雪山》、《張璉賣布》、《鬧書館》等。以上為「汗都春」演出過的傳統劇目。

在其發展過程中，還編演過少量的「現代劇目」，平調以民間演出為主，越調以舞臺演出為主。主要劇目有：屬錫伯語劇目的如《覺醒歌》、《勸學歌》、《戒煙歌》等；翻譯或自編現代劇目有《小八路》、《鋤奸》、《老三參軍》、《白毛女》、《兄妹開荒》、《皆大歡喜》、《買賣婚姻》、《小姑賢》、《由鬼變成人》、《農民之家》、《夫妻識字》、《趙小蘭》、《錦繡區》、《窮人恨》、《血淚仇》、《劉胡蘭》、《赤葉河》、《大榆林》、《閘上風雲》等。這些劇目大部分都是由老藝人撰寫或者是老藝人口授，收集人記錄整理的。在輯錄過程中，可能會出現各種不理想的狀況。現今，保留下的多為錫伯文記錄下的文字劇本，這對不懂錫伯族文字的研究者來說，困難較大。有的劇本雖被記錄下來了，但也只有三五行唱詞，很多都已丟失，這在趙春生等人記錄整理的「汗都春」戲唱詞工作中有所體現。據了解，正式出版的相關書籍較少，主要有塔琴泰撰寫的《錫伯族汗都春》，這本書主要是針對「汗都春」曲調、曲譜的收集整理，但每個曲目缺少填寫正式的詞。此外，聽說他還輯錄了兩盤「錄音磁帶」，這是現階段「汗都春」劇目收集的大致情況。

2、「汗都春」劇目分類

地方戲劇目的內容，主要蘊含著一種文化價值傾向，同時又是它所傳播區域內民眾們的共同審美理想的體現。對劇目內容的研究和題材分類，首先要聯繫並關注到它們的素材和題材，「因為素材和題材的選用與處理正是作品內容的具體映照。」而題材就是人們以客觀生活為素材組織成的作品。可以說，題材是構成一部文藝作品最基本的材料。它既是作品內容的重要組成部分，也是劇目內容的基礎。按照題材，我們可將「汗都春」戲曲分為歷史劇、社會生活劇、家庭戀愛劇、神仙道化劇和生活哲理劇五種類型：

（1）歷史劇。所謂歷史劇，是指以歷史為題材的戲劇。它包含兩方面的相關因素：其一，劇中主要人物為歷史真實人物或歷史傳說人物；其二，劇中主要關目、情節、背景或人物精神有相關的文獻依據（包括正史、野史、筆記小說等）。從「汗都春」已演出過的平調和越調的傳統劇目中，我們可以總結出歷史劇大約有 12 齣，其中，涉及三國逸事的有敘述曹操與孫權之間為爭奪地盤而交戰的《赤壁》（一）；有敘述三國名將轉戰南北的《倒捲簾》、《玩花燈》（曲二）；還有講述關羽思念張劉二結拜兄弟故事的《十道黑》等；涉及宋代傳奇故事的有講述宋代狀元高文舉與結髮妻子張梅英之間悲歡離合故事的《花亭相會》，以及《西廂記》、《藍橋擔水》（二）；不嫌貧愛富的愛情故事《李彥貴賣水》；涉及明代的有關於明熹宗時魏忠賢故事的《走雪山》；涉及清代歷史，有講述清代錫伯營總管圖伯特帶領兵民開挖察布查爾大渠為民造福故事的《察布查爾》，以及《赤壁》（二）和《西京》（一）；還有涉及近現代史上故事傳說的如《小八路》、《白毛女》、《劉胡蘭》、《閘上風雲》等。這些歷史劇目要麼來自於三國歷史故事，要麼來自於傳奇小說，要麼來自於民間傳說，都是大家較為熟悉的人物故事。汗都春劇目的內容也主要以人們熟悉的英雄人物、仁人聖賢及革命義士等為主體，例如：三國故事系列中的英雄人物如關羽，曹操，錫伯族領袖圖伯特等；還有像高文舉那樣不為名利所誘惑的賢士，以及為了中華民族利益而犧牲自己生命的劉胡蘭、鄧世昌等。這些內容既與中國傳統文化中「崇古尚賢」的審美追求相一致，同時也和流傳於新疆的關中、隴右文化中的自強自立精神相吻合。它們充分反映了中原文化對少數民族文化的影響與滲透。

（2）社會生活劇。所謂的社會生活劇就是以社會現實為基礎，或者以百姓真實生活為題材，進行編演的相關劇目。這類劇目的主要特徵是它既來源

於生活，是生活的真實反映，又體現了大眾在生活中的審美情趣。劇中的主要社會背景、故事情節和人物精神都直接或間接的來源於歷史與現實生活，是一定居住區域內大眾的現實生活和審美趣味的真實反映。這些劇目有《藍橋擔水》（一）、《大五更思兒》、《小放牛》（二、三）、《九連環》、《一朵紅》（二）、《喜新年》、《張先生拜年》、《十歲郎》、《鬧元宵》、《下三屯》、《碾米》（一、二）、《釘缸》（二、三、四、六）、《玩花燈》（一）、《兄弟三人》（二）、《張先生拜年》、《種白菜》（一、二）、《照花臺》、《張璉賣布》、《吳新保》、《收場越調》、《帶把崗調》、《崗調》、《剪剪花》、《五更》（二）、《緊訴》、《銀紐絲》、《帶把西京》、《西京落音》、《東調》、《帶把東調》、《哭長城》、《採花調》、《琵琶調》、《西京》（二）、《花亭相會》、《編席》、《兄妹開荒》、《皆大歡喜》、《農民之家》等。上述社會生活劇表演多以誇張、模擬、風趣、幽默詼諧見長，通俗易懂，生活氣息濃厚，以即興表演性強為特點。

從分類上可以看出，反映社會生活的這類劇目最多，原因在於它來自於廣大民眾的現實生活更貼近活生生的現實。例如有的描述了婆媳間的關係，兒媳對婆婆不孝後反悔的《西京》（二），兒媳不孝惹怒婆婆被丈夫休掉的《緊訴》；還有婆婆誤會兒媳懶惰並最終真相大白的《吳新保》，少年丈夫在校讀書，大媳婦在家孝敬公婆的《藍橋擔水》（一）等；有的敘述了夫妻間的悲歡離合如《碾米》，講述了夫妻倆因碾米而產生矛盾，並最終和好的故事；有懶女人不願配合丈夫碾米的《碾米》（一），丈夫說服懶女人轉變的《碾米》（二）；有妻子埋怨丈夫在外賭博的《西京落音》和游手好閒的丈夫不管家，妻子獨守破屋的《帶把東調》，以及不務正業的張良將賣布的銀兩輸光，編造謊言欺騙妻子後痛改前非的《張良賣布》等；有的還反映了親人間的真摯感情，弟弟因坐牢不能報答哥哥恩情而悔恨的《琵琶調》；母親無法忍受與兒子離別痛苦的《哭長城》；還有孤兒寡母相依為命生活的《釘缸》（六）等；其它內容還有農家人種菜，小孩子偷菜的《種白菜》（一、二）；貧窮的放牛娃感歎人世間冷酷無情的《小放牛》（二）；釘缸匠釘缸賺錢、賣貨郎周遊四方的《釘缸》（三、四）和《下三屯》；既有不務正業的男人沉迷於吃喝玩樂的故事；又有過新年鬧元宵走街串巷拜新年的喜慶場景的《張先生拜年》、《鬧元宵》等；還有人們樂樂呵呵為幸福的生活辛勤勞作的場面的《兄弟三人》（二）、《剪剪花》等；更有描寫小姐丫鬟在花園裏賞花散步故事的《崗調》和《五更》（二），以及描摹自然風光的《五更》（一）、《釘缸》（一）曲目等。

通過社會生活劇，我們可以看到來自生活各個角落的動人故事。他們有的反映了家庭之間的酸甜苦辣；有的反映了社會各色群體的人物故事；有反映日常生活風俗人情的；也有反映催人淚下的無價親情的；還有反映錫伯族的自然風光和人民的辛勤勞作的內容。可以說，它們共同描繪出了一幅社會生活的畫卷，是社會生活的真實反映。同時也體現了一定時段內錫伯族民眾的生活價值觀念和審美理想追求。

（3）家庭戀愛劇。我們常說，愛情是人類永恒的話題。從古至今，「愛情」是被人們言說的最多的一個概念之一。無論是古今中外的小說、電影、電視，還是曲藝、戲劇、音樂、舞蹈，幾乎沒有缺失愛情主題的。可以說，家庭的悲歡離合、愛情的纏綿悱惻，歷來是一切文學藝術作品永恆的題材。因此，家庭戀愛劇便成了所有戲劇品種中最為常見的表現題材。錫伯族「汗都春」戲也不例外。

家庭戀愛劇，此類劇目主要有《編席》、《照花臺》、《太陽歸宮》、《送情人》、《小五更思兒》、《小放牛》（四）、《下四川》、《十里屯》、《一朵紅》（一）《凍冰》、《西廂記》、《一見多情》、《十二離情》、《繡荷包》、《尼姑下山》、《花亭相會》、《火焰駒》、《藍橋擔水》（二）、《十五貫》、《鬧書館》、《買賣婚姻》、《小姑賢》、《夫妻識字》等。這些家庭戀愛劇既有佳人才子戲，如《西廂記》；又有演繹人仙之戀的《鬧書館》；既有以愛情作為買賣的《買賣婚姻》，又有敘述愛情悲歡離合的《花亭相會》等等。可以說，此類題材表面上演述的是人間的悲歡離合，實質上彰顯的卻是錫伯族民眾的婚姻生活審美理想。

（4）神仙道化劇。「神仙道化劇」，首次在明代朱權的《太和正音譜》一書中提出此書把雜劇分為十二科，而十二科裏的第一科即為「神仙道化劇」。其內涵為神仙道化劇不同於神話劇，神話劇借助於鬼怪的力量為了對現實鬥爭採取積極的態度，給人以鼓舞和策勵。而神道劇卻對現實採取逃避的態度，宣揚人生無常，世事如夢，只有得道成仙才是出路。

錫伯族「汗都春」戲曲中的神仙道化劇有講述八個神仙事蹟的《小放牛》和《八洞神仙》；有敘述神仙藍采和處處為民辦事的《五洞神仙》；還有講述何仙姑事蹟的《七洞神仙》等。在這些劇目中，人們將神仙幻化成處處為民辦事，為民著想的好人，充分體現了普通民眾對現實生活的一種理想追求和願望的表達。這些劇目的內容，一方面受到元明時代雜劇的影響，另一方面，還受到了明末清初時期，流傳於甘肅河西一帶的民間寶卷的影響。

（5）生活哲理劇。這類劇目主要是通過生活中的小故事，或者人們在生活中長期積累的經驗得出的具有開啓人類智慧的哲理。在「汗都春」劇曲中，這類劇目比較少，劇目的內容也主要針對生活中的某些現象進行的認識，將其上昇到理性的層面而進行的哲理性的闡釋。這些生活哲理劇多數是對生活的經驗和總結。如《釘缸》（五）所闡發的是一種只要付出努力就獲得幸福的道理；《開場越調》則認爲時光流逝催人老，勤奮努力要趁早；有的富有哲理的劇目反映性格決定命運的道理如《兄弟三人》（一），其三兄弟因性格的差異而命運也有所不同；還有一些是從錫伯族民眾的思維出發，反映錫伯族民眾理念的生活哲理，如《十歲郎》中反映的是一種正值青春年華就該訂婚成家的家庭觀念，折射了錫伯族早婚早育、重視傳宗接代的傳統思想；還有孝敬公婆的兒媳必然能獲得幸福生活的《玩花燈》（一），這些反映了錫伯族重孝道的傳統思想，也間接反映了中原正統文化對少數民族文化的洗禮。此外，還有一些如何管教兒女，一年的生活要早作打算才能幸福的道理等等。從這些劇目中，我們可以看出錫伯族是一個勤勞的民族，他們崇尚美好，希望通過自己的勤勞實現生活的理想。他們以最眞摯的姿態去面對生活，以最質樸的方式將其表達出來。

生活哲理劇在演唱時，唱詞往往採用起興的手法。大多採用講述哲理前先引用日常生活中人們熟悉的事物進行起興和導入，然後再進行總結性的說理。如反映富足的生活要靠全家人的勤奮合作的《東調》，就是先用菊花起興，再引入正題的範例：

　　　　生長的菊花要盛開（咿呀咳呦），盛開在金色的秋天。家裏的生活要提高（哪哈咿呀兒呦），要靠全家的力量（咿呀哎咳呦）。

這樣的表現手法在生活哲理劇中處處可尋。不僅如此，這種形式在其他劇中也有所體現。這不能不說是中原傳統文化在錫伯族表演藝術中的反映。在錫伯族的翻譯文學中，《詩經》是很早就被翻譯過來並認眞學習的一部書。這也是中原文化對錫伯族文化的一種影響和滲透，更是錫伯族自身文化兼容性格的一種體現。

「汗都春」的演唱一般分爲坐唱和走唱兩種表演形式。「坐唱」是演員坐著表演，一般不著戲裝，不化妝，又說又唱，很隨意，主要用於平調演唱；「走唱」則配以舞蹈表演的動作，一男一女載歌載舞，更偏向於表演，越調演唱多用於此。因此，在習慣上，民間藝人們依據其表演形式的不同，劇目分爲

「坐場子戲」和「走場子戲」。套用新疆曲子戲老藝人王德壽的話說，就是「坐場子戲，不化妝，不表演，大家到房子裏來，茶放上，都能唱。」還說：「在舞臺上演出叫走場子，要彩妝。」另一位名叫楊培才的民間藝人也說：「坐場子演唱又稱坐唱，走場子演唱又叫作走唱。所有走場子戲都可以坐場子演唱，坐場子戲不一定都能走場子演唱。」例如主要用於平調演唱的坐場子劇目有：《小放牛》、《花亭相會》、《釘缸》等，同時也用於走場子演唱。其實，「汗都春」演唱的形式坐唱、走唱不是後天形成的，而是和陝西、甘肅一帶的小曲子、眉戶等曲的表演形式一樣。因為眉戶戲坐唱又稱「自樂會」、「念曲子」、「地攤子」、「板凳曲子」，大約興起於清乾隆以前；在甘肅地區有的小曲子如「張掖曲子」、「敦煌曲子」等演唱形式也和眉戶戲相同，在眾多的劇目當中，經常演出的主要有《李彥貴賣水》、《張璉賣布》（或《張良賣布》）、《釘缸》、《小姑賢》、《小放牛》、《花亭相會》、《下四川》等劇目。

從「汗都春」戲的曲目可以看出，其源頭多來自於陝甘一帶，主要是受到了西北各地方劇曲品種的曲目的影響，也不乏有許多新創造的劇目。在那些受影響的傳統劇目中，有的曲目和原劇種有相同的故事和情節，甚至相同的排場和名字；有的也作了稍微變動；而有的則是名稱和內容完全名不副實。下面，我們將西北部分地區的劇種曲目和「汗都春」演出過的傳統劇目進行比較研究，可發現它們對「汗都春」劇目的影響和滲透。

表 4－3－1

錫伯族汗都春	新疆曲子戲	秦 腔	蘭州鼓子	眉 戶	隴中曲子	備 註
1、李彥貴賣水	李彥貴賣水	李彥貴賣水	李彥桂賣水	李彥貴賣水	李彥貴賣水	秦安老調、蘭州小曲、隴東小曲、敦煌小曲子均有該目。
2、張璉賣布	張良賣布	張璉賣布	張連賣布	張璉賣布	張連賣布	隴東小曲、蘭州小曲子、嘉峪關小曲子、青海眉戶、青海越弦有該劇目。
3、鬧書館	梅降雪	梅降雪	鬧書館	鬧書館梅降雪	鬧書館	隴東小曲、敦煌小曲子有該劇目。
4、花亭相會	花亭相會	《對玉杯》折子戲	花亭相會	花亭相會	花亭相會	河州賢孝有同曲目。

錫伯族汗都春	新疆曲子戲	秦　腔	蘭州鼓子	眉　戶	隴中曲子	備　　註
5、釘缸	釘缸	釘缸		釘缸	王大娘釘缸	張掖小曲、隴東小曲有該劇目。
6、西廂記	西廂記	西廂記	西廂記	西廂記		
7、下四川	下四川	下四川	下四川	下地川	下四川	張掖小曲有該劇目。
8、火焰駒	火焰駒	火焰駒		火焰駒	打路	
9、小姑賢	小姑賢	小姑賢		小姑賢	小姑賢	嘉峪關小曲子有該劇目。
10、藍橋擔水	藍橋擔水	藍橋相會	藍橋相會	藍橋相會		河州平弦有該曲目。
11、小放牛	小放牛	小放牛		小放牛	小放牛	嘉峪關小曲、張掖小曲子有該劇目。

從此表所列出的 11 齣劇目中，我們可以看見，汗都春和新疆曲子戲同名的劇目有 8 齣，比例達 72.73％；和秦腔同名的劇目有 8 齣，比例達 72.73％；和蘭州鼓子同名的劇目有 4 齣，比例達 36.36％；和眉戶同名的劇目有 9 齣，比例達 81.82％；和隴中曲子同名的有 6 齣，占 54.55％；和其它甘肅地區的曲藝曲目相同的有 8 齣，占 72.73％；由此表及此比例，我們可以看出，「汗都春」戲曲演出過的傳統劇目和新疆的曲子戲，陝西的秦腔、眉戶以及其它地區的一些曲藝戲曲如張掖小曲、隴東小曲、隴中小曲等有著深厚的淵源關係。這從另一個層面上，也說明了錫伯族民眾和西北大眾的審美傾向及對文化價值判斷的一致性。

（六）錫伯族戲曲「汗都春」的音樂

中國地方戲曲的音樂是表演藝術中的一個重要表現手段。可以說，中國的戲曲是一種音樂化了的戲劇。而作為與戲曲相結合的民族音樂，也是一種戲劇化了的音樂。它體現並適應著戲劇性的要求，起著表現戲劇人物、推動情節發展，營造情境氛圍的作用。同樣，少數民族戲曲音樂也是中國戲曲音樂的重要組成部分之一，它們因其民族的不同，有著自己民族特有的戲曲音樂。

錫伯族「汗都春」屬於民間戲曲，其結構屬於曲牌體。我們知道，民間戲曲分類常有「三十六大調，七十二小調」之說，這主要是針對越調和平調來說的。一般來說平調曲牌專曲專用，一首曲子名即為此曲的曲牌名，一般

不混用。例如《十歲郎》、《釘缸》、《小放牛》，它們既是這首曲子的曲目，也是此首曲子的曲牌名；與平調相比，越調曲子的曲牌較平調多，使用的時候也常常是幾個曲牌連綴在一起，同時出現。予以下面擬從「汗都春」的伴奏樂器、定弦方法及戲曲音樂的本體特徵三個方面予以論述。

1、「汗都春」的伴奏樂器

戲曲採用器樂作爲表現手段，主要用於伴奏唱、念、做、打、即表演藝術爲了展開戲劇矛盾，塑造人物性格，抒發思想感情和渲染舞臺氣氛。「汗都春」所使用的樂器比較簡樸，一般爲八、九種，如四胡（胡琴）、三弦、揚（洋）琴、竹笛、碰鈴（甩子）、簡板（夾板）、二胡，還有「東布爾」、「斐特克納」等錫伯族彈撥樂器及「綽倫」等拉絃樂器，後又增加了西洋樂器小提琴。在這些樂器中，不但有演奏京劇、漢劇等皮黃戲的胡琴，還有西北地區民間戲曲常用的三弦，夾板、「甩子」等；既有與新疆傳統樂器有極密切關係的「竹笛」，又有演奏南方小調的揚琴；既有本民族自己特色的東布爾和斐特克納，還有來自西方的小提琴；眞可謂是南腔北調，交融薈萃。無怪乎我們聽到的「汗都春」音樂一會兒高亢激昂，一會兒又細膩溫婉。

在這些器樂當中，最主要的還是「三弦」，三弦在民間，人們稱其爲「弦子」，也有人叫它「狼頭」。「汗都春」演奏的平調和越調定弦，就要依靠三弦。三弦定弦也就成了兩種腔調的區別所在。可以說，三弦在「汗都春」中之地位猶如京劇之京胡，缺之則難成曲調。隨著「汗都春」的發展，其戲曲音樂又融入了本民族民歌的成分，又出現了東布爾，斐特克納等民族樂器。可以說，「汗都春」的演奏樂器是在其自身的不斷髮展中慢慢豐富和完善起來的。

「汗都春」的主要伴奏樂器——三弦。其定調方法有兩種：一種是平調定弦法，爲5、6、3（sol、la、mi）；另一種是越調定弦法1、5、1（dol、sol、dol）；平調低，越調高，通常是隨著藝人們演唱時的噪音調整高低。平調定弦通常用於平調伴奏，而越調定弦則主要用於伴奏越調。無論是平調或是越調，其劇目都由幾個不同的曲調（或稱牌子）進行演奏或演唱。

根據田野調查，「汗都春」戲曲的主要伴奏樂器和陝西眉戶曲子的基本相同，都爲三弦，這不能不說是一種血緣關係。眉戶——民間稱之爲「曲子戲」或「小曲子」，二十世紀40年代，陝甘寧邊區時期將其更名爲眉戶。錫伯族「汗都春」的定弦方法和眉戶相同。據《中國戲曲志·陝西卷》載，「陝西眉戶分越弦定弦法和平弦定弦法，越弦定弦法又稱大調定弦法，主要伴奏樂器三弦空弦

音爲 1－5－i，結構較爲宏大，適於表現各種生活情態，主要曲調有【越調】、【背宮】、【老龍哭海】、【金錢】、【長城】、【羅江怨】、【五更】、【西京】、【琵琶】、【寄生草】等；平弦定弦法又稱小調定弦法，主要伴奏樂器三弦空弦音爲 5－6－3，主要曲子多爲民歌小調，比較易學易唱，初學者往往先習之。曲目如【放風箏】、【十對花】、【十盞燈】、【十杯酒】、【採花】、【繡荷包】等。」根據陝西眉戶的定弦方法，我們可以得知，「汗都春」定弦方法很可能淵源於眉戶，定調吟唱的主要平調曲調，在「汗都春」中都有跡可尋。例如越調中的【五更】、【西京】、【琵琶】等，平調中的【採花】、【繡荷包】等曲調。

2、「汗都春」的音樂結構特徵

「汗都春」按照腔系劃分爲平調和越調兩種，其中，平調曲子結構形式較簡單，多爲單曲結構，即一曲敘述一個故事或一個情節，常以劃分節歌的形式出現。平調曲調現已收集到的有 8 個，即《公彩鳳》、《對席》、《三伯爾》、《四合子》、《五少夫》、《柳青娘》、《七椿子》、《八破》等。這些曲調主要用於過場或特殊場面。越調曲子的結構形式多爲幾個曲牌連綴，開始有曲頭，結束有曲尾，中間是若干個曲牌的聯接。越調的主體是由唱腔曲、過門間奏曲和器樂曲牌等組成，具有婉轉動聽、通俗明快、感染力強的特點。曲牌的間奏過門比較固定，有的曲調中間甚至有幾個間奏曲。現已搜集到的越調曲調（牌子）有 30 餘個。有較完整的腳本，故事情節較複雜，其音樂中加入了不少錫伯族民歌音樂，傳統劇目也大多用翻譯過來的錫伯語演唱，這兩種曲調的曲牌前後均有前奏、間奏和尾奏。

所謂「前奏」就是戲曲在正式演奏前表演的曲調，它以器樂曲牌開場。例如平調常用到的前奏曲牌有《公採風》、《對席》、《四合子》等；而越調常用到的則有【開場越調】、【緊訴】、【收場越調】等；所謂間奏是用於中間演奏的曲調，要麼用於同一曲牌內各樂句間的；要麼用於兩個曲牌之間的，而後者較常見。但無論用於哪種場合，其意義和作用都是承上啓下補充樂意，貫穿演唱者的樂思；尾奏一般較爲簡單，很多時候和它的間奏相同，有時也是該曲牌最後一段樂句的重複變化。

3、平調曲牌探研

（1）平調曲子多爲單曲結構。平調通常是以一首曲調來要麼吟詠一年的春夏秋冬，要麼演繹一段故事或一個情節，大多數情況下，平調是專曲專用，即曲牌名即爲此首曲子名，只有少數情況下的曲子是由兩至四個曲牌組成

的。例如：《十歲郎》、《下三屯》、《小放牛》、《下四川》等曲目。所以平調有一個共同的特點就是「專曲專用」。這種形式和中亞地區東干族的一種清唱小調相一致。而且「唱詞在表現形式上大都採用序列敘述手法」。平調的 8 個曲調經常採用數字順序序列進行排列。如《公採風》、《對席》、《三伯爾》、《四合子》、《五少夫》、《柳青娘》、《七椿子》、《八破》。之所以有這種排列，是因為「序列敘述手法與所唱內容的結合」，形成了此類小曲子抒情與敘述相結合的特有方式。序列敘述手法還為演唱者記憶唱詞提供了有力的支持，並且強化了民歌的存儲手段。這類小曲子在音樂形式上比較完整、成熟，其旋律的規範性較強，曲式結構規整嚴謹。對照西北民歌材料，這類曲調中的大多數在經過長時間、大跨度空間以及不同社會文化環境中的流傳之後，依然保存著清晰、穩定的基本框架。可以說，這種序列的排列，既方便了演員的記憶，又體現了錫伯人民的審美追求。

（2）調式決定其表演風格。平調的每個曲牌都有不同的調式，而每個曲牌又因其調式的不同，表現出不同的風格。因此，形成了「汗都春」表演風格的多樣化。例如，在平調的 8 個曲調中，《公彩風》的曲調為宮調式，音域不寬，演奏時就表現出明快的節奏；《對席》為徵調式，音域亦不寬，演奏時曲調卻較為平穩；《三伯爾》同樣為徵調式，旋律卻熱烈，跳躍；《四合子》的曲調屬於多樂句結構，徵調式，音域不寬，節奏也很平穩；而《五少夫》在演出間隙中又穿插了演奏曲，音域雖然不寬，但節奏卻十分的明快跳躍；《柳青娘》曲調為商調式，音樂的旋律也明快，熱烈；《七椿子》的曲調音域不寬，而演奏出來的曲調卻一反平穩的風格，表現出緩慢而又淒涼、悲哀的氣氛；《八破》的曲調也是如此，它雖為徵調式，音域不寬，旋律節奏卻是較熱烈、歡快的風格等。綜上所述可以發現，「汗都春」曲調的調式首先承襲了中國古代的五聲音調；其次表現出不同調式的曲牌，可能風格相同，相同調式的曲牌，其風格也有可能不同。這就使得「汗都春」平調在演唱過程中呈現出多彩多樣的藝術風格。

4、越調曲牌結構探研

與平調相比，「汗都春」的越調雖然形成年代較晚，但在結構上，卻較平調複雜。越調音樂中既有陝西眉戶調風味，又加入了不少錫伯族民歌音樂，演變成了既有本民族音樂特點，又有西北民間小調的一種特有劇種。越調的演出較為複雜，有生旦淨末丑等行當，有布景、服裝、化妝等舞臺道具。它

的曲牌較固定，人們可根據需要依曲填詞。與平調相比，更像是比較完整的戲劇。其演唱主要由唱腔曲、過門間奏曲和器樂曲牌組成。越調的曲調，現在搜集到的已有 30 多首。

通常越調的結構形式是以【開場越調】開始，根據劇情的需要，中間連接上各種曲牌或者是間奏曲，最後用【收場越調】結尾。可以說，有【開場越調】，必有【收場越調】與其相對，二者是成雙結對出現的兩個曲牌。它們既是最常見的越調曲牌，也是越調曲子的標誌。例如，「越調」《農家樂》就是由【開場越調】做曲首，連接【西京】、【五更】、【崗調】、【緊訴】、【剪靛花】、【採花調】、【軟西京】曲牌，最後連接【收場越調】而結束。而在曲牌連綴的過程中，「唱腔」是核心，它決定著使用什麼樣間奏曲或連接什麼曲牌；間奏曲用來做引子、過門、尾聲，以補充未盡之情的唱腔，起襯托或補充作用；伴奏是情節氣氛的渲染和戲劇達到高潮的推動力。可以說，一首完整的越調曲子，唱腔、間奏和伴奏缺一不可，三者凝聚成一個不可分割的藝術整體。

5、「汗都春」音樂的演唱語言

「汗都春」在演唱時的語言具有口語化、生活化、即興性和娛樂性的特點。一方面，最初「汗都春」都用漢語演唱，由於錫伯族有自己的語言，在演唱時，必然會出現非標準化現象的錫伯化了的普通話，這種錫伯化了的漢語演唱語言是指「新疆漢語及其新疆漢語中的方言俚語」。所謂的「新疆漢語」是「以陝甘漢語為基礎和其他地區漢語相互融合，又與新疆少數民族語言互相影響而逐漸形成和發展起來的一種漢語」，從它的淵源關係來看，北疆漢語與「蘭銀官話」的甘肅話淵源較深，南疆漢語則與「中原官話」的陝西關中話淵源較深。「汗都春」戲曲在形成和長期的發展、完善過程中，在唱詞的語音詞彙和語法上使用了所謂的新疆漢語。

另一方面，在其演唱過程中，道白除了用漢語外，還間或用錫伯語，這對劇情的發展起到了一個畫龍點睛、巧傳劇情的作用。後來，其演唱語言逐漸演變為用漢、錫兩種語言來演唱，既可作為有趣的藝術享受，又可作為有益的語言學習。在用漢語演唱時，以七字句和十字句居多，譯成錫伯語演唱時，唱詞的末尾常常因民族語言的特色而產生自然的押韻。唱起來朗朗上口，聽起來富有節奏感。

此外，在道白中，除了錫伯族本民族語言之外，還夾雜著新疆漢語中的方言俚語。這些方言俚語的詞彙是各民族之間長期大雜居、小聚居之後，與

異質文化接觸，吸收了部分兄弟民族的語言，諸如維吾爾語、哈薩克語、俄羅斯語等之後形成的特殊語言。這種不同民族之間的語言的借用，形成了具有新疆地方特色的方言俚語。例如新疆漢語中的維吾爾語藉詞「巴郎子」（男孩），「洋崗子」（妻子），「白卡兒」（無用），「肚子脹」（生氣），「胡裏馬淌」（馬馬虎虎）；俄羅斯語藉詞「列巴」（大麵包）等等。這些詞，除了西北某些地區的人能聽懂外，只有在新疆操漢語的人才能聽懂，這也是「汗都春」在演唱語言上的一大特點。這些因素的共同性就是貼切生活，源於群眾。因此，它們的加入使得「汗都春」在演唱時的語言呈現出口語化，生活化及娛樂化的特點。

（七）錫伯族「汗都春」的表演藝術

1、「汗都春」的歌舞化

錫伯族是一個擅長歌舞說唱的民族，整個民族如同一個能歌善舞的大家庭。這個民族大家庭中的每個成員因為遺傳基因的因子，或多或少都會歌舞表演。「汗都春」在發展傳承的過程中，最先吸收了新疆曲子戲的表演因素，表演過程中雖然也具有傳統戲劇的唱、念、坐、打等舞蹈化表演，但整體風格較為程序化、規範化。隨著本民族樂器的引入，民間歌曲的滲透，「汗都春」在表演過程中愈加地年青，充滿朝氣。民歌小調的介入帶動了戲曲動作的舞蹈化。本民族著名的「貝倫舞」時常出現在「汗都春」的表演當中，為其表演增彩不少。這樣一種戲曲，由於本民族民歌、舞蹈的介入，使得「汗都春」的表現不斷朝著本民族的趣味化，歌舞化發展。

2、「汗都春」的戲劇化

雖然「汗都春」在音樂演奏中，融有許多民族化的成分。但是它畢竟是一種傳統戲曲，脫離不了「戲劇化」的特點，「汗都春」表演中的舞蹈，它與純粹的舞蹈表演又有不同。其不同在於舞蹈的描繪功能和它的抒情性造型，都是在為戲劇劇情的要求服務。其戲劇動作為了符合和尋求音樂歌唱的韻律而被誇張和舞蹈化，但舞蹈的動作卻依然要力求符合戲劇劇情展開的需要。這就是所謂的戲劇動作歌舞化的同時，歌舞表演則始終不脫離戲劇化。錫伯族戲曲「汗都春」在表演時，雖然穿插有本民族的歌與舞，但它始終力求遵循著戲曲的這條原則。有劇情，有腳本，還有道具等等，演員通過表演，把劇情中細膩的抒情，情節的鋪敘，嚴密的說理，以及激烈的交鋒和衝突等各

種戲劇場面都納入到音樂和舞蹈的世界中，在特定情形下抒發劇中人物的思想感情。所以，「汗都春」表演，無論它再怎樣歌舞化的變異，也始終脫離不了「戲劇化」的統攝。

3、「汗都春」表演的節奏化

既然「汗都春」在表演中，所有劇中人物的表演動作都是脫離了生活而被藝術化、舞蹈化，演員的念白和演唱也被音樂化，而在戲曲模擬出的舞臺畫面——「文武場」的旋律中進行的。那麼，這種表演也必然是一種被加工提煉了的藝術節奏形式。在表演過程中，每一個動作都被賦予了一定的意義和內涵，因此表演的節奏顯得強烈而鮮明。正是這種富有節奏化的表演，才使得演出具有一種可視可聽的效果。而這種節奏主要包括兩種，即戲曲音樂的節奏和形體動作的表演節奏。而且，在這兩種節奏中，音樂的節奏要為表演的節奏服務。

「汗都春」在表演時除了戲劇化外，其最大的特點就是民族化。這種民族化體現在民間歌舞的表演節奏上。從「汗都春」的演奏樂器上，我們可以發現，它已和正宗的戲劇如京劇等劇的演奏器樂相去甚遠。傳統戲劇以京劇為代表的樂器演奏多分為「文場」和「武場」，即「管絃樂器」和「打擊樂器」；而「汗都春」的表演樂器基本上都是「文場子」演奏。這與民歌的伴奏有很大的一致性。由於其表演上的民族化，使其在演出過程中，音樂也採取相應的風格，這種節奏化不同於一般戲曲的敲鑼打鼓、絲竹管絃，而是富於明快、清麗的一種民族化節奏。可以說，這種節奏化在「汗都春」的表演中具有特殊的作用，在它的作用力下，戲曲表演中的唱念做打等諸多藝術表現手段都達到了有機的結合。同時，它也是加強戲劇性的一種手段。可以說，歌舞化和戲劇化，在節奏化這一點上聚合成為一個焦點。

（八）程序的民族化表現

所謂「程序」，程和序都指標準，《荀子‧致仕》指出：「程者，物之準也。」通俗講，程序就是事物的標準。中國戲曲藝術是一門表演的藝術，它的原型來源於生活，但又超越了生活的本真狀態，從而被提煉成為一種固定的模式。所以我們說中國的戲曲表演具有程序化的特徵，這也是它的最主要特徵。戲曲作為一門表演藝術都必須遵循一定的原則，在舞臺上表演，演員都採用了事先規範好的統一模式，這些模式沒有任何一點自然形態的原貌和生活的痕

跡出現。一切自然形態的戲劇素材，都要按照美的原則予以提煉、概括、誇張、變形，使之成為「節奏鮮明、格律嚴整的技術格式，即程序。」有文獻記載：「演唱中的曲牌板式，鑼鼓經；念白中的聲調，韻味；表演當中的手式、步法、身段等，和武打中各種套路，以及演員的喜怒哀樂，一哭一笑，一驚一歎等感情的表現形式，無一不是生活中的形體動作、心理變化和語言聲調的規律化，也即程序化的展現。」總而言之，「程序就是中國戲曲舞臺實踐中形成的一整套獨有的虛擬性和象徵性的表現手法。」可以說，有了程序，戲曲表演就有了被把握和被感知的物質外殼。

在表演中，演員們依靠和效法程序，對生活的內容進行再創造，塑造出了一個個鮮活的形象。程序來源於生活，但又突破了生活的隨意性，讓人感到了它的約束性和規範性。錫伯族「汗都春」作為傳統戲曲，自然有它的程序，可它中的程序又不同於嚴格意義上的程序。它是在原有程序的基礎上的一種突破與重構，是一種民族化了的程序。例如，在演出服飾上，就突破了以往戲曲的審美，不穿固定的戲服，而是穿著錫伯族自己特有的民族服飾。表演的動作也並非一板一眼，而是隨著樂曲的特徵跳出或歡快、敏捷或悲傷的步伐，總體上類似於本民族的貝倫舞，但又不同於它。例如，在表演《小放牛》時，一位演員身穿錫伯族百姓服裝，隨著歡快的曲調，其步伐時而矯健，時而緩慢，頗似扭秧歌的形態。無怪乎錫伯人喜歡稱「汗都春」為「秧歌調」，其秧歌的影子多少總會貫穿其中。「汗都春」的表演和傳統戲曲相比，它更加生活化、風俗化和民族化。

（九）演出空間的隨意性

相對於傳統的「大戲」而言，「汗都春」該歸為民間小戲。作為民間的小戲而言，其表演是以小集團為基礎的，這是它的一個特點。這種特點，使「汗都春」在演出空間上帶有更大的隨意性。「汗都春」最初的表演場所就是一個空曠之地，表演和觀看的地方沒有「臺上」和「臺下」之分。要麼在個人的家門前放上桌子，擺上茶，大家圍坐在一起，率性而唱，不需要化妝，更不需要道具；要麼在農民一年中難得的狂歡節上鑼鼓喧天，群眾搭臺演戲於田間空曠之地。在這裡，民眾們通過隨意的演唱方式，其情緒也可以得到盡情的宣洩。正是這種隨意性，使「汗都春」表演又被稱為「坐場子」和「走場子」，大家只要圍坐在一起，茶一倒，就能唱，人多能唱，人少也能唱；「走場子」除了唱，還站起

來參與表演，增加了戲曲的生動性，但無論哪種形式，它們都是隨意而為，率性表演，即興性很強，只要唱的盡興，無所謂臺上臺下。

（十）「汗都春」的學術研究與藝人資料

錫伯族「汗都春」的真正意義上的學術研究，始於二十世紀 80、90 年代和本世紀初。隨著傳統文化保護工作的升溫以及國家掀起對非物質文化遺產的保護與重視，此項工作有了歷史性進展，先後陸陸續續湧現出不少成果。而從整個研究的廣度和深度來講，目前尚處於起步階段。經過研究整理得知，前人對錫伯族「汗都春」的研究主要集中於以下幾個方面：

1、錫伯族「汗都春」研究著述

研究或涉及到錫伯族「汗都春」的重要著作有：書籍著作：《中國少數民族古籍總目提要・錫伯族卷》；《中國民歌集成・新疆卷》；《中國器樂曲集成・新疆卷》；《中國戲曲音樂集成・新疆卷》；恒夫、聶聖哲主編，「中華藝術論叢」2009 年，第 9 輯《中國少數民族戲劇研究專輯》；《錫伯文化》；《錫伯族研究文集》；《察布查爾錫伯自治縣文史資料》；《察布查爾文藝》；《察布查爾報》；中國戲曲音樂集成全國編輯委員會編《中國戲曲音樂集成・新疆卷》（1996年）；中國戲曲志編輯委員會編《中國戲曲志・新疆卷》（1995 年）；《錫伯族史》編寫組《伯錫族簡史》（2008 年）；《錫伯族研究文集》第 2 輯（2006 年）；賀靈主編《錫伯族百科全書》（1995 年）；嵇南著《錫伯族》（1990 年）；郭曉東、黃山編《中國新疆民間文化遺產大觀》（2009 年）；佟加・慶夫，文健編著《錫伯族非物質文化遺產代表作》（2010 年）等；

學術論文有：王思韻《錫伯族「汗都春」》（中華藝術論叢，2009 年）；趙春生《談錫伯族民間音樂的特色和風格》（1998 年）等。以上著作主要是從宏觀角度闡述有關「汗都春」的大致情況。

「汗都春」戲曲、音樂的研究，這方面的文章不見多，主要有塔琴太著的《錫伯族汗都春》，論文有韓育民的《錫伯族戲曲越調的研究》（2008 年）；韓育民的《錫伯族戲曲藝術考》（2007 年）；王建的《論錫伯族戲曲音樂的旋律及調式特徵》（2008 年）等；這些主要是針對「汗都春」的唱腔曲調，音樂等方面作了專門的研究。

2、非物質文化遺產名錄「汗都春」

對「汗都春」的生存狀態和未來發展的討論及其非物質文化遺產研究情

況：

2006 年批准立項第一批自治區級非物質文化遺產名錄「錫伯族汗都春」；
2007 年 8 月 1 日至 31 日，全國藝術科學「十一五」規劃，2006 年度文化部
重點藝術科研課題《中國新疆伊犁錫伯族民歌、器樂和薩滿音樂現狀調查》
組一行 4 人前往伊犁地區，對錫伯族傳統音樂進行田野調查。其間，對 20 多
名錫伯族民間藝人進行了採訪和調查，並多次舉行了錫伯族貝倫舞、東布爾
彈奏等內容的拍攝活動，所取得的主要成果有：

（1）對伊犁地區錫伯族群眾特有的民俗文化，特別是以《錫伯族西遷
節》、《錫伯族薩滿舞蹈音樂》、《錫伯族貝倫舞》、《錫伯族汗都春》、《錫伯族
朱倫呼蘭比和更心比》、《錫伯族弓箭製作技藝》為中心的相關活動有了全面
的瞭解。

（2）瞭解了伊犁地區錫伯族民間活動在鄉村所特有並普遍流傳的「汗都
春」的來源、活動時間、活動內容及文化底蘊。

（3）錄製了以錫伯族著名民間藝人爾登保和塔琴太等為代表的十餘種風
格貝倫舞表演和錫伯族「汗都春」演唱的不同曲調，並已全部錄製成數據光
盤作為研究資料。1994 年察布查爾錫伯自治縣文化局錄製發行了《錫伯族戲
曲專輯 1～2 集》。

（4）首次比較完整的採錄了新疆伊犁地區錫伯族民間文化遺產的音像資
料，對以往搜集整理現存的錄音帶和錄像帶做了大量的搶救整理工作。採集
到大量的珍貴聲像資料，並以數據光盤形式存檔以便永久保存，為錫伯族文
化藝術資料的搶救保護做出了積極的貢獻。以肖學軍為首的考察團申報的《錫
伯族「汗都春」調查研究》立項成功；

（5）2009 年 6 月 24～7 月 3 日，中國社會科學院民族文學所在湯曉青帶
領下，赴新疆調研，在「汗都春」搜集了錫伯語文教學與刊物報紙出版的資
料，並觀摩了作為非物質文化遺產的「汗都春」的現場比賽。

3、非物質文化遺產「汗都春」藝人檔案

1. 卓奇：生卒年不詳，錫伯族，新疆察布查爾縣孫札齊牛錄人。擅長說
唱，表演幽默。清同治五年（1864 年）在錫伯營烏珠牛錄表演，1873 年卓奇
等人演出的一場「汗都春」曲目，並產生了轟動效應。

2. 伊塔爾渾：約在十九世紀 50 年代出生，姓瓜爾佳氏，錫伯族，新疆察
布查爾縣依拉齊牛錄人。他到惠遠城拜師學藝，專門學習三弦和四胡彈奏技

巧，並在惠遠城與漢、回藝人同臺演出。清光緒八年（1882年），回到家鄉，組織業餘劇組演出，培養出西特合爾、伶貴林、將春林、琴七善等民間藝人。

3. 西特合爾：（1864～1934）姓安佳氏，錫伯族，新疆察布查爾縣依拉齊牛錄人。其演技嫻熟，以扮演女角出名，演唱過的平調曲目有《喜新年》、《玩花燈》、《赤壁》、《送請人》等。

4. 譚秀英：生於清光緒十年（1884年）前後。錫伯族，新疆伊犁人。綽號「三半弔子」。賣藝為生，多唱坐唱、走場，擅長唱平調，演小旦。代表曲目有《下四川》、《釘缸》、《小姑賢》、《小磨坊》等平調曲目及越調曲目《大保媒》等。

5. 提亞哈：（1885～1955）人稱「嘎布西賢」，錫伯族，新疆察布查爾縣依拉齊牛錄人。從小愛好平調曲目演唱，常扮演女角，是牛錄業餘平調劇組的主要骨幹。其演唱的曲目《喜新年》深受觀眾歡迎。

6. 全唐：（1890～1944）新疆察布查爾縣烏珠牛錄人，木匠，業餘愛好演唱「汗都春」，常被邀請到民間娛樂場所，或舉辦喜事的百姓家裏進行表演。演出過的平調曲目有《喜新年》、《尼姑下山》、《鬧元宵》、《八洞神仙》等。

7. 保謙：（1894～1938）新疆察布查爾縣依拉齊牛錄人，農民。從小喜歡平調曲目，在業餘平調演唱組裏擔任主要角色，扮演男角。演唱過《釘缸》、《編席》等曲目。

8. 克西春：（1895～1967）又名「克達爾堪」，錫伯族，新疆察布查爾縣依拉齊牛錄人。從事過鐵匠、木匠、銀匠等職業。從小受父親伊雜達的影響，學演平調曲目，扮演男角。演出過的曲目有《送請人》、《赤壁》、《萬花燈》、《喜新年》等。

9. 壽謙：（1898～1972）「汗都春」演員，錫伯族，新疆察布查爾縣依拉齊牛錄人。早年在本村組織的業餘自樂班裏演唱，常被邀請至伊犁惠遠一帶的專業曲子劇團演出。演出的代表曲目有《走雪山》、《釘缸》、《李彥貴賣水》、《張良賣布》等。他把多部新疆曲子譯成錫伯語演出，還培養出許多弟子。

10. 豐昌：（1914～1980）新疆察布查爾縣烏珠牛錄人。從小在惠遠等地跟隨名師學藝，成為一名遠近聞名的越調傳唱人物。他一生都花在越調曲目的演出上，同時在惠遠、綏定等地與漢、回曲子戲演員同臺演出，晚年回到故鄉業餘秧歌劇團。以扮演女角出名，演出的代表性曲目有《藍橋擔水》、《李彥貴賣水》、《張良賣布》等。

11. 佟鐵山：（1942～）姓佟佳氏，新疆察布查爾縣烏珠牛錄人，高中文化，民間藝人，新疆民間文藝家協會會員。早年拜著名藝人興里山爲師，學唱平調藝術。1964 年參加全國首屆少數民族文藝匯演，1989 年以民間藝人身份參加全國首屆民間藝術節演出活動。

12. 賀文君：（1943～）姓何葉爾氏，錫伯族，新疆察布查爾縣烏珠牛錄人，大專學歷，職業教師，民間藝人。擅長說唱藝術表演，爲民間業餘秧歌劇團創作過多部秧歌劇作品。

13. 麗梅：（1935～）錫伯族，小學文化，農民，民間藝人，新疆察布查爾縣堆依齊牛錄人。自幼受祖母金枝（1888～1948，汗都春藝人）和母親香美（1906～1947，汗都春藝人）的傳授，並得到著名汗都春藝人鄭肯太（藝名要命花，已故）的親傳，從 12 歲開始學演「汗都春」。代表作有《吳新保》、《釘缸》、《小放牛》等。

（碩士生劉冰整理撰寫）

十七、青海黃南地區藏傳佛教與戲劇田野考察報告

（2011 年 4 月 28 日～5 月 4 日）

（一）青海地區歷史文化

　　4 月 28 日晚我們師生三人從西安出發，踏上了西去的列車前去青海實地考察黃南藏戲。經過近 12 小時的路程，我們於 29 日上午終於抵達了此行的第一站西寧站。通過相關資料的收集和地圖瞭解到青海地區一些歷史文化概況。

　　青海因「青海湖」而得名，有「中華水塔」之美稱。青海自南北朝十六國時期就已經有「青海」的稱謂，藏語稱其爲「錯溫波」，蒙古語稱其爲「庫庫諾爾」，都是青色的湖的意思。青海古爲西戎之地，漢爲西羌之地。隋唐朝時期青海北部均屬於中原領土，1242 年併入蒙古大汗國，蒙古大汗國後來發展成爲元朝，亦爲中國領土，其土地屬宣政院管轄；明屬朵甘都司等；清朝初爲衛藏地。後分設西寧辦事大臣，亦稱青海辦事大臣，爲其得名之始；中華民國初設青海辦事長官，後屬甘邊寧海鎮守使，之後建青海省，省名至今未變。

　　青海省設立於 1928 年，現轄 1 個地級市，1 個地區，6 個民族自治州，51 個縣級行政單位。該省總面積達 72.23 萬平方公里，人口約 562.67 萬，與甘肅、四川、西藏、新疆接壤，有「海藏咽喉」、「西域要衝」之稱謂，是我國青藏高原上的一個重要省份之一。

　　青海是我國少數民族主要的聚集地之一，有漢族、藏族、回族、土族、撒拉族、維吾爾族、蒙古族、哈薩克族等族，是典型的民族雜染式方式。青海的宗教主要有藏傳佛教（喇嘛教）、伊斯蘭教和基督教。漢族信仰的還有道教、藏族、蒙古族、土族信仰藏傳佛教，回族、撒拉族信仰伊斯蘭教。

　　藏族是青海地區主要的少數民族之一，在青海省的行政省份劃分中，有海北藏族自治州、海南藏族自治州、玉樹藏族自治州、黃南藏族自治州、果洛藏族自治州、海西蒙古族藏族自治州 6 個少數民族自治州，都以藏族爲主要聚集地。他們保留了原有傳統宗教信仰，穿藏袍服飾，以及保持吃糌粑、喝酥油茶的飲食風俗等。藏傳佛教也是青海地區主要的宗教之一，它是由西藏地區傳播進入青海，在青海地區隨處都可見藏傳佛教的寺廟，也有古時保留下來比較完整的寺廟。如「塔爾寺」、「隆務寺」等。

藏戲是青海與西藏等地藏族一種戲劇傳統，是一個非常古老而龐大的劇種系統，起源於公元八世紀藏族的宗教表演藝術。藏戲起初是從宗教文學藝術之中分離而出的一種宗教戲劇文化形態，逐漸形成以唱為主，唱、誦、舞、表、白和技等基本程序相結合的生活化的表演藝術。後來由於民間的流傳，老百姓的參演繼而將之不斷地保存下來。2006 年在國務院公佈國家級非物質文化遺產名錄中，藏戲已經被列為了第一批國家級非物質文化遺產，同時還有一些其他寶貴的文化遺產。

在具有獨特少數民族風情的青海地區，在歷史文化的長期沉澱下，它保存了大量珍貴的歷史文物、文化景觀、文化現象、文化資源。藏傳佛教、藏戲的調查成為了我們此行的主要目的，在這次的研究之中，將會對這一特殊劇種的生存方式、生存樣態做以詳細的考察，做好藏戲保護與研究工作的推廣。

（二）藏傳佛教與藏戲的歷史文化

帶著這次考察的主要任務與目的，我們於 4 月 29 日的下午就來到了青海省民族宗教事務委員會。首先通過採訪省宗教一處的幹事札巴，再輔佐於收集資料和統計數據，對於青海地區的藏傳佛教做了詳細的瞭解。

藏傳佛教主要是在我國藏語地區形成、流傳，並通過藏語文接受和傳播，故名「藏傳佛教」，俗稱「喇嘛教」。藏傳佛教是印度佛教於西藏原有的苯教長期互相影響、相互鬥爭的產物。它是在佛教教義的基礎上，吸收了苯教的一些神祇和儀式，形成先顯後密、顯密共修的獨具特色的佛教流派。佛教最早傳入青海的歷史可以追溯到公元七世紀中葉。

青海地區的藏傳佛教主要有五大派系：寧瑪派、薩迦派、噶舉派、覺囊派和格魯派。其中格魯派的寺院有 363 座，寧瑪派的寺院 180 座，噶舉派寺院 102 座，薩迦派寺院 30 座，覺囊派寺院 9 座。

1、寧瑪派

「寧瑪派」是藏傳佛教各派中歷史最久的一派，創立於公元十一世紀中葉。「寧瑪」藏語中的意思即「古舊」，該派系繼承的是八世紀時印度蓮花生等所傳古老教法和仁欽桑布以前的舊譯前弘期密教，尊蓮花生為祖師。因此派僧人習慣戴紅色僧帽，故俗稱「紅教」。

清康熙年間，德格佐欽創建者白馬仁增來到青海，在今尖札縣境內的坎

布拉林區，創建阿瓊南宗寺和阿瓊尼姑寺。後來經過進一步發展，成為海南地區寧瑪派的中心寺院；在黃南地區相繼建成江龍瓊貢寺、和日寺、雅瑪札西奇寺等。果洛地毗連康巴區，成為西康寧瑪派上師的重點傳法地區，先後建立久治白玉寺、達西查朗寺、班瑪燈塔寺等寧瑪派著名寺院。

2、薩迦派

「薩迦」，藏語意為「白灰土」，因該派主寺建立在薩迦地方，所在地多白色灰土，故稱薩迦寺，教派也就叫薩迦派。又因此寺院圍牆塗有象徵文殊、觀音和金剛菩薩的紅、白、黑三色花條，俗稱「花教」。薩迦派創立於公元十一世紀，創始人為吐蕃古老貴族昆氏家族的貢卻傑布，從寧瑪派譯師卓彌學後弘期所譯密教經典，以「道果法」為見修方面的根本法門和主要傳承。自成體系，於北宋神宗熙寧六年（1073）在藏建成薩迦寺，發展出薩迦派。教主世襲，法位以家族血統傳承方法，世代相傳，政教兩權都集中於昆氏家族手中。貢卻傑布於1102年去世後，由其長子貢噶寧布繼法位，建立了一套完整的「道果教授」，成為薩迦派的教主，是「薩迦五祖」的第一人。

3、噶舉派

「噶舉」是藏語「口授傳承」的意思。因為此派所注重的密法修習，是通過師徒口耳相傳繼承下來的，故稱「噶舉派」。因該派祖師瑪爾巴、米拉日巴等修法時仿傚古代印度習俗，身著白色僧裙，後世噶舉派修密法者亦多循此俗，故俗稱「白教」。噶舉派內部又分為紅、黑帽二系，首創藏語系佛教的活佛轉世制度。元末明初，一度繼薩迦派之後執掌西藏政教大權。噶瑪噶舉創始人都松欽巴，於南宋孝宗淳熙十六年建成粗樸寺後，曾來青海玉樹地區，成為最早的噶瑪噶舉派。

4、覺囊派

「覺囊派」始於宋代，形成於元初，由公元十一世紀的域摩·彌覺多吉所創立。他是一位在家的瑜伽行者，曾師事喀且班欽·達哇貢布，以及弟子召敦·南則，主要修學「時輪金剛」和「集密」等密法。後來創立「他空」學說，認為世間一切事物的本體是一種至高無上的真諦，是永恒的；不能說是性空的，只能說是由人們「虛妄分別」，加上去的東西才是空的。因此說「性空」只能是「他空」，而不是「自空」。這成為了覺囊派的重要理論基礎。

5、格魯派

「格魯」，是藏語「善規」的意思。因為該派倡導嚴守戒律，故稱為「格魯派」。又因該派僧人戴黃色的僧帽，俗稱為「黃教」。公元十五世紀初由宗喀巴大師創立。宗喀巴（1357～1419），法名洛桑札巴，出生於今青海省湟中縣魯沙爾鎮，原為噶當派僧人，初學經於夏瓊寺。1372 年赴西藏各地投師求法，研習各派顯密教義法門，逐步形成自己的佛學思想體系，並針對於當時戒行廢弛等情況，開始了宗教「改革」。他力挽頹風，振興藏傳佛教，提倡僧人嚴守戒律，戒殺生，不娶妻，禁飲酒。他還提出了一套嚴密的寺院組織系統、僧人學經程序和考試、陞遷制度，形成喇嘛的不同等級。宗喀巴的弟子很多，他去世後，格魯派的勢力繼續擴大，先後建立了許多著名的寺院。由于禁止僧人娶妻生子，為了解決宗教首領的繼承問題，格魯派採用的是「活佛轉世」的辦法，先後形成達賴、班禪兩大活佛轉世系統，一直延續至今。

綜上所述，藏傳佛教於漢傳佛教相比較，有共同之處也有不同的地方。共同點包括兩點：（1）藏傳佛教與漢傳佛教都是佛教，都有佛教的共同之處。（2）藏傳佛教和漢傳佛教同屬於大乘佛教，都有大乘佛教的共同特點。

不同點主要有 3 個方面：（1）藏傳佛教是顯教菩薩和密教金剛合二為一的教派，而漢傳佛教是大乘顯教。（2）藏傳佛教各派都以天竺龍樹中觀為主，雖然各派對中觀二諦義的理解方面有千差萬別，但沒有一個尊唯識見者。（3）藏傳佛教和漢傳佛教，由於各自所處的歷史文化、自然環境和信眾的生存條件、生活習俗不同，因此，在飲食起居、典章制度、塔殿佛像的造型風格、信仰風俗、信眾的心理素質等眾多文化內涵方面形成各自不同的特點。藏傳佛教和漢傳佛教之間雖然有以上這些不同點，但二者既然都是佛教，在根本教義方面沒有什麼本質上的不同，不同點衹表現在非物質的表面現象方面。

「塔爾寺」作為青海地區著名的藏傳佛教格魯派寺院，是中世紀青藏佛教改革領袖宗喀巴的誕生地。有藏、蒙、土、漢等民族眾多的信徒，在藏蒙地區有廣泛的影響力。1379 年，宗喀巴的母親在塔爾寺現址建一蓮聚塔；1560年禪師仁欽宗哲堅贊於塔側修建一禪房；1577 年又建彌勒寺，始具寺院規模。1583 年，三世達賴喇嘛‧索南嘉措蒞臨塔爾寺，後歷代宗教領袖駐錫宏法，寺院逐年擴建。經 400 餘年歷史，建成殿堂 52 座、堂殿及僧舍 9300 餘間，佔地 600 畝，培養造就了無數大德高僧。其建築和「藝術三絕」即「繪畫」、「堆繡」、「酥油茶」而聞名遐邇，並藏有大量珍貴文物和古籍文獻。寺內設

顯宗、醫藥、密宗、時輪四大學院。另有神武院、印經院、畫院等，具備一套完整的學經教育和格西學銜制度。

在瞭解完藏傳佛教的歷史文化與具體傳播情況之後，我們又來到了青海省文化廳藝術處，通過收集各種資料對藏戲藝術進行了更加廣泛與深入的考察。

「藏戲」是藏區主要的一種藝術表演形態，藏戲在藏語裏又稱「阿吉拉姆」，意爲「仙女姐妹」。藏戲是流傳於藏語地區的一種歌舞、說唱、舞蹈等藝術形式相結聯合構成的綜合性的戲劇藝術形態，有著豐富而完整的表演文化體系。藏戲最早源於藏族寺廟的宗教儀式展示，因而，最早的藏戲演員是藏族寺廟內的僧人。於公元十七世紀時期，從藏族宗教寺廟的宗教儀式之中分離出來，在民間廣泛流傳，成爲了藏族主要的民間戲劇藝術形式。

藏戲的音樂舞蹈過程大體可以分爲三個類：首先是表現時空轉化和固定程序化的歌舞，如「頓達」；其次，是模仿類的民族歌舞，如表現生活的各個動作；最後，用以穿插引入的各種民間或者宗教歌舞。藏戲的音樂舞蹈動作大多都來自於對勞動、生活、娛樂的模仿。在此基礎上形成的藏戲有八個主要傳統劇目，稱爲「八大藏戲」，即：《文成公主》、《諾桑王子》、《卓娃桑姆》、《朗薩雯波》、《白瑪文巴》、《頓月頓珠》、《智美更登》、《蘇吉尼瑪》。這些都是藏戲的主演劇目，都是藏傳佛教寶貴的文化遺產。

青海藏戲主要有「黃南戲」和「安多戲」兩種形式。黃南戲是青海黃南地區的戲劇種類，它屬於安多語系藏語系的一個重要分支。黃南戲最早出現於隆務寺，與僧人的宗教生活密切相關，是僧侶文學的一部分。隆務寺的喇嘛們曾在西藏的寺廟中學習過藏戲，因而受到西藏藏戲的影響，將從西藏帶回的藏戲「經文本」用當地的民間的安多語調吟唱而出，因而就形成了後來的黃南藏戲。而安多戲醞釀產生於公元十八世紀末，比黃南戲稍晚。安多戲是由黃南和西藏藏戲基礎上發展而來，後經唱腔改編發展以及吸收當地民間唱法和表演而形成。黃南藏戲相比起西藏藏戲和安多藏戲，有著如下獨特的優點：

（1）音樂方面保留了宗教音樂的部分，又吸收了當地民間舞蹈、音樂的等素材而成。

（2）演出劇目除了八大傳統的藏戲外，還有《格薩爾王傳》、《國王官卻幫》的等其他藏區沒有的藏戲劇目。

（3）寺院藏戲和民間藏戲始終保持緊密的協作關係，由此而促進藏戲在藏區的發展。

（4）黃南藏戲的藝人在長期的藝術實踐中，總結出了一整套完整的表演程序，手勢指法、身段步法等，與寺院壁畫的人物形態完美相融合，形成了獨特的表演藝術風格。

在我國中小學新課本人民教育出版社版 6 年級下冊第七課《藏戲》中就有著對於藏戲的饒有情趣的較爲完備的介紹性文字：

「世界上還有幾個劇種是戴著面具演出的呢？世界上還有幾個劇種在演出時是沒有舞臺的呢？世界上還有幾個劇種一部戲可以演出三五天還沒有結束的呢？還是從西藏高僧唐東傑布的傳奇故事講起吧。

那時候，雅魯藏布江上沒有什麼橋梁，數不清的牛皮船，被掀翻在野馬脫繮般的激流中；許多試圖過江的百姓，被咆哮的江水吞噬。於是，年輕的僧人唐東傑布許下宏願，發誓架橋，爲民造福。一無所有的唐東傑布，招來的只有一陣鬨堂大笑。於是就有了這樣一段傳奇：

唐東傑佈在山南瓊結，認識了能歌善舞的七位姑娘，組成了西藏的第一個藏戲班子。用歌舞說唱的形式，表演宗教故事、歷史傳說，勸人行善積德、出錢出力、共同修橋。隨著雄渾的歌聲響徹雪山曠野，有人獻出錢財，有人布施鐵塊，有人送來糧食；更有大批的農民、工匠跟著他們，從一個架橋工地，走到另一個架橋工地……

藏戲的種子隨之撒遍了雪域高原。所到之處，人們爲姑娘們俊俏的容貌、婀娜的舞姿、優美清新的唱腔讚歎不已。觀眾們驚歎道：莫不是阿吉拉姆下凡跳舞了吧！以後人們就將藏戲演出稱爲「阿吉拉姆」。就這樣，身無分文的唐東傑佈在，雅魯藏布江上留下了 58 座鐵索橋，同時，成爲藏戲的「開山鼻祖」。

在藏戲裏，身份相同的人物所戴的面具，其顏色和形狀基本相同。

善者的面具是白色的，白色代表純潔；國王的面具是紅色的，紅色代表威嚴；王妃的面具是綠色的，綠色代表柔順；活佛的面具是黃色的，黃色代表吉祥；巫女的面具是半黑半白，象徵其兩面三刀的性格；妖魔的面具青面獠牙，以示壓抑和恐怖；村民老人的面具則用白布或黃布縫製，眼睛、嘴唇處挖一個窟窿，以示樸實敦厚。

面具運用象徵、誇張的手法，使戲劇中的人物形象突出、性格鮮明，這

是藏戲面具在長期發展過程中得以保留的重要原因之一。

雪山江河作背景，草原大地作背景。藏戲的藝人們席地而唱，不要幕布，不要燈光，不要道具，只要一鼓、一鈸爲其伴奏。他們別無所求，只要有觀眾就行。觀眾團團圍坐，所有的劇情靠「雄謝巴」的解說和藝人們的說唱來描述。藝人們唱著，說著，跳著，在面具下演繹著各種故事。

在幾百年的發展中，藏戲形成了自己固定的程序：開場陳說藏戲歷史以招徠觀眾，正戲表演故事的主要部分，結尾則具有慶賀演出成功之意。藏戲藝人的唱腔、動作豐富多彩，不一而足。不同的人物用不同的唱腔來演唱，不同的情緒有不同的舞蹈動作來表達，不同的流派、不同的戲班更是有各種風格的表演形式。觀眾在吃喝玩耍中看戲，一齣戲演它個三五天毫不稀奇。大家隨心所欲、優哉遊哉，毫無倦意。藏戲就是這樣，一代一代地師傳身授下去。」

藏戲較之我國其他劇種確實美妙而神奇，它擁有一個非常龐大的劇種文化系統。由於青藏高原各地自然條件、生活習俗、文化傳統、方言語音的不同，它擁有眾多的藝術品種和流派。西藏藏戲是藏族表演藝術的母體，它通過藏寺佛廟深造的僧侶和朝聖的群眾遠播青海、甘肅、四川、雲南四省的藏語地區，形成青海的「黃南藏戲」、甘肅的「甘南藏戲」、四川的「色達藏戲」等分支。在印度、不丹等國的藏族聚居地也有不同風格的藏戲流傳。

在對藏傳佛教和藏戲傳播都有了初步的瞭解後，4 月 29 日晚，我們又相會青海民族大學的藏族老師東珠才讓，我們與他一起享用了青稞酒、燜羊肉等富有藏族特色的晚餐。在用餐之餘，這位熱情的藏族老師又給我們講起了藏族人民的生活的具體情況，對我們瞭解藏戲文化提供了很大的幫助。

藏族是以畜牧業爲主，兼營農業的有著其悠久的歷史文化的少數民族。作爲藏族的人，東珠才讓有著特有的一種民族情懷，他講起了高原上多變的天氣，時而冰雹，時而暴雨，時而太陽高照，在惡劣的自然環境下，藏族同胞們以其特有的生活方式生活著；他們愛吃糌粑，愛喝酥油茶，還愛歌舞表演，在與家人的聚會之中，酥油茶可以喝上一天不斷，藏歌可以唱上一宿不停。他們熱愛大自然，待天氣晴好的時候，跨上那俊俏的馬匹，在草原上飛舞奔騰，揮動著馬鞭，猶如一個個草原的使者來回穿梭。在每年的節日盛會上，藏族姑娘們穿著漂亮的服飾，佩帶著珍貴的瑪瑙玉石，唱著優美的藏族歌曲，引來了藏族小夥的一群群圍觀。他們舉行「望果節」，「雪頓節」也就

是「酸奶盛宴」，節日期間有哲蚌曬佛、藏戲表演、逛林卡等活動。還有「觀花節」、「賽馬節」等民族節日，舉行賽馬、射箭等文藝活動。與東珠才讓的交談使我們對藏族風情增加了更深的一份喜愛，也為我們後期的調查活動提供了有益的幫助。

（三）夏瓊寺

經過了收集資料顯示，「夏瓊寺」是青海地區藏傳佛教的主要寺院之一。於是 4 月 30 日一早，我們坐上了西寧到化隆的班車，趕往夏瓊寺的所在地化隆縣。到了目的地之後，經過詢問，前往夏瓊寺的路由於前些天下雨的緣故，路途難走，沒有通車，於是我們放棄了前往夏瓊寺的機會。但是，從早前搜集的資料，以及與當地人的詢問調查中，我們對於夏瓊寺已經有了一些瞭解。

夏瓊寺屬省級文物保護單位，位於青海省化隆縣查甫鄉。始建於 1394 年，為青海最古老的藏佛寺之一，也是藏傳佛教比較著名的寺廟之一。「夏瓊」為藏語，意為「大鵬」，是附會山形之勢以命名。其山脈在查甫鄉南盡頭，勢如展翅欲飛之大鵬，雄踞黃河北岸，俯瞰九曲盤旋，遠眺千山萬壑。有詩贊曰：「青龍遊於前，黃龜伏於後，灰虎臥於左，紅鳥翔於右。」其東、西、北三面峰巒重疊，南面如刀劈斧削，陡峭萬仞，險絕異常。山頂建有古剎夏瓊寺，從南北遠望，寺院恰居於大鵬右肩，古人譽為佛教聖地。

藏傳佛教格魯派創始人宗喀巴生前曾在此剃度修行，並在這裡學習佛經，夏瓊寺也因此而出名。該寺第一批經師先後充當了七世、八世達賴，九世班禪和三世章嘉活佛的經師。1788 年清乾隆皇帝賜名「法靜寺」，並敕賜漢、藏、蒙、滿四種文匾一幅，上題「大乘興盛地」金字。寺內至今藏有舍利子和阿底夏大師靈骨裝藏的洛洛夏惹觀間像、裝藏釋迦佛舍利子的檀香木古塔、法王顧實汗的寶劍和頓珠仁欽、宗喀巴的金銅像、金書《甘珠爾》大藏經等珍貴文物。夏瓊寺自創建以來，前後修建了妙音菩薩殿、彌勒殿、金頂殿、阿底峽殿、金剛佛殿、支札佛殿、煨桑殿、地藏菩薩殿、監河彌勒殿、山佛殿、護法神殿等十一個殿堂，構成了一處漢、藏藝術風格相結合、雄偉壯觀的古建築群。

夏瓊寺的創建者為宗喀巴大師的啓蒙老師曲結頓珠仁欽（1309～1385），俗稱曲結多仁波且，今黃南州同仁縣夏卜浪人。他曾學經於西藏聶塘、那塘等寺，任臨洮寺法臺，先後建同仁夏卜浪寺、尖札昂拉塞康、夏瓊寺等。夏

瓊寺原有大經堂一座，是爲顯宗學院，另有居巴箚倉（密宗學院）和曼巴箚倉（時輪兼醫明學院）。顯宗學院由法臺直接管理，巴箚倉的主要僧職稱「居巴本洛」，曼巴箚倉的主要僧職稱「曼巴喇嘛」。曼巴喇嘛從引經師（翁則）中選任，當居巴本洛接任法臺後，曼巴嘛喇可接任居巴本洛。「法臺」代表德央，貝斯、堪布、夏瑪爾四大活佛掌管全寺一切事務。下設四大頭人：一爲文保，法臺不在時，可代替法臺掌管一切；二爲僧官，負責新僧的吸收、監舍僧眾對教規的遵守等；三爲僧綱，專臂各屬寺及其活佛；四爲格干，負責教經及檢查督促學經活動。四大頭人下設加索 2 人，協助四大頭人辦理供茶等具提事務；另設於巴 18 人，其中 2 人專管寺內倉庫，其餘 16 人，每 4 人協助一頭人，處理寺內有關事務及調解僧人間糾紛等。干巴下設「具宦」（相當於僧眾組長）若干，每一具宦管轄 10 餘戶僧人。二十世紀 50 年代共有具宦 16 人。夏瓊寺以森嚴的制度和多出名僧而聞名於世，受到廣大佛教徒們的敬仰。

（四）黃南藏族自治州

4 月 30 日下午我們坐上了去同仁縣的班車，前往此行的主要目的地黃南藏族自治州。經過近 4 個小時的路程，我們終於來到了藏族文化氣息濃鬱的黃南藏族自治州首府。

黃南藏族自治州位於青海省東南部，地處九曲黃河的第一彎處，我們沿路看到了黃河之水以及景色優美的山水。黃南藏族自治州成立於 1953 年 12 月 22 日，轄同仁縣、尖札縣、澤庫縣等，有 28 個鄉和 7 個鎮。黃南州有著許多少數民族人群，有藏族、漢族、回族、土族、撒拉族等，少數民族占總人數的 92.19%，其中藏族占 65.94%，全州的藏族多爲安多藏人。

黃南州地勢南高北低，南部的平均海拔在 3500 米以上，氣候高寒，北部地區平均海拔爲 1900～4118 米之間。此地氣候較南方較溫和，水源也比較充足，種植業發達。黃南州根據自然條件，南牧北農，農牧兼作，可利用草原面積達 2454.6 萬畝，耕地面積 30.22 萬畝。

黃南州主要畜種有犛牛、藏系綿羊等，主要的農作物有青稞、小麥、油菜等。由於黃河流經自治州南北邊緣，黃南州境內的大小河流有 60 多條，水電資源豐富，自然資源也很充足。這裡盛產著冬蟲夏草、大黃、雪蓮等珍貴的中醫草藥，野生動物主要有藏羚羊、白唇鹿、麝等。

黃南州因爲聚集著不同的少數民族，因而，在歷史的沉澱中，保留了大量古時的寺廟建築，藏傳佛教的隆務寺、吾屯上寺、吾屯下寺等。這一地區還有土族保留下來的與藏傳佛教形態稍異的土族寺廟。黃南州的宗教主要是以藏傳佛教爲主，還有伊斯蘭教等。

1、土族「於菟」

5月1日早晨，我們與黃南州群藝館的工作人員取得了聯繫，採訪了群藝館的札西當州館員，身爲藏族的他在與我們交談過程中顯示出了對傳統民族戲劇形式的特殊愛好，尤其是在談到土族的「於菟」時，爲我們提供了大量圖文寶貴資料。據他介紹，國務院2006年頒佈的第一批非物質文化遺產名單中就已經將「土族於菟」列入其中，我們通過查閱青海省非物質文化遺產中「於菟」的介紹以及札西當州親密交談，促進了對於土族「於菟」這一傳統的文化遺產的資料收集整理工作。

「於菟」源於古漢語，即「老虎」。《辭海》中解釋道：「於菟，虎的別稱」。至於跳「於菟」的起源，有「於菟」屬於古楚巫舞，是楚人的崇虎儺俗，隨明代軍隊戍邊屯田而傳入青海同仁之說；有遠古生活於青海的古羌人崇拜虎圖騰的遺緒之說；還也有土族崇虎源於內蒙草原，隨遷徙而帶至同仁土族之說。總而言之，「於菟」起源眾說紛云，還需進一步作大量、多方面的考察與研究。

「跳於菟」傳統民俗儀式，現僅存於青海同仁縣年都戶村土族，它是古羌部族虎圖騰崇拜的一種特有遺俗。爲了驅除附著於各家的疫病與晦氣，預祝新一年人畜興旺、五穀豐登，因此在當地土族在每年農曆11月20日，要舉行「跳於菟」驅儺儀式。它最早是古代祭祀舞的繼承和發展，是古代楚文化的遺存。於菟活動包含念平安經、人神共娛、祛疫逐邪等儀式。於菟又是宗教舞者的稱謂。

「跳於菟」的這天清晨，由土族各部落推選7名男青年，集合於山神廟前，在嚴冬凜冽的寒風中脫去衣褲，圖畫虎豹斑紋於裸露的身體和四肢，並把頭髮撮撮紮起，裝扮成「於菟」圖騰模樣。他們雙手各持頂端貼有福旗的荊條棍，在巫師「拉瓦」主持下，通過誦讀經文、跪拜二郎神與山神，然後由拉瓦一一灌酒，使虎魂附體於「於菟」。此時，這些不能再說話的「於菟」，在民眾的心目中已將原有的人格轉爲現有的神格，而獲得了驅鬼逐疫的能力。隨著一陣炸響的鐵銃與鞭炮，五名小「於菟」直奔山下村寨；巫師「拉

瓦」在寺院住持陪同下，率領兩個大「於菟」；他們邊擊鼓、鑼邊以緩步蹦跳姿態走街串巷，以蕩滌游離於各家宅院之外的疫鬼。而另外五名小「於菟」則早已或翻牆入院，或蹦跳於各戶屋頂之上，進行驅魔逐祟。他們每到一家，在各屋蹦跳一番以示驅鬼逐邪後，便吃掉或叼戶主事先準備好的生熟肉塊，再繼續從屋頂進入另家院落。有意思的是，追詢這些「於菟」必須從屋頂穿行而不能從街門進入各家的原因，原來是民眾怕游離於街巷的疫鬼會趁機溜入宅院作祟所致。在儀式進行過程中，無論大、小「於菟」，都將獲取群眾套往荊條棍上的圈餅，使之得以靈氣。一些患病者還主動仰臥於「於菟」必經之路上，等待「於菟」身上跨過，以帶走病魔獲得痊癒。經過大半日的驅魔逐疫後，大、小「於菟」伴著驅邪勝利的鞭炮聲，衝向村外河邊進行「洗祟」，即鑿開冰層以冰水洗去身上虎豹斑紋，除去從各戶帶來的邪祟穢氣，恢復原有的人格。最後則表演跳火盆儀式，祈求新的開始和美好的祝願。而「拉瓦」則在住持的鑼聲中誦經焚紙，表示已將妖魔徹底消滅。驅儺完畢回村後，由「拉瓦」將附有靈氣的圈餅分贈與各戶，使全村民眾食之而獲吉祥、康寧。

在「跳於菟」驅儺儀禮現象中，人們可明顯看到其中所包含道教、喇嘛教和原始多神崇拜的遺緒。「跳於菟」這種民俗現象，是多民族、多種宗教相互融合的復合文化形態，為人類研究我國古代民族與民俗文化提供了寶貴的文化遺產與活化石。

2、走訪藏戲表演的江什加村

5月1日的早上在採訪完札西當州後，我們在群藝館的工作人員夏吾太增的帶領下驅車前去黃南藏戲表演隊發源地江什加村。

同仁縣曲庫乎鄉江村是一個藏族村莊，有300多人家。為了推動鄉村經濟和文化旅遊業的發展，1958年底，在曲庫乎鄉政府的積極支持和引導下，江什加村的民間藝人們開始組建起江什加藏戲表演隊、演員約有40多個。現在還有兩個傳承人即李先加、端周加老人。江什加村藏戲表演隊主要演出的是八大藏戲之一《智美更登》的片段，1979年在隆務鎮演出這齣藏戲時產生了較大的社會影響。在此之後，他們繼續排演了新的劇目《諾桑王子》、《松贊干布》、《白瑪文巴》、《蘇吉尼瑪》等傳統的藏戲劇目。

江什加村是黃南地區民間團體隊伍的重點扶持對象，在當地政府的大力支持與投資下，並多方籌集了資金配備了音響設備、道具服裝，很快地提升了藏戲團的規模。江什加村先後參加了多次縣級以上的重大表演活動，獲得

了群眾的一致好評。江什加村的藏戲表演主要是由從隆務寺學習藏戲歸來的李先加和端周加兩位來人進行組織編排。在兩位老人的指導協助下，他們借助毗鄰甘肅夏縣拉卜楞寺的藏戲形式，又將民間的歌舞形式加進去，極大地豐富了當地藏戲的歌舞形式。藏戲隊利用假期和閒暇日，在江什加村的小學操場上進行排練表演，在每一年的春節期間都會有新的劇目表演活動。村裏的年輕人、老人都有參與演出藏戲的經歷，這樣的表演方式不僅豐富了他們的農閒生活，也成爲了他們一項重要的文化娛樂活動。

因爲前往之時爲農忙季節，村裏的許多人都下地裏忙農。但是，在群藝館的工作人員的帶領下，我們有幸地找到了傳承人之一的李先加老人，對他進行了專訪。在與老人的交流中，我們看出了村裏的老人對於藏戲的由衷喜愛。因爲年事已高，李先加老人作爲村裏的藏戲傳承人眼看藏戲的傳承面臨了極大的困難，心中有著說不出的痛苦。他希望能夠憑藉自己一份微薄之力，幫助藏戲這種古老的戲劇形態能夠更好的保存下來。

3、青海省藏劇團

5月1日的下午，我們有幸地見到了青海省藏劇團的現任團長仁青加，獲得很多關於藏戲文化的資料。青海省藏劇團作爲黃南藏戲的主要演出單位，對於藏戲的傳承有著極大地推動作用。我們對專注於藏戲傳播發展的團長仁青加進行了採訪，對現階段黃南藏戲的演出時間、地點，藏戲和藏傳佛教的密切關係，以及現階段黃南藏戲的發展情況都做了具體的討論。

在藏戲的發展過程中，藏傳佛教佔據了主導地位。實質上，傳統的藏戲表演形式與內容是藏族原始苯教和印度佛教二者世俗化後的民間表演藝術形態。苯教對於藏戲的影響主要是在早期，如一些表演中的模仿動物的面具舞等。但是，對於藏戲影響深遠的藏傳佛教來說，從創作內容、創作和表演手法，以及音調腔調等都與藏傳佛教有著密切的關係。

首先，黃南藏戲是隆務寺的僧侶們由於受到佛經教育而作，所以，藏戲的思想內容和精神追求上都體現了濃鬱的宗教色彩。自隆務寺藏戲形成之日起，沒有一部作品的內容不涉及人們對於佛教的態度。例如《白瑪文巴》一劇作中，菩薩化身馬王救商人的情節上，表現了佛教普度眾生的博大思想。

其次，藏戲的演出形式也受到了宗教文化影響，藏戲從宗教跳神儀式中分離而出，至今，仍然不失宗教傳統歌舞的形式。從表演來看，藏戲表演之前要煨桑、誦經，然後跳「羌姆」，這些都與佛教最早的跳神儀式過程相類似。

最後，藏戲的舞蹈也與藏傳佛教有著密切關係，為了表達人們對於人與神之間的某種關聯，宗教舞蹈遵循了嚴格的程序和法則，特有一些象徵和暗示的手勢、姿態成為了固定的動作，這在藏戲之中有著深刻的體現。

還有黃南藏戲面具、表演音調等因素都與藏傳佛教之間存在著一定的聯繫。藏傳佛教是藏戲產生的不可缺少的一個條件，而藏戲也是藏傳佛教在藝術領域和精神追求方式上另一個表現式樣。所以，我們要盡全力保護如此具有深厚歷史文化意味的宗教性戲劇形態，促進藏戲藝術的傳播與發展。

黃南州民族歌舞劇團始建於 1965 年，1998 年 10 月經青海機構編制委員會批准成立青海省藏劇團。1999 年 4 月正式掛牌，現與原團為一個機構兩塊牌子。青海省藏劇團是以藏戲演出為主，兼演民族歌舞，是全國非物質文化遺產——「黃南藏戲」項目實施單位。現有藏、漢、蒙、土、回等民族演職人員 64 人。他們近些年來在演出傳統劇目之外，還積極地創作了一大批新的優秀劇目，如《諾桑王子》、《意樂仙女》、《蘇吉尼瑪》，大型藏戲《格桑花開的時候》榮獲 2002 年度全國少數民族題材戲劇劇本「孔雀獎」銀獎，2007 年獲全省首屆戲劇一等獎、音樂一等獎，榮獲 2007 年全省「五個一工程」獎入選優秀作品，中國首屆少數民族戲劇匯演金獎等多個獎項。

仁青加團長指出，作為黃南地區一支專業的藏戲演出隊伍，他們所從事的藏戲創作與表演是值得讚揚的，但是藏戲的表演最重要的還是民間力量的表演。藏戲團在自我提升的過程中，積極地與民間力量協調，向民間的藏戲團體學習了很多表演經驗。但是，近些年來，由於資金的缺乏，民間團體力量比較渙散，得不到很好的發展，這就嚴重阻礙了藏戲的民間發展，如何有效地扶持民間藏戲發展是當前藏戲團首要的解決問題。仁青加團長向我們提供了大量的文獻資料彙編，我們對他熱情的款待之情油然而生。

4、隆務寺

5 月 2 日一早，我們就來到了同仁著名的藏傳佛教寺院隆務寺，也是黃南藏戲的最早發源地進行了參觀學習。在藏族的年輕學者多吉加的陪同下，為我們這次隆務寺的參觀做了詳細的講解。我們細緻的瞭解了隆務寺各殿的情況，不論是大殿佛像，還是寺中壁畫，他都向我們一一介紹，讓我們在領略了藏傳佛教的崇高和古老的同時也體會到了藏族人民的淳樸和熱情。

隆務寺屬於全國重點文物的保護單位，位於青海省黃南藏族自治州府所在地隆務鎮鎮西山腳下。「隆務」係藏語，稱「隆務大爾法輪洲」。在安多地

區，隆務寺的規模、地位、影響僅次於甘肅省的拉卜楞寺和青海省的塔爾寺。

我們去拜訪隆務寺時，正值寺院重新修繕之際，但是淩亂的寺院卻絲毫不影響朝拜者的虔誠之心。參拜的信徒表情平靜，井然有序，喇嘛們也不停的念誦著經文。最先進入了的是馬銅冥王殿，裏面有一座巨大的馬銅冥王的雕像，它是由紅泥土而做，頭頂有一匹盤旋的馬頭，手持寶劍，四目嗔怒，金口張開，腳下踩著兩個妖魔鬼怪，一副兇惡的模樣，象徵著剷除邪惡之意。在馬銅冥王的旁邊還供奉著夏日倉活佛的畫像，來往的藏民虔誠地跪拜，6個喇嘛兩兩相對而坐，口中念念有詞，搖著轉經，虔誠地念經。然後我們進入了大經堂，它位於寺院中央偌大空間。大經堂是一座在文革之中沒有毀壞的殿堂，主要是因為當時它用來裝糧食等農作物，因而才得以保存下來。大經堂的建築面積1700多平方米，周長170米，殿前有一大片空地，過去寺院曾在這裡舉行盛大的藏戲表演儀式。大經堂的特殊之處在於它的正面有三個大門，四個柱子，這與其它的大殿不同，這代表著大經殿的地位很高。大殿兩側有著幾幅巨大的「唐卡」，繪有佛教著名的四大天王：東方持國天王、南方增長天王、西方廣目天王和北方多聞天王。

巨幅唐卡上面，持國大王身為白色，穿甲胄，手持琵琶，是主樂之神。增長天王手持寶塔，保護佛法不受侵犯。廣目天王額中一眼，一手持金劍，一手持繩索，旁邊站著馬頭人等妖魔鬼怪。他以淨天眼觀察世界，護持人民，看到不供奉佛教之人將其捉拿。多聞天王手握神鼠——銀鼠，寓意為制服妖魔，守住財寶。熱貢地區特有的大型唐卡將大殿裝飾尤為鮮豔和亮麗。然後，我們進入了殿內，殿內有巨柱18根，短柱146根，其間是無數的僧侶打坐之地，坐墊擺放整齊，是僧人們閉關講經的主要之地，最多時能容納2000多人。殿內供奉釋迦牟尼等數十尊塑像，造型精美，莊嚴肅穆。尤其宗喀巴大師像高11米，座底周長26米，通體鍍金，嵌滿金玉寶石，更顯得金碧輝煌。寺內珍藏各類藝術精品和珍貴文物，如明宣德賜封的「弘修妙悟國師」牌，以及明天啟五年由明帝題賜的「西域勝境」匾額。殿內還有一處存放著曬佛時懸掛的釋迦牟尼的巨幅唐卡，長約十幾米。據介紹，曬佛日由 100 多僧人將其一齊擡出，懸掛於隆務寺的後山之上，然後舉行曬佛活動。殿內還擺放著僧人們用酥油燈做的「彩燈」，五顏六色，形象而生動。另外還有眾多造形精美的佛像、壁畫、堆繡、唐卡等藝術品，浩瀚的佛教經卷典籍，可謂青海省又一處佛教藝術博物館。

　　接著我們來到了文殊千佛殿，該殿主要供奉的是文殊菩薩。一進大殿，既看到了一座巨大的文殊菩薩的雕像，因手持金剛，而被稱爲「金剛手菩薩」。文殊千佛殿後面就是夏日倉活佛的府邸，這裡是隆務寺的最高點，登高望遠可以俯瞰整個隆務寺的全貌，背靠青山，環境非常莊美。

　　據了解，隆務寺最重要的佛事活動主要有每年農曆正月的「祈願法會」、三月的「尼丹法會」、九月的「降凡節」和十月的「五供節」等。正月祈願法會：於正月初七日至十六日舉行，其間有十四日的曬佛、十五日的轉彌勒佛、十六日的「跳欠」亦稱跳羌姆等活動。三月由時輪學院舉辦「尼丹」法會；各學院於四月舉辦辯經、考試活動在一月；五月全寺集中念經 15 天；六月十五日至八月一日住夏 45 天；八月後秋季學經期。九月「降凡節」，於二十二日舉行紀念釋迦牟尼在忉利天爲其母摩耶夫人說法後重返人間的活動。十月「五供節」，紀念宗喀巴圓寂。冬季爲學經期，分爲兩期，第一期爲十一月全月，第二期從臘月初七日開始，二十一日結束。「曬佛節」當屬其中最隆重熱鬧的節日，每年農曆正月十四這一天，僧人們將於清晨隨著震天動地的法號聲與誦經聲眾僧侶把巨幅佛像擡至寺院後的山坡上，從上面將巨幅佛像徐徐展開，並且一路誦經，各地的信徒都會大量雲集過來拜佛。到了下午再由僧人將佛像收回，場面卻十分壯觀和莊嚴。

5、熱貢藝術

　　黃南地區被稱爲熱貢文化中心，這裡獨有的熱貢文化在我國乃至世界的藝術史上都有著較高的藝術水平。5 月 2 日下午，我們打車來到了黃南縣附近的吾屯村「熱貢文化藝術」的發源地，在這裡，揭開了熱貢文化的神秘面紗。

　　「熱貢藝術」是隨著藏傳佛教而產生的一門獨特的藝術的組成部分。早在十四世紀開始，在同仁縣境內隆務河流域就出現了熱貢文化的盛景。近些年來，黃南地區的「熱貢文化」發展逐漸昌盛，越來越多的文化藝人開始從事民間佛教繪塑藝術。他們的人員眾多，繪畫技能精巧，是其他藏區所沒有的，因而有「藏族畫家之鄉」的美譽。同仁地區在藏語中稱爲「熱貢」，因此同仁地區的這一藝術又被稱爲了「熱貢藝術」。

　　公元十四世紀後，同仁地區的藏傳佛教開始有了新的發展，薩迦派，格魯派勢力的增長，使得各地佛家寺院數量大增。大批藏族、土族僧人也投入身於佛像的繪塑、寺廟的裝飾活動之中。隨著這些專業人員的不斷增多，技藝的增長，熱貢藝術得到了空前的發展。近些年來，熱貢藝人四處作畫，足

跡遍及全國甚至印度、泰國等地。他們手下精美的藝術品，得到了全世界佛教信徒與愛好者的熱烈稱讚，因而在國外久負盛名，影響力非常大。

熱貢藝術是經歷了幾百年的發展才得到了今天的盛譽，它是在西藏地區的繪畫泥塑藝術基礎上的提煉、發展，以及吸收了青海本地的佛教色彩和藝術氣息，獨具一格的民族造型藝術形態。熱貢藝術品造型生動，工筆精細絕倫，色彩豔麗，充分發揮了線條的節奏感和立體感。熱貢藝術的神奇絕美充分體現了藏族人民所創造的佛教文化光輝燦爛，是我國歷史上不可多得的藝術珍品。大量的熱貢藝術品曾在北京、上海、香港、深圳等地展出，獲得全國各階層高度的評價和認可。

與藏文化傳承密切相關的「熱貢藝術」在當今的物質文化遺產中得到了高度的評價，這正是基於了藏族同胞們對於藏文化的極大熱愛和崇尚的感情基礎之上，在藝術領域顯現出的極大成就。熱貢藝術不僅是屬於中國藏族的，還屬於全世界全人類的。尤其是在當今，「熱貢藝術」成爲了佛教藝術的專業代名詞，可謂佛教藝術領域的一朵奇葩。

6、熱貢藝術門類介紹

（1）唐卡。繪畫的畫軸卷，在藏語中譯爲「唐卡」，它是用彩緞裝裱而成的一種懸掛的畫軸。它帶有濃鬱的宗教色彩和獨特的藝術風格，歷來被藏族人民視爲珍寶。青海熱貢地區的唐卡題材極爲廣泛。常見的藝術產品有：釋迦牟尼、菩薩、文殊、觀音、白度母、羅漢、護法神以及各時期有名的高僧等。在繪畫技巧上相似於漢族的工筆重彩，構圖都採用散點透視的手法。畫面上的神、佛、山水、花草、樓臺亭閣、各種鳥獸等都繪得很精巧、生動，對於顏色十分講究，色澤十分鮮豔。對不同身份的神賦予不同身份的性格，有的靜坐，有的狂舞，有的微笑，有的憤怒，有的和善慈祥，有的青面獠牙，千變萬化，姿態各異，各盡其妙。熱貢唐卡畫人物形象筆精而有神，形象栩栩如生；寫走獸花鳥，則精於勾勒，注意設色，姿態生動，氣勢雄偉；繪宮殿樓閣，布置壯麗，視野廣闊，不受時間、空間的局限，具有較強的感染力。熱貢唐卡這種獨到之處的技巧，使其在同類藝術中別具一格，成爲藏畫藝術的一種風範。

（2）雕塑藝術。雕塑在熱貢藝術中佔有顯要的地位，它主要包括泥塑、木雕、磚刻等，其中泥塑最爲發達。泥塑分爲單色泥塑和彩塑，它是熱貢雕塑的主體。熱貢泥塑和寺院建築相結合，力求表現其廣泛的內容。塑像的取

材範圍十分廣泛，除以日月星辰、山川草木、鳥獸蟲魚作爲裝飾紋樣和陪襯物外，往往還根據佛教故事或經典的需要塑造色彩形象。如奇譎多樣、光怪陸離的護法神，青面金剛，馬頭紅髮的天神，神態各異，使人敬畏。有的騎獅坐象，舞槍弄棒，有的頸掛著人頭蓋骨做的項鏈，狂怒舞蹈……選擇具有概括性頗強的表情與形體動態，使人們從靜的形象中聯想其前因後果，從而間接地把握與這一物體形態相聯繫的潛在內涵，這是熱貢泥塑家極大的成功。

另外，木雕、磚雕也頗具規模，木刻主要是印刷用品的經書板、門楣、柱頭上的裝飾雕刻，也有相當數量的木雕佛像。磚雕主要見於建築物，如屋脊上的花卉、龍鳳、獅獸，飛簷上的鴟吻，牆壁上的浮雕等。

（3）堆繡。堆繡是一種運用「剪」、「堆」等技法塑造形象的特殊的工藝。從技法上區分，它又分爲「剪堆」和「刺繡」，熱貢地區的堆繡主要以剪堆爲主。堆繡製作時，藝人根據形式與內容表達，需要選擇各種顏色的綢緞，將其剪成一定尺寸的走獸、花鳥等，用彩色綢緞黏壓在事先剪好的紙張模式上，然後讓顏色從濃到淡，依次黏堆。由於中間突出，故產生了較強的立體效果，猶如一幅絲質的彩色浮雕。堆繡的取材大都是「佛經故事」，多以人物爲主，一般不表現大場面。此類工藝品注重人物的造型和神態，講究各色綢緞的配置，粗獷中見細膩，由於主體佛像突出，色彩鮮豔，對比強烈，有較強的立體感。堆繡，實爲刺繡藝術的創新，實爲刺繡與浮雕的結合。一幅堆繡就是一幅絲質上乘的民族藝術彩色浮雕。

7、吾屯上寺和吾屯下寺

在參觀完郊區熱貢藝術中心後，我們輾轉來到了吾屯上莊，距同仁縣隆務鎮7公里的吾屯上寺進行學術考察。

吾屯上寺在藏語稱「桑格雄華丹群覺林」，是吉祥的意思，它和吾屯下寺是隆務寺的附屬寺。據青海同仁地區一個傳說所知：吐蕃時期，藏軍來今五屯一帶戍邊，曾建一座小寺。因是這一帶最古老的寺院，稱之爲「瑪貢娘哇」，意爲「古老的母寺」。明代，隆務寺的第一世夏日倉活佛噶丹嘉措的經師東科爾·多居嘉措一度擴建該寺，改爲格魯派寺院。公元十七世紀中葉，噶丹嘉措弟子智格日俄仁巴在五屯村下部修建投毛寺，後因寺址所在的山體滑波，上遷到五屯村，並與瑪貢好娘哇寺合併，成今五屯下莊寺。

此座體建築只有一座大經堂、一座釋迦牟尼佛殿以及一座彌勒佛殿，但仍顯氣勢恢弘。五屯下莊寺被青海省人民政府公佈爲省級重點歷史文物保護

單位。門外有一座雄偉壯麗的 4 層佛塔，高約 20 米，內供奉藏傳佛教「時輪金剛」像，佛塔外裝飾著各種佛像以及大量自然草木花卉，建築形式非常精美，每年接待大批國內外的香客、遊人不絕。

（五）平安縣

5 月 2 日的下午，我們離開黃南州乘坐班車前往了平安縣。平安縣位於青海省的東部，東靠樂都縣，西連湟中縣和西寧市，處於交通要道，歷有「平安驛」之稱。此地是通往西域「絲綢之路」的重要道路之一，亦為赴西藏「唐蕃古道」的重要驛站。經過 2 小時的車程，我們到達了目的地。了解到這裡有著名的佛家寺院「夏宗寺」，但是由於時間緊迫，我們沒能前往夏宗寺，但經過調查間接瞭解到一些關於夏宗寺的具體情況。

夏宗寺位於平安鎮西南 28 公里處，在今三合鄉寺臺村所在的阿尼吉利山。又稱「峽峻寺」、「夏峻寺」等，皆為藏語「夏宗」的意譯。夏宗即「夏哇日宗」的縮寫，直譯為「鹿寨」的意思，指鹿類生息之地。說的是此地林本茂盛、環境幽靜。平安縣層巒迭嶂，林木濃鬱，景色十分秀麗。歷史上，它是藏傳佛教僧人靜修的出名地方，故夏宗寺藏語稱「夏宗珠代」，意為「夏宗修行處」。

夏宗寺是藏傳佛教格魯派創始人宗喀巴削髮為僧學經的地方，在此地他拜西藏噶瑪噶舉派黑帽系四世活佛若比多傑為師。相傳，東晉安帝隆安三年（公元 399 年），有漢僧法顯等人赴印度求經，曾途徑夏宗寺一帶居留活動過。宋代時期，夏宗靜房得以較大規模擴建。為後世研究藏傳佛教在青海的發展提供了豐富的實物例證，也為廣大旅遊者和宗教信徒創造了朝觀遊覽的廣闊天地。

（六）蘭州

5 月 3 日一早，我們從平安驛乘坐開往蘭州的火車，途徑樂都縣、海石灣，近兩小時之後到達了甘肅省會蘭州。

蘭州是我國西部地區的中心城市，也是唯一一個由黃河穿城而過的城市。它不僅是我國東中部地區聯繫西部地區的橋梁和紐帶，還是大西北的交通通信樞紐。蘭州是一個我國少數民族散雜居的省會城市，全市有 51 個民族成分，如回族、土族、撒拉族、藏族等少數民族。作為一個具有著民族風情的城市，其歷史文化也有著獨特之處。

　　我們來到了蘭州市著名的白塔山公園，領略了佛教文化在這裡的繁榮昌盛。蘭州白塔寺，舊稱「白塔禪院」，位於蘭州黃河北岸的白塔山，因山巔有一座白塔而得名。根據歷史文獻記載，白塔寺建於元代，當時一名著名的喇嘛去謁見元太祖成吉思汗時，因病在蘭州不幸去世。因為這名喇嘛是當時西藏喇嘛教的薩迦派著名高僧，為了紀念他，就在元朝修了白塔寺。至明代，鎮守太監劉永誠遊覽至此，看到了白塔寺年久失修，於是出資重修在原址之上重建白塔寺，還在院內建立了地藏菩薩殿。白塔寺內有「鎮山三寶」，一為象皮鼓，二為青銅鐘，三為紫荊樹。

　　在參觀完白塔寺後，我們來到了黃河母親漢白玉雕像前，在這裡還觀看到黃河沿岸最古老的提灌工具——大水車，它是此地民族戲劇文化的見證者。在這座孕育著深厚歷史文化的城市裏，我們結束了這次難忘的考察之旅。

　　　　　　　　　　　　　　　　　（碩士生馬薇、李莎整理編寫）

十八、山西晉南、晉東南宗教祭祀戲劇文化調查報告

（2011 年 12 月 9 日～12 月 14 日）

（一）山西與三晉戲曲

　　2011 年 12 月初，我們陝西師大文學院 12 位師生來到山西，相繼走訪了臨汾的幾個與地方戲曲相關的景點。先是從臨汾市出發實地考察了洪桐縣內明代監獄、廣勝寺，後又去了襄汾丁村，最後到達山西師範大學戲曲研究所，參觀了他們的戲曲博物館並與其師生進行了交流座談。這次考察時借助火車和汽車進行的，在準備階段以及調查過程中我們獲得了大量可貴信息，給我們的科研工作提供了很大幫助。

　　山西省簡稱「晉」。位於中國華北地區西部，黃土高原東部。東與河北省隔太行山為鄰，西、南隔黃河與陝西省、河南省相望；北以外長城為界，與內蒙古自治區毗鄰。全省疆域輪廓略呈一個由東北斜向西南的平行四邊形；東西寬約 384 千米，南北長約 682 千米，面積 15.63 萬平方千米。山西省會為太原市。全省有 6 個地級市，14 個縣級市，86 個縣。1994 年人口 3045 萬。共有 34 個少數民族散居在全省各地，其中以回族最多，占少數民族人口 81.7％。其次是滿族、蒙古族、朝鮮族、壯族、苗族等。

　　該省經普查，主要有佛教、道教、伊斯蘭教、天主教、基督教等 5 種宗教。佛教自東漢傳入後，忻州地區「五臺山」成為全國佛教傳播的重點區域之一，主要宗派有：天台宗、華嚴宗、禪宗、密宗、律宗、淨土宗等。元朝時藏傳佛教或喇嘛教傳入山西。位於大同境內的北嶽恒山是全國道教名山，運城地區芮城縣「永樂宮」是全國有名的道觀勝地，太原天龍山石窟是中國迄今發現的唯一道教石窟。伊斯蘭教為唐代傳入；天主教傳入山西的時間是1620 年，基督教傳入山西在 1840 年「鴉片戰爭」之後。

　　山西周代時屬唐國領地，唐叔虞之子燮父因唐國臨晉水，故改國號為「晉」。春秋時，山西為五霸之一的晉國。公元前四世紀中葉，韓、趙、魏三家瓜分晉國，與秦、楚、齊、燕並稱「戰國七雄」。秦時在山西設太原、上黨、雁門、河東、代郡五郡。漢為「并州」。唐為河東道。宋為河東路。遼屬西京道。

　　山西設省始於元朝的中書省。明設山西行中書省於太原，後改為布政使司，統管山西五府三州。清代正式設山西省。轄 9 府，16 州，108 縣。民國

設 3 道，轄 105 縣，後廢道制，由省直轄縣。1949 年 10 月雁北地區劃歸察哈爾省，1952 年 11 月察哈爾省撤消後，雁北專區 13 縣及大同市劃歸山西省。其後山西行政區劃作過多次調整。因特殊的地理位置與歷史文化，山西省自古迄今爲中國民族戲劇藝術大省之一。

地方戲曲，是中國的國粹、世界藝術寶庫中的奇葩。戲曲文物，指與戲曲相關的有價值的歷史遺存。山西是中國戲曲的重要發源地，戲曲文物遺存居全國之冠。早在北宋年間，當北宋王朝國都汴京的演出場所還被稱作「樂棚」、「勾欄」、「瓦舍」的時候，山西早已有了固定的表演藝術磚木建築、被稱作「舞亭」、「舞樓」、「樂樓」的正式戲臺了。宋、金、元、明、清以來，山西戲臺屢有所建，雖然年深月久，幾經滄桑，現在的古戲臺仍在百座以上。

山西戲曲藝術歷史悠久、種類繁多。出現於明代的「蒲州梆子」逐步發展成爲今天山西的四大劇種：晉劇、蒲劇、北路梆子和上黨梆子。所謂「四大梆子」係同根異枝，一脈相承，爲北方梆子腔的正宗，文化積澱很深。代表著我國戲曲藝術的歷史文化價值，同時也反映出流傳區域的民風民俗。其劇種除了有代表性的蒲劇、晉劇、北路梆子、上黨梆子、眉胡之外，還有京劇、豫劇、曲劇、秦腔、評劇，以及各種形式的秧歌戲。

晉劇又稱「山西中路梆子」、「太原梆子」，解放後定名晉劇，是山西的主要地方劇種。它和蒲州梆子，北路梆子、上黨梆子合稱山西「四大梆子」。流傳在山西中部、河北北部，以及內蒙、陝北等廣大地區。晉劇是在清代道光、咸豐年間，在「晉中秧歌」的基礎上，吸收蒲劇、崑曲、河北梆子等劇種的音樂成份，從而形成了自己的藝術風格，逐步發展並盛行起來的。

晉劇唱腔既有梆子腔的激越粗獷，而又圓潤工細。經常用大段唱詞來表現戲劇情節，如表現激昂情緒的介板用對唱代替對白。在板式上，主要有四股眼、夾板、二性、流水等。它的每個行當各有不同唱法；唱腔變化多端，豐富多彩。晉劇的許多技巧表演，如翎子功，鞭子功，梢子功（甩髮）都很馳名的。抗日戰爭時期，不少民間藝人曾演出新編歷史劇和現代劇。解放後，晉劇出現了《打金枝》，《蝴蝶杯》、《劉胡蘭》等許多經過整理的優秀傳統劇目和新編劇目。

蒲劇因其發源地在山西永濟縣蒲州而得名，又稱「南路梆子」、「蒲州梆子」。晉南地區群眾又稱之爲「亂彈」。它是山西省「四大梆子」劇種中最古老的一個劇種。據專家考證，山西、河北、河南幾省的梆子戲，都曾受它的

影響。蒲劇是晉南人民喜愛的劇種，在豫西、陝東、甘肅、寧夏一帶也有廣大群眾基礎。

追溯源流，蒲劇是由「鐃鼓雜戲」演變而來，至明嘉靖年間已基本形成，分為西路和南路：南路較文雅，細膩；西路則火爆，豪放。蒲劇的音樂高昂、強烈，音節跳動性大，曲調活潑，感染力很強。腔板類繁多，有慢板、二性、流水、間板、滾白等多種。在舞台表演上有「耍翎子」、「耍帽翅」等多種特技。

解放前，這個古老珍奇劇種受到封建統治階級的鄙視和摧殘，致使戲班四散，藝人轉業謀生，陷入奄奄一息的境地。解放後，在黨的關懷下，經過不斷挖掘、整理和革新創造，蒲劇藝術得到恢復和發展。代表作《竇娥冤》一劇曾拍成電影，受到廣大觀眾的歡迎。

北路梆子，是山西「四大梆子」劇種之一。流行於晉北、內蒙古及冀西北一帶地區。該劇種淵源於蒲州梆子，清同治、光緒年間已盛行。「七七事變」後，由於日寇摧殘，班社解散，藝人改業，幾乎瀕於絕滅，迄至 1954 年山西第一屆戲曲會演才重新恢復起來。

北路梆子的唱腔、曲調，念白均同蒲劇相近，但音調更為高亢，富有塞外山野味。特別是其「彎調」（即花腔），唱起來千變萬化，婉轉動聽。唱腔板式主要有：慢板，夾板、二性，三性、垛板、流水、箭板，滾白等。北路梆子擅長大段的演唱，每句基本遵循「弱起強落」的規律。由於按字行腔和依情演唱，聽來變化多姿，絕不單調。

上黨梆子，也叫「晉東南梆子」、「上黨宮調」，為山西「四大梆子」之一。相傳明末起源於澤州（今晉城）一帶，流行於山西東南部地區。「上黨」一詞，是因晉東南為古「上黨郡」而得名。上黨梆子的舞台表演藝術，無論是臺步、身段都具有粗獷、古樸的藝術特色。其唱腔高亢、活潑，曲牌相當豐富，特別是「花腔」一類曲調，優美動聽，獨具格調。

在山西境內，除梆子腔調外，過去在民間，也兼演一部分羅羅腔、崑腔、皮黃等地方戲曲劇種劇目。

（二）蘇三監獄

2011 年 12 月 10 日晚我們乘坐火車離開臨汾，早上八點過後出發離開市區前去洪洞縣城考察「蘇三監獄」。

　　「蘇三監獄」在今洪洞縣政府院內西南，亦即明代洪洞縣衙西南角。舉目望去，明代監獄設計巧奪天工。大門掛有「明代監獄」的匾額，院內建有蘇三的塑像，外院當年監獄的辦公場所，右邊的院落是普通監牢。中間是過道，兩邊共有監牢十餘間，過道頂上布有鐵絲網，網上掛有銅鈴，一但有犯人企圖越牆逃跑，便會觸響銅鈴。過道的盡頭，正對的是獄卒的值班室，右面的牆上有獄神的供位，傳說當年囚犯入獄都要參拜獄神，就是獄神下面的牆基處，有一小洞，是當年運送屍體的出口。犯人在獄中病死或是被打死，是不能從大門擡出去的，只能從這個小洞拉出去。過道盡頭的左邊，便是死囚牢的大門，死囚牢爲雙門、雙牆，門上畫有狴犴。傳說狴犴是龍的兒子，長得卻像老虎，因此人們誤稱爲「虎頭牢」，大約是因爲龍生九子，子子不同，狴犴專門掌管刑獄。大門只有 1.6 米高，所有進入死囚牢的人都要在狴犴像前低頭俯身，顯示對法律的敬畏。進了門洞，裏面還有一道門，而這兩道門卻是一扇從右開，一扇從左開，不明內部結構的囚犯如果越獄，往往出了第一道門卻怎麼也打不開第二道門。一個小小的構件改動就能起到拖延犯人越獄時間的作用，不能不讓人佩服古人的智慧。

　　進入死牢院，右面是一堵高牆，左面就是當年關押蘇三的牢房，裏面置有蘇三的塑像。死囚院的中央還有當年蘇三坐監時洗衣的水井和石槽，井口留有一道道繩索磨下的印記。井口直徑只有半尺多寬，這是爲了防止死囚投井自殺。據說，右面的高牆裏灌滿的都是流沙，如果犯人想要挖牆越獄，流沙便會從挖開的小口中源源不斷地流來，使其難以挖通圍牆。入門處的照壁把大門堵得十分嚴實，從外邊根本看不到裏邊的情形。只有走到跟前，才發現右側可以進去。進去後的通道很狹窄，並且要接連轉過四個呈直角的拐彎。穿過這一道比一道窄小的門，才能進入更狹窄更長的通道。這道通道僅 1.7 米寬，兩邊分佈著對稱的 12 個小房間，這就是監禁普通犯人的牢房。這些牢房房門低矮黑暗，窗戶很小，上邊豎立著幾根粗壯結實的木欄。只留下幾道小縫，用來透亮通氣。牢房中終年不見陽光，潮濕陰森。牆上掛著水珠，小土炕距地不足一尺，囚犯只有蜷起身子，縮作一團，才能躺在炕上。

　　牢房外頂簷之間，通道之上，密佈大量鐵絲編織的大網，網上掛著銅鈴，猶如天羅地網，囚犯根本逃不出去。通道南端的兩間房間爲禁房，是看守獄卒的住處。禁房兩側大牆半腰上建有神龕，獄神廟口神龕中有 3 尊磚刻的神像。中間坐著的是獄神，形象爲老者，面色和善，凡是獄中的囚犯都要拜獄

神，尋求一點安慰。獄神旁邊站著兩個小鬼，兇神惡煞，面目猙獰，彷彿在威脅囚犯只能老老實實，不能亂說亂動，不能在獄中有任何不軌。獄神廟左下方牆根處的小洞，就是死囚洞。它直通大街，平時用磚砌著，需要用時才打開。因為犯人一旦死在監獄中，絕不允許從監獄的門擡出去，只能通過這個洞拖出去，因此被稱作「死囚洞」。又因為死囚牢俗稱「虎頭牢」，牢門為虎口，人活著被虎口吞進去，死了從死囚洞出來，死囚洞也就被俗稱「老虎屁股口」了。

與獄神廟相對的就是死囚牢。牆上青面獠牙、怒目圓睜、兇猛無比、很像老虎頭的動物，名字叫做「狴犴」。狴犴是中國古代傳說中的兇猛動物，傳說龍生九子不成龍，第四子名字叫狴犴，「形似虎，有威力，平生好訟，故立於獄門旁。」明朝常把它的頭像畫在監獄門上，因此它也作為監獄的代稱。由於它像虎，後來的人便誤認為是虎頭，所以以訛傳訛，死囚牢被稱作了「虎頭牢」。

在蘇三監獄景區我們用數碼相機拍攝了大量內容豐富的照片，通過珍貴的圖象文字資料。來進一步考察戲曲名優蘇三的身世與傳奇經歷。

關於蘇三，她原名周玉姐，是明代山西大同府周家莊人。六歲時父母雙亡後，她被拐賣到北京蘇淮妓院，遂改姓為蘇。她到妓院前這裡已有二位名妓，故取名「三兒」或「蘇三」，「玉堂春」是她的藝名。待蘇三成人，發生一系列匪夷所思之事。官宦子弟王景隆冶遊相遇蘇三，一見鍾情，過從甚密。蘇三見王景隆發奮上進，誓言許嫁不再從人。王景隆離京歸里，雖對蘇三不能釋然，但奮志讀書，二次進京應試，考中第八名進士。在王景隆返鄉之際，蘇三被鴇兒以一千二百兩銀子的身價，賣給山西洪洞馬販子沈燕林為妾。沈燕林長期經商在外，其妻皮氏與鄰里趙昂私通。沈燕林帶蘇三回到洪洞，皮氏頓生歹心，與趙昂合謀毒死沈燕林，誣陷蘇三。洪洞縣衙初審時將皮氏與蘇三收監。趙昂從皮氏家中拿出一千餘兩銀子行賄。知縣王氏貪贓枉法，對蘇三嚴刑逼供，蘇三受刑不過，只得忍屈畫押，被判死刑，監於死牢中，皮氏卻消遙法外。

正當蘇三在洪洞死牢含冤負屈之際，適值王景隆升任山西巡按。王景隆在此前雖聞蘇三被賣到洪洞，但未知真情。故到任伊始先急巡平陽府，得知蘇三已犯死罪，便密訪洪洞縣。探知蘇三冤獄案情，即令火速押解蘇三案件全部人員至太原。王景隆為避親審惹嫌，遂託劉推官代為審理。劉氏公正判

決，蘇三奇冤得以昭雪，真正罪犯伏法，貪官王氏被撤職查辦，蘇三和王景隆有情人終成眷屬。蘇三有幸，傳奇般同王景隆團聚。

明代小說家馮夢龍聞其傳奇故事，遂編寫名篇《玉堂春落難逢夫》，收入《警世通言》，流傳後世。全國許多地方戲劇作家又將其改編為戲曲、京劇、晉劇、秦腔和許多地方戲曲劇團所編排的《蘇三起解》、《玉堂春》等，廣為演出，社會影響甚大。

蘇三的故事我們早有耳聞，通過實地考察，我們對明代律令制度以及《玉堂春》的歷史文化有了更深和更廣的認識。離開蘇三監獄前我們還觀賞到了《廣勝寺三月十八傳統廟會全圖》，如同一部《清明上河圖》將廣勝寺廟會熱鬧繁華的景象生動再現給我們。在蘇三蠟像館前合影過後我們就乘車前往下一站山西名剎廣勝寺。

（三）廣勝寺

10 時 30 分我們到達了聞名遐邇的廣勝寺，對廣勝寺的參觀我們是從上寺開始的，隨之是其下寺佛教建築群與以元代戲劇壁畫著稱的水神廟。

廣勝寺位於洪洞縣城東北 17 公里的霍山南麓，霍泉亦發源於此地，寺廟景區古柏蒼翠，山清水秀。廣勝寺於東漢建和元年（147）創建，初名「俱盧舍寺」，唐代改稱今名。唐大曆四年（769）重修。元大德七年（1303）地震毀壞後重建。明清兩代又予以補葺，始成現狀。廣勝寺由上寺、下寺、水神廟三組古建築組成，布局嚴謹，造型別緻。

上寺由山門、飛虹塔、彌陀殿、大雄寶殿、天中天殿、觀音殿、地藏殿及廂房、廊廡等組成。山門內為塔院，著名的「飛虹塔」矗立其中，現存為明嘉靖六年（1527）重建，天啟二年（1622）底層增建圍廊。塔平面八角形，13 級，高 47.31 米。塔身青磚砌成，各層皆有出簷。塔身為黃、綠、藍三彩琉璃裝飾，一二三層最為精緻。簷下有斗拱、倚柱、佛像、菩薩、金剛、花卉、盤龍、鳥獸等各種構件和圖案，捏製精巧，彩繪鮮麗，至今色澤如新。塔中空心，有踏道可攀登而上，設計十分巧妙，為我國琉璃塔中的代表作。清康熙三十四年（1695），山西臨汾盆地八級地震，此塔安然無恙。寺內碑碣甚多，是研究寺史沿革的重要資料。在此頗負盛名的塔前大家爭相合影留念，心中非常欣慰。

向後行進，所見為彌陀殿，五間，內施六根大斜梁，減少兩橫梁架，在

結構上有獨到之處。殿內奉彌陀佛和觀音大勢至菩薩，稱「西文三聖」，工藝甚佳。東壁及扇面牆上滿繪壁畫，內容爲三世佛及諸菩薩。金皇統年間平水版大藏經原存於此，後移北京圖書館。大雄寶殿五間，懸山式，殿內木雕神龕及佛像，或剔透玲瓏，或豐滿圓潤，工藝俱佳。毗盧殿，五間，廡殿式，殿內施大梁，結構奇特，是元代建築藝術富有成就的實例，該殿裝修上木雕棱花是明代木構建築中的精品。殿內奉毗盧、阿閃、彌陀三佛及脅侍菩薩、護法金剛等像。沿壁木雕龕閣，內供鐵鑄佛像 35 尊。四周壁畫，以後壁十二圓覺技藝最佳。寺內碑碣數十通，對研究廣勝寺宗教文化歷史很有價值。

參觀完上寺，我們順盤山公路驅車前往下寺。據查閱的資料上說，下寺由山門、前殿、後殿、垛殿等建築組成。山門高聳，三間見方，單簷歇山頂，前後簷加出雨搭，又似重簷樓閣，是一座很別緻的元代建築。前殿五開間，懸山式，殿內僅用兩根柱子，梁架施大梁承重，形如人字架，構造奇特，設計精巧。後殿建於元至大二年（1309），七間單簷，懸山式，殿內塑有三世佛及文殊、普賢二菩薩，均屬元代傑作。殿內四壁滿繪壁畫，1928 年部份被盜賣出國，現藏於美國堪薩斯城納爾遜藝術館。殘存於山牆上部 16 平方米的畫面，內容爲善財童子五十三圖，畫工精細，色彩富麗，爲建殿時的作品。垛殿至正五年（1345）建，前簷出拱甚大，懸魚、惹草秀麗。寺內繪有在我國歷史最久遠，型制最大，角色最全的元代戲曲壁畫。在寺外，我們還考察了水神廟的戲臺。戲臺古舊，造型典雅從中可以看到清晰精緻的磚雕藝術。李強老師還向我們介紹了下寺的建築結構和歷史沿革。同學們都認真拍了照與做了筆記，以備回來後整理查閱。

下寺門外即是遠近聞名的「霍泉」，據北魏酈道元的《水經注》記載，霍水出自霍太山，積水成潭，數十丈不測其深。霍泉現由海場、分水亭、碑亭組成。海場爲水源池塘，面積約 80 平方米，依山修築。源頭圍護其中，秒流時四立方米，可灌溉十餘萬畝糧田。池前有分水亭。碑亭下用鐵柱分隔十孔，是當年洪洞、趙城兩縣分水的交界處，傳聞「南三北七」，實測流量相近，這是歷史上解決兩縣爭水糾紛的遺蹟。碑亭內碑文記載分水情況，碑陰刻分水圖。解放後成立專門水利機構，水源得到合理使用。

據田野調查所知，廣勝寺古廟會是洪洞廣勝寺一年一度規模最大的古廟會，是在每年農曆的三月十八日，舉辦廟會會期爲五天。前後共五天的廟會，使廣勝寺人山人海，形成節日般的熱鬧。廟會期間，霍縣、汾西縣、臨汾市、

襄汾縣、安澤縣、古縣、侯馬市的客商、遊人、趕會的男女老幼，絡繹不絕地從四面八方向廣勝寺彙聚。廟會期間，廣勝寺前，有售貨的、擺地攤的；還有跑馬賣藝的，演戲的、耍雜技的。各行各業，各顯其能，吸引著廣大顧客和遊人。

廣勝寺，是一處古老的寺廟，始建於東漢建和元年（147 年）。唐代大曆四年（769 年），汾陽王郭子儀奏諸朝廷進行整修擴建，取「廣大於天，名勝於時」，更名廣勝寺。寺院建成後，附近的百姓、鄰縣的文人學士、官員吏佐相繼慕名來廣勝寺拜佛求願，祭祀觀光；小商小販也隨著遊人的增多開始作起生意，這樣就形成了廣勝寺廟會的雛形。把廣勝寺廟會定為三月十八，是由於霍泉水承擔著附近良田的灌溉任務。人們祭祠水神於農曆三月十八日，傳說是因這天水神誕辰。民諺有：「三月十八，麥懷娃娃」。這個時候，麥田管理基本結束，收麥季節快要到來，農民需要購置農用器具和生活用品，正是這些原因，形成了農曆三月十八的定期廟會。

元朝時，此地廟會規模已經相當可觀。元代延祐六年（1319 年）《重修明應王（大郎神）廟碑》記載：三月十八日廟會，「城鎮村落，貴者以轎蹄，下者以履，攜妻子，與老幼而至者，不可勝既……為集數日。……而後，顧瞻戀戀，猶忘歸也。」此段文字，真實地記載了人們當時踏青觀景的盛況。至元十三年，《重修明應王殿碑》載：「每歲季春（三月）仲旬八日，為神降日。蕭鼓香燭，駢闐來享者甚眾。」來廣勝寺祭水神的人，自然多為平民百姓，而且是受益於霍泉水的附近村民。舊曆三月十八日，從祭祠水神到參觀遊覽，從參觀遊覽到物資交流，集市貿易，無論從物資上，還是精神上，都使廣勝寺古廟會經久不衰，而且越來越興旺。

此次廣勝寺之行由於下寺修繕中，訪元代戲曲壁畫未果，微有遺憾。從廣勝寺出來不覺已到日中，我們又乘車返回臨汾市裏，吃過豐盛的午餐後又前往襄汾縣又開始了下午的學術考察工作。

（四）丁村文化探尋

下午 2 時 10 分我們到達著名旅遊觀光景點丁村。沿途仍是北方蕭條的冬天的景象，不時的還能看到已經被遺棄的或者仍在有人居住的窯洞，這應該算是黃土高原上獨特的人文景觀吧。

丁村，位於襄汾縣城南五公里的地方，距臨汾市 35 公里。此地以發掘出

我國歷史上舊石器時代的化石而聞名中外。丁村被定爲舊石器時代中期文化遺址。這個時代，介於北京古猿人和藍田現代人之間，較接近於現代黃種人先祖。1976 年考古學家又發現一塊小孩右頂骨化石，更加證實了遠古丁村人存在的事實。丁村，還遺存有一些明清兩代民居。這些明代四合院，房架不高，樸實無華，舒適幽雅，裏外都有彩畫。如清代四合院，院小房高，端莊大方，裝飾華麗。建築物注重雕刻，成組配套，栩栩如生。一座座古老的建築，一件件精美的雕刻，都放射著中華民族智慧的光芒。1961 年和 1988 年丁村遺址、丁村民宅分別被公佈爲全國重點文物保護單位。

據統計丁村民宅建築群，現保存完好者有 40 座院落。據建房題記，建於明萬曆時期 6 座，清雍正時期 3 座，乾隆時期 11 座，嘉慶時期 2 座，道光時期 2 座，咸豐時期 2 座，宣統時期 1 座，未發現紀年但建築風格屬清代者 10 座。丁村明清民居是我國北方以四合院爲格局富有代表性的民宅，其建築藝術不但風格獨特、典雅，布局錯落有致，工藝精巧，而且在建築裝飾藝術上更具有特色。無論是簷枋花板、雀替斗拱等構件的木雕藝術；還是柱礎、門墩石、跳步石的石雕藝術方面均賦予審美的情趣，寓意深刻，啓迪後人的理念。如「禧祿封侯」、「連中三元」、「三羊開泰」、「鶴蚌相爭」，特別是乾隆五十四年（1789 年）民居中廳欄板上雕刻上「百戲圖」中的「寧武關」、「岳母刺字」、「周仁獻嫂」等劇目，不僅雕刻工藝精湛，表現手法絕倫，而且是研究中國傳統戲劇史不可多得的珍貴史料。

此地橫空出世的「丁村人」在沒有出土前，國際上有一股不小的噪鬧，大肆鼓吹「東方文化西來論」，公然向上下五千年文明的中國挑戰，甚至叫囂中華民族在北京猿人之後就斷了代。中國人似乎都是從西方移民來的。西方人敢於這樣大放厥詞是因爲我國考古缺少十萬年左右的「早期智人」的發現。恰在此時，讓中國自豪的「丁村人」出土面世了。1953 年，在汾河灘上挖沙的農民發現了大量的古化石。消息傳開，國家組成考古隊趕赴汾襄丁村，開始了發掘工作。「丁村人」就這樣從掩埋了十萬年的土層下重見天日。其實，說是「丁村人」，不過是 3 顆牙齒，而且還是兒童的。切莫小看這 3 顆小兒牙齒，它活生生證明了，這是中國先祖的遠古牙齒。十萬年前，中國的早期智人就生活在丁村，生活在我們古老的大地上。

在參觀丁村明清民居時李強老師還指出，當地的旅遊文化工作做的還不完善，很多優秀的民居與文物還沒有開發出來，應當對村中所有房舍做詳盡

的數據統計。此外對歷史典故也沒有很好的開發利用，丁村的人文氣息還可以更強一些，使之在國內外名氣更大一些。

從丁村出來後已經日暮，天邊的夕陽將萬山紅遍。進行了一天戶外活動的我們有點不能適應當地零下六七度的氣溫，但是在熱情的向導的帶領下我們又去了當地的森林公園。公園建在緊鄰汾河的山上，園內樹木蔥蘢，錯落有致，登上山頂可以看見寒風中的汾河在一片新建的樓群和工業園中流過。古代文人登臨必有指點江山的情懷，今人再觀卻再無此豪情，惟有唏噓而已。當我們返回到臨汾市裏的時候已經是華燈初上，經過幾天的考察雖然感到身體很累，但心裡感覺收穫卻很豐厚。

（碩士生張娟整理撰寫）

（五）晉東南神廟戲曲

我們部份師生有幸驅車前往晉東南地區高平市去考察地方戲曲與文物，同樣收獲頗豐。

山西省晉東南的高平市在歷史上被稱為「長平」。早於先秦戰國時期，這裡曾發生過一場震驚中外慘烈的「長平之戰」。戰爭過程之中，四十萬趙國降卒被秦將白起坑殺，人數之眾，多達四十餘萬。時值唐朝，玄宗於開元十一年（723年）幸潞親祭，並將距高平市西南五里外的唐莊鄉谷口村一帶山地易名為「殺谷」或「省冤谷」。自此之後，當地庶民百姓遂於此為死難者起墳、建祠、蓋廟、設祭，現存該村神廟群之「髑髏廟」與「濟瀆廟」即為遠近村民、官吏春秋祭祀、瞻禮之重要場所。至今人們透過谷口村神廟群之建築、塑像、碑碣、戲臺，以及文人墨客連篇累牘的詩詞歌賦等，仍能窺視到後人為「長平之戰」死者亡靈設置的莊重肅穆的祭祀場景。

1、高平市唐莊鄉谷口村神廟

高平市唐莊鄉谷口村北邊山麓之處，可見有一組歷經滄桑的古代廟宇建築：一座是坐北朝南的「髑髏廟」，另一座是坐東朝西的「濟瀆廟」，兩座神廟遙相呼應、威嚴聳立。在兩座神廟之間的空閑之地建有一座造型典雅的古戲臺，在濟瀆廟內豎有一通記載「歌舞臺」的重要碑碣，其建築群為後人演繹著此地悲壯感人的滄桑歷史。

經實地勘測，髑髏廟廟院寬 10.37 米，進深 18.46 米。現存建築主要有正

殿、配殿、山門、關樓等。其正殿三楹，通闊 7.36 米，其中明間寬 2.70 米，簷廊深 1.00 米，進深 4.78 米，基高 0.37 米。正殿內磚砌神臺一座，高 2.13 米，寬 1.36 米，臺上塑有兩尊神像，傳爲「骷髏王」夫婦。正殿兩旁無側殿，左右僅有偏廈與坡屋各一間，東西配殿各五間。據廟內清乾隆三年（1738 年）《永綏吉兆》碑記載，東配殿供奉的是孫立、李思、杜平、任安、耿彥正等亡故之人。正南爲二層樓房建築，上爲關樓，下爲山門，關樓旁建有配殿，下有單間小屋。

與骷髏廟對峙而立的「濟瀆廟」，爲前後二進院。前院中軸線處建有一座三楹正殿，面闊 9.00 米，明間寬 3.00 米，進深 5.52 米，基高 2.30 米；中殿，亦爲三楹，面闊 9.23 米，明間 2.85 米，進深 5.00 米，基高 1.26 米；前院祭祀文聖孔丘，後院祭祀濟瀆大神。此座神廟左右兩側建有高禖祠、五瘟殿、牛王廟、馬王殿、藥王殿、地藏殿、眼光奶奶殿、華佗殿、關公祠，以及春秋樓。林林總總，排列整齊，規模甚爲壯觀。

據清乾隆版《高平縣志》卷五「山川」記載：「頭顱山，縣西五里。秦白起坑趙降卒四十萬，唐玄宗收頭顱葬於此建廟，有司春秋祀之。」《一統志》云：「頭顱山在高平縣西南。」《水經注》云：「秦坑趙眾，收頭顱築臺於壘中。因山爲臺，崔巍桀起，今仍號曰白起臺。」《一統志》又載：「骷髏山引據《寰宇記》，在高平縣西五里。晉永嘉中，劉聰舉兵積屍爲骷髏山。」另據「骷髏廟」正殿脊枋題記：「峕大清光緒庚辰五月上浣署高平縣知縣陳學富重修。」可知此廟重修於清朝末年。1965 年，高平市谷口村骷髏廟得以重視，被定爲山西省級文物保護單位，受到遠近各地人瞻拜祭祀。

從此可知，骷髏廟建於谷口村北「頭顱山」，亦稱「骷髏山」，又稱「白起臺」。據廟中所立清光緒十年（1883 年）《重修骷髏廟記》碑文記載：

> 高平城西五里，有地名「殺谷」，乃長平之役秦將白起坑趙降卒
> 四十萬處。唐明皇幸潞，見頭顱似山，骸骨成丘，觸目驚心，敕有
> 司理之。鳩工建廟，顏其額曰「骷髏廟」，易其谷曰「省冤谷」。春
> 秋祭祀，守土者親詣致祭，歷代相因。

另據濟瀆廟內所存《增修邑哭頭村高禖祠記》碑文記載，當年「白起坑趙降卒四十萬」之谷口村原稱「哭頭村」，其文曰：

> 世傳高禖神，司人世胎生之輔。道闡乾坤，而男女成也。則釋
> 氏輪迴之說也，即司胎生培覆之軸；隨人緣業修短分也，則釋氏因

果之説也。釋氏杳哉幻而不可爲，據請以人事貨之。夫法泫之哭頭，奉白起坑趙卒地也。起以虎狼之眾，伏扼要□趙卒而葬之，使四十萬眾駢首就戮，以爲京濱，故其後長風雨呼。

論及高平與「長平之戰」，以及當地人修建谷口村祭祀廟群之事，可查閱歷代有關文獻。諸如《方輿紀要》載：「長平城，在高平縣北，有省冤谷。」《太平廣記》載：「澤州高平縣，省冤谷東西南北各六十步。」「唐開元十年（722 年），明皇行幸，親祭，改省冤谷。又關城北三十五里，秦立關於此，又秦趙二壁對起，相拒數里，趙括、白起相處之所。」金代王庭直作《省冤谷記》將「殺谷」易名爲「省冤」之原因敘述：

> 少讀揚雄書長平之戰，四十萬人坑死。原野壓人之肉，川谷流人之血，蚩尤之慘，莫過於此。余三讀其辭而悲之。後令高平，問其自乃古長平也。詢其故迹，父老曰：城西北十五里，有地曰殺谷，乃秦將白起坑趙降卒四十萬人之所。當時頭顱似山，骸骨成丘，何宴亦嘗哀悼。至唐易名省冤，則長平故事其來久矣。

另讀明代喬宇《白起荒臺》而悉知，「冤谷」實居於「丹水河邊」，離著名的「光狼城」不甚遠，詩曰：「赤旗晝拔光狼城，趙人十萬坑長平。丹水河邊有冤谷，古魂夜嘯風雨聲。千載空城樹無葉，曾爲將軍駐旌節。沈槍出土豐未銷，古血青青蝕寒鐵。」詩中亦提及「長平」、「荒臺」、「冤谷」、「古魂」等與坑殺「趙人」有關的辭令。

另據《高平縣志》「谷口遺恨」一節所述，谷口最早稱之爲「殺谷」，自唐玄宗時「把殺谷改爲省冤谷」後，當地民間一直稱爲「哭頭」。即曰：「雨天深夜能聽到冤鬼哭喊，『我的頭哩，我的頭哩，』爲說破此事，百姓把這裡叫哭頭，沿襲至今。」後來「因名字過俗，官方取諧音稱爲谷口。」

古代詩文中所云「顱山」，或「頭顱山」，或「骷髏山」，其稱謂也與「唐玄宗幸潞」有關。據明代萬曆三十七年（1609 年）所立《高平侯劉公重修骷髏廟記》碑文記載：

> 廟建於頭顱山之麓，即骷髏大王之所棲也。王神不可傳乎，爲唐玄宗幸潞，慘趙軍之禍，而祝垣以祠之侈爲王號，或曰王號者，即趙括也。然玄宗秩祀，於傳有之而謂王。……玄宗之意於斯，爲美後世有爲，起供堂，立墳所。

骷髏廟中所立明代澤州太守於達眞所書《骷髏王廟》詩碑更是眞實再現

了當時此場非正義戰爭之慘酷：

> 此地由來是戰場，平沙漠漠野蒼蒼。恒多風雨遊魂泣，如在英
> 靈古廟荒。趙將空遺千載恨，秦兵何意再傳亡。居然祠宇勞瞻拜，
> 不信骷髏亦有王。

與骷髏廟近在咫尺的「瀆瀆廟」中所立《增補廟宇神池改作歌舞臺碑記》，開篇文曰：「昔者聖人之繫易也，通於幽明之故深，窮鬼神之情狀，以昔其二氣之良能。是以洋洋在上，駿奔走而千處者，天下皆是也。」亦可視之與頭顱山冤屈之「幽明」以及祭祀骷髏「鬼神」有密切關聯。

在歷史上，唐玄宗李隆基是否於開元年間親臨潞州長平？是否於谷口村地帶頭顱山處建壇設祭、憑弔亡靈，敕命將「殺谷」易名為「省冤谷」，並修築「骷髏廟」？並無確鑿史料記載。然而據史書披露，唐玄宗隆基在入京之前，確曾在離長平毗鄰處潞州府任過四品官別駕，後帶羽林軍攻入京城王宮奪得帝位。至少他對「長平之戰」較之別人為熟知，即便是當地人將其「省冤案」、「顱山」與「骷髏廟」附會於他應為順理成章之事。

據考證，「長平之戰」的遺址位於高平市西北地區丹河流域兩岸，以及此地東西兩山之間的漫長的河谷地帶。現此地仍有「頭顱山」與「白骨嶺」之舊稱。當地百姓言之「丹河」亦因浸染戰事亡者之血色變紅而得名，對此歷有詩句可為憑證。

諸如唐代李賀《長平箭頭歌》詩云：「漆灰骨末丹水沙，淒淒古血生銅花。白翎金竿雨中盡，直餘三脊殘狼牙。」唐代長平高僧大愚公《長平弔古》詩云：「長平埋碧血，千古思悠悠。哀壑青磷出，雄風濁水流。」唐代胡曾《長平》詩云：「長平瓦震武安初，趙卒俄成戲鼎魚。四十萬人俱下世，元戎何用讀兵書。」宋代梁鐺《留題長平驛》詩云：「日暮悲風噎丹水，夜深寒月照頭顱。快哉千載杜郵劍，人所誅亦鬼所誅。」明代王世貞《過長平作》詩云：「世間怪事那有此，四十萬人同日死。白骨高於太行雪，血腥並作丹流紫」。明代劉基《長平戈頭歌》詩云：「長平戰骨煙塵飄，歲久遺戈金不銷。野人耕地初拾得，土花漬出珊瑚色」。明代胡然顏《長平弔古》詩云：「羊犬當年犯虎狼，長平一鼓盡坑亡。血隨流水凝青草，魂逐秋風戰白楊」。

相比之下，明代江南進士卜汝梁的詩作《長平弔古》反映長平之戰更為真切，感情色彩最為濃烈。故被高平官府差人鑿碑刊立於骷髏廟西配殿左壁，詩詞全文如下：

趙兵四十萬，生聚在何年。

一朝爲秦坑，是孰驅之前。

陰雲慘白日，西風號九泉。

林林億兆眾，豎子頭可懸。

甘心受大戮，白骨深谷填。

磷火夜夜明，難消萬劫冤。

快哉杜郵劍，庶幾稍有天。

丹河流不盡，此恨終綿綿。

此首詩詞中所書「快哉杜郵劍」之「杜郵」爲今陝西咸陽市西的一個古老地名，是秦昭王賜令白起自殺之處。明代李濂《骷髏山》亦有詩云：「骷髏山下合秦軍，稚子坑降獨不聞。落日沙原重回首，長平雲接杜郵雲。」同樣言及「杜郵」，長平之戰的罪魁禍首白起終於咎由自取，最終落得個劍斬杜郵，讓人何不快哉！

據有學者考察，「長平之戰」古戰場範圍南北長約 30 公里，東西寬約 10 公里。我們身臨其境，仍感到現在有些地名與兩千多年前的這場戰役有染，如丹朱嶺上的「長平關」；趙軍大本營「箭頭」；趙軍練兵場「馬鬃灘」；廉頗率兵駐紮地「將軍嶺」；秦軍屯兵處「塞上」、「秦壁」；秦兵駐紮地「空倉嶺」、「營防嶺」等，另如上述的「頭顱山」、「白起臺」等，都是活生生的地理見證，爲後人留下深刻的歷史記憶。

據《高平縣志》「坑趙卒考」章節描述，當年趙國將領「趙括乘勝追至秦壁，即今『省冤谷』也。其谷四面皆山，惟有一條路可通車馬，形如布袋，趙兵既入，戰不利，築壘堅守……後括自出搏戰，爲秦射殺。四十萬人降武安君，誘入谷盡殺之」。

據《水經注》記載：「秦坑趙卒，收頭顱築臺於壘中，因山爲臺崔巍桀起，今仍號白起臺」。頭顱山麓之「白起臺」爲秦將白起指揮大肆殺戮趙國將士之地，所殺之人投於附近泫水，因血漬染紅河水而後人才易名爲「丹河」。

爲了進一步瞭解這場令人觸目驚心、慘不忍睹的秦趙大戰之歷史眞相，也爲了考證清楚谷口村神廟群祭祀文化性質，我們有必要查閱漢太史公司馬遷《史記》與宋御史中丞司馬光《資治通鑒》之相關記載：

據《史記》卷七十三「白起王翦列傳第十三」記載：「四十七年，秦使左庶長王齕攻韓，取上黨。上黨民走趙，趙軍長平，以按據上黨民。四月，齕

因攻趙，趙使廉頗將」。因廉頗老將採取了「以守爲攻」，「堅壁以待秦」的正確的戰略防禦政策，「趙軍築壘壁而守之，秦又攻其壘，取二尉，敗其陣」。然而趙王偏聽偏信，中了敵方的離間詭計而錯誤決斷，讓只會「紙上談兵」的「馬服子」趙括替換廉頗，貿然統兵出擊，從而釀成千古奇冤與參禍。文曰：

> 秦聞馬服子將，乃陰使武安君白起爲上將軍，而王齕爲尉裨將，令軍中有敢泄武安君將者斬。趙括至，則出兵擊秦軍。秦軍佯敗而走，張二奇兵以劫之。趙軍遂勝，追造秦壁。壁堅拒不得入，而秦奇兵二萬五千人絕趙軍後，又一軍五千騎絕趙壁間，趙軍分而爲二，糧道絕，而秦出輕兵擊之……其將軍趙括出銳卒自搏戰，秦軍射殺趙括，括軍敗，卒四十萬人降……乃挾詐而盡坑殺之。遺其小者二百四十人歸趙，前後斬首虜四十五萬人，趙人大震。

據《資治通鑑》卷五「長平之戰」文字記載：

> 九月，趙軍食絕四十六日，皆內陰殺食。急來攻秦壘，欲出爲四隊，四、五復之，不能出。趙括自出銳卒搏戰，秦人射殺之。趙師大敗，卒四十萬人皆降。武安君曰：「秦已拔上黨，上黨民不樂爲秦而歸趙。趙卒反覆，非盡殺之，恐爲亂」。乃挾詐而盡坑殺之，遺其小者二百四十人歸趙。前後斬首四十五萬人，趙人大震。

明代著名哲學家、教育家王守仁於明弘治八年（1495 年）編纂《高平縣志》「序」對此戰役痛切追思：「予惟高平即古長平。戰國時，秦白起攻趙，坑降卒四十萬於此，至今天下冤之。故自爲童子，即知有長平。慷慨好奇之士，思一至其地，以弔千古不平之恨而不可得。」

正因爲高平地區世代臣民對其兵燹戰亂、血腥殺戮的侵略戰爭深惡痛絕、嫉惡如仇，才執意在「長平之戰」的主要坑殺地谷口村修築起祭祀鬼神的骷髏廟與濟瀆廟，以祭「天下冤」之魂靈，以弔「千古不平之恨」，由此亦生發出一系列以此爲主題的宗教祭祀與民間樂舞戲劇活動。

2、濟水與濟瀆廟宗教祭祀

經查閱有關史料，我們進一步發現，谷口村所建神廟群除了與歷史上「長平之戰」有關，而且與「濟水」與「濟瀆神」亦有密切聯繫。據《補修濟瀆廟碑記》載：「谷口舊有濟瀆廟，俗□所稱池頭廟也。濟水發源王屋，及王屋以北，地之有水而成川者，率以濟瀆名，象神而祀之」。《增補廟宇神池改作

歌舞臺碑記》亦載：「禹貢濟漯九河，爲西北之大水。厥神之靈，昭昭千古，茲首顓山之原，濟水出焉」。

另據有關文獻考證，其碑文所載與史書古籍所云基本相符。濟水在歷史地理上與黃河、淮河、長江齊名，古曰中國「四大河流」，爲太行山山脈王屋山支系發源而流入大海的著名大河。

《周禮・夏官》、《漢書・地理志》與《說文》中稱濟水爲「泲」，其他史書文獻皆稱「濟」。古代濟水分爲黃河南黃河北兩部分。據《書・禹貢》記載：「溢爲滎，東出於陶丘北，又東至於菏，又東北會於汶，又東北入於海」。此爲河之南部分。另外文曰「導沇水，東流爲濟，入於河」，則爲河之北部分。

據谷口村上述碑文所載「禹貢濟漯九河」之「漯水」，亦稱「漯川」，《說文》作「濕」，爲古代黃河下游主要支津之一。其故道自今河南濬縣西南而告別黃河，東北流經濮陽、山東莘縣、聊城、臨邑、濱縣等縣境而注入大海。

「濟漯九河」在歷史上，常因黃河改道而易名變遷。據《漢書・溝洫志》所載，新闢河道「常欲求九河故道而穿之」。北魏酈道元《水經注》亦載，許多河流因黃河改道，而形成「川渠戕改」之事實，並言之「故名舊傳，遺稱在今」，或「隨地爲名」，或「異名互見」，或「同名異河」。

明代嘉靖十四年（1535 年），治河總督劉天面對黃河、濟河、漯水遷涉無常，特鐫刻「黃河圖說」碑。明代崆同子認爲「自河之入淮也，彼滎澤、孟諸、芒碭諸陂今皆耕牧地耳！流謙變盈，滄海桑田，古今豈能同哉！」

清代初年，胡渭撰《禹貢錐指》一書中綜合歷史諸家之說，經實地調查研究，他曾在《元明大河圖》的基礎上，按時間順序分別繪成「河道通塞圖」，亦稱《禹貢圖》，對有史以來黃河、濟水、漯水等河流改道變遷情況詳加記述。

從現存的《禹貢圖》可觀大勢，清朝時期之「濟漯九河」與古代《書・禹貢》所載的河道流經路線大相徑庭。濟水雖仍稱爲「西北之大水」，但因黃河改道而被攔截了入海口，日漸降低在中國大江大河之地位。然而它自古至今卻以「濟瀆」的合稱一直活躍於北方宗教祭祀與世俗娛樂文化之中。

再經考證「瀆」，雖其河流敷衍於「濟水」，實際在《爾雅・釋水》中僅爲小河，所謂「注澮曰瀆」。《史記・屈原賈生列傳》中形容「瀆」亦用「彼尋常之沶瀆兮，豈能容吞舟之魚？」《說文解字》中稱「瀆，溝也。一曰邑中溝」。一直處於川（河）、谷（澗、溪）、溝、澮之下。言及《水經注》「注谷曰溝，注溝曰澮，注澮曰瀆。」可見地位之低下。但是隨著歷史的變遷、發

展，人們逐步擡高了「瀆」之身價，甚至擡舉為「河神」，而將其置入江河大川之類。所謂「江、河、淮、濟為四瀆。四瀆者，發源海者也」。

上述「四瀆」中之「江」係指長江，「河」係指黃河，「淮」係指淮河，「濟」係指濟水。「四瀆」分別以東南西北之瀆而冠，即「東瀆」為淮河，亦稱「大淮」；「南瀆」為長江，亦稱「大江」；「西瀆」為黃河，亦稱「大河」；「北瀆」為濟水，亦為「大濟」。

《禮記・王制》中亦將「四瀆」與「五嶽」並列齊名，尊奉為歷代王朝祭拜的名山大川之「神水」。後於「天相圖」中敕命尊稱為「麒麟星座」。《晉書・天文志》云：「四瀆為天界四星，即『東井南垣之東四星曰四瀆，江河淮濟之精也』」。

在中國古代歷史上，濟瀆之水確實在華夏眾多水系中佔有舉足輕重的位置。它源於太行山系王屋山，遂繞流於五嶽之「西嶽」之華山，「中嶽」之嵩山，「東嶽」之泰山，浸潤神山靈水之氣。它浩蕩東流，徑直注入大海，給古人以無限的神思遐想。

由於古代祭山祀水原始宗教觀念作祟，濟水、或濟瀆，逐漸演變為「濟瀆大神」，被世居黃河流域的庶民百姓供奉於頗多的濟瀆廟中。諸如山西曲沃縣城南有一座元朝時期修建的濟瀆廟，其中存有一通《重修濟瀆清源王廟記》之碑碣。其文字真實地道出當地民眾虔誠祭拜原委：

> 自古迄今，國家之崇奉者，惟五嶽四瀆而已。瀆之有四，而濟居其一焉。暨諸百神固不同矣。源泉之靈異也不可思，有感必通，無祈不應。……銘曰：地冠河東，新田獨雄。祠有濟瀆，尊而可崇。五嶽之次，百神之宗……禱之即應，感則必通……刻銘立石，傳世無窮。

對濟瀆廟的修建社會文化功能進行深入考索，毋容置疑，與黃土高原村落居民崇拜水神與雨神的傳統觀念有密切關聯。山西、河北太行山地區長年少雨多旱，歷史上非常盛行天旱求雨與淫雨求晴之祭祀儀式。早在西周及春秋戰國時期，此地已將祭雨儀式列為國家祀典。諸如《周禮・大宗伯》記載：「以槱燎祀司中、司命、蕇師、雨師」。《尚書・洪範》亦云：「星有好風，星有好雨」。

《漢書・郊祀志》記載：「雍有二十八宿，風伯、雨師之屬，百有餘廟。」《歷代神仙通鑒》記載的雨師「赤松子」應驗降雨之傳奇故事，很有學術參

考價值：

> （神農時）川竭山崩，皆成沙磧，連天亦幾時不雨，禾黍各處枯槁。有一野人，形容古怪，言語癲狂，上披草領，下繫皮裙，蓬頭跣足。指甲長如利爪，遍身黃毛覆蓋，手執柳枝，狂歌跳舞，曰：「予號曰赤松子，留王屋修煉多年，始隨赤真人南遊衡嶽。真人常化赤色神首飛龍，往來其間，予變一赤勖，追慴於後。朝謁元始眾聖，因予能隨風雨上下，即命為雨師，主行霖雨」。

翻閱《集說詮真》一書，作者將北方人民心目中的「水神」或「雨師」形象描述為「烏髯壯漢，左手執盂，內盛一龍，右手若灑水狀」。或為勖龍伸首吐水狀。谷口村濟瀆廟中《補修濟瀆廟碑記》所載：「谷口舊有濟瀆廟，俗□稱池頭廟」。並為此修有「神池」以供祭祀，說明當地人同樣敬奉水神、雨師，是借濟瀆神靈興建此廟，在人工池水豐澤上大作文章。

古代人崇拜自然神靈，視其「水神」謂「禺強河伯」。其「波神」謂「川后」，其「雨師神」謂之「商羊」。詳解其「商羊神鳥，為一足，能大能小。吸則滇渤可枯，雨師之神也」。《繪圖三教源流搜神大全》記載，古人祈雨需頻頻念誦：「天將大雨，商羊鼓舞」。以祈雨祭水為宗旨的「濟瀆廟」理當承襲此祭祀傳統儀禮。

歷代王朝皇室為表達對濟瀆神之崇拜，不僅熱衷於修祠建廟，還不時封號加爵於敬仰之神。如《蒲州府志》記載，於唐代所建「河瀆祠，開元十五年（727年）始自朝邑遷祀於河中府。肅宗封靈源公。其有廟之始，則河中節度使郭子儀所建，巡官王延昌記」。經對照文字，此說與《新唐書‧地理志》相吻合：「開元十五年，自朝邑徙河瀆祠於河中府。肅宗時，屢著靈應，封靈源公。中書令汾陽王郭子儀建廟，王延昌撰之」。

另據《山西通志》卷七二「秩祀略」記載，北宋太平興國元年（976年）「七月丁亥，朝廷遣員祀河瀆於河中府，命修五嶽、四瀆祠廟。雍熙三年（986年）八月丁末，遣右諫議大夫薛映車駕至潼關」，又載，「遣官祀河瀆，用太牢，備三獻禮，還至河中，親詣奠河瀆廟」。宋仁宗康定二年（1041年）三月，「以黃河水勢甚淺，分流入汴，未能通濟，遣祭河瀆廟」。遂設臺祭天，將其「四瀆」等十七星均列入朝野祭祀「天河內者」。又云：「至元二十八年（1291年）春二月，加封河瀆靈源弘濟王。至正七年（1347年），加封靈源神弘濟王。明洪武初，革前代封號，祗稱大河之神」。至清代《會典》記載，朝廷祭祀「四

瀆」，封號加爵、題匾書額風氣更盛。諸如康熙四十三年（1704年）書「河瀆
匾云《砥柱河津》，」詔令「河瀆爲西瀆，潤毓大河之神，並遣官司祭告」。

我們發現高平市唐莊鄉谷口村濟瀆廟中《補修濟瀆廟碑記》即形象記載
了北方此種重要祭祀形式與敬拜過程。碑文述其神廟「率以濟瀆名，象神而
祀之。茲之廟亦同是廟也⋯⋯夫廟以濟瀆名，則濟瀆者廟之主神也。」從中
可獲知，此廟所虔誠供奉的「主神」即典籍所載，歷來朝野頜首祭拜之「北
瀆」之「大濟之神」、「一方山水養一方人」。水與土，從來都是人們賴以生存
的物質條件，因棲身同一個空間，二者即自然統一而和諧，當地居民自然要
將其神與「骷髏之王」一起酬祭祖先神靈。

3、歌舞臺、舞樓與戲臺

在考察谷口村神廟骷髏廟、濟瀆廟建築與碑碣的過程中，我們驚喜地發
現一個令人深思的歷史文化現象，即村裏的獨具特色的三位一體的歌舞臺、
舞樓與戲臺的布局。還有當地祭祀「長平之戰」陣亡英靈，崇拜濟瀆神靈的
特殊祭祀形式。

據《高平縣志》卷六「風俗」記載：「春祈、秋報，禮也。城鄉迎神賽社，
鼓吹鳩眾，戲優雜沓，按月恒有」。另據新編高平縣志所載，修建濟瀆廟是當
地百姓認爲，古代四瀆之濟水皆出自此地頭顱山。故廟宇前院鑿有「神池」，
並在此處改建了一座「歌舞臺」，且有在修建此神廟的過程中專書「酬神演戲」
之碑文記載。

我們在於濟瀆廟山門左首水池後廊下賞閱到一通壁碑，即《補修濟瀆廟
碑記》。立碑時間爲清道光二十四年（1844年），時間略晚於前述「歌舞臺碑」
約四十二年，其碑文中令人激動的是霍然出現「舞樓」字樣：

> 改建者山門，春秋樓三間左右，文昌財神樓六間，創修諸北禪
> 房一間，南禪房一間，魚亭三間。彩畫者次院亭樓七間，藥王、牛
> 王、高禖、五瘟殿□十二間，在外舞樓三間。

雖然其他碑碣如《創修五瘟殿序》與《重修高禖祠記》碑文中沒有「歌舞臺」、
「舞樓」與「戲臺」字樣，但是卻在其字裏行間記述著「濟瀆廟」與毗鄰「骷
髏廟」時空之間的特殊聯係，以及透露歷史上在此舉辦的形形色色的宗教祭
祀與世俗文化活動的珍貴信息。

還有引人注目的是背靠骷髏廟，面對濟瀆廟山門建有一座非常醒目的廟
外戲臺。此建築爲硬山頂建築物，經測量，面闊9.30米，明間4.95米，進深

4.81 米，基高 1.10 米，柱高 3.60 米，柱礎刻有瑞像神獸與一些古代詩詞集句。雖然經風雨剝蝕有些模糊不清，但所留文字對描述戲臺文化研究仍有很大學術價值。根據古建築構架與風格判斷，當爲清末時期的古建築物。

此座古老戲臺因爲其右側已被後來修建的高大敞亮的現代「建群大舞臺」所代替，現已被谷口村辦學校改建爲倉庫而用磚石封死。然而我們在外露的臺口的四根石柱與青石柱礎處，仍依稀可辨共四條與地方樂舞戲曲演出有關聯的古詩文：

其一：「尚馬稱袍贈，應猶范叔雲。於走天下士，猶化半衣看」。

其二：「綠樹陰濃夏日長，樓臺倒影水池塘。水洪勒熏風起，一架落散滿院香」。

其三：「雲淡風輕近午天，傍花隨柳過前川。時人不識余心樂，將謂偷閒學少年」。

其四：「功蓋三分圖，名成八陣圖。詩□道非失，吞吳□南宮」。

依上古典詩句所辨識，多爲當地藝人或村民將其歷代詩詞集句綴連之作，其中有五言詩，亦有七言詩；其詩名內容或文或武，或景或人，可能引用的是劇中的上下定場詩，或角色唱詞。其中一首則引用了唐詩人杜甫的《八陣圖》：「功蓋三分國，名成八陣圖」，係歌詠諸葛亮創立蜀漢，形成魏蜀吳三國鼎立之蓋世功業。以用此詩對應於「三國戲」，可不知爲何嵌刻者將後兩句改爲：「江流石下轉，遺恨失吞吳」之詩句。

從濟瀆廟中所立《增補廟宇神池改作歌舞臺碑記》中，我們發現舊時歌舞戲敷演與神靈祭祀息息相通、休戚相關。如「前院鑿斯神池……於神池之石欄，則井秋而鞏固，之外有歌舞臺一座」。碑文中還有此類詩文祝辭：「厥神之靈，昭昭千古」；「名既相符，神亦不異，祠而祀之，顯祐無疆」；「禱無不應，感而遂通。舉四境之，人民皆賴神之靈應以爲安」。當與高平地區庶民百姓祭祀天地水土神靈儀禮相吻合。

另從骷髏廟中所立《高平侯劉公重修骷髏廟記》中更能窺視到祭祀神靈鬼魂所產生的超然作用，其碑文云：

修葺者，越二月而千成正殿三楹，晃遴金烏，形如負宸，即骷髏大王。東西各三楹。嚴枚奧窔，以息餘卒之遊散者。前築門樓，匾曰：「骷髏廟」。蓋將使骨不封丘魂，無依附者，所望而趨也。噫！

廟貌新，則精氣聚。精氣聚，則魂魄安。

再如骷髏廟中《重修骷髏廟記》碑文云：

歷代廟宇雖屢經修葺，而年湮代遠，漸就頹圮。己卯冬，予蒞
任斯邑，遵舉祀典，步履於廟。目睹蓬蒿瓦礫載道，自頭門以至正
殿，朽敗不堪。神像露坐，碑碣倒碎，感前人之創造良艱，後之人
豈能聽其軒陋就簡，而不爲之興復也。……遂捐俸金以爲之倡，饗
義者聞風樂輸聚錢數百千。擇日興工，盡卸其舊而改作。崇基隆棟，
規模宏敞；周繚崇柱，苫覆陶瓦，創制一新。廟內神像仍崇祀大王，
群魂亦得所依，而與享焉。

濟瀆廟內所立《補修濟瀆廟碑記》亦刊刻有「舞樓」字樣之碑文，可視爲祭
祀神祇亡靈的有關記載：

在外舞樓三間，以及前所改建創修者，並煥然一新。又補修金
妝玄武神像及神駕，又村中關帝廟改爲觀音堂。唯後院濟瀆及地藏、
眼光殿不動。夫廟以濟瀆名，則濟瀆者廟之主神也。

依上所述，高平市谷口村無論是建「歌舞樓」、「舞樓」，還是修戲樓、戲
臺，均以「賴神之靈」、「祠而祀之」爲其目的，所展開酬神祭祀活動均爲神
靈「所依而與享焉」。於骷髏廟「神像仍崇祀大王」，即骷髏大神；於濟瀆廟
則「以濟瀆名」爲「主神也」，即濟瀆大神；其他如玄武、關帝、地藏、眼光
諸神則相輔相成依附之，形成晉東南祭祀文化蔚爲大觀之勢。

谷口村骷髏廟中有一通雕刻精緻的詩文碑碣讀之實令人震撼。即高平縣
儒學署教諭事西河舉人郭元佐在《弔古長平》詩云：「秦人何太毒，坑卒幾多
年。膏雪塗山下，燐煙燒澗邊。淒風寒白骨，怨海冷黃泉。氣逐青雲散，魂
依碧嶺懸。塵封蒿里半，雨滴淚行千。殘甲飛蝴蝶，冤丁化杜鵑。荒原維立
廟，長夜忽開天。不謂骷髏樣，仍承俎豆緣。況加王大號，勝讀文多篇。快
殺杜郵劍，羞當泫邑拴。趙亡猶鬼享，秦失有誰憐。往事都歸夢，莫將宿恨
牽。」

從此碑文中感知，古代宗教祭祀，在祭奠者的心目中，亡者森森白骨此
時已不再醜陋錚獰，而經宗教洗禮之後變得崇高而聖潔。落入黃泉骷髏此時
已詩化成夢境中的「蝴蝶」與「杜鵑」，人們對死者亡靈的悼念漸由莊重肅穆
的宗教祭祀而過渡到富有詩意的圖文禮贊，以及樂舞戲曲藝術的演出。此種
特殊的文化現象，可參閱德國學者利普斯《事物的起源》之精彩詮釋：

死人的頭骨或骨骼也作爲含有「靈魂力量」之物而受到崇拜⋯⋯
頭骨時常被當作靈魂之座位⋯⋯從死人崇拜和頭骨崇拜，發展出面具崇拜及其舞蹈和表演，刻成的面具，象徵著靈魂、精靈和魔鬼。

谷口村之濟瀆廟因創建於發生「長平之戰」的坑殺之地，故因頭顱山麓之骷髏廟近至咫尺，故鬼魂神靈氣息甚重，尤需定期祭拜安撫。如該廟所立《增修哭頭村高禖祠祀》碑文如此記載：

哭頭奉白起坑趙卒地也，起以虎狼之眾，伏扼要□；趙卒而葬之，使四十萬眾駢首就戮，以爲京濱。故其後長風雨呼⋯⋯詔立趙王廟，俾有司時祀之，而鬼聲熄土人，更因泉臨□立濟瀆廟。⋯⋯每歲競春三月，金鼓塡然，薦□燎薪之趾相錯也，鬼聲更何有哉。

其碑所云「每歲競春三月，擊鼓吹塡」，並燃薪樂舞祭禮鬼神之場景，實爲借助神靈之感應與神威，以鎮邪驅魔、祈求平安。此種民間祭神習俗亦可參閱金代高平縣令王庭直撰《省冤谷記》行文：「辛酉清明月，庭直率士眾，攜酒肴，奉香火，張聲樂，具服祝，謹詣其谷祭之。其日陰風襲人，寒煙蔽空，必有冤魂來享其祭」。

此種泛神論祭鬼觀念曾盛行於古代中國北部地區，濟瀆廟中所祭祀的「濟瀆大神」與「水神」，即與「五行」、「三官」以及其護神法寶密不可分。古人從來都認爲水可以禳災解厄，祭祀水神具有祛邪禳災之神效，亦認爲可以用水治病、招魂，以及超度亡靈。據《中國神秘文化》「法寶」一章介紹，古人「俗信以爲人死有靈，但亡靈在走向冥府途中，會有種種障礙，使之迷失而不得安寧歸宿，要破除這些障礙，需借各色法寶的神力，其中之一便是水」。

高平市谷口村村民之所以興建濟瀆廟，或稱「池頭廟」，以修神池，祭濟瀆大聖、雨神、水神，即爲用水之法寶，以平熄亡靈鬼聲之侵擾；並借水之感應，祈求來年風調雨順，五穀豐登。爲了溝通天界與人界的聯繫，谷口村還將世居此地與陸續遷來的外姓人，大多改姓爲「申」（即神之諧音），以神靈護祐平安。另外則不遺餘力建神廟與修舞樓戲臺，以祭神靈享太平。

關於古往今來，山西境內各類神廟樂舞戲臺之稱謂之演變，可參閱馮俊傑教授《新發現的一通含舞庭文字的元人碑刻》一文。他認爲，無論古人如何稱呼，然而「實即今日通常所說的戲臺。在古代，戲曲藝術的表演之後，曾有多種名稱，這可能與各地的習慣有關，也多多少少與戲臺的高低、廣狹、深淺、形制特點有關。」

　　諸如濟瀆廟碑碣所記載的「歌舞臺」，有些地方稱之爲「樂舞樓」，或「樂舞亭」，「樂舞臺」；其「舞樓」，也稱爲「舞廳」、「舞庭」或「舞榭」，後來則多稱爲「戲臺」或「戲樓」，實爲民間祭祀神靈的舞臺建築。既有宗教文化之功能，亦有民俗藝術之效用。

　　山西高平唐莊鄉谷口村神廟中的「歌舞臺」逐步演變成「舞樓」，後來又發展成爲「建群大舞臺」或戲樓與戲臺，即眞實地反映了當地廟宇文化由宗教祭祀、酬神娛鬼形式逐漸演變成爲節慶娛人的民俗活動過程。從表演場所的不斷增加與擴充，以及澤州、高平達官顯貴作序題詩刊碑行爲所證實，此地廟宇即「骷髏廟」與「濟瀆廟」在歷史上已不限於只在谷口村，而爲更大範圍與更高層面的祭祀活動所擁有。如今作爲祭祀儀禮的象徵物，已經成爲先秦戰國時期「長平之戰」忠實而形象的歷史文化見證。

（博士生導師黎羌、博士生張鳳霞整理撰寫）

十九、廣西、湖南南部民族戲劇與儺戲田野調查報告

（2012 年 8 月 10 日～8 月 20 日）

為考察長江以南的民族傳統戲劇文化，我們師生三人從西安出發，所行走的路線是鄭州——許昌——漯河——駐馬店——信陽——孝感——武漢——咸寧——長沙——湘潭——邵陽——永州——桂林——柳州。前往廣西首府南寧，是想借助參加「湖南臨武儺戲文化國際學術研討會」之便，先期對廣西西南、湖南東南地區交通要道與邊防口岸文化作一些調查。接著又經過扶綏——崇左——寧明——憑祥。由此可望抵達渴望已久的南國名關——廣西友誼關，在那裡可如願以償地考察豐富多樣的少數民族戲劇藝術。

（一）憑祥友誼關

8 月 10 日我們自憑祥市出發向南 8 公里，即至友誼關叉道口，然後順著國際鐵路一路前行。祗見路旁長有肥碩的芭蕉樹，郁郁蔥蔥的甘蔗林，還伴有清脆的鳥鳴蟬叫，山谷中顯得格外幽靜空靈。

走近友誼關，得知其景區佔地面積為 46.5 公頃。先後看到雄偉的友誼關關樓，左弼山鎮關炮臺，右輔山古炮臺群，左、右輔山古城牆及登山古道，大清國萬人墳，友誼關口岸聯檢大樓，友誼廣場和廣西全邊對訊督辦署（法式樓）等主要景點。

眾所周知，「友誼關」是中國九大名關之一，素有中國「南大門」之稱。自古以來都是舉足輕重的中外商埠。這裡有湘桂鐵路、國道 322 線與越南鐵路相銜接，為中國通往越南及東南亞國家最大、最便捷的陸路國際通道。

追溯歷史，至今已有兩千多年歷史的「友誼關」，曾 6 次變更關名。初名雄雞關，後改名界首關、大南關，明初改為鎮南關，1953 年 1 月改為睦南關，1965 年定名為友誼關。通過友誼關景區大門與法式樓，即可見到高矗雄壯的關樓。共有四層，高 22 米，佔地面積 100 平方米，底層全部用長方形料石砌成。城門為圓拱頂，內關拱門高 10 米，底寬 8 米，外關拱門高 5.8 米，底寬 6.6 米，通道長 15.9 米。整個樓體極富濃鬱的南國民族特色。關樓厚實的城牆以及其棱角分明的牙齒形牆垛，透出雄渾壯美的陽剛之氣。

步行入景區，首先給人印象極深的則是那座呈米黃色的歐式建築。它映襯在高大碧綠的棕櫚樹的環圍之中，向行人娓娓傾訴著西方人在此存留的歷史。據文字介紹得知：光緒二十二年（1896 年）中法兩國在這裡簽訂《中越

邊境對訊會巡章程》，雙方設立對等的訊署。中方在龍州縣設有「廣西全邊對訊督辦署」，法方在諒山和高平設對訊督辦署，雙方還在桂越邊境線上各設分署九處。在此背景之下，這座建於 1914 年法式樓，爲當年清政府設在憑祥的「鎮南關對訊分署」的辦公地點，主要是爲了邊境地區的外交事務和維持治安管理。

於此座法式建築遙相對峙的是由解放初期中華人民共和國外交部長陳毅元帥書寫的「友誼關」。此關樓爲典型的中國民族傳統建築風格，爲漢白玉石鐫刻匾銘，高大的關樓上石杆雕刻精細，圓拱形門窗構圖精美，門樞門板雕花刻意生動、古香古色。關門更是處於群山綺麗風景簇擁之中、寬大厚重。關樓二三樓現設記載此座雄關歷史展覽廳，陳列著自中法戰爭「鎮南關大捷」以來發生的一系列重大事件的圖片及實物。另外還設有中越外事會晤室，向遊人再現當時的歷史面貌。

根據圖片展覽得知，在中國與友誼關齊名的其它七大名關分別爲山海關、居庸關、紫荊關、娘子關、平型關、雁門關、嘉峪關或劍門關。隨著時間的推移，上述諸關都由邊塞關隘成爲國境內關口。只有友誼關仍爲直接通往國外的名關。此關樓與兩側城牆、炮臺群組成，由大青山、唱梅山兩條山脈如蛟龍般護衛著，逶迤通往中越邊關 12 公里長的峽谷走廊，雄偉壯觀，氣勢磅礴。

待我們走進新修成的「中華人民共和國友誼關口岸」景區，看到莊嚴肅穆的國徽與迎風高揚的國旗時，心底油然而生一股無比神聖的情感。遠眺對面越南的邊境城樓與界樁，自然爲兩國人民自古以來的友好關係往來，以及近世紀化干戈爲玉帛的和平景象而祈禱。

（二）龍州與靖西

翌日，我們從廣西憑祥市乘車出發，沿著中越邊境線前往龍州，爲的是有機會考察此地著名的水口口岸。沿途經過上降、八角等地，才能抵達龍州縣。在路上方知擦肩而過的是寧明縣交界處的花山崖遠古壁畫區。沒時間前去實地考察，但好在與此距離不遠，沿途風景相似，可通過對照地圖、畫面與文字、文獻來感知。

自龍州縣城向西北方向乘車行駛，先後經過龍北、三暾、叫堪、獨山、羅回等地即可通往水口。隔邊界線的越南對方城鎮分別是隆倫、復和與高平。

因此地爲左江支流入境處，故名「水口」，爲現廣西傳統邊境口岸。在去水口的車上，上下出入均爲壯族男女老少，穿戴古樸，說著我們聽不懂的壯語方言。

到水口鎮，再往前走即爲緊靠中華人民共和國水口口岸。可能處於平地，因邊境商業運轉世俗化等原因，此口岸與友誼關不同，少了許多神聖莊嚴感。只見越南國民工戴著竹編斗笠，穿著粗布汗衫、勞力低廉、揮汗如雨地拉車來、回倒運著建築材料與日常生活用品。國內的邊民則擁擠在口岸不遠處，爭相辦理著與對方做生意的「互市證」，一派平素難以看到的奇特的邊界風情畫面。

隨後我們從龍州出發，前往百色地區的靖西縣。雖然路程遙遠，但一路上所看到的都是美不可收的自然風光，人稱此地爲「桂西小桂林」，似乎此言不虛。令人開心的是車輛大多近臨著國境線上行駛，這樣不僅可觀賞南國不可名狀的林木植被，還能藉此充分體會中越文化交流的獨特風韻。

悠然自得地走過上龍、武德、金龍、碩龍、德天、下雷、湖潤、羅果、化峒、福良、新靖等地，映入眼簾的都是陌生而新奇的地名。通過路牌標示賞識，沿途給人印象較深的分別爲「隴崗自然保護區」、「民建坳田園風光」、「美女村」、「靖邊城炮樓」、「德天瀑布」、「三疊嶺瀑布」、「通靈大峽谷」等，特別是緊挨越南邊境固甘的碩龍口岸，其周邊的自然風景，其山光湖色、芭蕉蔗林、清溪瀑布，更是讓人目不暇接，美不勝收。

我們抵達靖西，稍一打問，令人驚訝的是表面都穿漢裝西服，可此地居民竟然 99.6％都是壯族，眞可謂名副其實的「壯鄉」。由此瞭解，此縣周邊毗鄰的那坡、德保、天等、大新、富寧等地也同樣有人數眾多的壯民。尤其是附近的龍邦口岸，更是典型的壯族文化風景線。我們在靖西縣文化局、文化館、圖書館、博物館採訪過程中，得知此地傳統文化底蘊很豐厚。諸如國家級非物質文化遺產有「壯族織錦技藝」；自治區級非物質文化遺產有「南路壯劇」、「壯族北線大偶戲」，並親眼看到壯族大偶戲舞臺與木偶戲演出，感到來此壯鄉不虛此行。

在此靖西縣的中山廣場，我們還考察了「靖邊臺」與「南國歌海」文藝舞臺，於水中畫廊中傾聽到「興歌合唱團」的排練與壯劇小戲的演出，深感壯族文化深厚的文化底蘊。待明日將乘車經武平、德保、田東、平果、隆安返回南寧，想必一路上都會重新回味此次的獨特文化之旅。

（三）從桂林到臨武

自 8 月 14 日晚乘車，我們從南寧路過柳州前往桂林市。在如詩如畫的風景名勝處，本想重溫市內與灕江及陽朔的浪漫旅遊，但是迫於時間有限，再有要通過陌生之路，怕不好計算旅程，祗有乘坐汽車盡快前往湖南郴州市臨武縣，不失時機參加這裡舉辦的隆重的國際儺戲會議，也祗有忍痛割愛、犧牲平素的旅遊愛好而忙於此公事。

我們所選擇的從桂林輾轉前往臨武的一條曲折而艱難的線路，首先是借助桂湘擬開發未通的高速公路之便道，來到從未耳聞的知寧遠縣，中間要經過靈州、興安、全州與道縣。特別是路過三叉道界首之時，上來幾位身纏石膏繃帶的病人。我好奇打問緣由，年長者的說是家裏裝修時跌倒摔傷的；年幼雙臂被捆綁者則說是隨父親騎摩托車於雨路上折斷的，不知以何人話為準。

同樣也是在此地上車，坐在我旁邊的一位農民工解釋內情：「我們這一帶路窄道滑，常有人騎摩托車摔壞，多來界首鎮正骨診所治療。這裡的醫生醫術高明，即便骨頭全碎了也能治好。不過受益的多為小孩與年輕人。」隨口問他住處與職業，說是在桂陽農村，出外打工，整天辛苦地為老闆劈楠竹做筷子，以微薄的收入養家糊口，此次請假回家是因為要去參加一位親戚的婚禮。

我們聽信司機的話，在寧遠站下車比較合適，運氣還好，剛好趕上從道縣開往臨武的班車。先後路過陌生的冷水、嘉禾、新圩、花塘等鄉鎮，掠過一座座半是林木，半是山石的丘陵地，即步入湖南省臨武縣唯一高峻的國際大酒店。舉目望去，果然見到不少懸掛的歡迎條幅，看來當地挺重視此次儺文化學術研討會的。

（四）湘南臨武

據當地人介紹，「臨武」古屬楚地，戰國時設臨武邑，是因為此縣境中流淌著珠江支流武水所至。此座湘南古縣現屬郴州市，於南嶺山際東面北麓，近挨西部的九嶷山，故名曰「華舜」，意指北方舜帝客居之地。其地理位置北界桂陽，東連北湖、宜章，南鄰連州，西靠藍山，北毗嘉禾，為兩湖地區通向廣東沿海地區的咽喉要地。固有「楚南郡邑之最古老，莫如湘南臨武」之稱。論及地方語言文字則有一半為湘音，一半為粵語，即「山勢遙連郴嶺榮，鄉音半帶廣韶音」之說。

翻閱歷史文獻，臨武早在漢高祖五年（公元前 202 年）即置縣。據《水經注》云，其縣側臨武溪東，即日臨武縣。秦漢時屯兵臨武，由武水出征南嶽。隋唐時，曾設驛站多處，爲海南至京師通衢。清末明初，此地橫陳帆船多至百艘，可謂蔚爲壯觀。看來這裡雖然在南方，卻與北方中原政府有著密切的聯繫。

據臨武縣志記載，此處人傑地靈、名人輩出。元代有出使西番的陳楚舟；明代有兵部尚書劉堯海、禮部尚書曾朝節；農民起義領袖劉新宇；清代佛學大師慧朗僧；民國東征名將杜從戎等。這有爲人熟知的文人墨客如韓愈、米芾、徐霞客等亦光臨此地。如今還留有「龍洞煙雲」、「東林勝景」、「西山霽雪」、「桂榜曉嵐」、「武水拖藍」、「舜山晚眺」、「秀岩風月」等所謂的「臨武八景」。

在地處邊遠的臨武小縣，我們以文會友，又見到了多年未晤的來自天南海北的劉禎、周華斌、朱聯群、何玉人、朱恒夫、陳珂、庹修明、陳玉平、杜建華、康保成、李躍忠、葉明生、隗芾等知名學者；也見到了新結識的李志遠、武亞軍、細井尚子、福滿正博、楊振亮、劉麗、張子偉、王萍、章軍華、吳電雷、李翔等中外學人，以及其國內外其他代表與新聞媒體工作人員。

15 日上午是「中國湖南臨武儺文化國際學術研討會」開幕式。下午安排去臨武麥市鄉樂源村古戲臺與舜華臨武鴨業有限公司參觀考察。晚上組織代表於舜峰廣場觀賞「湘南地方戲曲晚會」，其中上演的有臨武小調《馮海盜花》，崑劇《虎囊彈‧醉打山石》，祁劇《貴妃醉酒》、《水漫金山》、《六郎斬子》《開三字‧跳臺》等樂舞戲曲精彩片斷，讓人領略到瀟湘民族戲劇的灼人風韻。

（五）儺戲情結

言及對博大精深儺文化的認識，是在上個世紀末的 1989 年夏季，我從遙遠的新疆前往湖南懷化觀摩辰河高腔目連戲時開始，我提交的是《敦煌吐魯番學中的目連戲文》。翌年，曾爲山西臨汾市召開的「中國儺文化儺戲學術研討會」提交過一篇《西域儺戲芻論》的論文，在那兩次全國學術會議上認識很多專家、學者並與此神秘宗教文化結緣。

後來，我還眞被調到了地處臨汾市的山西師範大學戲曲文物研究所，並指導了我的碩士生王曉芳撰寫了一篇《山西壽陽愛社儺舞文化研究》的學位

　　論文。爲此還組織了一次去實地考察的重要學術活動。這次來湘南算是正式參加的第三次全國性儺文化學術會議，又一次走進了這個神奇詭秘的學術圈子。

　　在來此地之前，參加於山西五臺山馮俊傑先生七十大壽祝壽會上，我曾傾聽中央戲劇學院麻國鈞教授講述過在湘南油灣村發現儺戲之事。據他說：「此次會議考察的油灣村很有意思，聽村民講是因爲此地的清泉流淌，如同油滴般清亮悅耳而得村名。還有，這裡保留著神奇的舞岳獅子，也可是絕無僅有的舞儺神儀式，非常值得觀賞和研究。」

　　這次經過艱苦跋涉，輾轉此地，就是爲了實現實地考察江南儺戲之夙願。在臨武所獲《千年古村詩畫油灣》一書有文字介紹：「王氏十七世恩能公慧心通靈，習受儺法，做法祈願，資福仁里。時運多舛者，皆舉儺事。時世遷流，光陰代序。儺事未艾，經心傳口授。世代承襲，迄今五百餘年矣。」即言及包括「舞岳儺神獅子」在內的難能可貴的當地儺文化。

　　另據《臨武縣志》記載：「民間爲生產豐收，人畜平安，祈求神靈保祐。沙田、大沖一帶盛行『獅子願』，即由道士兩人，手執黃色獅頭，背後十多人帶著面具，分別扮成玉皇、二郎神、關公、土地、菩薩、王母、來寶、觀音等仙佛，串村走巷。晚上，跳來寶，佛、道、儒三家大雜聚，邊歌邊舞，鬧至半夜再送獅子出村。」

　　在此次學術會議上，我們有幸翻閱郴州市文化局周作明的《臨武儺戲初探》一文，瞭解到此地儺戲非常蹊蹺的發現始末。據他說，有一次無意翻閱《郴縣志》時得知，「此地魯塘一帶曾流行過『少婦三娘上京尋夫』的故事，並且經常伴隨著『跳土地』、『舞神獅』的民間演出。從而促使郴州市北湖區文化工作者於 2006 年初春，前往此地上魯塘村去尋訪還健在的老藝人何月明。」

　　也正是從何月明老人那裡驚喜地得知，早於 1948 年春節前後，這裡曾舉辦過相應的「氏族祭祖儺文化活動」。何月明還聯想到在上個世紀的 80 年代初，有一次回娘家「臨武縣大沖鄉油灣村，在祠堂的祭祀活動中亦見過此種儺戲歌舞表演」。故此，周作明與唐冬旺局長聯繫實地調查，竟然發現此村落「原儺戲班子的老藝人大多還健在，能馬上恢復演出。」由此而喚醒了久已遺忘的歷史文化記憶，也促使六十多年後這次儺文化國際學術研討會的成功召開。

（六）神奇山村

8 月 17 日是最令人難忘又具有意義的一天，這可是此次學術會議組織考察的重頭戲，國內外專家學者都是衝此重要活動來此地的，即大隊人馬前往大沖鄉油灣村去參觀考察源遠流長的臨武儺戲。

令人歡欣鼓舞的是，我們受到難得的貴賓似的禮遇，當地政府煞有介事地派出數輛警車，前呼後擁地陪同我們會議代表的四輛高級大轎車，沿著崎嶇起伏的山路，向著邊遠的大沖鄉小山村進發。

據說這個不見經傳的油灣村，至今已有 980 多年的歷史了。說是此村始建於北宋中葉的 1030 年左右，由王氏家族世居此地開始算起。後於明朝成化年間（1470 年），不知通過什麼渠道，怪誕神奇的儺戲祭祀儀式開始傳入此地。

據王氏十六代傳人王太保介紹，其祖先從郴縣魯塘鎮輸入，經比較兩者風格一脈相承。可是遺憾的是該村十五代法師傳人王本祐於 2012 年逝世。世代沿襲傳承綿延 540 多年的臨武儺祭法事，具有「降妖、驅邪、趕鬼、祈福」等功能。融儺祭、儺儀、儺舞、儺歌、儺技、儺戲為一體的「神獅子」或「舞岳獅子」最值得鑒賞，另外還有「許儺願、還儺願與閉儺壇」等更有學術價值。

會議代表來到滿山碧綠、天藍水清的油灣村，好像到了鮮見的世外桃源。大家怎麼也沒有想到，在各級政府的大力扶持下，近年，這個小山村營造了如此之多的神廟、祖祠、石牌坊和戲臺。並且花大氣力組織了上、下午和晚上三場大型儺文化展演。據知情透露，這祇是傳統的三天三夜全村儺祭儀式活動的「冰山一角」，即所謂「山村儺文化的壓縮版」。

上述節慶般的宗教文化活動舉辦的場合，分別在「凱公宗祠」、「王家祖祠」和「古戲臺」等處，都是修繕一新、古香古色的傳統文化場地。海內外嘉賓興奮地邁著快步尾隨著山村大隊祭祀隊伍，饒有情趣、不辭勞苦地舉著照相機、攝影機，端著錄音機，生怕將人間最難得的儺文化展演精彩一瞬遺失了，會帶來終生遺憾。

（七）感受祭祀

我們作為會議代表普通的一員，親眼目睹油灣村男女老少，帶著極大的熱情與虔誠態度對待傳統儺文化，很受感動。他們擡著神像，高舉錦旗、敲鑼打鼓、念念有詞地行走在鄉村田地、池塘、寺廟、祠堂、通衢、小路上，

不厭其煩地焚香、叩頭、祭拜，莊重肅穆地演繹著祖先留存延續的各種祭禮，給人心靈帶來的是無限的激動與震撼。

上午我們跟著大部隊行走在各祠堂，所看到的祭祀內容是躬親法師、福主家許願，供願牌，儺戲村本地許願，成立祭祀班子；再有裝彩神像，開光點睛，還願起馬，上臉子，唱瑤子，參廟，殺牲祭；接著是進門把中，安兵歇馬，打獅子，搶稻草等，尤其是「舞岳獅子」的場面特別火爆。看到彩色豔麗的從西域傳來的雄師，抖著那金黃色的毛髮，瞪著銅鈴般的大眼，木嘴有節律地磕著聲響，好似人們又回到人類遷徙、流離遙遠的洪荒年代。

在祭祀活動逐漸進入高潮時，身穿道服，手持蒲扇的法師組織村民代表在祠堂中反覆祭拜各路神靈，唱誦各種經文祝詞；然後在眾人面前表現宰殺豬羊祭祀神靈的片斷，清掃過淤血的場地後，即開始表演的「安龍神」、「打獅子」、「搶稻草」等高潮儀式。在繁複激烈的鑼鼓聲中，蒙著花被、帶著響鈴、豎著木雕巨頭的高大獅子上場，當眾表演各種動作，或蹦、或跳、或撲、或轉身，或打滾，雄武壯碩，不可一世。但是最終鬥不過小巧靈活、滑稽諧趣，手持長繩的金毛小猴。在被徹底打翻在地之後，瑟瑟抖毛、連連求饒。當地村民急切奔上場去，高喊著、歡笑著，一鬨而上，紛紛抱走「神草」，以示吉祥。

下午，安排的是路橋祭、拔兵、團兵、會兵設宴，安息歇馬、勾願、參神、安龍神、造船、行船、斬小鬼、燒船、送邪、倒水、倒旗、布卜卦、踏罡、兜神等儀式，最後是儺神開封、安位閉壇，程序複雜而充滿神祕性。

在一系列儺祭儀式中，路橋祭非常精彩。法師要率眾面對天兵、王侯、城隍、法主、六曹宗師、考妣、孤魂野鬼等行三獻九叩之祭禮，要將生界、死界生靈一視同仁予以祭拜。另外激動人心的是在村落三叉路口處「斬殺小鬼」的場面，法師持刀不住地念咒：「開天門，閉天門，留人們，塞鬼路。雲長舀水魔刀斬小鬼。」接著是眾人緊跟神職人員，隨著鑼鼓、鞭炮，高呼口號，一起追殺過去，其場面好不熱鬧！

（八）儺戲表演

待上百人等著吃喝過後，等暮色張燈時分，我們與村民們一起來到古戲臺前觀賞《九神過關》與《走界》儺戲表演，那可是最讓人過癮之事。對於過去知道甚微的儺文化，此類演藝展示也算是一次難得的補課。坐在觀眾席

悠然觀賞起臺口大篆「儺」字，以及兩側金柱上別有韻意的楹聯「鼓響鑼鳴嘹亮堯音承古韻，衣飄帶曳蹁躚舜舞樂今人」，令人爲之沉思。

據貴州民族大學陳玉平介紹此種儺祭儀式，實爲還願、勾願之舉。根據他的解釋，我們進行對照，只見演員開始焚香秉燭，設儺壇，跳儺神，還願過關；接著爲「三娘關」、「夜叉關」、「雲長和二郎關」、「土地關」等儺戲表演。在眾神與人過關過程中，依次爲祭祀、驅邪、祈福，直到人神共娛同樂爲目的。隨後則是諸法師頭頂桐油燈，不住地邁著碎步走界做法，被譽作「走罡」，或「踩九宮八卦」，顯得詭秘、神奇、眩迷，不覺對人生多些感悟。

在考察與觀看完油灣村的儺戲表演之後，只見明月高照，山風微吹，荷塘蛙聲一片。我們依依不捨地上了車，好像要離開好不容易才找回的精神家園。樸實、好客、眞誠的村民此時也似乎將我們當作久居的朋友。他們打著火把，敲著鑼鼓，吹著管號，在娓娓道來他們的喜怒哀樂。待車輛首尾相連地行駛在崎嶇的山路上，我們回頭眺望，仍可見這個小山村中隱隱約約閃現的送別的燈火。

8 月 18 日舉行的全天會議小組發言，我們所感受到從國外日本、新加坡、泰國、韓國、馬來西亞、古希臘一些傳統戲劇祭祀，以及國內傳統麼佬族、山瑤族、川西北爾瑪、黔域巫文化儺祭祖、西南陽戲研究論文，似乎與當下的湘南儺文化同源共祖。晚上是大會宴請送別，我提前退席與湖南益陽院青年教師李翔聊天，並與久別的貴州師大宋元超教授通話，希望他們師生一起前來參加秋季由陝西師大組織的「絲綢之路文化與中華民族文學國際學術研討會」相關事宜。

（博士生導師黎羌、碩士生馬盈盈整理撰寫）

二十、貴州安順、遵義地區少數民族與儺戲考察報告

（2013 年 1 月 5 日～1 月 12 日）

（一）貴州歷史文化

2013 年 1 月 5 日晚上六時我與李強老師師生二人從西安出發，乘坐 K1032 次列車一路前行，經安康、達州、重慶、遵義，大約運行了 24 個小時，最後到達貴州省貴陽火車站。擬通過早期蒐集的資料基礎上，對貴州少數民族歷史文化與民族戲劇藝術進行實地考察與瞭解。

貴州省簡稱「黔」或「貴」。「貴州」名稱，始於宋朝。公元 974 年，土著首領普貴以控制的矩州歸順，宋朝在敕書中有：「惟爾貴州，遠在要荒」詞語，這是以貴州之名稱此地區的最早記載。明朝永樂十一年（1413 年）設置貴州承宣布政使，正式建制爲省，以貴州爲省名，省名至今未變。

貴州位於中國西南的東南部，東毗湖南、南鄰廣西、西連雲南、北接四川和重慶市。貴州地貌屬於中國西南部高原山地，境內地勢西高東低，自中部向北、東、南三面傾斜，高原山地居多，素有「八山一水一分田」之說。全省東西長約 595 千米，南北相距約 509 千米，面積約 17.6 萬平方千米。省會貴陽市。現轄 6 個地級市和 3 個自治州，人口約 3475 萬，有「公園省」的美譽，是我國雲貴高原上的一個重要的省份之一。

貴州是一個多民族的省份。全省有 49 個民族成份，少數民族成份個數僅次於雲南，居全國第二位。這裡世居的少數民族有土家族、苗族、布依族、侗族、彝族、仡佬族、水族、回族、白族、瑤族、壯族、毛南族、蒙古族、仫佬族、羌族、滿族、佘族等 16 個。少數民族人口占全省總人口的 37.9%。全省有語言的世居少數民族人口約 1200 萬人，其中約有 600 萬人不通漢語。貴州的少數民族呈現的是「大雜居、少聚居」的居住方式，遍佈於全省，多民族的聚居自然形成多元的文化元素。

由於早期的地理閉塞，貴州如今依舊保留著比較原生態的民族風味，成爲「民族文化的活化石」。諸如別緻的弔腳樓、激情的打鼓、動聽的蘆笙、多姿多彩的少數民族歌舞、迥異的少數民族戲劇等都是貴州高原獨特的藝術瑰寶。彝族的撮泰吉、侗族的侗戲、儺戲、布依戲、黔劇和貴州花燈戲等一批優秀的劇種劇目存活於貴州高原上。

1、撮泰吉

「撮泰吉」爲流傳在貴州威寧縣板底鄉裸戞村的一種極爲原始粗獷的彝族儺戲。「撮」意爲「人」，「泰」意爲「變化」，「吉」意爲「遊戲」。簡稱「變人戲」。撮泰吉演出，一般由祭祀、正戲、喜慶和「掃寨」四部分組成。演出一般在每年農曆正月初三到十五「掃火星」的民間活動中進行，旨在掃除人畜禍祟、祈求「風調雨順、五穀豐登」。演員共 13 人，裝束非常奇特，用布把頭頂纏成錐形，身上用白布纏緊象徵裸體，頭戴木製面具，6 個人物角色都是 1000 多歲的老人。此外，還要 2 人扮演牛，3 人扮演獅子，2 人伴奏。「撮泰吉」在黔西北部海拔兩千多米的深山野箐中自生自長，它很少受到內地漢文化的影響，而保留著濃厚的原始藝術本色。

2、侗族的侗戲

「侗戲」最早形成於貴州的黎平、榕江、從江一帶，源於侗族敘事大歌「嘎窘」、「琵琶歌」及敘事說唱「擺古」。並吸收漢族花燈和辰河戲、祁劇、桂北彩調某些表演技藝發展而成。貴州黎平縣的吳文彩最先編創侗戲，譽稱「戲祖」。早期角色均由男性扮演，表演簡單，每說完或唱完一句需走一個橫「8」字形，如此屢加反覆。歌師及教歌戲師爲之「掌簿」（提詞、導演）。丑角除表現劇中人物之外，還跳丑角活躍氣氛。角色均著侗族豔裝，有的戲班制有專門戲服。通常男青年包青色或紅色頭帕；著青或藍、紅色大襟衣，紮腰帶，帶上有飄帶，肩披紅串珠，胸前飾七個銀項圈，有的還戴小耳環；前額戴銀飾，類似珠子；穿白襪，鞋頭有鼻梁形裝飾。婦女著黑色大襟衣，繫裙，打裹腿，兩邊有飄帶，腳穿繡花鞋。丑角穿花袍或短袍，卷 7～10 釐米長白袖邊。正面人物面部塗點紅，丑角一般塗畫三道白。有的人物執扇。

傳統侗戲音樂較簡單，基本是朗誦詞，稱「平腔」或「普通調」，又稱「採臺調」、「二胡調」、「胡琴歌」。上下句結構，前有引子、起板，句間有過門，曲調平緩，敘事性強。另一曲牌「哭調」，亦稱「淚調」，從牛巴腿琴歌演變而來，節奏自由，音調悽楚，多用於抒發悲哀情緒。一個角色唱完一段後，另一個角色緊接最後一句唱出「喲呵咿」尾腔，常由全體演員幫腔，鑼鼓亦在此刻伴奏。戲中穿插侗戲大歌，氣勢莊嚴、宏偉，一般在群眾場合及結束時合唱。亦用其他侗歌，如笛子歌、小歌、踩堂歌等。新侗戲已加用侗族傳統樂器牛巴腿琴、侗琵琶、月琴、揚琴等。打擊樂器有鼓、鑼、鈸、小鑔，多用於開臺或上下場。鑼鼓點簡單，有的地方還有用二胡演奏的開場前奏曲，

稱「鬧臺調」。

3、儺戲

在貴州地區世居的漢、苗、布依、侗、彝、土家、仡佬等民族中均流行儺戲。「儺」為漢語稱謂。據漢文史料記載，我國早在周代就已有儺祭儀式，上自宮廷、軍隊，下至民間，都要舉行「驅鬼逐疫」的儺祭活動。這種民間宗教儀式活動逐步加進表演故事和歌舞的內容，形成了儺戲。儺戲可說是原始戲劇的濫觴。因而，貴州至今仍流行的儺戲，被戲劇學家稱之為「戲劇活化石」。

儺戲大致可以分為巫儺和軍儺兩大類。巫儺是產生較早的巫術特點較濃的儺戲，而軍儺則原先流行於軍隊中，帶有一定的練兵習武性質，後來演變成民間儺戲的一種。在貴州少數民族儺戲中，巫儺一部分是吸收漢文化因素而形成的，如黔東、黔北地區土家族儺壇戲，黔南荔波一帶布依族中的生育儺等。一部分則是本民族原生的，如彝族撮泰吉。而軍儺，則是明洪武年間調北征南時明朝軍隊帶進來的，如黔中一帶漢族、布依族和仡佬族中流行的地戲等。

4、布依戲

「布依戲」在貴州布依語中稱「谷藝」，流行於黔西南布依族、苗族自治州的興義、貞豐、冊亨等布依族地區。其源流有五種說法：一是打老摩和族中戲；二是布依儺戲；三是布依八音坐彈；四是廣西北路壯戲；五是源於民間道教。最流行的說法是在八音坐彈、板凳戲、布依彩調的基礎上逐漸演變而成。

布依戲演唱者多為民間藝人組成的業餘戲班，演出多在民間喜慶佳節。正戲，內容多為布依族民間傳說故事，雜戲多為漢族歷史故事。前者唱、白皆用布依語，後者唱用布依語，白用漢語。其音樂曲調有長調、二黃、二六等。伴奏樂器為尖子胡琴、樸子胡琴、笛、簫等，打擊樂有大鑼，大鈸等。傳統曲目有《六月六》、《人財兩空》、《羅細杏》等。現留存的只有《薛丁山征西》和《金竹情》這兩部戲文本。其餘民間只有「條綱戲」，沒有劇本，多即興演出。

5、黔劇

「黔劇」為貴州地方劇種，曾名「文琴戲」，流行於貴陽、畢節、遵義、安順、黔西南等地區。它由民間說唱藝術文琴（亦稱揚琴、貴州彈詞）衍變

形成。「文琴戲」在清光緒年間已經盛行，傳統唱本有 400 餘齣（折），1953年改爲戲曲形式文琴戲正式搬上舞臺。傳統劇目大多由傳說故事及兄弟劇種劇本改編，有《探窯》、《珍珠塔》、《蔓蘿花》、《團圓之後》、《秦娘美》、《三難新娘》等，新創作劇目有《瓦窯寨》、《漢宮女皇》、《奢香夫人》。基本曲調爲清板、二板、揚調、苦稟、二流、二簧等。民間小調有〔歡揚調〕、〔半邊月〕、〔紅繡鞋〕等，唱腔婉轉、語言質樸。伴奏曲牌有來自貴州梆子〔八譜〕等。樂器以揚琴、高胡爲主，輔以甕琴、月琴、簫、二胡、引磬、摔板等。

6、貴州花燈戲

「貴州花燈戲」是貴州省各地花燈戲的統稱。流行於遵義、獨山、銅仁、畢節等地，分東、西、南、北四路花燈。它是由民間歌舞「花燈」發展而成。其稱謂因地而異，黔北、黔西一帶叫「燈夾戲」；獨山一帶叫「臺燈」；思南、印江等地叫「高臺戲」。唱腔多採用花燈中的民間曲調，表演上歌舞成份較大。傳統劇目多取材於農村生活故事和民間傳說，如《拜年》、《姊妹觀花》、《放牛攔妻》、《三訪親》、《七妹與蛇郎》、《巧英曬鞋》、《蘇麼妹挑郎》。在表演上沒有成套的程序化動作，身段大都取材於花燈舞蹈的動作。演出時手執摺扇和手帕，靈活運用各種步法、手勢，以及耍扇、耍帕的技法，形成清新活潑的地方藝術特色。

（二）貴陽尋跡

6 日晚，李強老師聯繫了貴州民族大學西南儺文化研究院的陳玉平教授，他向我們推薦了省文化藝術研究院的吳太祥館員。第二天早上 10 點半，我們在中鐵賓館 2035 室接待了吳太祥館員和省非物質文化遺產中心的王炳忠編輯，並就貴州少數民族戲劇的產生、發展和現狀，以及在非物質文化方面的保護工作進行了具體的採訪。

從交談中我們得知，貴州是一個少數民族聚居的地方，比較完善與成熟的少數民族戲劇有布依戲、侗戲、花燈戲、儺戲和黔劇等，多從別的民族移入表演形式，再加入本民族的文化元素，經不斷地完善形成今天看到的劇種。隨著社會的發展，現在這些劇種也很少演出，逐漸在消亡，需要通過政府的支持進行及時的搶救與保護。

經吳太祥介紹，貴州也有京劇，1958 年成立貴州京劇院，二十世紀 50～60 年代移植改編演出了《兵書奇緣》、《謝瑤環》等。60～70 年代創作演出了

《苗嶺風雷》，曾爲當時全國很多劇團學演劇目的範本。80 年代後期至今，創作演出了《明月清風》、《范仲淹》、《龍岡悟道》、《巾幗紅玉》及現代京劇《布依女人》，2010 年復排了大型傳統京劇《野豬林》。上述部份劇目先後獲「第四屆戲曲節優秀演出獎」、「第三屆中國京劇藝術節優秀演出獎」，中宣部「五個一工程獎」，第九屆、十一屆文華新劇目獎。現代京劇《布依女人》獲文化部 2006～2007 年度「國家舞臺藝術精品工程提名獎」，第五屆「中國京劇藝術節銀獎」。其中《布依女人》題材來源於布依族，以布依族民歌「好花紅」爲主題音樂。所排演的《明月清風》是以王陽明在貴州生活的習俗爲背景，配以優美的貴州山歌。另編有大型劇作《奢香夫人》，是以奢香夫人在水西平率少數民族歸漢的故事爲背景的優秀劇目。

王炳忠指出，貴州非物質文化作爲一種重點申報課題，作爲一個少數民族文化亮點，需要國家政策性保護，也需要專家層的挖掘和研究。它是一種在民間傳承的文化，也是民間大傳統的文化產物，一方面推動了文化旅遊的發展，另一方面也亟待保護和傳承。

隨後一同去吃了便飯，飯桌上，李老師繼續與吳太祥館員和王炳忠編輯談論貴州少數民族戲劇發展和保護問題，以及戲劇編撰的相關問題，尤其是關於黔西「五尺道」和「苗疆文化」以及傳習傳統文化的探討。過去是我們所不瞭解的，以補關於這方面知識的空白。

通過交談，我們對貴陽也有了進一步的瞭解。貴陽是貴州省會，是中國西南地區中心城市之一，重要的交通樞紐、工業基地及商貿旅遊服務中心。「貴陽」因位於境內貴山之南而得名，已有 400 多年歷史。古代貴陽盛產竹子，以製作樂器「築」而聞名，故簡稱「築」，也稱「金築」。貴陽生態環境良好，生態產業發達，森林覆蓋率高，是中國首個國家森林城市，以及首個循環經濟試點城市。喀斯特地貌占全市國土面積的 85％，形成了峰林、溶溝、峽谷、溶洞爲一體的絢麗景觀。生態貴陽山川秀麗、涼爽宜人、物產豐富、交通便利，是自然和旅遊資源的富集之地，博得了「上有天堂，下有蘇杭，氣候宜人數貴陽」之美譽。另有「爽爽的貴陽，避暑的天堂」金字招牌，是名副其實的南國「避暑之都」。

吃過午飯，我們乘 2 路公交車前往省圖書館和省博物館。穿梭於高樓大廈間，經過蘆笙廣場、大十字、噴水池，到達博物館站。一眼望去，便看到了綠墨書卷中大大的篆書「貴」字，那就是省圖書館。

貴州省圖書館建築融合了優秀的民族地域文化，體現出貴州多民族地區獨特的文化內涵與個性魅力，以「書山蘊靈秀，墨韻沁清香」的立意來設計修建，特別是裙樓外牆浮雕，既有濃厚的貴州民族文化特徵，展現了貴州水族文化、夜郎文化、彝族文化和苗族文化，表現了貴州各族人民和諧共處的人文精神和深遠厚重的文化內涵；同時又符合圖書館有圖有書的特點，從而成爲貴州省標誌性的文化設施。目前館內擁有藏書 151 萬冊。走過天橋，就到了省圖書館。不巧，周一圖書館的地方志書庫不開，稍有遺憾。我們衹有到二樓的中文社會科學期刊閱覽室隨便查閱了一些雜誌期刊與方表類書，便離開圖書館前往不遠的省博物館。

貴州省博物館是中國省級綜合性博物館。1953 年籌建，1958 年開館。佔地總面積 1.93 萬平方米。該館館藏文物、標本 6 萬餘件。南方少數民族文物是該館重點藏品之一，除刺繡、蠟染、挑花、織錦、銀飾等 1000 餘件外，典型藏品有苗族婚姻記事符木、苗族刻繪動物圖案酒角、苗族青緞鑲花邊飾銀鈴銀墜女夾衣，彝族土司八掛龍袍、彝文《六祖紀略》手抄本和水族墓葬石刻「銅鼓」等。另有歷史文物如銅車馬、立虎辮耳大銅釜、石寨山銅鼓、楊餐墓銅鼓、銅柄鐵劍、鎏金銅鍪、一字格劍、明代金冠、彩釉陶俑儀隊。少數民族文物：施洞苗族女盛裝、西江苗族女盛裝、木祖鼓、施洞獨木龍舟、鼓藏幡、儺面具、地戲面具、刺繡、蠟染、銀飾、竹木生活用具。因逢周一，二樓的展廳沒有開門，只能在一樓參觀。大門右邊的櫥窗裏展覽的是少數民族的紡車，那些漂亮的服飾就是從這些精緻的紡車上一線一線紡出來的。左邊是納雍苗族服飾、麻江苗族服飾、雷山苗繡、苗族百鳥衣和苗族剪紙圖片，一幅幅精妙絕倫。紡車是歷史的見證，多彩服飾就是現實的展覽。

離開博物館，我們乘公交車前往著名景點「甲秀樓」。甲秀樓矗立在貴陽南明河中的萬鼇礬石上（這塊石頭酷似傳說中的巨鼇）。甲秀樓始建於明萬曆二十六年（1598 年），至今已有 400 多年歷史。明萬曆年間（1573～1620）巡撫江東之於此築堤聯結南岸，並建一樓以孕育風水，名曰「甲秀」，取「科甲挺秀」之意。現存建築是宣統元年（1909 年）重建的。

甲秀樓分爲三大部分：第一部分浮玉橋；第二部分甲秀樓主體建築；第三部分翠微園。站在浮玉橋頭廣場，可見題有「城南遺跡」石木牌坊高高矗在橋頭，穿過牌坊、涵碧亭，主體建築甲秀樓近在咫尺，它飛甍翹角、石柱托簷、雕欄環護，在灰黃的燈光中更顯輝煌魅力。走過石拱橋，就是「翠微

園」，翠微園是一組由拱南閣、翠微閣、龍門書院組成的明清古代建築群。透著夢幻般燈光，我們穿過刻有面具的長廊，走過「澹花空翠」的小徑，一片清幽掩於山水鬧市間，已近傍晚，雖有不捨，也只得離開。

8 日早上 9 時，我們乘坐 203 路公交車前往貴州民族大學。沿校園路拾級上山去民大圖書館，西南儺文化研究院院長陳玉平教授接待了我們，先帶我們參觀了貴州民族學院民族文化展覽廳，馮明娟老師給我們作了一一介紹。進門映入眼簾的是江澤民的題詞「努力發展民族教育，促進各民族共同繁榮」，馮老師告訴我們，這是民大 40 週年校慶時，江澤民總書記來圖書館題的詞。走過題詞櫥窗，左邊是三面碩大的太陽鼓；右邊是安順屯堡地戲戲臺的還原模型。展館有一百多尊面具圖騰柱威麗立於戲臺前邊左右側，誇張的面具，演繹著遠古先民百態人生。戲臺旁邊是貴州少數民族平常的生產生活用具：鋤頭、蓑衣、斗笠等，極具民族特色。再往前走，收藏的是水書、彝文等少數民族文本，書寫的都是鮮見的歷史。對面是貴州少數民族服飾的收藏，有苗族服飾、銀飾，彝族服飾、土家族服飾、畲族服飾等，服飾上的圖案繪有當地民族的信仰圖騰。走過服飾展，是西南儺文化研究院各位老師編撰碩果累累的圖書。

看完展覽，在圖書館四層第一會議室召開了一個專家座談會，由西南儺文化研究院院長陳玉平教授主持，到會的有研究院原院長庹修明教授，圖書館館長龔劍，專職研究人員吳電雷博士、龔德全博士，王鳳傑、楊鋒兵、王力、馮明娟、韓雷老師，還有省文化藝術研究院吳太祥館員。

首先，陳玉平院長對西南儺文化研究院作了簡要介紹，並作歡迎詞。貴州民族大學西南儺文化研究院始建於 1992 年 2 月，其前身是「貴州民院儺文化研究中心」，2003 年 5 月 23 日，經學校黨委會議研究決定，籌建更名爲「貴州民院西南儺文化研究院」。該院以西南地區儺文化爲主要研究範圍，以貴州爲重點，兼及海內外儺文化的比較研究。

西南儺文化研究院的儺學研究擁有良好的學術傳統。早在二十世紀 80 年代，貴州民族學院就曾與德江縣民委合作輯錄了約 12 萬字的儺堂戲原始資料《德江縣土家族文藝資料集》；1987 年 10 月，貴州民族學院與德江縣民委合作編輯出版了《儺戲論文選》，這是我國出版的第一本儺戲論文選集。這些活動對「儺學熱」的興起具有極大的推動作用。貴州民族學院圖書館編輯《儺戲儺文化資料集》（一）、（二），分別於 1990 年 3 月和 1991 年 5 月作爲內部

資料印行，後在臺灣正式出版。1992 年，儺文化研究中心成立後，在前期的研究成果基礎上，開展了更爲深入、廣泛的儺戲儺文化研究，推出了一批研究成果。代表性的學術成果主要有：《儺戲·儺文化》、《叩響古代巫風儺俗之門——民族學人類學視野下的中國儺戲儺文化》、《巫儺文化與儀式戲劇——中國儺戲與儺文化》、《中國儺戲調查報告》等。

研究院院長陳玉平教授的著作、論文有：《儀式展演與民間敘事——貴州儺壇中的民間文學傳承》（載《貴州民族學院學報》2004 年第 4 期）、《祭禮、空間與象徵——貴州土家族儺祭儀式的意義闡釋》（載《貴州民族學院學報》2007 年第 6 期）、《儺堂、獻祭與人生通過儀禮——貴州德江縣土家族沖壽儺儀式》（載韓國國立文化財研究所編：《中國湖南·貴州儺堂戲》，2007 年 11月出版）等。

貴州民族學院的儺文化研究不僅重視田野調查研究，而且強調學術信息的溝通，曾多次舉辦國際、國內儺文化學術研討會。西南儺文化研究院現設立了 13 個研究基地，分別爲：銅仁儺文化博物館研究基地；德江研究基地；江口縣研究基地；道眞縣研究基地；平壩縣天龍屯堡研究基地；安順市西秀區劉官鄉周官村基地；福泉市研究基地；岑鞏縣研究基地；花溪研究基地；普定縣馬官研究基地；荔波縣研究基地；息烽縣研究基地和湄潭縣研究基地等。該研究院與各研究基地密切合作，開展廣泛、深入的儺文化調查與研究。

圖書館館長龔劍介紹了儺文化專題數據庫。該數據庫分爲「貴州世居民族文獻數字圖書館」和「儺文化資源庫」。「貴州世居民族文獻數字圖書館」下分「世居民族文化藏品」、「貴州地方文獻」、「古文獻資源」、「水書」、「儺文化」、「網絡民族信息資源導航」、「貴州世居民族研究文獻」等富有地方特色子課題數據庫。使貴州優秀的民族文化資源得以積極搶救、保護、傳承和傳播。「儺文化資源庫」包括儺儀、儺歌、儺舞、儺戲、儺面具、儺俗等內容，其文獻類型包括圖書、論文、圖片、面具、服飾、視頻資料等。該館擬建立儺文化研究文獻庫、儺面具圖片庫、儺戲視頻資料庫、儺文化網絡資源信息庫和儺文化人物庫。容量之大，價值之高爲研究儺文化的學者提供了難得的查找資料的學術平臺。

隨後李強老師作了題爲《中國少數民族戲劇中儺戲文化——庹修明教授的三部儺文化著作》的講演。李強老師從整個中國的儺戲文化說起，以庹修明教授的三部儺文化著作爲依託，肯定南方儺戲文化尤其是貴州儺文化在全

國的重要地位，由南向北，談到北方青海土族的「跳於菟」，內蒙古赤峰的「好德歌沁」，陝南漢中鎮巴、安康鎮南的「端公戲」，從而提出南北合力構建中國儺戲文化體系的構想，最後也寄希望成立更大範圍更高層次的「儺學」研究，大力促進全國乃至世界來研究儺文化。

廋修明教授聽完後肯定了李強老師提出的成立「儺學」的可能，並指出儺戲作為一門顯學，是學術界的一朵奇葩。儺文化的研究需要更多學者的共同努力。中國的儺文化曾「輻射」越南、日本、朝鮮半島等周邊區域，且影響至今，並以此形成了一個以中國儺為原型的東亞儺文化圈。儺文化同樣廣泛存在於歐美大地。可以說是「千年儺文化，華夏古基因」。他還肯定了李強老師在民族戲劇學方面所做的貢獻，說他是我國民族戲劇學的開拓者。另外，也談到了貴州儺戲的發展狀況，說銅仁準備建「世界儺都旅遊區」，現已立項。貴州今後儺文化有更大的發展空間，需要更多的努力，現省文化藝術研究院、貴州民大和省非物質中心正在聯合做儺文化研究工作。

隨後貴州民大各位老師進行了熱烈的學術討論，楊鋒兵博士正在做《佛教對貴州儺壇、儺戲的影響研究》的立項課題，他從佛教對儺戲的影響方面作立體的比較研究，是一大科研亮點。他還發現陝西「社火」與儺文化有一定的關係，因都戴面具，功能也差不多，很值得研究。王鳳傑老師也在做《儺戲與同本事傳奇戲曲的比較研究》的課題立項，他從文本方面對兩者進行宏觀與微觀的研究，解讀文本，瞭解文本內容，解析其中的文化符號。各位老師精彩的學術發言，使在場的聽眾受益匪淺。

隨後在飯桌上，各位老師繼續討論關於儺文化的相關問題，李強老師對貴州民大老師在儺文化方面所做的成果大加讚賞，還建議民大老師編撰「儺戲大辭典」，得到了民大老師的一致同意。盡興之處，李強老師和著吳太祥館員的《大阪城的姑娘》的歌聲跳起了維吾爾族舞蹈，陳玉平教授的布依族民歌《好花紅》，廋修明教授的美聲古典歌曲《滿江紅》，龔德全博士的通俗歌曲《永遠》都讓我們讚歎不已掌聲不斷。他們不僅在學術上有很高的造詣，同樣在其他方面也毫不遜色，是我們後輩學習的榜樣。

告別了各位老師與專家學者，我們離開了貴州民族大學，前往貴陽市西南風書店。在這座寬敞明亮的市中心書店，我們查閱《多彩貴州》（初中版），《多彩貴州》（高中版），申茂平著的《貴州非物質文化遺產研究》等書，對貴州歷史文化進行更廣更深的梳理與整合。

（三）安順探源

1月9日一大早，我們乘坐旅行社的專車前往安順考察。安順地處長江水系烏江流域和珠江水系北盤江流域的分水嶺地帶，是世界上典型的喀斯特地貌集中地區。此地東鄰省會貴陽市和黔南布依族苗族自治州，西靠六盤水市，南連黔西南布依族苗族自治州，北接畢節市。安順有布依族、苗族、侗族、彝族等少數民族，少數民族人口占全市總人口的 39％。自古以來這裡就是貴州重要的政治經濟文化中心之一，被稱爲「黔之腹，滇之喉，蜀粵之唇齒」，「商業之盛，甲於全省」，曾經是古代西南地區夜郎、牂牁的首邑。

安順文化底蘊深厚，是貴州歷史上開發最早的政治經濟區域，是貴州省歷史文化名城，擁有穿洞文化、夜郎文化、牂牁文化、屯堡文化、三國文化、攀岩文化、三線文化等獨特的文化優勢。普定穿洞古人類文化遺址被譽爲「亞洲文明之燈」；中國古代八大神秘文字之一的關嶺「紅崖天書」世稱「千古之謎」；明代軍事遺存屯堡村落和關嶺古生物化石群堪稱「世界唯一」；安順蠟染被譽爲「東方第一染」；安順地戲被稱爲「中國戲劇活化石」。安順是中國共產黨無產階級革命家王若飛同志的故鄉；也是中國國民黨常委「谷氏三兄弟」；谷正倫、谷正剛、谷正鼎的故地。安順素有「中國瀑鄉」、「屯堡文化之鄉」、「蠟染之鄉」、「西部之秀」的美譽，遠近聞名的地方劇種是屯堡地戲、屯堡花燈。

1、屯堡地戲

「地戲」被譽爲「中國戲劇活化石」，首批進入國家級非物質文化遺產保護名錄。該劇種產生與明初來自安徽、江蘇、江西、浙江、河南等地的安順屯軍有密切關係。明朝軍隊在貴州設有 24 個衛，26 個守衙千戶所，其中安順有 3 個衛，2 個守衙千戶所。有關史料上稱衛所軍士爲「屯堡人」，有了屯堡人，地戲隨之出現。安順各地，特別是屯堡的寨子，每年逢農曆正月和七月中旬都要演地戲，俗稱「跳腳戲」，正月叫「玩新春」，七月叫「跳米花神」。主要表演形式是唱和跳。唱，有弋陽古腔遺風，唱腔樸實、古樸、高亢，領唱伴唱相間；跳，是搬演古代征戰的打鬥故事，激揚、奔放、粗獷。地戲的主要特點是：演員頭戴木刻面具，伴奏僅有一鑼一鼓，劇本保持宋元講唱文體格式，沒有生、旦、淨、丑行當之分。地戲成爲安順屯堡文化的有形載體之一，有歷史學、文化學、戲劇學、民俗學等方面的重要學術價值。

2、屯堡花燈

「屯堡花燈」被列入貴州省非物質文化遺產保護名錄，是貴州西路花燈的代表劇種。分爲「花燈歌舞」和「燈夾戲」兩大類，具有情意纏綿和幽默機智兩大特點。在貴州鄉鎮民間文藝活動中，上千首花燈曲調多在逢年過節時，在亮燈、盤燈、開財門、賀燈等表演程序中，以張燈結綵、舞扇揮帕的載歌載舞形式，給廣大人民群眾帶來了歡樂和對幸福生活的嚮往。

3、旅遊考察

調查完屯堡地戲、花燈之後，我們前去鎮寧布依族苗族自治縣的龍宮和黃果樹景區參觀考察。到了安順，天已大亮，導遊因人不多，沒有作更多的講解。沿著崎嶇的山路一路顛簸前行，大約 20 多分鐘的車程就到了神奇的「龍宮」。

龍宮總體面積達 60 平方公里，分爲中心、漩塘、油菜湖、仙人箐等四大景區。有著全國最長、最美麗的水溶洞，還有著多類型的喀斯特景觀，被廣大遊客讚譽爲「大自然的大奇蹟」。據說龍宮一帶是全世界水、旱溶洞最多、最集中的地方。在龍宮中心景區方圓 10 平方公里的範圍內，星羅棋佈著大大小小的溶洞 90 餘個，獲世界吉尼斯記錄。至今，尚有很多美麗的溶洞，躲在深閨無人識。

我們進入景區，先是乘電梯直上山頂，穿過長廊，沿途有各種題名的石碑雕刻。走過石梯，來到進入溶洞的碼頭，坐上船，蕩漾於山水之間。溶洞口，有兩個大大的「龍宮」刻字導引著我們前行。這是被遊客譽稱爲「中國惟美水溶洞」的地下暗河溶洞。全程龍宮水溶洞長達 15 公里，爲國內之冠。目前景區對外只開放了二段，長 1260 米。

龍宮溶洞內鍾乳千姿百態，與北方溶洞相比更顯細緻與精巧，與南方溶洞相比更顯神秘與奇特，其洞廳構造宛如神話中的龍王宮殿。「地下灘江、天上石林」的溶洞風景價值，是目前國內已發現的其它同類型景區中無以比擬的。在這裡著名詩人艾青稱之「大自然的大奇蹟」，國畫大師劉海粟譽之「天下奇觀」，真是「覽龍宮知天下水洞，蕩輕舟臨人間仙境」。出了龍宮，乘電梯而下，兩個巨大的龍頭迎著遠方來的遊客，走過「龍橋」，就是龍門飛瀑。它是國內最大的洞中瀑布，高 50 餘米，寬 26 米，流水以噴瀉之勢鑽山劈石，氣勢磅礡，萬馬奔騰，十分壯麗。

參觀完龍宮，我們順盤山公路驅車前往「黃果樹」。進入聞名遐邇的黃果

樹景區，果然名不虛傳。據查資料，黃果樹風景名勝區以黃果樹大瀑布景區為中心，包括石頭寨景區、天星橋景區、滴水灘瀑布景區、霸陵河峽谷三國古驛道景區、陡坡塘景區、郎宮景區等幾大獨立景區。導遊告訴我們，先去天星橋景區，曲徑通幽，可作鋪墊。天星橋景區包括三個連接的片區，即天星盆景區、天星洞景區、水上石林區。主要觀賞石、樹、水的美妙結合，是水上石林變化而成的天然盆景區。水之清、石之奇、樹之怪，三者完美的交融在一起，令人嘆爲觀止。

這裡還有許多大樹根形成的化石，包含在岩石的縫隙中，質地非常堅硬。天星橋的石頭，是活的，有生命的，有感情的，唯其如此，天星橋的石頭才能把那麼多或大或小，或長或短，或粗或細的樹根接納進自己的懷抱。甚至出現「懸岩未得半粒土，絕壁焉藏萬丈根」的岩壁上長樹的奇異景象。最令人留戀的當屬「數生步」。據說盆景區內的水位是固定不變的，水中的石塊爲天然形成，有些石塊經過加工後鋪成道路，露出水面供遊人行走，那就是著名的景點「數生步」。令人驚奇一塊石頭是一步，一步是一天，總共 365 塊形態各異的石頭蜿蜒在水中，前後歷數正好是一年，人人都有份。人在景中行，就好似在畫中游，每個人都邊行邊看著石頭上的日期，找到自己出生的那一塊，就是自己的「生步」。然後會站在自己的「生步」上，許個願，留個影。

走過「天星橋」，我們沿著山路驅車而上，前往黃果樹景區。關於「黃果樹」的得名，導遊告訴我們，以前這兒栽了很多果樹，果實成熟，果皮變爲黃色，當地人一說去哪兒？到黃果樹摘果子去，故而得名。進入景區，並沒見果樹與瀑布，而到處是不相干的盆景，李強老師說，「不應該移植這麼多盆景，這樣就不天然了。」隨後乘扶梯而下，聽導遊說，這是亞洲最長的扶梯。不一會兒，就到了谷底，這裡才水清樹綠，山高岭美，漸入佳景。走過長長的鐵索橋，擡頭望去，果然是畫中常見的「黃果樹瀑布」。

瀑布高七十四米，寬八十一米。瀑布河水的流量，水小時只有幾個七八立方米，水大時達到一千立方米。瀑布濺珠可飛灑到一百多米高的黃果樹街上，兩三里外都聽到雷鳴般的響聲。水小時河水仍然分成四支，鋪展在整個岩壁上，不失其「闊而大」的氣勢。瀑布後有一孔長達一百三十四米的水簾洞攔腰橫穿瀑布而過，由六個洞窗、五個洞廳、三股洞泉和六個通道組成。

早在 1638 年，明代大旅行家和地理學家徐霞客在考察大瀑布後讚歎道：「搗珠崩玉，飛沫反湧如煙霧騰空，勢甚雄厲。所謂珠簾鈎不卷，匹練掛遙

峰，俱不足以擬其壯也。高峻數倍者有之，而從無此闊而大者。」可能我們
這次來的不是時候，冬季水量極少，並沒有看到徐霞客當時見到「捲簾飛瀑」
的壯觀，略感到有些遺憾。但是「瘦死的駱駝比馬大」，黃果樹瀑布還是給人
帶來少有心靈震憾。隨後扶梯而上山頂，李強老師說，「扶梯上不應該有頂蓬
就好了，這樣更親近自然。」然後又驅車前往陡坡塘，陡坡塘瀑布瀑頂寬 105
米，高 21 米，是黃果樹瀑布群中瀑頂最寬的瀑布。

　　陡坡塘瀑布頂上是一個面積達 1.5 萬平方的巨大溶潭，瀑布則是形成在逶
迤 100 多米長的鈣化灘壩上。陡坡塘瀑布還有一個特殊的現象：每當洪水到
來之前，瀑布都要發出「轟隆、轟隆」的吼聲，因此又叫「吼瀑」。徐霞客曾
在《徐霞客遊記》中曾對陡坡塘瀑布這樣描述：「遙聞水聲轟轟，從隴隙北望，
忽有水自東北山腋瀉崖而下，搗入重淵。但見其上橫白闊數丈，翻空湧雪，
而不見其下截，蓋爲對崖所隔也。」另外，陡坡塘瀑布還是拍攝電視劇《西
遊記》片頭結尾時唐僧師徒走過的瀑布，故讓人感到倍加親切。站在瀑布下
面，水流飛瀑而下，蔚爲壯觀。

　　遊走於山水之間，享受天然氧吧，自然給了它美麗，它卻留給遊人駐足
觀賞的一道風景。徜徉於天地山水間，我們也忘卻了一切，不曾想，落日的
餘暉也早早催我們離開這戀戀不捨的地方。返回貴陽後，聽李強老師說，「我
們去龍宮，真應該探訪下當地的布依族和苗族民眾。」

　　10 日早上，我們乘坐 2 路公交車前往省民族文化宮。民族文化宮位於貴
陽蘆笙廣場對面，整體造型融入了貴州很多少數民族文化元素，前面立有巨
幅毛澤東主席的《滿江紅》書法雕刻。李強老師評議，「不應該書這首，應該
書《憶秦娥·婁山關》才更有地區特色，民族風格。」據調查，省民族文化
宮總建築面積 29140 平方米，24 層主樓高 99.9 米。是貴州各民族團結、進步
的象徵；是宣傳、弘揚社會主義精神文明建設的重要窗口；是大力繁榮發展
和弘揚貴州少數民族文化、藝術，陳列、展示貴州各民族悠久文化和歷史的
重要平臺；是搶救保護、收藏整理、研究開發貴州民族文化、民族文物、民
族文獻、民族文化遺產的重要專業機構。文化宮內設貴州民族博物館、貴州
民族圖書館、貴州民族藝術館和貴州民族文化交流服務中心。

　　我們進入民族文化宮一樓大廳，前面塑有一面大鼓，兩邊是貴州 17 個世
居少數民族的服飾和簡介。綿延起伏群山守護著他們的家園，歷經漫長的歲
月，貴州保持古老而又鮮活的記憶和夢想。這是屬於貴州各族人民的傳奇，

是屬於貴州高原的傳奇。記得有哲人說：「一個民族，如果不問自己從那裡來，將要到那裡去；如果不擡頭仰望星空，只低頭走路；這個民族，就沒有前途。」

我們乘電梯前往 3 樓的貴州民族博物館，尋找貴州少數民族的點點歷史記憶。此展廳展覽了貴州少數民族的建築文化，生產工藝，服飾藝術，婚戀習俗，面具文化，樂器藝術，龍船文化等方方面面。建築文化有苗族、布依族、水族、土家族、侗族、瑤族等的居住地和建築模型，民族堂屋、火塘，起房造屋的場景；生產工藝有造紙、編織、木雕、紡織、織錦、染纈、刺繡和剪紙；貴州的少數民族大多崇尚萬物有靈觀念，他們博取自然萬物形象，將神話、歷史等一切故事凝成圖案的密碼，裝點於與身相隨的衣飾之上，賦予民族服飾與天地人神溝通交滲的豐富內涵和文化意蘊。

貴州少數民族的服飾工藝精美，燦若雲錦，每一件都是他們用手中的針線書寫記憶編織夢想，潛藏著豐富的精神意蘊，維繫著民族共同的信仰，稱為「穿在身上的史書」。絢麗多彩的民族銀飾也如此；婚戀習俗有侗族行歌坐月、苗族遊方、布依族浪哨和水族趕卯坡等；貴州儺戲面具源遠流長、造型生動、別具一格，是貴州民族民間文化的一枝藝術奇葩。歷史上曾廣泛運用於巫術、舞蹈、戲劇、喪葬等活動中。面具藝術是貴州儺戲的主要標誌，面具形象主要有秦童、先鋒小姐、開路將軍等，貴州民族戲劇主要劇種的伴奏樂器有牛股胡、直簫、蘆笙、鼓等。人類學家說：「只有一個民族的文化和歷史活著，這個民族才活著」。每一個民族所創造的文化都是對全人類文化的豐富與貢獻，傳承與保護自己的文化就是保護自己生存的家園。貴州各族人民以不同的生活方式對我們人類共同的處境，用不同的文化解決我們人類共同的問題，也立體展現了貴州少數民族特有的民族文化。另外藏有出土的漢代銅手鐲，漢代「干欄式」建築模型，東漢扶琴陶俑，新石器時代骨針，東漢銅鋪首，東漢鳥飾式等，這些都是歷史的見證。

離開省民族文化宮，我們返回賓館，稍作停頓。便乘坐 2 路公交車前往省圖書館，以查閱貴州的地方志，不過地方志文獻庫裏所藏的都是 1949 年以後的文化藝術。通過查閱的資料有陽戲、高臺戲和梓潼戲等，如：

1. 陽戲

「陽戲」具有明顯的原始宗教色彩，「歌舞祭三聖」，多是在堂屋演出。主要劇目有《財神登殿》、《藥王登殿》、《八仙上壽》、《仙姬送子》和《斷機教子》等。

2. 高臺戲

「高臺戲」在花燈歌舞的基礎上，吸取儺堂戲等表演形式而構成的劇種。形成與於道光年間，流行貴州鳳岡、湄潭、餘慶、務川一帶。

3. 梓潼戲

「梓潼戲」在正安、道眞等地盛行，於新人結婚佳期演唱，也有設專場還「梓潼願」。代表劇目有《雙富貴》、《上梓潼表》和《領牲回熟》等，是酬神與娛樂相結合。

臨近下午 4 點，我與李老師返回火車站。然後乘坐 K9486 次列車離開貴陽一路北上，前往遵義市，這是我們這次考察的最後一個目的地。北上的列車緩緩駛動，貴陽也漸漸遠離了人們的視野。

（四）遵義覓蹤

10 日晚，我們抵達遵義。通過熟識的知識和之前對其進行相關資料的查閱，對自己家鄉遵義有了進一步的瞭解。

遵義北依大婁山，南臨烏江，古爲梁州之城，是由黔入川的咽喉，黔北重鎭。「遵義」其名出自《尚書》：「無偏無陂，遵王之義」。此市區域東西綿延 247.5 公里，南北相距 232.5 公里。東面與銅仁地區和黔東南自治州相鄰，東南面與黔南自治州相鄰，南面與省會貴陽市接壤，西南面和畢節市相鄰，西面與四川省交界，北面與重慶直轄市接壤。遵義在秦漢時代稱「鱉縣」，唐宋元明時代稱「播州」。居住在大婁山東麓鱉水流域的上古鱉族，是巴人的重要支系之一，也是蜀人的重要起源之一。鱉令開創古蜀國開明王朝 13 代，並於開明 9 世時締造蜀文化中心——成都城。

唐代，播州是巴蜀地區抵禦高原部落國的邊境重鎭。宋代，播州「楊家將」是西南地區抗擊蒙古入侵的中堅力量。元代，播州土司控制疆域北瀕長江，南臨紅水河，橫跨雲貴高原。明末戰亂，四川慘遭屠戮，惟遵義府幸存。清雍正年間，遵義劃入貴州，是該省重要的糧食產地和財政來源之一。1935年 1 月召開的「遵義會議」，是中國工農紅軍發展壯大的重要轉折點。遵義是國務院列入首批公佈的 24 個有歷史文化名城之一、也是國酒的故鄉。遵義轄 2 區 2 市 10 縣和新蒲新區，有仡佬、苗、土家、布依、彝、侗、回等 36 個民族，少數占民族全市總人口 12.2％。遵義市流行的主要地方劇種有仡佬族儺戲、黔北花燈戲等。

1、仡佬族儺戲

「儺戲」又稱為「儺願戲」、「儺堂戲」、「梹神」、「衝儺」等，是覆蓋面最廣的一種民間信仰戲劇。主要流傳於黔東、黔北、黔南等地的土家族、漢族、苗族、仡佬族、侗族、布依族村寨中。其中，尤以德江、思南、沿河、松桃、印江、道真、石阡、務川、岑鞏、遵義等縣市最為豐富。

仡佬族「衝儺」按其規模及事項分有半堂儺、中堂儺和全堂儺三種。「衝儺」活動的過程中，因其具有一定的戲劇情節而被稱為「儺戲」。儺戲一般是在堂屋內進行，又得名「儺堂戲」。衝儺的目的主要是為還願信，又有「還儺願」之稱。用於還願的儺，民間稱為「陰戲」；用於正月初一、十五迎新春和祝壽的儺，別稱為「陰戲」。

儺戲表演者由端公（即掌壇師）及其徒弟組成，伴奏樂器有鑼、鼓、牛角，表演者須戴面具。面具多用該地所產椿木雕刻，並塗以各種色彩而成，有黃飛虎、炳靈、真武祖師、雷神、華光大帝、關公、包公、土地、山王、奏事等數十面。儺戲表演先由掌壇師念請眾神名，扮演者按所點神名，戴上表示該神的面具一一進入儺堂。

根據民間法事程序，角色分別出場表演。在鑼鼓牛角聲中，有唱、有跳、有道白。表演一場結束時，按掌壇師所念神名，一一取下面具放桌上，走出堂屋。在法事祈神驅鬼的過程中，常加入一些娛人的有關故事情節。仡佬族儺戲故事取自《山王圖》、《五嶽圖》、《收蚩尤》、《仙月配》、《諸五臺》等劇目。演唱陰戲者，劇本多採自《三國演義》、《說唐》。自從儺戲於中原日漸消失之後，儺的活動尚保存於貴州、雲南、四川、湖南民間。據檔案記載，1958年，道真儺戲《山王圖》在貴州首屆民間文藝匯演中榮獲二等獎。

2、黔北花燈戲

「花燈戲」源於貴州民間花燈歌舞，是清末民初形成的一種地方戲曲形式，俗稱「燈夾戲」。花燈戲在流行過程中逐漸打破了「燈、扇、帕」的歌舞程序，腳色行當也不再局限於「二小」、「三小」戲，而有了淨、末、老旦、彩旦等的劃分。由於花燈載歌載舞，通俗易懂，因此在民間有著廣泛的群眾基礎。演員多為農民，常活動於農閒之古曆正月，尤以元宵最盛，一般是初三起燈，十五收燈。民間花燈班社以表演花燈說唱和花燈歌舞為主。

黔北花燈是北路花燈的代表，在遵義縣境內各鎮鄉均見流佈，以三合鎮、泎水鎮、團溪鎮最為廣泛流行，其中以團溪蔡家花燈最為出名。傳統劇目已

記錄有 100 多個，其中小戲多取材於農村生活故事和民間傳說，如《拜年》、《姊妹觀花》、《放牛攔妻》、《三訪親》、《巧英曬鞋》、《劉三妹挑水》等，花燈戲大戲多由其他劇種移植而來。

據 1983 年出版的《遵義縣戲曲志》記載：「花燈戲流佈於全縣各鄉村，其中以楓香、泔水、茅坡、蝦子、三合、南白、尚稽、團溪等地覆蓋面較大……」。2007 年有人調查，花燈戲流佈地分佈圖上只有三合鎮、泔水鎮、團溪鎮。據三合鎮鎮政府辦公室蔡思利和蝦子鎮文廣站站長嚴坤介紹，現在缺少花燈戲，是因爲沒有跳花燈的人。隨著花燈老藝人的相繼辭世，年輕人大量外出打工造成黔北花燈後繼無人的狀況。

李強老師來之前已聯繫了遵義師範學院的劉麗老師，說明了我們這次的來意。11 日一大早，我們前往遵義師範學院，在「紅色文化研究中心」見到了言行幹練的劉麗老師，並就遵義紅色文化和仡佬族歷史文化作了簡短的探訪（採訪內容見附錄 2）。

據她介紹：仡佬族是貴州古老的民族之一。商周時期，仡佬族先民爲「濮人」。先秦時期到唐朝爲「僚」（僚舊時寫爲「獠」，讀爲「佬」）。唐代，西南地區僚人中的一部分形成單一的民族「僚」。宋代文獻始記爲「仡佬」。宋元明清歷代漢文獻中的仡僚、佶僚、土僚、禿喇、老佬、革僚、閣老等，都是仡佬族的同稱異寫。中華人民共和國成立後，經二十世紀 50 年代的民族識別，確定「仡佬族」爲仡佬族的統稱。在遵義地區共有 40 多萬仡佬人，其語言在遵義還保留少量該族傳統詞彙，在安順大狗場、六盤水居保留得相對完整。仡佬族民間藝術有「儺戲」和「踩堂舞」，還有唱「哭嫁歌」和「喪葬歌」的古老習俗。通過劉老師的講述，對仡佬族的歷史文化有了大致的瞭解。

隨後，我們與遵義師範學院的老師聚餐，來的老師有副校長王剛教授，科研處黎鐸處長、張鵬副處長，辦公室龍茂興和李文權老師，羅筱娟和羅中昌老師，招生處任正霞老師，棟青園分院黎小瀏老師、紅色文化研究中心劉麗。在飯桌上，李老師與各位老師繼續就遵義的歷史文化和風俗民情進行熱烈的學術探討。飯後，我們與劉麗老師、任正霞老師一同前往遵義會議會址。沿湘江河而上，兩邊古樸的倣古建築漸漸向後退去，沒容仔細欣賞，我們就到了心儀已久的遵義會議會址。

（五）遵義會議會址

遵義會議會址大門正中高懸巨匾，那是毛澤東於 1964 年 11 月題寫的黑漆金匾，上有「遵義會議會址」六個大字，蒼勁有力，金碧輝煌。進入景區，最先映入人們眼球是那座標誌性的青磚二層小樓。其樓坐北朝南，一樓一底，為曲尺形，磚木結構，歇山式屋頂，上蓋小青瓦。樓層沿有走廊，登高可以憑眺四圍蒼翠挺拔的群山，指點昔日紅軍二占遵義時與敵軍鏖戰地紅花崗，插旗山、玉屏山、鳳凰山諸峰。

遵義會址主樓上下的門窗，漆板栗色，所有窗牖均鑲嵌彩色玻璃。緊挨主樓的跨院，純為木結構四合院，仍漆板栗色。會址是一座坐北朝南的二層樓房，為中西合璧的磚木結構建築。整個建築分主樓、跨院兩部分。上蓋小灰瓦，歇山式屋頂上開一「老虎窗」，有抱廈。

四處端詳，主樓樓屋四周有迴廊，樓房的簷下柱間有十個券拱支撐，保留了我國古建築「徹上明造」的結構風格。樓上有梭門、梭窗。簷柱頂飾有堊土堆塑的花卉。東西兩端各有一轉角樓梯，外面加有一道木柵欄。門窗塗飾赭色，鑲嵌彩色玻璃，窗外層加有板門。樓內各房間設有壁櫥。整個主樓通西闊 25.75 米，通進深 16.95 米，通高 12 米佔地面 528 平方米。

經了解此會址房屋原是黔軍二十五軍第二師師長柏輝章的私人官邸，1935 年 1 月上旬，中國工農紅軍第一方面軍長征到達遵義後，總司令部駐紮此處。站在樓下，敬仰之情油然而生。留完影便前往展廳觀看紅軍長征的歷史過程，通過圖片和劉老師詳細的講解，我們對中國工農紅軍這段艱苦的歷史有了清晰的瞭解。另外，景區還有天主教堂，大大的十字高聳，可想當時這裡是各教雜存。

（六）遵義民俗博物館

離開遵義會議會址，沿著「紅軍街」，前往不遠處即為遵義民俗博物館。遵義民俗博物館是遵義市民營企業家丹喜露公司董事長、丹喜露服飾有限公司董事長、遵義市收藏協會理事吳軍先生私投資建立的民營文博機構，搜集了 600 餘件藏品。遵義民俗博物館的建成與遵義會議紀念館融為一體，相得益彰。博物館面積共一千多平方米，有九個展廳、內設有開國元勳人物館；古樸典雅、精雕細琢的明清傢具文化館；漢宋陶瓷文化館；古生物化石館；石雕文化館；儺戲文化館；中國一絕、獨創立體雙鉤書法館等。其中尤以一

棵三米見方，重達 3 噸的陰沉木樹根、雕刻有 95 條龍的「九五」之尊酸枝木龍床、古生物化石、黔北儺戲等曠古奇珍頗有民族文化特色。

遵義民俗博物館展廳分為上下兩層，二樓是家居、陶瓷等工藝館。最引人注目的是「柏木雕花屋式故事拔步床」，上面木雕是根據元代著名劇作家王實甫的代表作《崔鶯鶯待月西廂記》中的張生和崔鶯鶯兩人的淒美愛情故事情景體現出來的藝術精品。三樓是儺戲、書法等藝術館，有仡佬祭鼓、仡佬銅釜、仡佬面具和仡佬天書等，它們都是一個該民族歷史文化的見證。尤其那一具雙面具，是極其罕見的，它的形狀有點像四川的變臉面具，李老師和劉老師都說是他們從來沒有見過如此怪誕誇張的造型。另外，這裡還藏有儺戲組圖，師公所使用的道具、道袍和劇本，其中一個劇本是《三元獻儀》。還有夜郎狩獵祭祀器，器皿上方獵物狂奔，騎手窮追，可見當時狩獵場面的壯觀。

離開民俗博物館，我們便返回遵義師範學院，劉老師讓我們看了她帶人所調查儺戲的一些珍貴視頻。其整個過程是開壇、二聖登殿、合兵叫兵、開洞、安營紮寨、搭橋、勾願、畫梁、回熟、回壇收兵、交槍、買官鎮壇、秦童擔旦、贊燈、造席和打席。合著古老喧鬧的鑼鼓聲，面對神像，師公又念又唱，進行人神對話，一種神秘色彩貫穿於整個過程，讓古樸的戲劇顯得更加神聖而莊嚴。

離開遵義師範學院，伴著遵義城的霓虹燈我們趕往火車站，乘坐 K1032 次列車繼續北上，返回西安，也在一路向北的列車上結束了這次我的家鄉考察之旅。李老師常對我們說，「做學術應該做與行並行，兩者並重不可偏廢」。這次考察，我用四字概括：「尋找、發現」。尋找，需要我們走出校門，深入田野，找尋第一手資料；發現，需要有一雙慧眼，懂得發現新材料、新觀點、新論據，開闊新視野，如此才能有所收穫。

訪談附錄一

訪談記錄

開始時間：2013 年 1 月 7 日上午 10 點

地點：貴陽市中鐵賓館 2035 室

參訪對象：吳太祥、王炳忠

結束時間：上午 11 點半

　　李強（以下簡稱「李」）：南方學派以庹修明教授、陳玉平教授為主，研究儺戲頗有成果，創建了儺戲研究中心，而北方好像沒有形成真正的儺研群。據我瞭解，陝西有三處儺，一處是陝南端公戲；其次是漢中鎮巴端公戲、寧強羌儺；再就是戶縣、眉縣的鍾馗儺，又稱戶眉儺戲，不過有人認為是假儺戲。

　　吳太祥（以下簡稱「吳」）：有面具嗎？

　　李：多為軟面具（貼面）。我們那裡是貧儺區，貴州為富儺區。想問問，貴州有哪些少數民族劇種？有多少劇目？

　　吳：貴州有 356 個戲，都是歌舞狀態的戲種。貴州成熟的少數民族戲劇只有布依戲和侗戲。土家族、仡佬族儺戲以漢語演出漢族劇目。侗戲分北侗地區和南侗地區，北侗地區已漢化，沒有本民族語言，是否是少數民族戲有待商榷。布依戲源流有五種說法：一是打老摩和族中戲；二是布依儺戲；三是布依八音坐彈；四是廣西北路壯戲；五是源於民間道教。據考，布依戲是從廣西北路傳入的，是布依人去壯族地區趕集，覺得很好，便移植回來，融入本民族文化元素創建的。民間一般是在 7 月半和春節演出，現主要在南盤江流域的冊亨、安龍、興義等縣流傳。如今政府只有《薛丁山征西》和《金竹情》這兩部戲，其餘民間只有條綱戲，沒有劇本，都是即興演出。現演出稀少，祇有政府組織現場排練演出，已漸消亡。侗戲是黎平地區文化人吳文采在漢族地區趕場，看了漢族的陽戲，花了三年，融入本民族元素創立的。一般是正月在鼓樓演出。其特點是用牛腿琴彈唱，走橫八字，用本民族語言演唱。也主要在都柳江流域的黎平、榕江、從江等三個縣流傳。

　　李：每個寨子都有一個戲臺嗎？演需多長時間？

　　吳：每個寨子都有一個戲臺。演戲長的維持一個月，是一個寨子到另一個寨子演出，侗戲比布依戲保存完整。

　　李：花燈戲有劇目嗎？有少數民族元素嗎？

　　吳：現在有貴州省花燈劇團。漢族、少數民族劇目都演。戲劇在貴州有一些劇團，如貴州梆子，在民國消亡。還有京劇，粵劇。貴州有四路花燈：遵義黔北花燈；安順西路花燈；銅仁東路花燈和黔南獨山南路花燈。劇目有《月照風林渡》、《七妹和蛇郎》等。京劇裏也有少數民族元素，如《布依女人》，題材來源於布依族，以布依族民歌「好花紅」為主題音樂。《明月清風》是以王陽明在貴州生活的習俗為背景，配以貴州山歌。另外編創有大型劇作

《奢香夫人》，是以奢香夫人在水西平少數民族歸漢的故事為背景。

李：非物質文化遺產貴州做了哪些方面工作？

王炳忠（以下簡稱「王」）：非物質文化在民間傳承，是民間的大傳統。現主要是收集和搶救保護以傳承，使此地民族文化不致於消亡。

李：貴州大的劇種有哪些？

王：國家級的有黔劇、布依戲和侗戲等，省級的比較多。

李：黔劇是怎樣形成的？

吳：黔劇是現當代人工創建的劇種。是在揚琴彈唱的基礎上發展起來的，又叫文琴戲。在遵義、畢節、安順等地流傳。

李：儺堂戲有儺堂，是在家庭範圍上演嗎？

吳：儺堂戲不光在家庭上演，它有一種信仰在裏面，在邊遠地區保存完整。

李：非物質文化有沒有得到很好的保護？

王：非物質文化作為申報課題，作為一種文化亮點。需要政府出台進行政策性保護，也需要專家層的挖掘和保護。一方面可推動文化旅遊的發展，另一方面也亟待保護和傳承。

訪談附錄二

訪談記錄

開始時間：2013 年 1 月 11 日上午 10 點

地點：遵義師範學院紅色文化研究中心

參訪對象：劉麗

結束時間：上午 11 點 40 分

李強（以下簡稱「李」）：劉老師，你們這裡有專門宣傳遵義歷史文化的書籍嗎？

劉麗（以下簡稱「劉」）：有一些關於遵義古鎮、古街、懸棺等的書籍，宣傳遵義地方文化的有《遵義史話》、《貴州商業古鎮──茅臺》等。

李：劉老師您現在還上課嗎？兼什麼課？

劉：現在我們中心的事比較多，沒有上課了。往年給學生上現當代文學，民俗學與民間文學。

李：這裡非物質遺產多嗎？據報導，敦煌發現有三苗之地，很奇怪說明，

西北與西南關係很近。

劉：南北方歷史上有交流，並不奇怪。說到「非遺」，主要是省級的。這裡主要是長征文化和仡佬文化。現在我正在做紅軍長征文化、線路、會議的研究課題。貴州最先是濮人居住的地方，流傳有這樣一句古話：「仡佬仡佬，開荒闢草」，赫章可樂還發現了很多古蹟，足可見證。氐羌民族逐水草而居，後來進入西南地區；因爲戰爭，百越民族也從沿海遷入貴州；遠古苗族不是貴州的世居民族，最早在黃河流域中下游一帶，因戰敗，到處遊走，經楚蜀地區遷徙到貴州。逐步形成現在貴州多民族的格局。

李：爲什麼遵義的仡佬族特別多？遵義有多少仡佬族？

劉：這裡很早就是濮人居住的地方。遵義經調查統計有 40 多萬仡佬人。

李：仡佬族有本民族語言嗎？

劉：有。仡佬族是大分散、小聚居的混雜居住方式，因此形成區域性的民族語言與文化，接近彝族的地區需要與彝族交流，融進了彝語詞彙。遵義地區已普遍使用漢語，只保留了少量仡佬族詞彙；安順大狗場、六盤水保留仡佬語比較完整。

李：聯創紅色文化的全國七所大學有哪些？

劉：貴州遵義師範學院、湖南湘潭大學、江西井岡山大學、浙江嘉興學院、陝西延安大學等。

李：仡佬族儺戲與漢儺有什麼區別？

劉：仡佬族儺戲指的是陽戲，演出不搭臺。

李：這兒好像有高臺戲？

劉：有高臺戲，高臺戲在花燈歌舞的基礎上，吸取儺堂戲等表演形式而構成的劇種。形成與於清道光年間，流行於貴州鳳岡、湄潭、餘慶、務川一帶。還有板凳戲，是一種地域性的戲種，不能說是那一個民族獨有，板凳戲不易搭高臺，故得名。現在還有演出，坐的是矮板凳，比較容易上演，可以在火塘邊唱。

李：現場能坐多少人？有在大型地方演出嗎？

劉：一般圍坐的人比較少，沒有在大型地方演出。

李：此劇種有史詩，故事嗎？

劉：我的一個親戚是仡佬族，她告訴我，當地人坐在火塘邊能講很多故事，唱很多歌，民間有一些有情節的劇本。

李：有沒有宗師？有沒有傳人？

劉：不曉宗師，也沒有傳人。當時也沒有有意去研究，所以錯過了，現在只有零星的記憶碎片。只記得仡佬族人在喪葬時唱有情節的喪葬歌。

李：可以花氣力進行這方面的研究。

劉：這方面是雜存的民族文化，越研究越複雜，沒有理論高度不行。我現在是把我看到的描述出來，爲研究提供一些線索。而且這方面的研究需要訓練有素的團隊，才能做大、做強、做好。

（碩士生張俊整理編撰）

二十一、陝西、甘肅、寧夏傳統文化與民族戲劇調查報告

（2013 年 7 月 19 日～7 月 23 日）

（一）彬縣大佛寺

2013 年 7 月 19 日上午九點我們兩位碩士生與李強老師從西安市汽車站出發，大巴一路前行，大約一小時左右到達咸陽汽車北站，之後又乘坐咸陽到彬縣的大巴，一個半小時後到達彬縣汽車站。吃完中午飯後，我們乘車前去彬縣大佛寺。現將考察此座「絲綢之路」重鎮的結果報告如下：

彬縣大佛寺係唐太宗李世民當年為紀念他指揮的邠州淺水原大戰和五龍阪大戰中陣亡將士而建，初名「應福寺」，北宋仁宗為其養母劉太后慶壽時改名「慶壽寺」。該寺位於彬縣城西 10 公里的清涼山下，為全國重點文物保護單位。寺前有一座明鏡臺，臺上建有三層磚木結構的樓閣，高五十餘米，站在樓閣上可俯瞰寺前全景。全寺共有一百零七個大小石窟，二百五十七個佛龕，大小造像一千四百九十八尊。彬縣大佛寺石窟是國家文物局公佈的「絲綢之路：起始段與天山廊道的路網」22 處申遺點之一。

據記載，彬縣大佛寺石窟開鑿於唐高祖武德元年（618）。大佛洞、千佛洞、羅漢洞是其中的精華所在，都是初唐時期開鑿，歷經盛中晚唐完成的。大佛寺石窟中保存的歷代碑刻題記頗多，晚清的金石學家葉昌熾就是在收集了大佛寺石窟 103 條題記，在此基礎上，撰寫成了《邠州石室錄》一書。

石窟依山雕鑿，氣勢宏大，圍繞窟內開龕 70 處，造像 740 多尊。窟平面呈平圓形，南北 13 米，東西 28 米，窟底周長 74 米，頂高 25 米。窟內主像為一佛二菩薩。大佛居中，結跏跌坐，肩寬體厚，高約 25 米。上體穿窟室中心柱而上，佛兩旁菩薩頭戴寶冠，衣著華麗，身高均達 15 米許，故俗稱「丈八佛」。窟壁為佛龕，均雕刻大小佛及菩薩等造像。窟前有護樓三層，可以登臨眺望。此窟規模宏大，造像雄偉，雕飾富麗，技巧精湛，令人歎為觀止。大佛髮式作螺髻狀，面方，耳垂，披衣袒胸，腰下繫結佩帶兩條，盤腿端坐在巨大蓮臺之上。佛的左手著膝，右臂上彎，手掌向內，手指微屈，作說法狀。彬縣大佛全身姿態自然，肌肉豐滿，面相端嚴。背景就崖雕刻而成，在靠近大佛的頭部周圍浮雕坐像七尊，邊緣更圍繞十九個飛天，是極富裝飾性的精美雕刻。佛身健碩雄偉，所謂「一指之大幾為腰」。此寺亦因此而得名「大佛寺」。

　　大佛窟西側爲「羅漢洞」窟群，西北排列四個小石窟，各窟大小不一。西起第三窟壁上浮雕經變故事六十餘幅，並留有唐、宋以來遊人題刻。其餘三窟，各有立體石佛及菩薩造像數尊不等，亦都優美、生動，雕工細緻。其東爲另一「千佛洞」窟群，東西向排列三窟，中略小，爲方形，另兩窟較大，均呈方形。壁間浮雕三百餘幅，另有少量佛造像和菩薩，栩栩如生，呼之欲出。

　　全寺共有 130 孔洞窟，錯落綿延在 400 米長的立體岩面上。其中有佛龕 446 處，大小造像 1980 尊。由四大部分組成，即大佛窟、千佛洞、佛洞、丈八佛窟。最值得觀賞的是一尊 20 米高的阿彌陀佛，跏趺坐於幽深空靈的石窟正中，美輪美奐，袒胸披衣，螺髻罩頂，兩耳垂肩，月眉鳳眼，鼻直口闊。仰觀其金光燦燦的風腴面態，慈祥中透出威嚴，威嚴中現慈祥。虔誠凝視，撼人氣量，透徹心扉。這是鼎鼎大名的「陝西第一大佛」，在全國各石窟大佛中，也位居前列。但若以精美完好論，則位居各佛之冠。氣勢磅礴，偉岸大度，充溢著偉人的博大氣象。有位專家在研究此大佛的論文中稱：大佛造型與李世民相似。侍立於大佛兩側的菩薩分別爲觀世音和大勢至菩薩，與大佛合稱爲西方三聖兩尊菩薩，均爲非凡的藝術雕刻。各持法相，面相豐圓，佼秀慈雅，含蓄恬靜所著錦衣，流暢自如。其形其神，無不透射出天國裏的至善至美。

　　大佛窟東側的千佛洞，則另具特色。此窟呈中心柱式結構。窟中主像亦爲彌勒佛像，兩邊侍立的分別是弟子，菩薩，力士。除此各龕內，大多爲一佛二菩薩，或一佛兩弟子或兩菩薩造像。尤其是眾多的石雕菩薩造像，袒胸露腹，飄逸飛動顯示出優美的曲體造型，如歌似舞，楚楚動人。從中可充分領略大唐時女性自由、活潑、開放的社會風尚。這些造像，多次被國外遊客冠以「東方維納斯」美稱。佛洞位於大佛窟西側的釋迦牟尼佛主像，側身侍脅爲文殊菩薩，穩騎雄獅背上，獅頸繫鈴、獅尾甩動，給人以長嘯奔騰的感覺。

（二）慶陽北石窟寺

　　7 月 19 日下午四點半左右參觀完彬縣大佛寺後，我們師生三人乘坐去慶陽的大巴，約三小時到達甘肅省慶陽市。第二天早上九時多，乘坐新開辟的 1 路公交車前往位於「董志原」的北石窟寺。在參觀過程中，北石窟寺的工作

人員白京平向我們講解了此座著名石窟的歷史淵源、佛像姿勢的含義、佛像岩石特質、此古石窟寺在絲綢之路上的重要性和北石窟前兩條河流的歷史等方面的知識，讓我們受益匪淺。具體考察情況如下：

北石窟寺是全國重點文物保護單位，是慶陽石窟中規模最大、保存最完整的一座古代藝術寶庫。它位於該市西峰城區西南 25 公里處的寺溝川。遠眺川谷，慶陽兩條大河流蒲河與茹河在此匯合。蜿蜒流水，川臺田壟，山景崖壁，交映融滙出一幅美麗畫卷。整個窟群開鑿在二水合攏口東岸的覆鍾山崖上，坐東面西，雄偉壯嚴，全部水天、山川景色一覽無餘。蒲河、茹水繞寺而過，梁巔岇峰環抱其間，群山對峙，林木疊翠，幽靜雅致。古人曾有「嵐戲翠黛逸軒出，水弄絲桐繞寺流」的詩句描繪這裡奇特的自然景色。

北石窟寺初建於北魏宣武帝永平二年（509），由涇州刺史奚康生倡導建造，同時開鑿的還有涇川縣城東的南石窟寺，兩寺一南一北，遙遙相對、蔚蔚壯觀。北石窟寺經過歷代相繼增修擴建，窟龕密集，內容豐富，頗具規模。形成了造像量豐富、藝術技巧精妙的高超傑作。在高 20 米、長 120 米的紅砂岩崖上，上、中、下三層蜂房般布設窟龕 295 處，造像 2125 尊；峭壁之間，還有複道迴廊，它是甘肅省石雕藝術最爲集中的一處遺存窟群。

165 窟爲北石窟寺的特級洞窟，也是北魏石窟藝術的代表作。位於寺溝主窟群的中部，是北魏永平二年涇州刺史奚康生主持開鑿的「七佛窟」。窟門高 5.90 米，寬 3 米。門外兩側雕有二身 5.8 米高的守門天王。洞窟平面爲橫長方形，覆斗形頂，高 14 米，寬 21.7 米，進深 15.7 米，其間高大精美的彩繪造像，在國內北魏石窟作品中十分罕見。窟內雕有 8 米高的 7 身立式大佛，形態豐滿、充實、魁悟、堅毅，顯示出一種動人心魄的內在力量。還有兩身同高 6 米的彌勒菩薩和 10 身 4 米高的脅侍菩薩，造型優美，給人一種莊嚴肅穆之感。

最值得稱道的是窟門南側的騎象菩薩，石雕白象神態活潑，古樸逼真；盤膝疊腳坐在象背上的普賢菩薩，頭戴玉冠，身佩胸飾，風姿娟秀，儀容恬靜，柔情綽態，嫣然含笑；肩披絲綢天衣，似蟬衣透亮，飄然欲動，其精緻、高大的技藝，在同時期確屬罕見。窟門北側，是一尊三頭四臂的阿修羅天王石雕像，酷似埃及金字塔前的獅身人面像，粗獷簡練，呈喜、愁、怒三面表情；兩手擎日月，兩手執金剛杵，渾身充滿戰鬥的氣息。在這一窟內，還有一幅規模之大居全國之冠的薩埵太子捨身飼虎圖，窟頂有千佛、飛天、伎樂

人以及佛本生故事為題材的彩繪浮雕，畫幅長 15 米、寬 2 米。畫中的王后驚夢、國王逃宮等佛傳故事情節，為國內各大名窟同一題材浮雕畫中所未有。其雕刻刀法純熟，人物形象逼真，是不可多見的北魏石窟藝術佳作。此窟造像大多保存較完整，在全國北魏石窟同類題材中，風格獨特，最具典型性和代表性，具有很高的歷史考古和藝術觀賞價值。32、263 號窟是唐代的代表洞窟，其造象生動逼真，富麗堂皇、絢麗多姿。雕刻刀法嫻熟，堪為藝術精品，令人歎為觀止。

北石窟寺建於盛唐時期的窟群占 70%以上，其中 222 窟規模最大、造像最多，既有菩薩雕像，又有 300 多身造型生動的浮雕。這座石窟與眾不同的特點，較完整地保留了歷代的 150 多則題記。北石窟寺石岩層石質堅韌，已見造像均為石雕，藝術價值更高。1988 年 1 月慶陽北石窟寺被國務院公佈為全國重點文物保護單位，現為隴東著名的旅遊勝地。

在回來的路上，一位年輕的司機師傅還向我們講解了慶陽的廟會、戲樓、皮影、隴劇、秦腔、五月端午的香包以及正月十五社火等方面的知識，我們對當地的民俗有了進一步的瞭解。由於慶陽到固原每天只有早上七點這一趟車，我們只好在平涼轉乘去固原的車。吃完中午飯，下午兩點多我們在慶陽西站乘坐去平涼的客車，約三小時到達平涼。

（三）固原歷史文化研討會

21 號下午六點多，我們師生三人在平涼汽車站乘車前往寧夏回族自治州固原市，沿途景色優美，地貌奇特，還經過了古代西北邊地著名關隘「蕭關」，可惜時間緊迫，未能下去參觀。天空飄著細雨，七月的寧夏不僅沒有絲毫的炎熱，反而有幾分涼意。晚上八點左右，我們到達固原，「2013 年寧夏歷史學會年會暨固原歷史與文化學術研討會」的主辦方寧夏師範學院的幾位老師接待我們，下榻到固原正祥國際飯店。

7 月 22 號，吃完早飯，我們八點整在正祥國際飯店門口等候，然後乘坐寧夏師範學院的校車前往寧夏師範學院辦公樓五樓第四會議室，開始本次的會議的旅程。在開幕式上，寧夏師範學院副書記李靜、中國軍事科學院蘭書臣少將、陝西師範大學李強教授、寧夏社科聯副主席吳勇，以及寧夏歷史學會會長、寧夏大學霍維洮教授分別緻辭。九點到九點半，全體與會人員在寧夏師範學院圖書館前合影留念。九點半到十二點，開始本次會議的主題發言。

第一天參與主題發言的共八位老師。首先，陝西師範大學歷史文化學院教授、博士生導師王雙懷教授做了題爲《歷代對黃土高原陸地水的開發和利用》的發言。他在論述了先秦、漢唐和明清時期黃土高原色自然環境和水利狀況的基礎上，分析了黃土高原地區水利建設的時代特徵和區域特徵，解釋了黃土高原水利建設的歷史作用。

接著，蘭書臣少將做了題爲《唐蕭關詩探》的發言。主要對蕭關詩的作者及創作緣由、題材及內容類別、特點及現實意義等進行了探索，旨在發掘以詩歌爲主要載體的邊塞文化。之後，寧夏社會科學院歷史研究所所長、研究員薛正昌做了題爲《流寓文化：明代寧夏流寓群體生存空間轉換的文化結晶》的發言。他以明代《寧夏志》、《嘉靖寧夏新志》、《萬曆寧夏志》爲例，以明代寧夏流寓人群爲背景，對傳世的流寓文化做以梳理和研究。

第四位發言的是寧夏大學西夏學研究院副院長、教授、博士生導師胡玉冰。他的發言題目是《寧夏地方文獻整理及其文化價值研究芻議》，主要圍繞「寧夏歷史人物著述整理與研究」、「寧夏出土文獻整理與研究」、「寧夏典藏珍稀文獻整理與研究」等方面來論述寧夏地方文獻的敘述價值。

第五位是「中國回鄉文化園回族博物館」館長雷潤澤先生發言，他的發言題目是《固原文物古蹟探微》。他提出「原州文化」與西夏文化、回族文化同爲寧夏三大地域特色文化的見解，指出它是發展寧夏文化旅遊產業和創意文化產業的寶貴資源，具有非常重要的意義與價值。

第六位發言人是寧夏博物館研究員何新宇發言，題目是《中央紅軍長征在寧夏固原的深遠影響》。寧夏固原六盤山是紅軍長征途中翻越的最後一座大山，具有重要歷史地位，是寧夏紅色歷史上最爲輝煌、壯麗的一頁。第七位發言人是固原市地方志辦公室，研究員佘貴孝先生，他的發言題目是《固原歷史文化探微》。他認爲固原歷史文化，亦可稱爲「六盤山文化」，其積澱豐厚，民族特色鮮明，既有農耕文化的傳承，又有游牧文化的演變。

最後一位發言的是固原歷史文化研究中心副主任，副教授安正發先生。他以《流寓人士對區域文化發展的影響》爲題，認爲流寓人士對寧夏地域文化具有重要的影響，他們或利用行政資源，或利用個人影響，在當地精神文化、物質文化與制度文化等方面做出了突出貢獻，成爲當下討論寧夏區域文化的重要組成部分。

主題發言之後，已到了中午十二點，主持人景勇時研究員做了簡短的學

術總結。

借著午飯前的空隙，我們師生三人和歷史文化學院的王雙懷老師及他的學生馮敏、陝西師大出版總社的馮新宏編輯、寧夏固原博物館的周佩妮、馬建軍館員一同前往固原市中心參觀了「西北農耕博物館」。所了解的具體情況如下：

西北農耕博物館建於 2007 年，佔地 20 餘畝，建築總面積 4050 平方米，其中主展館面積 3200 平方米。是一座展示寧夏、陝西、甘肅、青海和新疆等西北五省（區）農耕歷史、農耕器具、農作物品種的主題博物館。保存著中國農業的起源、原始農業、粗放農業階段、北方傳統農業的形成和發展、中國近現代農業發展的許多珍貴實物。展廳共分為原始社會農耕、先秦時期農耕、秦漢至隋唐時期農耕、宋元明清時期農耕、近現代農耕五大部分。

進入博物館，首先映入眼簾是一尊神農氏雕像。雕像高 4.3 米，人物右手執鋤，左手托穗，頭部微揚，長髯飄飄，愜意自豪，似在觀天識象，又似能為眾生福祉祈禱。人物造型遒勁灑脫，很好的表現了這位農耕文化鼻祖的灼人風采，雕像的作者為著名青年雕塑家徐宏偉先生。

細品西北農耕博物館，你會發現，文明的每一次發達源自於生產方式的創新變革，耕犁的改進總給農耕文明帶來進步的福音。西北農耕博物館大量陳列著原始社會遺存出土的諸多農具。寧夏海原菜園文化遺址曾出土了大量的石斧，石鏟，石刀，石鐮，石磨盤、石磨棒，杵臼等。其中：石斧、石鏟為鬆土整地工具；石刀、石鐮為收割工具；石磨盤、石磨棒、杵臼為加工工具。在西北農耕博物館二樓，人力耕作的身影消失，牛馬等畜力開始出現在農耕勞作的雕塑和展品中。最具代表性的是「二牛擡槓」，它是傳統農業的標誌，這種古老的耕作技術至今還流行於西北地區。

將近一個小時的參觀，我們對西北農耕博物館有了更加深入的瞭解。博物館設計的獨特，藏品的珍貴，以及它的教育意義都給我們留下了深刻的印象。之後，我們在當地有名的「老白師泡饃店」吃完中午飯，接著又開始了本次會議的分組討論環節。

下午兩點至四點，我們在寧夏師範學院辦公樓五樓第二和第三會議室，分為兩組進行具體討論。李老師在第三會議室，他的發言題目是《西北絲綢之路東段與固原地區歷史文化》，主要從絲綢之路東段關隘要塞、固原地區絲綢之路名勝古蹟及文物、絲綢之路東段傳統文學與民俗文化三個方面進行論

證，說明固原地區在絲綢之路東段的重要作用，具有很大的學術價值。他呼籲大家對其歷史文物、文獻，以及尚未發掘和整理的絲綢之路文學、藝術及旅遊資源進行全面、系統的考察，以期取得更爲重要的成果。張瓊和馬莉在第二會議室進行討論，分別就自己的與會論文《從回族「花兒」中的語言看回族文化》、《絲綢之路上的回族史詩》做了簡單論述，經過學術對話，獲得很多知識。

　　整個會議討論氣氛熱烈，涉及內容廣泛，對固原的區域文化、歷史地理、社會經濟、文物考古、民族宗教、語言民俗、地方文獻等等都做了細緻而又意義的探討，學術氛圍很是濃厚，使我們在結交了朋友的同時也學到了很多知識。

　　下午四點到五點在寧夏師範學院辦公樓五樓第四會議室集中，安排介紹本次討論的情況及舉行閉幕式。最後我們師生三人及幾位老師合影留念，本次會議討論環節圓滿結束。稍作休息後，晚上六點半到九點半，會議主辦方寧夏歷史學會及寧夏師範學院在正祥國際飯店舉行晚宴，接待了全體與會人員，祝賀本次會議取得圓滿成功。

（四）須彌山文化考察

　　7 月 23 號是會議議事日程中的文化考察環節。吃完早飯後，我們全體參會人員早上八點在正祥國際飯店門口集合，然後乘坐寧夏師範學院的校車長途跋涉，經過一個半小時到達第一個考察點——「須彌山博物館」，約四十多分鐘參觀完畢，具體情況滙報如下：

　　須彌山博物館建築面積 5580 平方米，陳列展室面積 45000 平方米，是國內首個以「絲綢之路和佛教石窟藝術」爲主題的博物館。「走進須彌山看須彌世界」陳展中運用科技媒介、藝術創作、文化象徵等多種手段，全面展示絲綢之路文化和佛教石窟藝術，給遊客提供了觀賞世界絲綢之路佛教石窟藝術的場所。博物館的設計理念是「藏而不漏」，博物館從地下挖掘形成兩層樓，建成後地表恢復原有面貌，地上只露 5 個樓閣。其理念來自須彌山佛教文化，須彌山爲世界佛教中心，中心之外有 4 大部洲。5 個樓閣分別代表中心和 4 個部洲。

　　館內陳列由「佛教東傳」、「須彌之光」、「佛國眾生」、「佛窟集萃」等七個單元組成。該館以須彌山石窟文物的收藏、保護、研究、利用爲主題，採

用了多媒體互動裝置、場景幻影成像、環幕動態投影與球幕投影等高科技聲、光、電數字音響，以及大量史料、文物、雕塑、圖版等光影色彩，形象生動地營造出神秘的宗教文化氛圍，宣揚、體現出佛教文明對我國思想政治和文學藝術發展所起的積極作用。

據專家介紹，「須彌」在古印度陀羅神話中意爲「寶山」，被譽爲宇宙中心、眾天神所嚮往的地方。展廳用藝術的手段闡釋了佛國世界須彌山博大的時空概念，把神話傳說與現實中的須彌山緊密相結合，給人以全新的認識與理解。

第一單元「絲路開通」從公元前 138 年漢使節張騫出使西域入手，通過場景復原、文物陳列手段，展示了絲路開通以後給固原帶來的政治、經濟、文化繁榮，以及顯示固原在絲綢之路東段北道上的重要地位。

第二單元「佛教東傳」運用場景復原、文物陳列和多媒體技術，展示了佛教從印度誕生，並東傳進入中原大地的歷史進程和藝術風格。

第三單元「須彌之光」重點展示了固原在絲綢之路主幹道上的重要地位和須彌石窟的藝術特色。須彌山石窟是佛教東傳的宗教文化產物，造像藝術既有印度「支提式」風格，又有濃厚的中原文化氛圍，是印度佛教中國化的典型代表，展示了須彌山石窟發展進程中的藝術特色。

第四單元「佛國眾生」是專題的佛教知識單元，運用圖版，石窟雕像復原、文物陳列和多媒體演示等手段，系統介紹了佛國世界中供養人等各類人物的重要貢獻。

第五單元「佛窟集萃」用圖片展示和多媒體技術系統，介紹了印度阿旃陀、阿富汗巴米揚和中國各具特色的 18 個著名石窟，是瞭解我國佛教石窟寺直觀形象資料。

前後兩廳遙相呼應用須彌山電子沙盤與著名佛教雕像相結合的手法，展示須彌山在佛教世界中的「中心」地位和佛教石窟藝術的魅力，令人甚爲感嘆佛教文化的宏大豐盈。

上午十點左右參觀完須彌山博物館，二十分鐘後，會議一行人又饒有興趣來到「須彌山石窟」。在導遊的講解下，我們瞭解到須彌山石窟位於寧夏固原市原州區境內，坐落在市城北 55 公里處六盤山支脈的寺口子河北麓的山峰上。寧夏著名景區之一須彌山屬六盤山山脈，山基以紫色砂岩，砂礫岩及葉岩組成，海拔 2003 米，峰巒疊嶂，怪石嶙峋，山中流水，風景秀麗。

　　須彌山石窟是絲綢之路上著名的佛教石窟寺，爲中國十大著名石窟之一，是全國重點文物保護單位。它始建於北魏，西魏、北周、隋、唐、宋、明等朝代繼續營造修繕，長期以來是自長安西行之路上第一個規模最大的佛寺遺址，被譽爲「寧夏敦煌」。須彌山石窟最早叫「逢義山」，唐代時須彌山開始稱「景雲寺」，五代、宋、西夏、金、元至明初都沿襲這一稱謂。須彌山作爲佛教稱謂和石窟的代名詞，當推宋代。

　　須彌山石窟初創於北魏孝文帝太和年間（477～499 年），興盛於北周和唐代，是古代絲綢之路沿線著名的佛教石窟之一，其開鑿規模、造像風格、藝術成就可與大同雲岡、洛陽龍門等大型石窟相媲美。歷經西魏、北周、隋唐續鑿及宋元明清各代修葺經營，成爲中國古代長安至關外之間規模最大的一處佛寺禪院，歷時已有 1500 多年。

　　須彌山在佛教中具有非常的意義，它又稱「須彌樓」，是古印度神話傳說中的名山。依據佛教理念，它是諸山之王，世界的中心。在中國它不光寧夏擁有，同時也是北京喇嘛黃教寺院雍和宮著名的景觀之一。

　　須彌山石窟現存石窟 150 多座，分佈在連綿 2 公里的 8 座六盤山餘脈山峰上。自南而北有大佛樓、子孫宮、圓光寺、相國寺、桃花洞、松樹窪、三個窯、黑石溝 8 區。北魏石窟集中於子孫宮，以第 14、24、32、33 窟爲代表，多是 3～4.5 米見方的中心塔柱式窟。塔柱四面分層開龕造像，第 32 窟塔柱多達 7 層。第 24 窟塔柱上層龕內雕刻著一些精彩的佛傳故事。

　　北周石窟開鑿工程向北發展，集中於圓光寺、相國寺區域，規模大、造像精，現存主要石窟有第 45、46、51、67 等，都是平面方形的中心塔柱式窟。塔柱每面各開一大龕，四壁亦開龕，有的一壁三龕，龕形雕飾華麗。第 45 窟和 46 窟是須彌山最繁麗的洞窟。第 51 窟由前室、主室和左、右耳室四部分組成。主室寬 13.5 米、高 10.6 米，是須彌山最大的中心柱式窟。後壁通寬的寶壇上並列 3 尊坐佛高達 6 米，雄偉壯觀，在現存北周造像中最罕見的傑作。

　　隋唐時的石窟主要分佈在相國寺以北、以唐代石窟數量最多，一般 4～5 米見方，沿正壁和左右壁設馬蹄形佛壇，其造像配置壇上，5 尊或 7 尊，多至 9 尊，不另開龕。第 105 窟是一座大窟，俗稱「桃花洞」，主室內有近 6 米高的中心柱，石柱四面和壁面開大龕，表現出磅礴的氣勢。第 5 窟（大佛樓）是一座巨大的摩崖造像龕。龕內倚坐佛像高達 20.6 米，是現存可數的唐代大佛像之一。須彌山保存著各種造像 350 餘身，題記 33 則，壁畫 7 處，石壁 3

通，是中國古代佛教藝術史上的一筆重要的文化遺產，對於宗教石窟藝術研究是不可多得的珍貴實物資料。

最爲引人注目的，是須彌山入口處高達 20.6 米的彌勒大座佛。它高坐於唐宣宗大中三年（849 年）開鑿的一個馬蹄形石窟內；臉如滿月，雙耳垂肩，身披袈裟，頭流螺髻，神情莊重，十分壯觀。這座大佛比雲崗石窟中最大的十九窟坐佛和龍門石窟的奉先寺盧舍那佛還要高，是全國最大的造像之一。走近佛像觀察，只見其高大魁梧，足有五六層樓高，耳朵有兩人高，眼窩直徑 1 米多，佛像雖大，但雕刻卻十分的精緻。專家說，這是一塊完整的罕見巨石雕琢出來的，充分顯示了中國古代工匠的高超技藝和雄偉氣魄。唐代統治者提倡佛教，武則天曾下令全國各州建大佛寺，造大佛像。有學者推測，這尊大佛可能是在武則天倡導崇拜佛的浪潮中建造的。站在大佛的腳下，眼前似有雲霧繚繞，耳旁隱聽山泉叮咚，山石霧松與絲路佛像組成大西北黃土高原上獨特的山水畫卷。

在須彌山現存的石窟中，題刻和墨跡雖然數量不算太多、但很珍貴，如唐「大中三年呂中萬」，宋「紹聖四年三月二十二日收復隴干姚雄記」、「崇寧癸未」、西夏「奢單都四年」、金「大定二十一年」等，各個時期的題記和碑刻、題記，不僅能使我們對石窟的歷史有更多的瞭解，還爲今人研究唐、宋、金、西夏各代佛教傳播，提供了十分珍貴的資料。

大約一個半小時，我們參觀完宏偉的須彌山石窟，已到中午。在當地的「農家樂」吃完美味可口的飯菜後，我們乘車路過固原的戰國秦長城遺址，同行人員都說「不到長城非好漢」，於是我們下車登上了秦長城遺址。

由於邊塞長城的軍事防禦作用，此遺址成爲北方游牧民族入襲內地的的必爭之隘，自秦朝統一以後，各朝代在原基礎上增高、加厚、拓寬。秦始皇三十三年（公元前214年）遣大將蒙恬北逐匈奴，西起臨洮（今甘肅岷縣）、東至遼東築長城萬餘里，以防匈奴南進，史稱「秦長城」。在固原地區境內，實際是在戰國秦長城的基礎上加以修繕，東西橫貫西吉、固原、彭陽三縣。現今，由於外城殘毀極甚，大部分夷爲平地，墾爲農田，殘留的城墩多爲 2 至 3 米高，已看不清舊城牆。但是據記載，秦長城是特定歷史時期的產物，曾起到強大的軍事防禦作用。由於它在軍事上的保障作用，致使南北各民族、胡漢之間能夠在長城沿線和平相處，並進行經濟貿易活動，可以說它是一條民族相互交往、共同發展的文化紐帶。

（五）固原博物館陳列展覽

當日豔陽高照，風清氣爽，在秦長城遺址合影留念後，下午三點，我們
到達本次文化會議與考察的最後一站「固原博物館」，共參觀兩個半小時，具
體情況如下：

固原博物館位於寧夏南部山區固原市，是一座以收藏當地各民族歷史文
物爲主的綜合性省級博物館，是國家文物局 1998 年確定的全國 70 個重點博
物館之一。該館佔地面積約 4 萬餘平方米，建築面積 1.4 萬平方米，館中文物
藏品總量約 1.2 萬餘件，經國家文物鑒定委員會確定的國寶及國家一級文物
123 件。藏品中以春秋戰國時期北方系青銅器和北魏、北周、隋唐時期絲綢之
路歷史文物最富特色。

陳列展覽由陳列大樓、鐘亭、古墓復原館、石刻四部分組成。陳列大樓
的展覽分爲：基本陳列《固原歷史文物展》和專題陳列《絲綢之路在固原》
兩部分，共陳列展品 1000 餘件。整個展覽凝聚了固原六千多年燦爛輝煌的歷
史。展覽時間跨度大，內容博大精深，浩如煙海。展覽以注重突出地方特色
和民族特點爲依據，再現固原早期先民的歷史和文化淵源。

《絲綢之路在固原》專題展，眞實再現「絲綢之路」歷史風貌，它是連
接東西方的一座橋梁，號稱是世界東西政治、經濟、文化交流的大動脈。它
東起中國的長安，即今天陝西的西安，西到地中海沿岸，橫跨東亞、中亞、
西亞和部分歐洲地區。古絲綢之路經固原有四處入口，兩處出口，漢、唐、
五代、宋、西夏等歷史時期長安至涼州的北道，經固原的道路分別爲：第一
條道是由甘肅平涼安國鎭入境，經聯財、將臺、張易、樹峽關、固原（原州）、
頭營、三營；第二條道同樣是由甘肅平涼入境，經聯財、六盤山、隆德縣，
然後入境進入甘肅靜寧縣；第三條道也是由甘肅平涼入境，經三關口（彈箏
峽）、瓦亭（也可到隆德）、固原、頭營、三營；第四條道是由甘肅鎭原入境，
經彭陽的紅河鄉、彭陽縣城（百全）、古城、固原、頭營、三營。三營北上有
三條道路，第一條道路是由三營經七營至蕭關出固原；第二條道路是由三營
經黑城（通峽）、撒臺（蕩羌寨）、莧麻河高臺寺、西安（西安州）至鹽池（定
絨寨）出界，進入甘肅靜遠縣；第三條道是三營、黃鐸堡、九羊寨、紅羊、
樹臺西安（西安州）至鹽池出界，進入甘肅靜遠縣。此專題展品以中西文化
交流遺產文物爲主，反映了北朝至隋唐時期「絲綢之路」的盛況。

隨著絲綢之路的暢通，佛教傳入固原，從北魏到隋唐時期，固原境內出

現了大量的佛窟石、銅佛造像，如鎏金銅佛、玉菩薩等造像的出現，標誌著絲綢之路東段北道的繁榮與發達。彭陽新集北魏墓出土的房屋模型，是用土夯築後剔刻出瓦壟、窗棱的實心房屋，在我國同期考古中屬於首例發現。房屋下方十餘米處有一墓室，從中出土彩繪陶俑、陶牛車等共 150 餘件，陶俑大多爲胡人形象。

　　絲綢之路「北魏漆棺畫」的發現是近年美術考古史的重大事件，它爲絲綢之路美術史的研究提供了全新的、具有代表性的北朝繪畫史料，也進一步提供了瞭解北朝繪畫藝術的重要實物。漆棺彩畫展示了傳統文化與外來文明的結合，儒家題材與佛教題材交融的新面貌

　　「凸釘玻璃碗」是西方之國的瑰寶，具有波斯王朝傳統的玻璃工藝特點，體現了薩珊王朝玻璃器形和紋飾上的獨特風格和精堪的磨琢工藝，爲我國古玻璃研究提供了寶貴的資料。「金戒指」的樣式和石面上雕刻的文飾具有濃鬱的西方文化色彩，裝飾所鑲嵌的青金石原產於阿富汗，可見這枚戒指來自蔥嶺以西中亞地區。

　　固原重臣「環首鐵刀」出土於李賢墓木槨右側，是李賢生前佩刀，也是目前所發掘的北朝墓中出土的唯一完整的鐵刀，對中國古代兵器的研究及中西文化交流的研究，都提供了重要的實物資料。

　　「鎏金銀壺」是波斯薩珊王朝傳入中國的手工藝製品，生產於巴克特里亞地區，屬於薩珊金屬器系統。壺身上的人物故事表現了中世紀時期西方古典藝術在北方地區的滲透傳播，其故事內容取材於古希臘神話，藝術風格具有希臘、羅馬的特點，以製作精良、質地貴重和傳世稀少而彌足珍貴。這種珍貴的金銀器在西方傳入中國的奢侈品中佔有十分重要的地位，對國際學術界懸而未定的薩珊金銀器的研究產生了深遠的影響。固原博物館藏品中的 200 餘件文物先後數次應邀出國展出，對於中外文化交流工作起了積極的促進作用。

　　下午五點半左右，我們參觀完固原博物館，本次文化考察也算圓滿結束。晚上七點半，固原博物館的周佩妮老師、固原市地方志辦公室的佘貴孝老師以及寧夏社會科學院地方志辦公室的郭勤華老師請我們師生三人與王雙懷教授吃飯，也算是爲我們餞行。佘貴孝老師先是爲我們贈了一本他和郭勤華老師合著的《固原歷史》，之後，大家談到有關固原的民俗，尤其是當地頗具特色的結婚儀式，使在座各位產生很大的興趣。另外還談到回族宗教信仰方面

的問題，在文化交流日益廣泛的今天，回族青年一代信仰和習俗已經慢慢趨於同化的邊緣，因此很有必要引起重視。最後，談話的重心又回到本次會議的議題，即固原的歷史文化問題，各位老師一致認爲固原歷史文化底蘊豐厚，需要進一步的挖掘與整理，應該足夠的重視在絲綢之路文化中具有重要地位。

兩個多小時後，我們吃完飯回到住所，收拾行李，準備返回西安。當天晚上十二時多我們乘坐 K1306 次列車，第二天八點左右回到西安。本次爲期五天的文化考察讓我們受益匪淺，使我們懂得要想獲得第一手資料，就必須親自去考察、去體驗，這樣得到的知識往往是最爲眞實有用和珍貴的。同時，在考察的過程中，我們的視野開闊了，也認識了很多的朋友，對我們學生來說是一個寶貴的人生經歷。

（碩士生張瓊、馬莉整理撰稿）

結語：中華民族戲劇學研究燦爛的未來

　　二十世紀末，二十一世紀初，在我國是社會科學學術研究的一個大好時機。黨和國家非常重視中華民族優秀傳統文化的繼承與發展，組織全國大批專家學者深入各省、市、自治區與縣、鄉鎮去發掘、搜集、整理、研究中國56個民族的民間文學藝術，特別是久爲人們所忽略的少數民族戲劇樂舞文化。筆者有幸在2006年秋季申報獲准教育部人文社科規劃項目《中國少數民族戲劇實證與民族戲劇學研究》，至今已有8年光景了。當我與課題組成員和我的碩士生、博士生捧起此部多達90多萬字沉甸甸的文稿時，特別是回憶起其中經過二十餘次到全國各地遙遠、偏僻的少數民族邊疆地區進行田野考察，將辛辛苦苦收集來的寶貴資料撰寫成的21篇調查報告時，心中確實有些激動與些許的成就感。

　　我由衷地感謝現在國家與政府審時度勢對中國社會科學研究，以及弘揚中華民族優秀傳統文化的重視。尤其是對形式多樣、豐富多彩的少數民族文學藝術遺產的發掘、整理、研究加大的扶持力度。我雖然不是少數民族的一員，但是跟隨父母大半生活、學習、工作在西北邊疆民族地區，對那裡的歷史、地理、宗教、文化、民俗、文學、藝術等非常瞭解；如今又在內地高校從事本科生、研究生的中國少數民族語言文學專業教學與研究工作，自然又增添了幾份對華夏多民族傳統文化的熱愛和敬意。

　　按照當年向教育部遞交的課題申報書，我與課題組成員一致認爲，要圓滿完成如此宏大、繁複，既要繼承，又要創新的全國性質的社科項目，必須要有先進的學術理念，並且要紮紮實實地深入基層，盡可能多地採集第一手

資料。只有將高屋建瓴的理論知識與大量新鮮的實證材料完美地結合起來，才不會因循守舊、流於形式，做不好課題，而辜負學校、教育部學術界的殷切期望。祇有鍥而不捨，全力拼搏，才有可能以此為學術契機，逐步設計和構建名副其實的中國少數民族戲劇文化與民族戲劇學的理論研究體系。

翻閱人類文明發展史，世界各地區、各國、各民族都經歷過以音樂、舞蹈、詩歌、曲藝等合成的綜合性藝術——「民族戲劇」來記載與詮釋生活與歷史。在中華民族的大家庭裏，人數雖然少於漢族的各兄弟民族，可他們居住在神州大地上大面積的國土上。中國少數民族在締造華夏樂舞戲劇文化、中西與中外戲劇文學與表演藝術交流歷史的過程中，曾起到相當重要的作用，建立過卓越的功勳。

然而由於歷史上封建統治者對被貶稱為「狄、羌、夷、蠻」四裔與「胡人、異族」的邊疆少數民族文化採取蔑視態度，以及長期「西方文化中心論」與「漢族文化中心論」干擾了我們對中國少數民族源遠流長的傳統文化的正確認證。另外在世界範圍內，被統治階級與主體民族所忽略的具有原始性、地域性、民族性的大量傳統文學藝術，雜糅融彙在龐大的難分難解的正統文化體系當中，急需人們科學梳理與研究。經過我們認真分析、論證、考察之後，方感覺到對中國少數民族戲劇的研究不能單純套用西方戲劇或中國漢族戲曲研究固定模式；也不能將其綜合性表演藝術肢截、分離開，機械地剖析其文化形態。而應該以先進的宏觀與微觀相結合的文化人類學與民族學的實證考察，即理論聯繫實際的文獻考證與田野調查法，將此兩種行之有效的科研方法相結合，才能有望把此門學科推向相應的學術理論高度。

故此我們的學術課題定為中國少數民族戲劇實證與民族戲劇研究，這是在我以前所撰寫的《塔塔爾族風情錄》、《中西戲劇文化交流史》、《民族戲劇學》、《中外劇詩比較通論》、《絲綢之路戲劇文化研究》、《神州大考察》、《民族戲劇文化大視野》等學術著作，以及參與的《新疆民族歷史文化辭典》、《中國少數民族舞蹈史》、《中國少數民族音樂史》、《中國佛教文化大觀》等文化藝術教材基礎上的一次新的民族文化研究的廣度和深度的掘進。我們就是要以中國傳統的文獻學、考據學等與西方的文化人類學、民族學、戲劇學、比較文學等各種學問相結合，以國內外民族音樂、舞蹈、文學、戲劇的豐富文獻、文物與實證資料來佐證中國少數民族戲劇藝術價值，以及在世界文化平臺中所具有的學術位置。

　　回想起前些年自從我們接受此項課題後所走過的學術道路，基本是按照預先的計劃、設計逐步實施的，即分「三步棋」走，即首先全面、系統查找相關的書面文字資料；再是深入邊疆實地調查；然後是召開各種會議進行科學論證。最後才是撰寫與發表論文、出版學術著作。爲了逐步實現調查研究少數民族理論與現狀文化的目標，我們在大量有關文字資料整理與實地學術考察研究的基礎上合作撰寫、編輯成《民族音樂學新論》、《民族文學與戲劇文化研究》、《中外民族戲劇學研究》三本書，是我們承擔的教育部社科人文規劃項目《中國少數民族戲劇實證與民族戲劇研究》的前期學術成果。並且在全國學術刊物上陸續發表了一系列相關論文，以此來檢閱多年來在承擔此項目所取得的豐碩成果。

　　其中《民族文學與戲劇文化研究》於 2009 年 4 月由山西出版集團、三晉出版社正式出版發行。此本書共收錄了與上述課題有關的 29 篇學術論文，分別以「民族文化藝術篇」、「民族語言文學篇」、「北方民族戲劇篇」、「南方民族戲劇篇」四個檔目將其形式與內容歸屬統領。

　　（一）「民族文化藝術篇」中收錄 7 篇論文，即 1、中國禪宗戲劇的緣起與佛教圖文的東漸，2、中國少數民族戲劇的歷史與藝術眞實，3、中國少數民族當代文學創作的理論與實踐，4、簡論中西民族戲劇的差異，5、少數民族英雄史詩中的女性形象，6、內蒙古與遼寧蒙古劇比較研究，7、撒拉族駱駝樂舞戲的歷史和現實價值。

　　（二）「民族語言文學篇」中收錄 7 篇論文，即 1、豐富多彩的裕固族民間文學，2、蒙古二人臺的形成與發展，3、《江格爾》中修辭手法的審美特徵，4、土族史詩《格賽爾》的程序化與文本語句運用，5、撒拉族歌謠的悲劇色彩，6、裕固族民歌的產生與解析，7、東鄉族歷史與小經文「拜提」。

　　（三）「北方民族戲劇篇」中收錄 8 篇論文，即 1、試論梵劇、回鶻劇與中國戲曲，2、回族戲劇文化概觀，3、滿劇與新城戲《皇天后土》的文化內涵，4、保安族族源及其民間文學與戲劇，5、關於阜新第三屆蒙古劇調演的思考，6、蒙古劇《安代傳奇》的解讀，7、漫瀚劇的產生與藝術貢獻，8、楊家將戲曲文本與歷史演繹。

　　（四）「南方民族戲劇篇」中收錄 8 篇論文，即 1、從《南西拉》看傣劇的東南亞特色，2、白劇源流與《白潔聖妃》的藝術完美性，3、感人至深的彝劇《瘋娘》，4、傣劇《南西拉》的戲劇美學追求，5、藏戲的發展歷程及其

審美因素，6、雲南澄江關索戲述略，7、鄂西恩施地區土家族戲劇文化，8、沐浴民族傳統文化的燦爛陽光。

2011 年秋季，我們總結經驗，再接再厲，又組織部分碩士、博士研究生和課題組成員撰寫出 6 篇篇幅較長的學術論文，形成一批分量較重的與教育部規劃課題相關的後期學術成果。當年以《中外民族戲劇學研究》爲書名交付三晉出版社正式出版。此書共分爲六章，即第一章：民族英雄主題演變研究；第二章：漢匈民族文化交融與昭君戲研究；第三章：唐英戲曲研究與漢滿民族文化融合；第四章：中印文化交融下的西遊戲劇論；第五章：壯漢族群文化與廣西民族戲劇；第六章：中國佛教文化與日本大和民族戲劇論。

我們師生合作編著的上述三部學術論文集有下述五大特點：

（1）從人類學、社會學、民族學角度與中華民族宏觀文化著眼，從古今中外少數民族的微觀文化著手，對其豐厚、具體、生動的傳統文學藝術遺產進行發掘、整理和學術研究；

（2）盡可能最大限度地利用古代遺留下來的各種有關文獻資料，並大量借助田野調查的民間鮮活的圖文材料，對中外多民族民間文學和傳統戲劇藝術進行全面、深入、科學的學術考察；

（3）順應當今世界學術潮流，積極借鑒先進的考據學、比較學、闡釋學，以及定性、定量的統計學、圖象學科研方法，認眞探索與研究中華民族語言文學和戲劇樂舞藝術發展的客觀規律。

（4）採取先進、務實的跨學科、跨民族、跨國界的比較文化研究方法，將中國少數民族戲劇樂舞藝術置於世界文化的視野中審視。

（5）既有中國少數民族語言文學和戲劇形態的解析，亦有中華民族傳統文化藝術的回顧與展望，並有西北、西南、中南、東北地區的少數民族優秀劇目的評論，由此而建構起生動、立體的富有前驅態勢的理論學術坐標。

在我們接受教育部關於民族戲劇研究規劃課題與重大攻關項目之後，相繼進行全國範圍的對中華各民族傳統戲劇文學藝術的田野考察。自 2006 年至 2013 年共有八年光景。我和我的幾十位碩士生與博士生，經歷了許多路途奔波中工作的困難，也嘗受了田野作業中民族歷史文化考察的許多生活樂趣。諸如本書的學術考察報告的作者劉羽、裴亞蘭、權薇、張鳳霞、王顏飛、邊國強、宋錚、聶瑩、郝成文、高攀、張紅旺、趙麗梅、黃玲、郭燕、施蓉蓉、衛亭絨、曹麗莎、丁玲、劉冰、張俊、張娟、馬薇、李莎、張瓊、馬莉等 25

位碩士生、博士生即是此學術課題設計、實施到完成忠實的見證人。

「江山歷有才人出」，我們的祖先對此早已率先垂範。諸如春秋戰國的周穆王；兩漢的張騫、司馬遷、班超；魏晉南北朝的法顯；唐朝的玄奘、鑒真；元朝的丘處機、耶律楚材；明朝的鄭和、徐霞客；清朝的洪亮吉、林則徐等，他們都是經歷長途跋涉、遠涉邊地，吃盡苦頭之後，方才盡覽祖國大好河山，書寫出傳世的鴻篇巨製。

據《太史公自序》曰：「遷生龍門，耕牧河山之陽。年十歲則誦古文。二十而南遊江、淮，上會稽，探禹穴，闚九疑，浮於沅、湘；北涉汶、泗，講業齊、魯之都，觀孔子之遺風，鄉射鄒、嶧；戹困鄱、薛、彭城，過梁、楚以歸。於是遷仕為郎中，奉使西征巴、蜀以南，南略邛、笮、昆明，還報命。」漢太史公司馬遷如果不幾度上下雲遊踏勘神州，何以寫出千古流傳的「無韻之離騷」《史記》。

北魏著名地理學家酈道元的《水經注》能在區區一萬五千字《水經》的基礎之上廣徵博采，洋洋灑灑擴充至四十卷精典注文，這全仰仗他走遍天下、飽覽山河之功。至於唐宋文人墨客天下雲遊、溢情四野之舉更為尋常家事，由此所作詩文才為後人世代傳頌。諸如：

李白《廬山謠寄盧侍御虛舟》詩云：「我本楚狂人，鳳歌笑孔丘。手持綠玉杖，朝別黃鶴樓。五嶽尋仙不辭遠，一生好入名山遊。」

白居易《長慶二年七月自中書舍人出守杭州，路次藍溪》詩云：「我自得此心，於茲十年矣。餘杭乃名郡，郡郭臨江氾。已想海門山，潮聲來入耳。昔予貞元初，羈旅曾遊此。」

蘇軾《題西林壁》詩云：「橫看成嶺側成峰，遠近高低各不同。不識廬山真面目，只緣生在此山中。」

正是這些聖人前賢不辭勞苦出外、仔細觀察，才以如椽巨筆寫出「驚天地，泣鬼神」的優秀詩文，生動、形象地道出了遊歷名山大川的深刻感觸，以及標舉大千世界風物對文學創作的重要性。

在近現當代，在邊疆少數民族地區雲遊的國學大師比比皆是，諸如「搜盡奇峰打草稿」的石濤，「踏遍青山人未老」的毛澤東，還有忘情山水、長年神遊的聞一多、李安宅、容肇祖、董作賓、顧頡剛、楊成志、沈從文、梁思成、費孝通、潘光旦、鍾敬文等國學大師。

正是他們深厚紮實的民族學、社會學、文學功底，以及大量深入邊疆少

數民族地區的社會實踐，才編撰出眾多詩文佳作、畫卷圖書，在國內外學界贏得崇高的社會學術聲譽。

相比起老一輩專家學者，步入二十世紀末與二十一世紀初的我們這一代高校老師與學生，因為社會的轉型，時代的變遷，以及對高科技的迷戀，而染上了貪圖安逸、養尊處優的懶惰習性。要不是我所負責的中國少數民族語言文學、戲劇與影視學專業的特殊要求，以及「天賜良緣」所承擔的教育部規劃課題《中國少數民族戲劇實證與民族戲劇研究》與教育部重大攻關項目《中華戲劇通史》子項目《中國少數民族戲劇》的敦促，我也不可能常年不斷地抽出大量時間或獨自，或帶著研究生們風餐露宿、含辛茹苦前去全國各地去進行田野考察。

想來這些年，借助於節假日，以及開會訪學之便，我們東到黃海之濱閩越山地，西到敦煌戈壁、帕米爾高原，北到白山黑水、鴨綠江岸，南到海南島、青藏雪域，以及涉足港澳、日本、韓國諸地，年輕的新生代研究生們與我共同苦、共患難，雖然路途艱難辛苦、生活單調，甚至險象環生、擔驚受怕，但是四處觀察、採訪、記錄、研究，卻不知不覺地學到許多書本上學不到的知識。當我們書寫了上述 21 篇內容詳實、資料豐富、文筆流暢的民族戲劇學考察報告，經多年訓練與積累所獲得如此大的收穫時，確有著巨大內心喜悅與學術頗多成就感。

事實雄辯地證明，對中華多民族戲劇歷史與現狀及其基本原理的探索與研究前途遠大，任重道遠具有原創性、開拓性、實用性、思辨性等重要創新意義：

其一、以中國少數民族戲劇為主題的「民族戲劇學」的創立，從根本上打破了「歐洲戲劇文化中心論」與「漢族藝術中心論」的陳舊理念，樹立起中華各民族戲劇文化的正確形象；

其二、以文化人類學、社會學、民族學、藝術學等綜合學科尋求中國少數民族戲劇歷史發展規律，可指導中華多民族戲劇戲曲表演藝術實踐，使之不斷走向成熟與繁榮；

其三、在全國範圍內進行廣泛深入的實地調查研究，才能真正搞清楚中國少數民族戲劇的豐富資源，為進一步科學實證與分類、闡釋、研究而打好基礎；

其四、反覆核實、論證有關資料數據及理論，在此基礎撰寫出有學術價

值的史論專著與研究報告，以充實中華民族文化史，文學史與藝術史的編寫，進而滿足廣大文藝工作者對民族戲劇理論與實踐的需求。

因為中華多民族戲劇建構起「前無古人」所重視關注與運作的宏大民族民間文化體系，在此基礎上形成的民族戲劇學牽扯到眾多的相關學科支撐；更因為中國少數民族較之漢族人數雖少，然而所居住的地域極為遼闊，並且與許多周邊國家和地區相毗鄰，故有跨國境、跨民族、跨文化之特殊背景。其複雜多樣的歷史、地理、宗教、語言、民俗等也同樣反映在綜合性表演藝術形式民族戲劇文化體系之中。故只要通過大量各民族翻譯過來的史地文化古籍文獻，以及在民間調查的表演藝術口碑材料，另對浩繁的國內外有關戲劇文化資料進行綜合考證，知其綜合表演藝術樣式的發生、形成與發展，方可勾勒出中國少數民族與國內外各民族戲劇文化交流的歷史畫面。

如今我們所見的中國少數民族戲劇稱謂、定義、概念均多自漢族戲曲與西方戲劇，缺乏本民族本學科的科學規範、學術界定與特色陳述。其戲劇形式自古至今魚龍混珠於傳統音樂、舞蹈、雜技、魔術、曲藝、說唱、史詩、敘事詩等之中，特別是習慣依附於漢民族古典樂舞詩文之中。只有我們對各民族戲劇劇種、劇目進行全方位的調查、統計與形態分類，客觀論證，才能凸顯出特有的中華民族戲劇文化形象與學術價值。

中國各民族戲劇藝術存活於人類口頭與非物質遺產原生態民間文化之中，對此研究與探索不能僅局限於過去的書齋案頭，應深入社會底層對其非文字記載的民間表演藝術形式進行科學描述與闡釋。並經過現代圖文傳媒形式進行原型文化的展示，且通過概括性、抽象性、哲理性文字總結其客觀規律與預測發展趨向，才能進一步充實中華多民族戲劇文化的深刻內涵。

中國是一個地域遼闊、歷史悠久的多民族國家，更是一個擁有巨大文學藝術財富的國家，中國文化史是一部多民族共同開創的中華文明歷史。中華民族文化是包括戲劇文化在內的中國多民族文化形態，其中涵蓋精神文化、物質文化、制度文化等各大層面，集傳統文學藝術之大成的民族戲劇可謂中華民族古老文明的縮影。中華民族戲劇是自古迄今產生在中國歷史地理時空的各民族文化形態，是借助各歷史朝代政治、宗教、民俗、軍事、文化故事當眾展示的表演文藝形式。

中華民族戲劇文化豐富多彩、形式多樣，諸如啞劇、舞劇、儺戲、祭祀戲、歌舞戲、木偶戲、皮影戲、戲曲、歌劇、話劇等，有機地兼容了各種民

族音樂、舞蹈、曲藝、雜技、文學、美術等，有著獨特的東方民族特色，以及極強的藝術生命力。

中華民族戲劇史學與中國歷史不離不捨、携手前行，伴隨著上下五千年中華文明史，在孕育、發生、萌芽、發展、成熟、繁榮的歷史過程中，其原始文化背景與物化形態不曾中斷。自遠古三皇五帝、殷商周延續到如今現當代各個朝代都有中國傳統戲劇文化因素存在。

中國文化史所包容的地理、歷史、語言、宗教、民族、文化等領域，也同樣爲中華民族戲劇史學的生存、發展提供了廣闊的時空。歷史上各朝代的國土疆界的增減，古今民族的不斷變化，催生了各自不同的民族戲劇形式。中華民族戲劇不僅僅是漢族的或書面文字記載的戲曲文學，也應該包括古今眾多少數民族的非文字記載的宗教或世俗的戲劇藝術形式，並且兼容國內外輸入的各種變異的民族戲劇文化形態。

西方專家學者出於對東方華夏民族戲劇文化的獵奇，以歐美戲劇理論對此進行研究，雖然擴大了中華民族戲劇的世界視域，但也不可避免地曲解中國傳統戲劇藝術的孕育、產生於發展規律。東方學者研究中國傳統戲劇主要集中在日本、韓國、臺灣和香港等地，相對於大陸起步較早，思想與方法較爲先進，但也存在歷史資料缺乏，田野調查不廣、不深入等問題與缺陷。中國國內一些學者多重視文本與案頭戲曲文獻研究，對民族、民間、宗教與中外戲劇表演藝術研究缺乏熱情，對中國少數民族戲劇與國外輸入的戲劇文化所知所書甚少，對近年陸續發掘的大量戲劇歷史實物重視與研究非常不足，這些落後閉塞現象極需改變。

中華民族戲劇理論研究問題很多，特別是自古迄今還不曾見到有一部學界所公認的具有權威性的中華民族戲劇文化編年通史，也沒有一部中華民族綜合戲劇史能將在中國各種戲劇形式，如古典戲曲、地方戲、國劇、話劇、歌劇、歌舞劇、舞劇、音樂劇、兒童劇等有機地融爲一體，更不曾有哪一部著作能夠全面描述和概括中外宗教、世俗戲劇交流史並在此基礎上進行深入闡述。

令人慶幸的是，於 2010 年秋季，以上海戲劇學院葉長海教授爲首的專家學者隊伍，經過艱苦努力、激烈競爭，有幸獲得了教育部哲學社會科學研究重大課題攻關項目《中華戲劇通史》，並且聘請筆者加盟，承擔「中國少數民族戲劇」這一重要的分支課題。相信在全國諸多第一流學問家的共同努力下，

昔日民族戲劇研究落後的局面將會打破，較爲完整與系統的中華多民族戲劇歷史系列著作會在若干年後陸續問世。

經過數十年的不斷思考，筆者所持中華民族戲劇史學設計方案與編撰思路日漸清晰：過去的中國戲劇史學多從宋元開始，至今僅一千多年，然而中華民族的戲劇文化歷史應該長達四千年以上。故此，需對過去被忽略和遺忘的戲劇史前史，即前戲劇、準戲劇、泛戲劇，以及戲劇因子、戲劇元素、戲劇成分等進行融會貫通的歷史鉤沈。一定要設法使民族戲劇文化歷史地理貫通中國各朝代，致使覆蓋中國幅員遼闊的古今版圖。

自秦朝建立大一統的中華帝國以後，漢、唐、遼、金、元、清朝所轄版圖較之如今中華人民共和國要大得多，在此偌大的領域中存在著大批鮮爲人知的部族、部落聯盟、民族戲劇史料尚需發掘與補充。其戲劇文化歷史理應布滿中華各民族時空。因爲我們祖先昔日不甚重視古代少數民族戲劇文化研究，從而造成中華戲劇信息大量流失，對此，必須要積極尋覓、考證與利用。

縱觀歷史，古代漢族及其民族戲劇本爲「四夷」胡族所融入和構成。在中華戲劇史學研究中下大氣力將古今各民族的戲劇歷史文化事件與資料布設嵌鑲，可謂中華民族傳統浩大工程完善的重要標誌。雖然，近百年的中國戲劇史雜駁繁複，但基本多圍於漢族爲主的古典戲曲與地方戲研究，較少關注處於弱勢的民間小戲、儀式劇、皮影戲，以及「舶來品」話劇、歌劇、音樂劇等，由此造成的中華戲劇文化體系的嚴重失調，對此種不正常的史學局面必須改變書寫。

通過長期思考與論證，我們從事中華民族戲劇史學理論研究目標應該如下所述：其一、寫全中華民族戲劇歷史，根據歷史唯物主義和辯證唯物主義的正確方法，採取歷時縱向的宏觀研究與共時橫向的微觀研究方法，縱橫交織、經緯分明地將中華民族上下五千年的有關民族戲劇的歷史文化盡可能撰寫完備。

其二、還原中華民族戲劇眞相，根據中華文明、文化、文學、藝術發展的歷史脈絡與事實，以最大的限度來還原中華民族戲劇的本來面目。並設法以新發現的圖文史料來彌補缺失的中民族華戲劇，尋找此文體的起源、發生、發展客觀規律。

其三、中華多民族戲劇是世界戲劇文化格局中不可或缺的重要組成部分，藉此重大學科項目建設，有機地將中外成熟的戲劇理論與實踐相結合，

以獨特的中國戲劇史料與特色，積極加入全球性歷史與現實的文化語境對話之中，使之融入世界戲劇文化大格局。

其四、鑄造中華民族戲劇史學精品，中華民族戲劇全史、通史、真史、專史的編撰是令人振奮的規模宏大的系統工程。鑄造無愧於時代、流傳於後世的史學精品，是弘揚和復興中華民族優秀傳統文化，與時俱進、繼往開來，是我們每位民族文化學者的神聖職責與偉大壯舉。

筆者有信心有勇氣擬與國內外民族戲劇研究同行，在有生之年，殫精竭慮，共同努力，擬達到的如下學術研究目標：全面系統總結中華民族有史以來的各朝各代的戲劇歷史；特別是要以大量的史料與雄辯的事實來充分證實昔日被忽略、簡化、肢解的中華多民族戲劇的演變歷史文化。糾正歷代封建王朝統治者與文人對宗教、世俗戲劇的各種偏見與錯訛；恢復與確認除漢族之外的中國各民族的戲劇文化的學術價值，梳理發生在中國版圖中各個民族的戲劇歷史以及演變發展的脈絡；努力創建與完善包括地方戲曲在內的諸如話劇、歌劇、舞劇、音樂劇、皮影戲、木偶戲，以及儺戲、目連戲、地戲、儀式劇、民間小戲、宗教戲等真正的中華民族傳統戲劇文化體系。全面記載中國傳統戲劇在周邊國家、地區、民族，以及港澳臺、世界華人戲劇的真實歷史，努力使之在世界戲劇文化體系中佔據一席之地，在國際上真正樹立中華民族戲劇文化的重要社會地位。

當然，筆者自知之明，自慚形穢，知道自己學識淺薄與水平有限，許多方面還需努力學習，積極請教前輩、先驅和飽學之士。在以後的學術研究前進道路上，需要加倍地工作，以科學先進的西方文化人類學與傳統、務實的中國古代文物、文獻考據法相結合，並借助於社會學、文化學、史地學、民族學、宗教學、民俗學、藝術學等眾多學科，綜合性、交叉性地鉤沈與梳理古往今來各國、各民族原始與現代民族戲劇的概念、定義、內涵、外延、性質、類別、功能、價值諸要素，以及民族文化及其戲劇藝術孕育、發展、形成、演變之歷史規律。爭取以翔實的史料、新穎的觀點、科學的態度、嚴謹的論證，較為全面、系統、形象地考察與研究中國漢族、少數民族與世界土著民族的傳統戲劇文化歷史。

我們時刻準備著，為創立和完善富有中國特色的中華民族戲劇學及其文化體系而不懈奮鬥。

參考書目

1. 傅惜華《元代雜劇全目》，作家出版社，1857年。

2. 余上沅《國劇運動》，新月書店，1927年。

3. 王芷章《清代伶官傳》，中華書局，1936年。

4. 董每戡《中國戲劇簡史》，商務印書館，1949年。

5. 趙景深《元人雜劇鈎沈》，古典文學出版社，1956年。

6. 譚正璧《話本與古劇》，古典文學出版社，1956年。

7. 胡忌《宋金雜劇考》，中華書局，1956年。

8. 徐嘉瑞《金元戲曲方言考》，商務印書館，1956年。

9. 任半塘《唐戲弄》，作家出版社，1958年。

10. 傅惜華《明代傳奇全目》，人民文學出版社，1959年。

11. 雲南省戲劇工作室編《雲南兄弟民族戲劇概況》，雲南人民出版社，1959年。

12. 周貽白《中國戲曲史長編》，人民文學出版社，1960年。

13. 曲六乙《中國少數民族戲劇》，作家出版社，1964年。

14. 周貽白《戲曲演唱論著輯釋》，中國戲劇出版社，1966年。

15. 張庚、郭漢城主編《中國戲曲通史》，中國戲劇出版社，1980年。

16. 陸萼庭《崑劇演出史稿》，上海文藝出版社，1980年。

17. 楊蔭瀏《中國古代音樂史稿》，人民音樂出版社，1981年。

18. 曾國珍、楊曉歌《中國魔術》，天津科學技術出版社，1981年。

19. （德）克林凱特《古代摩尼教藝術》，中山大學出版社，1982年。

20. 劉堯民《詞與音樂》，雲南人民出版社，1982年。

21. 張庚、郭漢城《中國戲曲通史》，中國戲劇出版社，1982年。

22. 馬龍文、毛達志《河北梆子簡史》，中國戲劇出版社，1982 年。

23. 李浴《西方美術史綱》，遼寧美術出版社，1983 年。

24. 傅起鳳、傅騰龍《中國雜技》，天津科學技術出版社，1983 年。

25. 吳梅《戲曲論文集》，中國戲劇出版社，1983 年。

26.（日）岸邊成雄《伊斯蘭音樂》，上海文藝出版社，1983 年。

27. 吳國欽《中國戲曲史漫話》，臺灣木鐸出版社，1983 年。

28. 常任俠《東方藝術叢談》，上海文藝出版社，1984 年。

29. 張博泉《金史簡編》，遼寧人民出版社，1984 年。

30. 胡金安等編選《西藏戲劇選》，西藏人民出版社，1984 年。

31.（德）格羅塞《藝術的起源》，商務印書館，1984 年。

32. 王汝弼《樂府散論》，陝西人民出版社，1984 年。

33. 任半塘《唐戲弄》，上海古籍出版社，1984 年。

34.《中國少數民族戲曲研究資料選編》，中國戲曲志編輯部編印，1984 年。

35. 牛龍菲《古樂發隱》，甘肅人民出版社，1985 年。

36. 新疆藝術編輯部編《絲綢之路樂舞藝術》，新疆人民出版社，1985 年。

37.（德）羅伯特·京特《十九世紀東方音樂文化》，中國文聯出版社，1985 年。

38. 韓淑德等《中國琵琶史稿》，四川人民出版社，1985 年。

39. 施議對《詞與音樂關係研究》，中國社會科學出版社，1985 年。

40. 羅念生《論希臘戲劇》，中國戲劇出版社，1985 年。

41.（埃及）尼阿瑪特·伊斯、梅爾·阿拉姆《中東藝術史》，上海人民美術出版社，1985 年。

42. 葉長海《中國戲劇學史稿》，上海文藝出版社，1986 年。

43. 哈爾濱師範大學中文系古籍整理研究室編《燕樂三書》，黑龍江人民出版社，1986 年。

44. 劉念茲《南戲新證》中華書局，1986 年。

45. 杜亞雄《中國少數民族音樂》，中國文聯出版公司，1986 年。

46. 葉長海《中國戲劇學史稿》，上海文藝出版社，1986 年。

47. 周菁葆《絲綢之路的音樂文化》，新疆人民出版社，1987 年。

48. 李萬鈞主編《中國古今戲劇史》，廣東高等教育出版社，1987 年。

49. 方國瑜《中國西南地理考釋》，中華書局，1987 年。

50. 董每戡《中國戲劇簡史》，臺灣藍燈文化公司，1987 年。

51. 余秋雨《中國戲劇文化史述》，臺灣駱駝出版社，1987 年。

52. 周妙中《清代戲曲史》，中州古籍出版社，1987 年。

53. 顧篤璜《崑劇史補論》，江蘇古籍出版社，1987 年。

54. 王麗娜《中國古典小說戲曲名著在國外》，學林出版社，1988 年。

55. 岑家梧《圖騰藝術史》，上海文藝出版社，1988 年。

56. 周貽白《中國戲劇史講座》，臺灣木鐸出版社，1988 年。

57. 朱棟霖《中美文化在戲劇中交流──奧尼爾與中國》，南京大學出版社，1988 年。

58. 陳白塵、董健主編《中國現代戲劇史稿》，中國戲劇出版社，1989 年。

59. 饒芃子主編《中西戲劇比較教程》，廣東高等教育出版社，1989 年。

60. 聶傳學《百戲奇觀》，文化藝術出版社，1989 年。

61. （英）約翰・馬歇兒《犍陀羅佛教藝術》，甘肅教育出版社，1989 年。

62. 夏野《中國古代音樂史簡編》，上海音樂出版社，1989 年。

63. 郗慧民《西北花兒學》，蘭州大學出版社，1989 年。

64. 胡忌、劉致中《崑劇發展史》，中國戲劇出版社，1989 年。

65. 張紫晨《中國民間小戲》，浙江教育出版社，1989 年。

66. 曲六乙《儺戲、少數民族戲劇及其其他》，中國戲劇出版社，1990 年。

67. 黎方《論雲南少數民族戲劇》，文化藝術出版社，1990 年。

68. 金千秋編《全宋詞中的樂舞資料》，人民音樂出版社，1990 年。

69. 馬少波主編《中國京劇史》，中國戲劇出版社，1990 年。

70. 莊永平《戲曲音樂史概述》，上海音樂出版社，1990 年。

71. 劉蔭柏《元代雜劇史》，花山文藝出版社，1990 年。

72. 張錫坤主編《世界三大宗教與藝術》，吉林人民出版社，1991 年。

73. （美）H・因伐爾特《犍陀羅藝術》，上海人民美術出版社，1991 年。

74. 俞為民《中國古代戲曲簡史》，江蘇文藝出版社，1991 年。

75. 李慶番《中國戲曲文學史》，花山文藝出版社，1991 年。

76. 張發穎《中國戲班史》，瀋陽出版社，1991 年。

77. 蔣中崎《甬劇發展史述》，浙江文藝出版社，1991 年。

78. 高義龍《越劇史話》，上海文藝出版社，1991 年。

79. 李昌集《中國古代散曲史》，華東師範大學出版社，1991 年。

80. 喬德文《東西方戲劇文化歷史通道》，湖南文藝出版社，1991 年。

81. 方齡貴《元明戲曲中的蒙古語》，漢語大詞典出版社，1991 年。

82. 蕭兵《儺臘之風──長江流域宗教戲劇文化》，江蘇人民出版社，1992 年。

83. 曲六乙、李肖冰編《西域戲劇與戲劇的發生》，新疆人民出版社，1992年。

84. 藍凡《中西戲劇比較論稿》，學林出版社，1992年。

85. 于成鯤《中西喜劇研究：喜劇性與笑》，學林出版社，1992年。

86. 田本相主編《中國現代比較戲劇史》，文化藝術出版社，1992年。

87. 寧強《敦煌佛教藝術》，高雄覆文圖書出版社，1992年。

88. 許建英、何漢民編譯《中亞佛教藝術》，新疆美術攝影出版社，1992年。

89. 曲六乙、李肖冰編《西域戲劇與戲劇的發生》，新疆人民出版社，1992年。

90. 廖奔《中國戲曲聲腔源流史》，臺灣貫雅文化事業有限公司，1992年。

91. 鄧運佳《中國川劇通史》，四川大學出版社，1993年。

92. 徐洪火《中國古代戲曲史綱》，西南師範大學出版社，1993年。

93. 行樂賢、李恩澤《蒲劇簡史》，中國戲劇出版社，1993年。

94. 謝柏梁《中國悲劇史綱》，學林出版社，1993年。

95. 周寧《比較戲劇學：中西戲劇話語模式研究》，1993年。

96. 田本相《中國現代比較戲劇史》，文化藝術出版社，1993年。

97. 郭英德《優孟衣冠與酒神祭祀──中西戲劇文化比較研究》，河北人民出版社，1994年。

98. 彭修銀《中西戲劇美學思想比較研究》，武漢出版社，1994年。

99. 牛國玲《中外戲劇美學比較簡論》，中國戲劇出版社，1994年。

100. 孫慶升《中國現代戲劇思潮史》，北京大學出版社，1994年。

101.（烏茲別克）普加琴科娃‧利穆佩《中亞古代藝術》，新疆美術攝影出版社，1994年。

102. 潛明茲《中國神話學》，寧夏人民出版社，1994年。

103. 霍旭初《龜茲藝術研究》，新疆人民出版社，1994年。

104. 陳多《劇史新說》，臺灣學海出版社，1994年。

105. 謝柏梁《中國分類戲曲學史綱》，臺灣商務印書館，1994年。

106. 傅曉航《戲曲理論史述要》，文化藝術出版社，1994年。

107. 許金榜《中國戲曲文學史》，中國文學出版社，1994年。

108. 鄧濤、劉立文《中國古代戲劇文學史》，北京廣播學院出版社，1994年。

109. 吳毓華《古代戲曲美學史》，文化藝術出版社，1994年。

110. 楊建文《中國古代悲劇史》，武漢出版社，1994年。

111. 金耀章主編《中國京劇史圖錄》，河北教育出版社，1994年。

112. 王永寬、王鋼《中國戲曲史編年》（元明卷），中州古籍出版社，1994年。

113. 于質彬《南北皮黃戲史述》，黃山書社，1994年。

114. 俞人豪、陳自明《東方音樂文化》，人民音樂出版社，1995年。

115. 孫崇濤、徐宏圖《戲曲優伶史》，文化藝術出版社，1995年。

116. 張燕瑾《中國戲曲史話》，北京燕山出版社，1995年。

117. 王昆吾《隋唐五代燕樂雜言歌辭研究》，中華書局，1996年。

118. 吳新雷《中國戲曲史論》，江蘇教育出版社，1996年。

119. 詹慕陶《崑曲理論史稿》，杭州大學出版社，1996年。

120. 陳駿駒《莆仙戲史略》，福建人民出版社，1996年。

121. 王遠廷《閩西漢劇史》，海潮攝影藝術出版社，1996年。

122. 羅萍《紹劇發展史》，中國戲劇出版社，1996年。

123. 李萬鈞主編《中國古今戲劇史》，廣東高等教育出版社，1997年。

124. 劉彥君《東西方戲劇進程》，文化藝術出版社，1997年。

125. 田青主編《中國宗教音樂》，宗教文化出版社，1997年。

126. 方鶴春主編《中國少數民族戲劇研究論文集》，遼寧民族出版社，1997年。

127. 李萬鈞主編《中國古今戲劇史》，廣東教育出版社，1997年。

128. 葉樹發《中國戲曲簡史》，江西高校出版社，1997年。

129. 黃仕忠《中國戲曲史研究》，中山大學出版社，1997年。

130. 吳捷秋《泉州梨園戲史論》，中國戲劇出版社，1997年。

131. 蔣中崎、許麗娟《湖劇發展史》，浙江人民出版社，1997年。

132. 許明友、王俊漢主編《呂劇起源與發展》，黃河出版社，1997年。

133. 程宗駿《蘇劇發展史考》，山西古籍出版社，1997年。

134. 安民《川劇簡史》，天地出版社，1997年。

135. 廖奔《中國古代劇場史》，中州古籍出版社，1997年。

136. 葛一虹主編《中國話劇通史》，文化藝術出版社，1997年。

137. 劉彥君《東西方戲劇進程》，文化藝術出版社，1997年。

138. 凌翼雲《目連戲與佛教》，廣東高等教育出版社，1998年。

139. （法）陳艷霞《華樂西傳法蘭西》，商務印書館，1998年。

140. 馮文慈主編《中外音樂交流史》，湖南教育出版社，1998年。

141. 王昆吾《中國早期藝術與宗教》，東方出版中心，1998年。

142. 紀蘭慰、邱久榮主編《中國少數民族舞蹈史》，中央民族大學出版社，1998年。

143. 郭預衡主編《中國古代文學史》，上海古籍出版社，1998 年。

144. 童恩正《南方文明》，重慶出版社，1998 年。

145. 俞為民、孫蓉蓉《中國古代戲曲理論史通論》，臺灣華正書局，1998 年。

146. 麻文琦、謝雍君、宋波《中國戲曲史》，文化藝術出版社，1998 年。

147. 隗芾主編《中國喜劇史》，汕頭大學出版社，1998 年。

148. 王業《戲曲演出史散論》，天津古籍出版社，1998 年。

148. 蔣松源《中國古典戲劇史論集》，長江文藝出版社，1998 年。

150. 劉滬生《京劇家班史》，北京圖書館出版社，1998 年。

151. 郭英德《明清傳奇史》，江蘇古籍出版社，1998 年。

152. 蔣中崎《中國戲曲演進與變革史》，中國戲劇出版社，1999 年。

153. 么書儀、王永寬主編《中國文學通典・戲劇通典》，解放軍文藝出版社，1999 年。

154. 劉彥君《圖說中國戲劇史》，浙江人民出版社，1999 年。

155. 王政《中國戲曲美學史論綱》，中國文聯出版社，1999 年。

156. 李子敏《甌劇史》，中國戲劇出版社，1999 年。

157. 張福海《黑龍江戲曲史——中國北方戲曲地域流變考》，哈爾濱出版社，1999 年。

158. 丁汝芹《清代內廷演劇史話》，紫禁城出版社，1999 年。

159. 高義龍、李曉主編《中國戲曲現代戲史》，上海文藝出版社，1999 年。

160. 麻國鈞等主編《祭禮・儺俗與民間戲劇》，中國戲劇出版社，1999 年。

161. 顧頡剛、史念海《中國疆域沿革史》，商務印書館，1999 年。

162. 田本相、鄭煒明主編《澳門戲劇史稿》，江蘇教育出版社，1999 年。

163. 盧昂《東西方戲劇的比較與融合——從舞臺假定性的創造看民族戲劇的構建》，上海社會科學出版社，2000 年。

164. 胡健生《中外戲劇比較研究》，新疆人民出版社，2000 年。

165. 劉烈茂、郭精銳《車王府曲本研究》，廣東人民出版社，2000 年。

166. （美）梅維恒《繪畫與表演》，北京燕山出版社，2000 年。

167. 王暉《商周文化比較研究》，人民出版社，2000 年。

168. 錢茀《儺俗史》，廣西民族出版社，上海文藝出版社，2000 年。

169. 王勝華《雲南民族戲劇論》，雲南大學出版社，2000 年。

170. 廖奔、劉彥君《中國戲曲發展史》，山西教育出版社，2000 年。

171. 郎秀華《中國古代帝王與梨園史話》，中國旅遊出版社，2000 年。

172. 周安華《二十世紀中國問題劇研究》，中國戲劇出版社，2000 年。

173. 孟昭毅、俞久洪《古希臘戲劇與中國》，吉林人民出版社，2001 年。

174. 朱偉民《中國古典喜劇史論》，中國社會科學出版社，2001 年。

175. 胡忌主編《戲史辨》，中國戲劇出版社，2001 年。

176. 周傳家、秦華生主編《北京戲劇通史》，北京燕山出版社，2001 年。

177. 賴伯疆《廣東戲曲簡史》，廣東人民出版社，2001 年。

178. 徐慕雲《中國戲劇史》，上海古籍出版社，2001 年。

179. 陳兆復主編《中國少數民族美術史》，中央民族大學出版社，2001 年。

180. 方齡貴《古典戲曲外來語考釋辭典》，漢語大詞典出版社，2001 年。

181. 時曉麗《中西悲劇理論比較》，西北大學出版社，2001 年。

182. 張哲俊《中日古典悲劇的形式》，上海古籍出版社，2002 年。

183. 李強《中西戲劇文化交流史》，人民音樂出版社，2002 年。

184. 翁敏華《中日韓戲劇文化因緣研究》，學林出版社，2002 年。

185. 李強《中西戲劇文化交流史》，人民音樂出版社，2002 年。

186. 鄭汝中《敦煌壁畫樂舞研究》，甘肅教育出版社，2002 年。

187. 李喜所主編《五千年中外文化交流史》，世界知識出版社，2002 年。

188. 姚寶瑄《絲路藝術與西域戲劇》，山西古籍出版社，2002 年。

189. 程芸《世味的詩劇：中國戲曲發展》，湖南人民出版社，2002 年。

190. 趙元慶《中國古代戲曲史論》，安徽人民出版社，2002 年。

191. 譚元材《中華戲曲發展散論》，中國文聯出版公司，2002 年。

192. 朱聯群、周華斌編《中國劇場史資料總目》，北京廣播學院出版社，2002 年。

193. 涂沛主編《中國戲曲表演史論》，文化藝術出版社，2002 年。

194. 王列耀《基督教文化與中國現代戲劇的悲劇意識》，上海三聯書店，2002 年。

195. 黃鳴奮《數碼戲劇學》，廈門大學出版社，2003 年。

196. 董健主編《中國現代戲劇總目提要》，南京大學出版社，2003 年。

197. 宋偉傑《中國‧文學‧美國——美國小說戲劇中的中國形象》，花城出版社，2003 年。

198. 周華斌《中國戲劇史新論》，北京廣播學院出版社，2003 年。

199. 海震《戲曲音樂史》，文化藝術出版社，2003 年。

200. 龔國光《江西戲曲文化史》，江西人民出版社，2003 年。

201. 王芷章《中國京劇編年史》，中國戲劇出版社，2003 年。

202. 資華筠主編《影響世界的中國樂舞》，文化藝術出版社，2003 年。

203. 李強、柯琳《民族戲劇學》，民族出版社，2003 年。

204. 董治安、夏傳才主編《詩經要籍提要》，學苑出版社，2003 年。

205. 王廷信《中國戲劇之發生》，韓國新星出版社，2004 年。

206. 姜伯勤《中國祆教藝術史研究》，三聯書店，2004 年。

207. 王廷信《中國戲劇之發生》，韓國新星出版社，2004 年。

208. 羅豐《胡漢之間——絲綢之路與西北歷史考古》，文物出版社，2004 年。

209. 廖奔《中國戲曲史》，上海人民出版社，2004 年。

210. 鈕驃《中國戲劇史教程》，文化藝術出版社，2004 年。

211. 孫書磊《中國古代歷史劇研究》，南京師範大學出版社，2004 年。

212. 李眞瑜《北京戲劇文化史》，北嶽文藝出版社，2004 年。

213. 王恒富、謝振東主編《貴州戲劇史》，貴州人民出版社，2004 年。

214. 劉文峰《中國戲曲文化史》，中國戲劇出版社，2004 年。

215. 何輝斌《戲劇性戲劇與抒情性戲劇：中西戲劇比較研究》，中國社會科學出版社，2004 年。

216. 田根勝《近代戲劇的傳承與開拓》，上海三聯書店，2005 年。

217. 王勝華《中國戲劇的早期形態》，雲南大學出版社，2005 年。

218. 李悅《中國少數民族戲曲》，中國戲劇出版社，2005 年。

219. 康保成《儺戲藝術源流》，廣東高等教育出版社，2005 年。

220. 阿布都外力克熱木《尼札里的達斯坦創作研究》，民族出版社，2005 年。

221. 潘光旦《中國民族史料彙編》，天津古籍出版社，2005 年。

222. 于俊德、于祖培《先周歷史文化新探》，甘肅人民出版社，2005 年。

223. 盧前《明清戲曲史》、《盧前曲學四種》，中華書局，2006 年。

224. 李強《中外劇詩比較通論》，中國社會科學出版社，2006 年。

225. 曲六乙、錢茀《東方儺文化概論》，山西教育出版社，2006 年。

226. 黃愛華《二十世紀中外戲劇比較論稿》，浙江大學出版社，2006 年。

227. 陸中文、吳炳什主編《侗戲大觀》，民族出版社，2006 年。

228. 齊柏平《鄂西土家族喪葬儀式音樂的文化研究》，中央民族大學出版社，2006 年。

229. 曲六乙、錢茀《東方儺文化概論》，山西教育出版社，2006 年。

230. 蘇子裕《弋陽腔發展史稿》，中國戲劇出版社，2006 年。

231. 秦華生、劉文峰《清代戲曲發展史》，旅遊教育出版社，2006 年。

232. 黃艾華《二十世紀中外戲劇比較論稿》，浙江大學出版社，2006 年。

233. 吳戈的《中美戲劇交流的文化解讀》，雲南大學出版社，2006 年。

234. 李強《中外劇詩比較通論》，中國社會科學出版社，2006 年。

235.（新西蘭）孫玫《中國戲曲跨文化研究》，中華書局，2006 年。

236. 周寧主編《東南亞華語戲劇史》，廈門大學出版社，2007 年。

237. 周貽白《中國戲劇史，中國劇場史》，湖南教育出版社，2007 年。

238. 楊義《重繪中國文學地圖通釋》，當代中國出版社，2007 年。

239. 庹修明《叩響古代巫風儺俗之門》，貴族民族出版社，2007 年。

240. 王文章主編《中國少數民族戲曲劇種發展史》，學苑出版社，2007 年。

241. 楊義《重繪中國文學地圖通釋》，當代中國出版社，2007 年。

242. 金寧芬《明代戲曲史》，社會科學文獻出版社，2007 年。

243. 周貽白《中國戲劇史·中國劇場史》，湖南教育出版社，2007 年。

244. 梁揚、楊東甫《中國散曲綜論》，中國社會科學出版社，2008 年。

245. 蘭凡《中西戲劇比較論》，學林出版社，2008 年。

246. 鍾敬文主編《中國民俗史》，人民出版社，2008 年。

247. 李山《先秦文化史講義》，中華書局，2008 年。

248. 徐宏圖《南宋戲曲史》，上海古籍出版社，2008 年。

249. 黃天驥主編《中國古代戲劇形態研究》，河南人民出版社，2008 年。

250. 徐宏圖《南宋戲曲史》，上海古籍出版社，2008 年。

251. 田本相主編《中國話劇藝術通史》，山西教育出版社，2008 年。

252. 黃會林主編《中國百年話劇史稿》，北京師範大學出版社，2009 年。

253. 陳珂《戲劇發生論》，中國戲劇出版社，2009 年。

254. 張豐乾《詩經與先秦哲學》，北京大學出版社，2009 年。

255. 陳致《從禮儀化到世俗化──詩經的形成》，上海古籍出版社，2009 年。

256. 過常寶《先秦散文研究：早期文體及話語方式的生成》，人民出版社，2009 年。

257. 俞爲民、劉水雲《宋元南戲史》，鳳凰出版社，2009 年。

258. 李強《絲綢之路戲劇文化研究》，新疆人民出版社，2009 年。

259. 趙逵夫《先秦文學編年史》，商務印書館，2010 年。